别有根芽

沈阳作家2015卷

沈阳市作家协会 编

中国书籍出版社
China Book Press

编 委 会

序：让文学映照全面振兴之路

关蓉晖

展现在读者面前的这部《别有根芽》，是具有鲜明东北地域文化特色的沈阳作家群体近年来优秀创作成果的汇集。

近年来，沈阳文艺界深入贯彻落实习近平总书记文艺工作座谈会讲话精神，广泛开展“深入生活、扎根人民”创作实践活动，广大作家深入基层、走进群众，创作出一大批有温度、有道德、有筋骨的主旋律作品。为集中展示沈阳文学创作的丰富成果，承蒙中国书籍出版社的青睐与支持，这些优秀作品得以结集出版。

本书集结了一批辽沈知名作家颇具影响性的作品，包含小说、诗歌、散文和评论四种文体，其中有著名作家马秋芬、周建新的小说作品，著名诗人李松涛、李轻松的诗歌作品，著名作家王充闾、刘兆林的散文作品，茅盾文学奖评委高海涛、著名评论家王向峰的评论作品，此外还有“网络大神”月关和玄色的网络小说作品。这些作品以贴近时代与人民的现实主义为根基，集中反映了沈阳振兴之旅的多姿多彩。由于篇幅有限，难免挂一漏万，不能不说是遗珠之憾。

沈阳历史文化悠久，文学创作资源丰厚。回望沈阳市作协走过的35年风雨历程，沐浴着改革开放的春风，担当着以文化繁荣助推老工业基地全面振兴的重任，沈阳文学界一路玫瑰绽放，步伐铿锵，创作出了大量富有地域特色、脍炙人口的文学佳作，散发着质朴雄厚、鲜明浓郁的东北风情，反映了时代的脚步，为经济社会发展和精神文明建设增光添彩，为关东文化和沈阳人文传承不断注入生机活力。

国家新一轮振兴东北的大战略正扬帆远航，迫切需要更多作家和文学同道用文学记录人民心声，书写沸腾生活，反映时代风貌，助推全面振兴。我们热切地期盼，在沈阳走向全面振兴的征程中，收获更多优秀的文学作品。让文学映照全面振兴之路。

2016 年 11 月 3 日

（作者：沈阳市文联党组书记、主席）

目　录

小说卷

诗歌卷

散文卷

评论卷

小说卷

女　蟒

——长篇小说《一箭地》节选

马秋芬

自从郎老大帮忙买的二手小飞人牌缝纫机，进了夏五柳的家门，不仅近乎了郎老大，还近乎了一院子娘们儿，但更近乎了小白脸子康走仁。

本来有师父董玉卓的委托，又有居民组长女老康张罗堵门洞，安顿五柳一个家的茬口，走仁子和评剧院大右派的老婆夏五柳已够近乎的了。而现在，已在戏装厂干了一年多的走仁子，对剪子、针线、缝纫机一类都滋生出特殊的感情，就算没有别的瓜葛，单凭一架小飞人缝纫机，他也会对机主人近乎几分的。走仁子下了班，常常是扒拉几口饭，就到五柳家。一进来就奔着坐在小飞人前的五柳说：夏老师，我来蹬一会!

在小飞人前蹬了一天活儿的五柳，虽嘴上说着：这粗拉活儿你也干得了？心里巴不得有人能替换一下，再加上她也没把走仁子当外人待，所以她总是给他让开位儿。

走仁子用机器跑趟儿很顺溜，小飞人在他手脚的配合下，变成了撒欢的孩子，突突地奔跑，咯咯地欢笑。单片子的手闷子在他手底下，像唱机上的唱片那样悠悠转着，机针底下的垅趟儿就一圈儿绕着一圈儿，匀匀地旋在了上面。腾出手来的五柳也没闲着，她通开封着火的炉子，忙着烧水做饭。大凡这时，五柳也不光只忙做饭，她知道走仁子的心思。她就将面盆或菜板拿到炕沿上，一边和着苞米面，或一边切着菜，一边和走仁子说话。

五柳见走仁子机器使得溜道，就笑说：你这打理绸料儿、缎料儿的大技师，来轧炼钢手闷子，可屈了材料了！

走仁子边轧边说：啥大技师？再过一年半载，撑不起大行头活儿，还不得从技术室里刷下来？还不得当一辈子纳工、糨子工、绣工？……

五柳随口说：纳工、糨子工、绣工还不乐干？我要有你这份活儿，那可乐死了！

走仁子停了机器，惊讶地说：老师，我下力学针头线脑儿，可不是要下力学成一个女人！我要下力学成的是董玉卓……

五柳听出来他这话里的怨气，虽说这小白脸子世态炎凉经见不多，但还是有几分筋骨的。她没法跟他说清自己的处境。她知道他要的是什么，她尽量满足他就是了。她对他说：走仁子，你家去把董师父的行头单子拿来！

走仁子说：董师父三尺白绫的行头单子，我收着呢，拿不拿都一样。黄丝线绣的行头码，我正着背，倒着背，纹丝错不了！笔笔早都吃进心里了。他虽弄不大清夏老师日子里的磕绊，可他却知道她是个抓活儿的人。为了帮她多抓活儿，他总是说着话，还紧蹬小飞人，将单片手闷子又蹬成一张打转儿的唱片，嗖嗖地旋着垅趟儿。

五柳将窝头团到蒸帘儿上，把菜下到生铁锅里，过来给刚合完龙的手闷子翻个儿。她说：整份儿戏箱里最核心的行头……

走仁子抢先说：知道！是十蟒十靠！

五柳说：对，十蟒十靠。为什么呢？因为你做行头的得清楚，蟒，就是蟒袍，靠，就是铠甲。传统的戏码儿，表现宫帷争斗啦、社稷权谋啦，鞍马征尘啦这一类的居多。这些戏码儿里的主角儿，都是文臣武将一类的大官，最常用的行头就是蟒和靠。所以蟒和靠是角儿的当家行头。这蟒和靠，还有别的行头，又都各分细目，细目后头又有细讲究儿……

他们轧着手闷子，剪着线头儿，间或侍候着灶间的地炉子和大蒸锅，讲的却是戏台上，角儿身上金光耀眼的戏装。五柳讲解，走仁子倾听，两人讲着听着，都很上瘾头。

五柳说，所有的行头，你可别把它们当成各朝各代真实的装束，它们都是戏台上的舞衣。虽说是舞衣，可造出它也不是随意胡来的，也是有凭有据的。舞衣呢，不分朝代，比如一件红蟒，在戏界无论哪一朝文臣武将，都可以穿它，不能因为朝代不同而换了蟒的式样。剧团里的行头虽有那么多，但详细一论，却也就那么几大类，熟了就觉简单得很呢。比方说：文人只有三大件：蟒、帔、褶子。朝会大典时，穿蟒；平常办公会客时，穿帔；私下随便时，就穿褶子。武将也可以说只有三大件：铠靠、开氅、箭衣。正式上阵时，穿铠靠，偶尔交战时也可穿箭衣；阅操大典，也披蟒，平时穿的是开氅。式样不复杂，但在颜色上却暗喻角色的性格和身份，所以定律可就严了。整份戏箱里的十蟒十靠，要有五正色，五间色。五正色就是：青黄赤白黑。比如皇帝穿黄色。正面人或有大功的人，穿红色。在蟒衣中除了黄色，就数大红色最贵重。穿红蟒的人，都必得是忠臣和亲贵，你见过戏里的驸马爷吧，他永远是穿红蟒的。戏里的曹操晚年也穿红蟒，说来有意思，这是因为他挟天子以令诸侯，要当皇帝，要照他自己的意思早该穿黄蟒了，可戏界不肯让他穿黄蟒，但又要表示出他的身份，就只让他穿红蟒，暗含着压制和贬斥他的意思。而平常是让曹操穿黑蟒的，黑色，是属于净角的颜色，像张飞、包拯、尉迟恭等好人穿黑，像曹操、潘仁美、赵高这样的坏人也穿黑，不管好坏人，反正黑色含着不平静的性格。刚勇义气的人，一定要穿绿色，比如关羽，你要给他别的颜色，那就不对路了；正面的老年、少年，都可穿白色，你比如老臣岳飞、杨延昭，年青的赵云、马超都穿白蟒、白靠。那五间色就是：紫粉蓝湖绛等色……

说着讲着，五柳的心就回到了她熟悉的后台，那敞开的衣箱，那挂在行头架上一串串眩人眼目的行头，在她的手底下，如同一群听话的孩子，招之即来，挥之即去。在锵锵锵的锣鼓家什点中，边幕里的她，迎着前台角儿的蹉步下、趟马下，蹦子下，还是跑下、溜下、五花八门地下场，她手急眼快就为他（她）更了行头，打点停当，再送他念诗上，数板上，咳嗽上，或是急急风上，巴搭仓上，大锣小锣吹吹打打上场，纹丝不乱。角儿们在台前唱念作打舞，她的心神就藏在行头里，附在角儿身上，也在台前唱念作打舞。角儿出多少汗，她手心儿里就攥多少汗；角儿受多大累，她的心也受多大在累，角儿有多风光，她暗自也跟着多风光，那是她梦一样被风吹散的岁月。而走仁子听着这一切，他眼前轧手闷子的破布毛子，就渐渐放出光辉，就变成了薄绸、细纱、软缎子；一圈圈的垅趟儿，也成了盘身的团龙，回头的美凤……

两人的讲和听，最终总是被回家的浅红和浅草打断。

许浅红已上初二了，个头窜高长，已和她妈齐了肩儿。可走起路来，还一窜一窜的，仍是个孩儿模样。她一进屋就将书包放到柜盖上，过来看走仁子轧活儿。她说：走仁子哥，你别光学做戏装啊，求你给我做一件罩衣行不？咱班有个女生穿的罩衣，起肩式儿的，可精神了！

走仁子抬眼打瞄着她的身量，见她前胸溜鼓的，急忙将眼睛移开，有些脸红地说：民装和戏装的裁剪，是两个路子。做民装，你得容我再练练！

九岁的许浅草撞开门进家，见走仁子在轧活儿，她总是手犯欠，不是在他身后推一把，就是捶一把，还说：是你家的小飞人啊，你总蹬总蹬的！这一回，一听她进来，走仁子就扭过头，先就一把将她揽进怀里。走仁子看她个头长得太快，小花棉袄都小得露出了裤腰，就说：小草哇，看你衣裳小的，大哥给你做件罩衣吧，起肩的，练练手儿，以后做大的好有个准头！他说这话，瞟了一眼浅红，浅红和他眼光一碰，瞪他一眼，忙又移开了。

浅草却不领情，不屑地说：做什么破罩衣，我才不要呢？我要……她搂着走仁子的脖子，打起耳语。

可走仁子没听清：啊？什么？

浅红乜斜着小草说：小小的人学得鬼鬼祟祟的，有本事说出声儿来呀！

浅草脸上现出羞样，扭扭怩怩地对走仁子说：你家有的是酱菜，你咋不拿些酱菜来？

走仁子听了，仰头大笑，说破酱菜有什么好吃的，怪齁嗓子眼儿的，二天端一碗来给你就是了。浅红朝她妹嘘了一声，说：人家康娘家原先开酱园子，现在也不开了，酱菜好吃是给你吃的？真是没羞没臊的人！

浅草被说红了脸抹不开，一把抓过她姐的手，冷丁就咬一口。

被咬疼的浅红，尖叫一声挣出自己的手："呀！狗尾巴草，满嘴长狗牙！"

浅草立马回她一句：你是猴屁股红！

狗尾巴、狗尾巴、狗尾巴草！浅红高声地骂道。

猴屁股、猴屁股、猴屁股红！浅草更高声地回敬她。

走仁子被姐俩的对阵逗笑了。

端上窝头和菜汤的五柳喝止她俩：看你们大的不像大的样，小的不像小的样，斗鸡似的，不怕你们走仁子哥笑话！

两人这才你撇我瞪地住了嘴。

……

许多日来，五柳和走仁子总是行头不离口，整份戏箱的行头单子，一样一样地过；一样一样的行头，又和一出一出的戏相对应。走仁子仿佛跟着五柳，从戏台的后台走进前台，又从前台回到后台；到了后台，就翻戏箱，从上翻到下，又从下翻到上。觉得四处的绫罗绸缎，满眼的五红六绿。可是他们两人在五柳屋里却一刻不停地在轧着炼钢手闷子，捋着破布毛子，剪着手闷子上的线头子。走仁子说：夏老师，我想从头到尾，自己做一件行头，你看行不？！五柳抬眼看他说：行啊，要做可得拣难的做，做就做蟒！蟒是行头里的至尊。走仁子兴奋地应道：好，做蟒，就做件蟒！

走仁子发工资那天，他要去买一块缎子。走仁子没满徒，工资低，头年 17 元，二年 19 元，三年 21 元。这阵正是他学徒第二年，刚拿上 19 元的工资。五柳哪能让他破费钱，就翻箱倒柜地找出一个旧被面。这被面是红缎子的，虽然是块旧料，但缎面油汪汪的，质地不差。只是尺幅有点小，两人量了又量，做件男蟒不够，做件女蟒还将就。因为女行头本来就身量短，下摆处还要露出一圈衬裙，所以女蟒就比男蟒要省不少的料子。但女蟒要外加一个云肩儿，而男蟒却只加护领就行。幸好裁袖褙时，剜下的四块小余料，正够做一个云肩儿的。

这行头是走仁子裁的，女蟒的图案，可以是团蟒、正蟒、行蟒，也可以是凤凰牡丹。走仁子选了蟒纹，他在纸上先画了小样。五柳讲给他，这戏装上的蟒，出自明朝的一个典故：大明的弘治帝，一向尊重大臣的建言，为了表彰重臣，他将御制的龙衣作为赏赐。众臣以为皇帝之衣怎能赐人？因此想了个办法，就将五爪二角的真龙，减去一个爪子，变成四爪二角，龙不叫龙，叫成蟒；龙衣不叫龙衣，叫成蟒衣。以后戏界里就沿用了将龙减去一个爪的蟒衣。走仁子设计了四条蟒，两臂上各一条大长的行蟒，前后心各一条坐蟒。五柳还指导他设计了陪衬图纹：日、月、行云、海水、八宝、八吉祥。走仁子将画稿改了一遍又一遍，只等五柳点了头，他才在红缎面上仔细地过了稿。每天晚饭后，五柳将那炼钢手闷子轧够了数，就和走仁子绣红蟒。女红蟒是用项极多的一件行头，戏中凡是后妃、诰命一品、女将、公主等角色，差不多都用得着。比如《贵妃醉酒》中的杨贵妃，《大登殿》中的王宝钏，《大审》中的宋巧姣，《打金枝》中的升平公主等，穿的都是女红蟒。在整份戏箱里，这件行头最华贵，最庄重，也最美艳。女红蟒不仅是人物身份的象征，也担当着角儿的一半气质和神韵。所以这行头上最要紧的是上乘的绣工。雨后彩虹的七色，色色不能少，浑身的四蟒游走，云浪翻腾，都得用细针密线来描绘，一针一线都不能丢。他们用两个大花绷子，走仁子绣主图行蟒和坐蟒，五柳绣日月云水的陪衬。许浅红拿上一个小花绷就在一旁绣云肩儿，五柳探头看了看，觉得她绣工不过关，急忙收回了云肩儿料，让她拿块边角废料去作练习。小草儿一见他们拿出针线，就眼皮发黏，早早睡下了。

为了每晚在全院闭灯后，还能随性儿地延迟点灯时间，女老康借收电费的便利，争着按月给五柳家多交一个灯头的电费，好让儿子跟她多学一会。用电有了保证，五柳和走仁子绣蟒衣，就可放心大胆地干到深更半夜去。

冬天来了，大雪一场接着一场。有时风裹着雪，紧一阵慢一阵地扑打着门窗，就像门外站个疯人，只要欠个门缝，咆哮的疯子就会撞进来。有时风没了，鹅毛大雪顿时变好了脾气，将松软的雪被，知冷知热地盖满房子、院心和胡同，簌簌簌的落雪声，弄得心头痒痒的。五柳每晚都多加几铲煤，扒开炉嗓子眼儿，地炉子像小火车似地呼呼地响。火炕的温度上来了，坐在炕头上，屁股底下热乎，浑身都暖和。五柳和走仁子都盘不好腿，或伸着腿，或扁着腿，顾自专心地绣着自己的活儿。五柳惯用老式的苏绣，排比密针，针脚你含我压，云卷儿和水浪儿的颜色，深浅过度自然，如同颜料勾画出来的。而走仁子在行头铺里学的却是新式的苏绣：乱针绣。他不用五柳那样排比密针，他的针脚长短参差，直斜线、横斜线，错综组合，长短针法交叉掺和，看似不按次序，但轮廓却依然清晰，似乱不乱，另有规律。颜色是通过分层加色，看上去格外有立体感。开始的时候，五柳看不大懂他这乱针绣是如何走针，等一只龙爪绣出来，那简直是长出了一只带着鳞片，屈弯有度的活爪子。五柳称赞他：看来跟董师父坐科没白坐，到底基本功扎实，活儿干得精到啊。

腊月的那些天，是最冷的。一有人走动，门外、窗外就是踩疼了冰雪嘎巴嘎巴的嘶叫声。入了夜，五柳往地炉子里再怎么填煤，炕虽热，可人哈出的气却还是白的。五柳和走仁子拿绣花针的手，还是有点木。五柳用一条小褥子盖着他们的脚，他们绣一会，还要把手伸进褥子里暖和一会再绣。浅红学绣活儿没耐心，在小绷子上学绣了几天，不成样子，干脆住了手。可她不肯借着灯亮读书，也不愿意早睡，她就乐于给他们纫针。偏偏走仁子近视眼，戴着眼镜，在绷子上走针还可以，可要纫那半寸长短，牛毛粗细的绣花针，还有些费事。浅红视力好，那小针鼻儿，她一纫一个准儿。她就揽了纫针的事，她在枕头上别了十几根绣花针，针上纫着各种颜色的花线，早早就预备在那，五柳和走仁子换线时，就不用现纫，一伸手就换一根现成的，这倒加快了绣工的进度。五柳虽不用自己纫针，可她还是对闺女有些不满。这孩子枉长个好看的身量和脸模子，干事情没筋骨，不吃硬，只是当着走仁子面她不好说她。浅红除了纫针没事做，就打盹；打够了盹，有时就将伸在褥子底的脚，有意无意地碰碰走仁子。正专心绣活儿的走仁子，有时就猛地激灵一下，他迅速用眼角扫她一眼，拔拔身板，坐坐端正，再继续走针。五柳看到了这一切，心里有些不快。

整整绣了一冬一春，大榆树封严了叶子，满枝榆钱儿落尽的时候，已经到了五月底，这件红蟒行头上的绣工活做完了。五柳又帮着走仁子，将行头片子，该裱糨子地方裱糨子，该挂衬的挂衬，该做纳工的做纳工，最后，上好白绸水袖，云肩儿挂上丝绦、镶上穗子，每道工序都严谨精细。一套像样的女蟒，这才真正的完成。

走仁子跟五柳学做行头，郎老大是知道的。他每到五柳家，走仁子没来，绣活儿还没开始，行头片子都包在包袱皮里，平搁在大躺柜的盖子上，他也难得见到一回。等他们绣活儿时，都差不多到了各家闭灯的当口，郎老大是个戏剧通，自然也是半个行头通，他怎能不愿意来凑热闹？可尽管心里痒得厉害，他远远望着她家后窗暖莹莹的灯光，还是拘于不便，硬是压着性情没咋过来。开春以后，天长了，他走动也勤了。这个星期天，他一进五柳家，正赶上蟒衣完活儿，浅红站在炕上，正担当着行头架子，这件红蟒就穿在身上。

门洞堵成的这间房子，本来就发暗，又加上轧了大半年的炼钢手闷子，满屋子收拾不净的破布毛子，早已把一个家弄乱套了。郎老大这次一进门，却被满屋的红光晃疼了眼睛。他用手遮了遮眼，再抬头望过去，浅红身上的红蟒把他惊呆了！他和五柳、走仁子站在炕沿前边，一起看着浅红身上的红蟒，她臂上的两条行蟒，前身后身的两条坐蟒，遍身的鳞片闪着亮，骨节活泛着，眼珠转动着，头昂尾张，仿佛一动一动的。浅红甩动着大水袖，腰身打着旋，一炕都泛滥着明艳的光芒。

郎老大想起了他早年所熟悉的热腾腾的戏院，五柳也作为“大衣箱”回到了锣鼓家什震耳欲聋的后台，而走仁子有点迷瞪了，不知是自己的手艺将炕上这姑娘装扮美艳了，还是因为这姑娘本来就太俊，将这行头衬托出一番意想不到的耀眼？……

到底郎老大吃进肚里的戏码多，他见了甩着水袖的浅红，一下想到评剧《打金枝》。他对炕上的浅红说：哎呀，可惜了，可惜了！这丫头要有一顶凤冠戴上，这不活脱就是一个《打金枝》里的升平公主嘛！

走仁子没看过《打金枝》，忙打问，郎老大就对他说，戏匣子里天天放送，还教过唱段呢。这戏码儿说的是大将郭子仪为保唐王，杀了奸佞安禄山后，唐王封他为汾阳王，还把闺女升平公主嫁给了他儿子郭爱。可汾阳王过生日，当儿媳妇的公主却仗势不给老公公拜寿，驸马爷郭爱一怒之下打了老婆，郭子仪慌忙捆了儿子郭爱上殿请罪，后经唐王和皇后两人动之以情，晓之以理的一番说合，公主放下架子，认了错，小夫妻最终才合好……

刚好许涤白下放劳教前，家在评剧院宿舍住时，团里正排《打金枝》，许浅红当年虽年幼，那戏却也听熟了耳，能顺上几句。她荡着两只三尺水袖，在炕上装模作样地唱起来：……头上戴珠冠单凤展翅／身上穿八宝龙凤绵衣／我的父他本是当今皇帝／金瑞我乃是金枝玉叶驸马妻／今日里汾阳王我的公公寿诞之喜／驸马爷他清早起就把宫离……

浅红唱到这，就卡了壳儿，只能拿捏着在炕上舞来舞去。

郎老大倒想起底下驸马爷打老婆的那几句唱来，就接哼道：……你说谁是天来谁是地／你说谁比凤凰谁比鸡？／今天本爷偏要打你个皇家女／打你知道谁是公公谁是媳／打你个天上的凤凰不如地上的鸡／打出个孝字打出个礼……

浅红灵机一动，不失时机地扬起水袖，跺步摇身地插上一声呼：父皇啊……

郎老大进入了唐王角色，叫了一声：儿啊……又不当不正地拣了几句他会的几句唱道：……孤坐江山非容易／全凭着文臣武将保社稷／想当初安禄山反唐兵马起／他要夺孤王锦绣华夷……

五柳情不自禁就接了皇后的唱：多亏太阁学士明大义／硬请来保国大将名叫郭子仪／老皇兄为江山设下千条妙计／斩了安禄山尔等首级……

郎老大接了句唐王的词：孤见安禄山的人头心中大喜……

五柳替皇后唱了句：金殿上就把子仪的官职提……

郎老大替唐王唱：又封他汾阳王一位千岁……

五柳替皇后唱：把金枝玉叶的女儿就许他做了儿妻……

唱到这，几个人都接不上词儿了，晾在那，大眼瞪小眼，想了片刻，还是没想起来。一下子都从戏里走出来，四个人不由同时拍着手大笑了起来。

这一切都是因为这件红蟒引起的，走仁子心里很受用。他见浅红身上的云肩儿不够服贴，就跳上炕，对着浅红一番摆弄比量。浅红一向粉嫩的脸蛋，被细汗润成鲜果一样，走仁子真想掐它一把。

郎老大余兴未尽，不停地搓着手。可五柳已拾起一沓没轧的炼钢手闷子，这活得快点赶出来呢，乡下那边传来话，土高炉上等着用呢。她拿着絮成了片的破布点毛子，眼睛却盯着炕上的红蟒，人已走向了小飞人缝纫机。郎老大看见她眼里闪动着湿光。

篾梁父子

周建新

1

按着儿子的头，磕响了三下，梁古仓的手忽然顿住。

抬头望向墓顶，一番意想不到的情景，冲撞进他的眼睛。一个雪白的脑袋，在荒草凄凄的坟冢上，蓦然拱出，两粒黑亮的眼睛，机警地搜巡，一只黝黑的嘴巴，漫无目标地嗅。发现梁古仓瞅它，便停顿下来，竖起耳朵，神情也变得肃穆。观察了片刻，它开始小心却又坚定地向前挪动着。渐渐地，它的整个身体升起在坟顶，随后，骄傲地坐下，昂起头，君临天下般环顾四周。

那是一条白得一尘不染的狗。

梁古仓惊讶地张大嘴巴，他弄不明白，方圆十几里没有人烟，哪儿来的狗？

儿子梁传宝的头被压迫得难受，头都磕完了，凭啥还按在地上？他倔强地扭着脖子，甩开了父亲那只粗砺的大手，本想埋怨几句，那团白色，闪电一般，突然闯进他的视野，他的眼睛便直了，和父亲一样，怔怔地发愣。

清明时节，虽说春风送暖，大地复苏，可眼前依然一片萧条，坟头上新芽未放，枯草丛生，还是那般凄凉。那团白色，突兀而起，醒目得刺眼。梁传宝误以为，那是一只白狐狸，而且还是一只特别媚的狐狸，直至它友好地“汪”了声，才和父亲有了相同的判断，一只长得像狐狸的狗。

梁传宝随口叫了声，白狐。

白狐似乎听懂了，高傲而又轻缓地晃了几下尾巴，没有恐惧，也没有犹豫，循声而下。

梁古仓坐在坟前，卷了只烟，刚想点燃，却没摸到火，想起了现在是封山期，打火机丢在了家里，便把烟揣回兜里，站起来，对儿子说，别招猫逗狗了，回家！

白狐似乎听懂了有人不欢迎它，止住了步子，犹豫片刻，安静地坐下，与梁古仓相对而视。儿子用鼻子哼了一声，以示抗议，他并没有招惹白狐，狗是主动过来的，他觉得用狗回击父亲，难免不敬，便指责父亲的烟，商店里的香烟成百上千，又不是买不起，还抽自卷的土烟，也不嫌麻烦。

梁古仓撸了下儿子的头，直接转回主题，骂道，带你来是祭拜祖宗的，胡吣什么？

祖宗是什么样儿，梁传宝没有一点儿印象，况且一座大坟冢里埋了二百多人，哪能个个是祖宗？然而，父亲却始终如一地称，都是梁家的祖宗。自从他记事起，每逢清明和祭日，必须带足祭品，跪下来，隆重地祭拜。这时，父亲便开始念念有词地叨咕，虽说是祖先的事迹，却都是些让他一知半解的文言词儿。

父亲说，一百二十年了，两个轮回，都是为国捐躯的英雄。

儿子说，算了吧，那时候是大清国，哪儿有英雄，都是些卖国贼。

父亲说，真是数典忘祖的混蛋，英雄还分哪朝哪国？越是末代朝廷，越是英雄辈出，比如文天祥。

儿子说，就算咱家祖宗是英雄，可祖宗只有一个，哪能二百多个，哪天把咱自己家的祖宗挖出来，单独拜吧，别混在一块儿了。

父亲又撸了下儿子的脑袋，骂道，说你数典忘祖，你还真就是，他们都姓梁，都是一个血脉的，你就是个混蛋。

儿子扑楞下脑袋，不情愿地说，好了好了，我是混蛋，是老混蛋生的小混蛋。

父亲接着骂，混蛋。

混蛋就混蛋吧，儿子不再接话，和父亲一起，沿着一条羊肠小道，朝山下走去。

山下，只有他们一户人家，去一趟村部，得走十几里，好在家里大大小小有好几辆摩托，油门一拧，不消几分钟就到了。

每逢清明和祭日给祖宗上坟，梁古仓总是这样，不管走出了多远，也要回头回脑地望上几眼，好像坟上有魂灵向他招手，直至坟头在视线里消失。可他的儿子梁传宝并非如此，离开坟头，他像得到了大赦，头也不回，一直向山下跑。

这一次，梁古仓回头，回望的不仅仅是那座大坟，还有那只叫白狐的狗。儿子也不急了，一路回头张望，恋恋不舍地看着狗。

狗不紧不慢不远不近地跟着，即警惕又放松，好像要和他们回家，又怕被拒之门外。

真是条好狗，梁古仓感叹道，大坟前的祭坛上，摆着祭祀的饭菜还有整块的蒸肉，它完全可以趁主人不在，当一把梁家的祖先，吃光舔净。可它却不闻不问，跟随梁家父子的脚步，不离不弃地走下来。

谁家这么有福气，摊上了这条懂事的狗。梁古仓怕狗的主人着急，吓唬了好几回，想把狗赶跑，可是，那条狗只是往后躲闪了几步，依然如故地跟随。

儿子的手指掐在嘴里，打了一声尖锐的哨，又喊了声，白狐。

白狐的尾巴竖起，呼应着梁传宝的声音，频繁地摇晃，像摇晃一面情感的旗帜。

儿子很激动，不顾父亲不要招猫逗狗的劝阻，折回身，向着那条狗跑去。白狐的尾巴晃得更欢了，像找到了母亲的孩子，一下子扑进了儿子的怀抱。

梁古仓看着那条欢天喜地的狗，又望向已经渺小了的祖坟，忽然觉得，这条狗来得很蹊跷，它绝不是凭空而来，肯定是祖先众多的亡灵凝聚成了精灵，轮回转世送还给了梁家。祖先们把所有的灵气赋予了这条叫白狐的狗，让它成为梁家的一员，和梁家的子孙一起生活。

这么一想，梁古仓的心豁然开朗，不再担忧是夺人所爱，也不再拒绝白狐，让儿子带着白狐回家。

白狐似乎听懂了，居然钻进了梁古仓的怀里，撒了个欢儿，又投奔到儿子的怀抱了。

梁古仓觉得，应该回去再拜一次，感谢先祖们送给他们的礼物。于是，他便折回了身。

梁家的大坟，不是一座普通的坟，是受过皇封的。当年，梁家的祖先居住在风景如画的四川盆地，全村都是梁姓人家。朝廷征兵，全村青壮男丁，悉数被召，迁徙几千里，至辽东凤城。

那年的晚秋，日倭扇动朝鲜民变，甲午战事暴发，日军突破鸭绿江，梁家子弟兵与日军大战摩天岭，尸骨成山，却寸土未丢，成为甲午惨败中少见的亮点。战后清点，梁家二百多子弟兵，无一生还。朝廷征用渔船，满载梁家遗体，一路悲歌，运至辽东湾西海岸，在辽西走廊上，选择一块僻静的地方，筑墓修坟，让这些年轻的亡灵安息。后来，光绪皇帝亲书悼文，还拨付银两，立了碑，修了昭忠祠。

一百二十年前，梁古仓的太爷爷梁忠清还是个少年，却一个人戴着全村人的孝，千里迢迢地从老家赶来奔丧。遗体一堆一堆地堆在一起，血肉模糊，无法辨清彼此。那些日子，天悲云泣，把辽西走廊的山都哭红了。

这么多遗体，得需要多少棺材呀，况且，辽西走廊的山，石多土薄，多为灌木丛，没有几株成材的树，做不出几口像样的棺材。梁忠清买下了临近乡村的秫秸，用篾刀削出了堆积如山的高粱篾子。他没日没夜地劳作，硬是在下葬前编出了二百余片席子。伴随着眼里的泪和手上的血，他不厌其烦地整理亲人们的遗体，尽量凑齐每一个遗体，完整地裹在篾席里，整齐地摆放在灵棚中，等待安葬。

下葬那天，北风呼啸，大雪纷飞，梁忠清高举被篾席片划得鲜血淋淋的双手，向天发誓，梁家世世代代居住在坟下，为父亲和与父亲一起战死的族人守墓。从此，这个荒山野岭有了人烟，从此，这座只有一户人家的屯子有了名称，叫做篾梁。

篾梁山清水秀，土地虽不肥沃，却很广阔，不失山珍野物，日子虽说不算富裕，却也红红火火，衣食无忧。唯一遗憾的是，梁家始终人丁不旺，世代单传。曾有人想同梁家为邻，每每居住下来，夜里便闻阴风四起，杀声与惨叫不绝于耳。于是，便落荒而逃。而梁家呢，却是安然无恙，浑然不觉。

到了梁古仓这一代，梁家守护昭忠祠已经四代了。梁家的家谱为“忠厚万古传”，太爷爷梁忠清，爷爷梁厚实，父亲梁万泉，都已成为大坟包下的小坟包了。梁古仓清晰地记得，父亲梁万泉临终前叮嘱他，一生一世守护昭忠祠，子子孙孙传承下去。

梁古仓答应了，一直这样做下去，至死也不会离开。

可眼下，梁家的危机来了，梁古仓生了个不孝的儿子，他没法保证儿子也和自己一样，做一个忠实的守墓人。若是再有个儿子就好了，他可以放弃掉这个儿子，遗憾的是，老太婆早就已绝经，没有了这种可能，只盼着多生一个孙子吧。儿子嬉皮笑脸，拿什么都不当回事儿，梁古仓时时刻刻都在担心，世代相传的为昭忠祠守墓的习俗，有可能断送在儿子梁传宝的手里。

儿子不但不愿意守墓，对梁家祖先大战摩天岭的故事，也心不在焉，对皇上手书的碑文，更是不屑一顾。他悲哀地预感到，忠厚不能万古传了，很可能要在“传”字这一辈上终结。所以，每逢祖先们的祭日，他都要强拉着儿子，到祖坟上祭祀，让儿子千万别忘了国耻与家恨。

儿子很不耐烦，数落着父亲，陈芝麻烂谷子的事儿，总是抖落啥，跟谁说谁信呢，昭忠祠在哪儿呢？皇上的手书在哪儿呢？还有那些灵牌在哪儿呢？不过是坟堆子比别的人家大了几圈儿而已。

父亲被问得直眉瞪眼。昭忠祠被当成封建的卫道士给毁了，只剩下残垣断壁。刻着光绪帝手书的石碑也被砸了，所剩无几的文字，七零八落，凑不成几句完整的话。还有那些牌位，早就被人捡走，当柴烧了，只有祖太爷和祖太爷亲兄弟的牌位，因为供在家里，才幸免一劫。

这些事情发生时，莫说是儿子梁传宝，就是他的姐姐梁艳，也没出生呢，不管他怎么讲，儿子就是不信，还反驳着父亲，过去一百二十年了，干嘛还耿耿于怀，人早晚都会要死的，让他们放开量地活，能活到今天吗？

父亲气得要死，嘴唇哆嗦着，一句话也说不出来，最后重新憋出那两个字，混蛋。

白狐的到来，给梁家带来了无尽的乐趣，姐姐梁艳听说家里添了个宝贝，带着姐夫和外甥，从县城回到家里，与白狐玩耍。

白狐虽然是一只狗，却比孩子懂事儿，起码梁传宝未满周岁的儿子现在还比不上白狐呢，抓屙在炕上的屎吃，把白狐喊来，让它上炕把屎舔干净了。它却一副不高兴的样子，扭头就走。全家人都感到奇怪，都说狗改不了吃屎，却生生地叫白狐给改了。

狗不吃屎，最不高兴的是梁传宝的媳妇白灵，因为剩下的事儿，都得她去收拾，谁让她没带好孩子呢。一边收拾，媳妇一边嘟噜着脸，满心的不愿意。

梁传宝替狗辩解道，舔完屎再舔你的脸，你愿意呀？

媳妇白灵不说话了。

和所有的狗类不同，白狐是条高贵的狗，不贪吃，更不会守着饭桌晃尾巴，不是喂给它的东西，绝不多吃一口。即使是喂它，把狗食扔在了盆的外边，也拒绝吃食，它只吃盆里属于它的食物，不会吃着盆里惦记着锅里的。

还有，白狐是条爱管事的狗。

母亲怕鸡们蹬坏了院外的蔬菜大棚，吆喝了两嗓子，白狐便像一只离弦的箭，猫一般灵活地爬上大棚脊梁上，冲着鸡们狂吠，直至鸡们吓得四散而逃，再也不敢用爪子蹬塑料薄膜了。

早晨，羊们不爱出圈，青草没出来，山上一冬天的枯草，早就让它们吃得乏味了，总是望着苞米堆"咩咩"叫，渴望主人多扔几捧苞米，不想到漫荒野地自己觅食。白狐便跳进羊圈，专咬羊的屁股，吓得羊们不敢恋圈了，规规矩矩地跑到山上去吃草。

梁家有林有果有蔬菜更有粮食，成堆的苞米棒就散落在院子里，耗子们闻讯而来，彻夜不停地啃，争分夺秒地和梁家的猪牛羊和鸡鸭鹅争吃食。梁家的猫吃熟食吃惯了，居然对老鼠视而不见，充当起了猫菩萨。倒是白狐多管闲事，把耗子们追得家破“鼠”亡，妻离子散。

喜欢给鸡拜年的黄鼠狼，也不喜欢白狐，有好几只命丧在白狐的犬牙下。受到黄鼠狼惊吓的鸡们，漫天乱飞，白狐很安静地往鸡窝前一趴，鸡们便纷纷回来，哆哆嗦嗦地伏在它的怀里。白狐轻轻地摆动尾巴，安抚着鸡们不要害怕。

得到过白狐安抚的，除了鸡，还有鸭鹅，甚至牛和羊。不管是家禽还是家畜，只要惊慌地叫起来，白狐便竖起耳朵，“嗖”地一声跑出屋子，出现在牛棚羊圈，牛羊便安稳了，出现在鹅窝鸭架，鸭鹅便不再惊恐。白狐那双水灵灵的大眼睛，会说话，会说人听不懂，禽畜听得懂的话。有白狐在，家里完全可以没有人。

当然，白狐除了会哄动物，最会哄的还是人。

梁传宝喜欢白狐，喜欢到了无以复加的程度，一步也离不开，超过了喜欢儿子，更不用说媳妇白灵了，他甚至对媳妇白灵说，你不如你妹妹懂事儿。妹妹指的就是小狗白狐。

这一次姐姐从县城来，他特意嘱咐，买来一只能到处拎的音响。这是他专门给狗准备的，只循环播放一只曲子，是那首有名的“白狐”。随着曲子，他总是在哼唱：我是一只修行千年的狐，千年修行千年孤独……

父亲看得生气，骂着儿子，那是条狗，怎么爱往你怀里钻，也变不成美女，你能不能干点儿正经的？

每逢这时，白狐便抛弃了梁传宝，扑进梁古仓的怀里，用热辣辣的舌头讨好他的脸，不让父亲说儿子，弄得梁古仓哭笑不得。

姐姐和白狐玩了几天，没有玩够，临走时，请求弟弟，把狗给我吧。

没等梁传宝说话，父亲说了，不行，梁家二百多个生灵，一百二十年了，所有的魂灵都符在这条狗身上了，白狐是梁家的根儿，和梁家的男人一样重要。

2

梁传宝终于干上了正经的事儿，放羊。

父亲说，你母亲岁数大了，山上的草放青了，草色遥看近却无，羊看到青色，却啃不到，肯定会发疯，拢不到一块儿，你腿脚灵便，替你妈放一阵子羊吧。

梁传宝“噗嗤”一声，笑了，没想到老爹这个老农，一辈子和米黍谷粟、猪马牛羊、砖瓦石块打交道，居然还冒出一句诗来。他本想拒绝，看在父亲出口成诗的面子上，也看到老妈满院地照顾猪牛羊鸡鸭鹅，再去满山跑，太累了，就应承了下来。

和老妈不一样，梁传宝才不会满山跑呢，满山跑的事儿，交给白狐去做，白狐喜欢做牧羊犬，哪只羊不听话，就咬哪只羊的屁股，直到归顺为止。

白狐有一种表演的天赋和领袖的欲望。

梁传宝披着一件大衣，找到一个坡下有水的阳面山坳，把羊群一松，不管了。放下拎着的音箱，把大衣铺在身下，面对太阳，舒服地躺着。他掏出随身带的U盘，插进音箱的USB接口，按开电源。音乐缓缓而起，他把手指插在嘴里，打起了很响的指哨，山野里，没有人，他不再担心父亲骂他一副二流子样儿。

这是梁传宝的绝活儿，与父亲庄稼院里的满手绝活儿相比，南辕北辙。他无师自通地练会了指哨，手指往嘴里一含，千音万律，百鸟儿齐鸣，大自然的各种声音都在他的指尖复活了。

现在，他用指哨合着《聊斋》里的歌儿，尽情地释放着“白狐”。山谷里，到处回荡着：能不能为你再跳一支舞，我是你千百年前放生的白狐，你看衣袂飘飘，衣袂飘飘……

指哨声和谐地融进了歌曲里，回旋在箩梁的天空与大地。清明过后，山上山下的春色一下子显现出来，各种花儿热热闹闹地开放，雪白怒放的梨花，含羞待放的桃花，快要凋零的杏花，还有山上的各种野花，比如，红色的杜鹃，白色的蒲公英，黄色的苦麻子。

这些花儿，一下子让荒凉的原野有了复苏的气象。梁传宝知道，树上开的花儿，都是果树花儿，为父亲勤劳的双手绽放的，秋后将回报给父亲丰硕的果实。还有，一辆红色的拖拉机奔驰在田野里，那是父亲在播种苞米。用不了几天，房前屋后，山前山后的地全都能种完。现在的庄稼活儿，简单得闭上眼睛都能干，只是一种一收，靠着一辆拖拉机，全都解决了。

梁家属于靠山吃山的人家，包下了整个箩梁，这么大片土地，即使遇到了百年大旱也无需忧虑，照样能丰衣足食。梁传宝忧虑的是粮果不值多少钱，忙了一春八夏，收获即使堆积如山，换成的钞票也很薄，全家人辛劳一年，还不如好瓦匠出工干上一个月。

父亲却完全没有那种感觉，看到大棒苞米，又大又圆的苹果就乐，好像能值多少钱似的。他们家结过一只五百斤的大南瓜，四口人一块儿抬才抬得动，有人出钱一千块，父亲愣是没卖，留在家里看着玩，看到最后，看烂了，成了一团泥。

梁家最累的活，就是照顾家禽家畜，这帮畜牲们，才不顾主人有多累呢，没完没了地吃，没完没了地屙，梁家人就得没完没了地喂，没完没了地清理圈舍，否则，院里就会臭气熏天。看着父亲累成那个样子，他很心疼，可是能守在祖坟身边，父亲一点儿也不嫌累。从高中毕业，背着书包回家那天起，他就张罗出去打工。可父亲让他做的偏偏是他最不愿意做的，耕田种地，牧牛放羊，娶妻生子，让看坟的事业子子孙孙传下去。

反正都是自己不愿意做的事儿，又不得不做，梁传宝的指哨声中，透露着一缕忧愁，年纪轻轻的，一辈子面朝黄土背朝天了？养那么多禽畜干啥，农家院里的活儿，一只狗，一台拖拉机都能干，完全可以腾出人手，到城市里打工。然而，父亲就是不肯放他出山，怕他忘记了守坟。

他对父亲烦透了，从什么时候起开始烦，已经记不得了，反正父亲是他的天敌，从记事儿起，就和父亲打，父亲一张嘴，他就想顶嘴，一听到父亲叫他的名字，他就烦。梁传宝，多土气的一个名字，梁家有狗屁宝值得他往下传，因为这个名字，从上小学起，同学们就叫他看坟的。新生入学那天，老师盯着名字瞅了半天，嘀咕了好几声梁传宝，忽然说了句，爷爷的名字不算数，添上孙子的名儿。

学生们哄堂大笑，说梁传宝就是新生的名儿，老师说，太老了，改。父亲因此和老师牛上了，梁家忠厚万古传，凭什么改名儿？

子承父业，父亲的心里早就打好了这个底儿，非得让儿子和他一样，一辈子看坟。

他一百个不乐意。

没到中午，梁传宝就回家了。父亲问他，羊呢？他说，山上又没有狼，有白狐看着呢，一只也丢不了。父亲提高了嗓门，它只是一只狗。他回敬道，一只狗也比我强。父亲生气了，这个不干，那个也不干，放羊是最简单的事儿了，这个都不愿干，你到底会干啥？

跟梁家的祖先比，梁传宝确实啥也不会。梁家世代都为能工巧匠，木匠瓦匠无所不能，编篾席更是世代相传，随意就能编出朵水墨的花儿，到了父亲这一辈，那双巧手能把秫秸片编出“清明上河图”来。父亲的活儿，他确实不会，给牛羊接生，给果树嫁接，给田地喷药，甚至给祖宗填土上坟，他都不想做，更别说修农具编篾席了，就是编个蝈蝈笼子，也得求老爹帮忙。

可是，他并不服父亲，他说，我的天地在城市，不在山旮旯，别把我闷在家里，我要出去，到城里经商做买卖，挣大钱。

父亲想不明白，自己和儿子一样，都是在城里上的高中，自己的心始终拴在祖坟上，毕业后顺其自然地回到了篾梁。儿子却完全不同了，自打高中毕业，心就没回来过。所有的庄稼活儿都不入心，就连种庄稼他也说成开拖拉机玩儿。早先的手工种地，错铲一株苗儿，少收一棒苞米而已，机械化了，错了一点儿，就是大错，影响的是一年的大收成。

儿子已经横下一条心了，离开篾梁，媳妇和儿子都拴不住他的心了，天天打媳妇骂儿子，把家里闹得个鸡飞狗跳，不管白狐怎样乖巧地讨好他，就是不管用。媳妇白灵对着公公说，咱家就是监狱，再不放他出去，该疯了。

也难怪，山里的年轻人，只要不是傻子，不是出去打工，就是出去做点儿买卖，谁还在土里刨食啊。梁古仓担忧，用不了十年，剩不下几个会种地的农民了。

儿子已经娶妻生子了，没法当着儿媳妇的面儿打骂了，梁古仓唉声叹气了好久，和老伴商量好几个晚上，最终才答应儿子出去，到外边儿蹦哒蹦哒，条件是孙子留下，清明和祭日必须回来，抱着梁家的第六代孙儿，祭拜祖先。儿子也提出条件，把白狐带走，白狐是他的命根子。

父亲想，让这个臭小子到外边碰碰壁吧，兔子满山转，还得回老窝，他要亲眼看一看一事无成的儿子，究竟能混出个什么样儿来。

城里是挣钱的好地方，也是没钱寸步难行的地方。

听说父亲答应让弟弟进城，姐姐高兴极了，起码有个伴儿了，在城里不孤独，何况，弟弟还带来了招人喜爱的白狐，没事儿可以让白狐陪着她玩了。可弟弟一来，她就犯愁了，弟弟肩不能扛手不能拎，弟媳除了会打麻将，也是啥也不会。在城里喝一口水都要花钱，姐姐家的楼就屁股那么大的地儿，挤了五口人，还加带一只狗，出来进去的，谁都不方便。

梁传宝开始外出找活儿干了，到工地打工，哪个工种都不会，到劳务市场出力，一面墙都砸不倒，把从篾梁带来的核桃榛子拿出去卖，被城管追得到处跑。总之，梁传宝在城里处处碰壁，别说是挣大钱，就是挣小钱，也争不过别人。最后，还是姐姐找出个门路，盘下了一家超市。

然而，开超市并不是轻松的事情，房子货物都不是白来的，需要一笔很大的底垫，至少二十万。

梁传宝没有一丁点儿积蓄，家里也没有这么多现款，父亲不习惯攒钱，喜欢攒活物。父亲头都没皱，除了留几只做种，把近百只羊全卖了，凑上了十万元。羊是母亲送到山上放，有了感情，觉得每只羊都像自家的孩子，舍不得，流了好几天眼泪。父亲说服母亲的办法是，山也需要歇息，这么啃下去也不行，山会秃的，攒几年草吧，让下一批羊来啃。

姐姐也把家里的积蓄全拿出，让弟弟这个放羊娃，一夜之间变成个小老板。

梁家的父女，一心一意地扶植梁传宝。

梁传宝的超市，开得并不省心。到哪儿地方进货贵，到哪儿便宜，他两眼一抹黑。什么东西是正品，什么东西是高仿，他弄不清。什么畅销什么滞销，什么东西容易过保质期，他搞不明白。什么样的人群愿意买什么样的物品，他都不知道。这一切，他都得现摸索，都得去交学费。就连买他家东西的人都嘲笑这对小俩口，用乡下人的眼光，审视城里人的消费。

超市门外人来人往，却没人进来。虽说白狐十分乖巧，人们步履匆匆，没人欣赏。有人想进来，看到有狗守在门口，生怕被咬了，想进也不进了。

超市的生意清冷得像掉进了腊月。

梁传宝百思不得其解，在他的印象中，超市是最容易挣钱的地方，门外人来人往，为什么没多少人愿意进来？他以一盒中华的代价，询问一个老顾客，问究竟是什么原因？老顾客神秘地告诉他，如果生意能够过得下去的，你的上家怎么会把超市兑出去？

一语道破天机。

姐姐也着急了，毕竟超市是经她的手盘下来的，赔钱也不是她的本意，也不管贵贱，自己家所有的用品，都在弟弟的超市买，一次又一次地带着她的姐妹来给弟弟捧场，可这些都是杯水车薪。眼看着一批批食品放坏了，一件件物品放旧了，货柜上渐渐地长起了尘土。

没有几个顾客，也无需天天进货，梁传宝闲得没事儿，逗狗玩，让白狐像人那样直立着走，前爪着地倒立着走，随着音乐一起跳芭蕾，甚至教狗做算术，十以内的加减法，数到几叫几声，奖励给白狐的是卖不掉的香肠。

姐姐看到这一幕，差一点儿没气疯了，十万是爹妈一辈子的心血，十万又是丈夫给别人当牛做马的全部积蓄。丈夫给一家私营厂子当技工，累死累活攒下这点钱，容易吗？眼看着孩子一天天长大，用钱的地方多着呢，哪能禁得起弟弟这样打水漂。

梁传宝挨了姐姐的嘴巴。

被姐姐打了，梁传宝不舒服，看到媳妇白灵，没事一般磕着店里的盐焗葵花籽，吃着蛋黄派，喝着格瓦斯，更加不舒服了。这个败家娘们儿，对卖多少钱从来不关心，吃了多少东西也不记账，谁来买东西，好像欠了她的，一副乡下的泼妇样儿，多好的生意也得让她给做砸了。

那个嘴巴，让梁传宝传递给媳妇了，顺便还骂了句，你还不如一只狗。

媳妇也不是好惹的，一家人打成了一团，谁都不心疼货物了，东西砸得七零八落，吓得白狐躲在一角，瑟瑟发抖。

打累了，梁传宝说了句，离婚。媳妇的话跟得挺快，离就离呗，离开了谁不能活？

梁传宝拎着牵狗的项圈儿，带着白狐，头也不回地走了，临走还扔下一句话，城里的买卖多了，超市开不成，还不许我干别的。

媳妇把收银台里的钱抓了出来，全部揣进自己的兜里，挺着胸脯，扬长而去。

两个人就这样，闹着玩似的离婚了。

姐姐被丢在超市里，哭得昏天黑地。遇到这样不争气的弟弟，真是上辈子造的孽。最终还得是她处理善后，姐妹们帮她清仓大甩卖，关闭了超市。

3

离婚后的白灵，径直去了篾梁，要抱着儿子回娘家。

梁古仓说死也不让孙子离开，儿子不争气了，希望全在孙子身上了，他不能让孙子像儿子那样，抛下守墓的祖训，吊儿郎当，一事无成。他始终认为，人们都得靠吃饭活着，农民是最基本的行业，都不愿意当农民了，谁去喂十三亿人的肚皮？

争来争去的最终结果，双方都有了妥协，白灵是离婚不离家，还住在篾梁，一切花销都由梁家承担。婆婆说，咱家不差那几个钱，好歹有人照顾我孙子，院里院外，山前山后，哪儿不是钱，手脚勤快点儿，山上多抓一把，地里多挠一块，再多养几只鸡鸭鹅，啥都出来了。

梁古仓认可了老太婆的观点，就当啥也没发生过，走投无路的儿子迟早会回来，到时再摆上一桌酒，让他们小俩口和好如初，一家人还是一家人。

梁古仓唯一想不明白的是，开一个小小的超市，怎么能一下子亏二十万。二十万换成家里种的红富士苹果加上南果梨，能堆成一座大山，这么一座山，坐吃山空也够吃上几年的，咋能几个月就败光了呢？

发生过的事情，就过去了，就像出膛的子弹，没法回收，想得再多也没用，报怨谁也解决不了问题，还得想辙去挣钱。家里的十万，亏就亏了，算当买个教训，闺女的十万块，可不能白瞎了，闺女攒出十万块钱，太不容易了，不还上，还不得受姑爷的气？

想一想，还是篾梁好，只要有一把盐，就能过日子的了，想吃啥田里去取，山里去摘，看哪只鸡鸭鹅不顺眼，就拿它当下酒菜。不会像城里人那样，没钱转不了轴儿，吃一只冒牌的蹓跶鸡，也得花上一百块，挣钱比什么都费劲，花钱像流水一样容易。还是山里好，不想发财，一春一秋忙几天就够了，果树和庄稼太阳给照，雨水给浇，老天给管，用不着悉心照料，别忘了收获就行了。

可是，篾梁再好，却生不出那么多钱来，他只能再次出山了。

梁古仓的手艺，年轻时显露过几回，一双巧手上下翻飞，一面墙转瞬间就砌好了，拿水平仪一量，丝毫不差。有许多包工头儿都知道梁古仓，遇到急活儿，都想请他出来，可他已经过惯了自由自在的生活，不想身后有个催命的老板。

现在，他不得不出山了，替儿子还清欠下闺女的钱。

这是个百日大会战的工程，包工头签下的是死工期，如期完成能得到一大笔奖金，完不成，会罚得他倾家荡产。梁古仓的加盟，让包工头欣喜若狂。一个好瓦匠，一天能砌二千多块空心砖，验收合格后，包工头每块砖发给两毛钱的报酬，也就是说，好瓦匠每天能挣四五百块。

梁古仓岂止是好瓦匠，别看他快六十岁了，长得又干又瘦，可真的干起活儿来，小伙子都不行。早上六点上了跳板，晚上六点下跳板，吃饭都不下来，一面大墙一气呵成砌完，两个伺候他的小工都累趴下了。

当然，梁古仓也不是不累，下跳板时腿都不听使唤了，包工头得亲自爬上去，把他扶下来。吃完饭，包工头把一千块工钱送递手中时，他一下子便来了精神，干啥一天能挣一千，国家主席也没他挣得多呀。狠狠地睡了一大觉，第二天，体力又恢复过来了，还砌五千块。好在他的手掌早就磨成了熊掌，还戴上层防护手套，换别人，手指头磨没了，也干不出这么多活儿。

做工匠的，通常有个心态，都觉得自己最好。也有不服梁古仓的，暗中和他叫较儿，你一天砌五千块，我也不比你少。结果验收不合格，墙砌得不直，还得返工，没法和梁古仓比了。即使有和梁古仓相差无几的，干了几天，就累得不行，就不再比了。

梁古仓不多不少，每天都砌那些砖，都挣一千元。他早就算计好了，只干九十天，九十天后，就要收秋了，这边有多少钱，他都不去瞅。老太婆手里还有一万多块过河钱，回去了，正好还给闺女。秋后，水果贩子们会来篾梁的，到时候梁家又不会缺钱了，过几年羊群再繁殖起来，梁家依旧是与世无争，过悠哉游哉的好日子。他又可以一门心思地为梁家的祖先守墓了。

九十天快满的时候，工地出事了。

一个自称瓦匠王的人，一直跟着梁古仓叫较儿，砌墙时也和梁古仓挨着，只不过每天比他下跳板晚半个小时，人累得也是一摊泥。可是，吃完饭包工头算钱时，与梁古仓是一样的多，在大家的眼里，两个人就不分伯仲了。

那天，瓦匠王想在时间上超过梁古仓，那样他就可以当之无愧的当瓦匠王了。结果，活儿干急了，一时头晕，从跳板上摔下来，当时就没气儿了。

梁古仓吓得腿直哆嗦，坐在跳板上，半天没缓过劲儿来。这哪儿是出来挣钱呀，简直是出来玩命来了。他心里这个后悔呀，没想和别人叫劲儿，他只是想和钱叫劲儿，只想拿到手九万块钱。没想到有人和他叫劲儿，不服他的本事。这下可好，人拼没了。

剩下的那几天活儿，梁古仓说啥也不做了，到瓦匠王家陪灵，自称是瓦匠王的同门师兄弟，丧礼上了一万元。

钱花出去了，梁古仓心也安了。回家还给闺女的钱就不够了，卖了一头老牛，总算让闺女在婆家抬起了头。

把钱接到手里时，看着消瘦的父亲，闺女梁艳哭了，她真怕把老爹累死了，嘴里狠狠地说，等弟弟回家，把他屁股打开花儿。

梁古仓说，罢了罢了，只要他能守墓，我叫他祖宗都行。

粮归仓，果下窖，柴归垛，贮好萝卜和白菜，天已经冷了。梁古仓和老伴盘坐在火炕上，盘算着一年的收入，依然眉飞色舞，尽管钱没剩下多少，却真的没少挣，明年再多挣点儿，就可以慢慢地恢复羊群了，还可以买一头小牛犊。

火炕火热火热，老俩口在盘算着明年的火热日子。

尽管他们把好日子都盘算到一百岁之后了，可一缕担忧还是浮现在梁古仓的眉头。眼看要到十一月十二日了，那是梁家祖先一百二十周年的忌日，儿子若是不回来祭奠，可真的大逆不道了。虽然说，梁古仓不间断地给儿子打电话，催儿子回来，儿子也信誓旦旦地说回来，他却不敢轻易相信儿子了，好在孙子还在身边儿，祭祀的时候，有孙子磕头，便可以替代儿子了。孙子又长了半步，啥话都会说了，也知道了屎是臭不可闻的东西，不会屙在炕上。

提到了孙子，梁古仓就想孙子了，问老太婆，孙子呢？

老太婆叹了口气，说，白灵抱走了，到下边的村子打麻将，一去一整天，这俩口子，一对儿不争气。

梁古仓说，不是咱儿媳妇了，只是客居咱家，对咱孙子好就行了。

正说着呢，白灵回来了，一进门就吵吵饿，老太婆摔盆打碗地给她做饭。

白灵依然给梁传宝的母亲叫妈，大声喊着，妈，我今天又输了，给我一百块。

老太婆回敬了一句，我不欠你的。

梁古仓掏出了一百块，递给了白灵，安慰了一句，打麻将别带孩子，分心，明天孙子归我管，你肯定能赢。

老太婆把饭菜往饭桌上一撴，他们俩都是你给惯的。

梁古仓冲着老太婆挤了下眼睛，眼光落在孙子的脸上，白灵天天打麻将，注定要疏远他们的孙子，孙子是梁家的未来，他要牢牢地把握住。

4

十一月十二日，一百二十年前的这一天，梁家人血战摩天岭，二百多条血肉之躯打破了日倭不可战胜的神话，也阻止了日军西进奉天的企图。这一天，就是梁家的忌日，电话里儿子说得好好的，最终还是没有回来。梁古仓失望极了，承认了自己生了不肖子孙，跪在大坟前，哇哇大哭，痛骂自己对不起祖宗。

好在有孙子稚嫩的小手给他抹眼泪，他才没在痛苦中昏厥过去。

晚上，全家人心不在焉地看电视，只有白灵有闲心频繁地换频道。孙子喜欢动画片，白灵喜欢综艺频道，晚上没有动画片，电视便属于白灵的专利了。

综艺频道是现场直播，有一个节目叫才艺大比拼，几个选手各展绝技，观众一片叫好，只有一个叫耶律十八的，音乐声响起了，却不见人上场。

那首音乐，全家人都熟悉，叫“白狐”。

镜头里只有空空荡荡的背景，突然，镜头往下一推，舞台跳上了一只浑身雪白穿了件红衣服的小狗。随着音乐的起伏，小狗居然翩翩起舞，动作优美得不亚于伴舞女郎。歌中的女声有些忧郁，小狗的动作也表露出忧郁来。

能不能为你再跳一支舞
只为你挥别时的那一次回顾
你看衣袂飘飘 衣袂飘飘
天长地久都化做虚无

镜头中，出现了小狗的特写，小狗的眼中居然含着泪水。

白灵突然喊了声，白狐，咱家的白狐。

梁古仓夫妇俩突然坐起，眼睛盯向了屏幕。可不是吗，真真的是，你看那只耳朵，不就是和头羊叫劲儿时，被顶出的小窟窿。白狐应该是跟着儿子走的，每一次打电话，梁古仓都要问一声白狐好不，现在，白狐怎么变成了耶律十八了？

音乐声停止，主持人亮相，突然宣布，这只是个序曲，耶律十八不是选手，不参加比赛。梁古仓便更加紧张了，白狐成了耶律十八，肯定儿子在外边混不下去了，卖了白狐，改成了这个古怪的名字，他气得拍了下大腿，后悔了让儿子把白狐带走，那条狗凝聚着梁家二百多个灵魂呢，饿死了也不能卖狗呀，这个败家儿子，不把家彻底败光，他是不甘心啊。

主持人接着介绍，真正的主人马上出场了，是本场比赛的特聘嘉宾，著名民间艺术家耶律十八。梁古仓心里多少有些塌实，只要有人在就不怕，找到耶律十八，花多少钱也要把白狐赎回来。

耶律十八出场了，一副辽代人的打扮，两鬓剃得光溜溜，脑后梳个小辫子。尽管化了很浓的妆，梁古仓还是一下子认出来了，狗屁耶律十八，分明是他的儿子梁传宝。这小子正经事儿一件也不会做，转眼间咋就成了艺术家了呢？

这个世界真他妈的越来越让人看不懂了，什么样的人都可以成名成家。

白灵兴奋地指着屏幕，对着儿子说，快看，你爸，你爸。

儿子会说话之后，还没叫过几声爸，现在便奶声奶气地叫着爸。

梁传宝根本没有解释他为啥叫耶律十八了，上台就表演，节目叫“百鸟朝凤”，鸟是真鸟儿，凤是假凤，白狐穿上了凤凰的衣服。他拿出了绝活儿，把手指含在嘴里打指哨，学着百鸟儿的叫声，声音中，鸟儿像被遥控了一般，围着白狐飞，让它们聚就聚，让它们散就散，他叫一声，鸟儿回应一声，他叫得急，鸟儿也叫得急，他叫得舒缓，鸟儿也叫得舒缓，最终，鸟儿全落到了他的肩头。

就连梁古仓都看呆了，儿子啥时候练出了和鸟对话的本事儿？

本想退场，观众不让，让儿子和小狗互动。梁传宝用指哨打出了“白狐”的音乐，与小狗一起翩翩起舞。舞罢，让台下的观众出题，让小狗做算术，数得几叫几声，他用手指头和小狗互动，十几道题，小狗算得居然丝毫不差。

梁古仓搂紧了孙子，流着泪说，白狐凝聚着咱家二百多个精灵呢，怎能不聪明？

春节的时候，梁古仓看到，从村里通往篾梁的土路上，尘土飞扬，好几辆越野吉普奔驰而来。梁家从来没遇到过这样的阵势，猪牛羊鸡鸭鹅惊恐万状地叫着。

车上载着梁传宝，他在离家十个月后，终于回来了，还是那副耶律十八的打扮，陪着儿子一会块儿回来的，还有省里来的人。省里人一见梁古仓，就热情地伸出双手，感谢梁家保护好了这样一座爱国主义教育基地。

陪同省里人一块儿来的市里的人和县里的人都表态了，拨付专款，重修昭忠祠，再竖忠烈碑。

梁古仓做梦一般，有一点儿手足无措了，他不喜欢这个样子，那是梁家的祖坟，埋的是梁家的祖宗，本来就是梁家的事情，即使修祠竖碑，也是梁家自己的事儿，怎应该兴师动众地劳驾这么多人？还有，儿子这么张扬，他有点儿质疑，若是演戏，那可就坏了。

儿子解释道，爹，以后用不着梁家守墓了，国家替咱们家守，你可以到城里享福了。

一个漂亮的女子挎着儿子的胳膊，也跟着说，爹，跟我们一块到省城。

梁古仓楞了下，脸青了，白灵呆楞楞地盯着那女子，脸白了。

老太婆怕把家里弄成战场，挤在了前边，她说，满院的禽畜都是生灵，离开了，它们就会被人随便宰杀，有祖宗在，梁家不会离开篾梁的，我家的儿媳孙子，也不希罕城里。

说罢，老太婆把白灵和孙子都抱在了怀里。

改名叫耶律十八的梁传宝说，爹，凭着你的手艺，把咱家变成乡村宾馆吧，把咱家的果园变成采摘园，再多扎几片“清明上河图”的篾席，等到基地建成时，咱家就是一个乡村的旅游观光区。

梁古仓连连摇头，他想像得出，那时候篾梁会是一副鸡飞狗跳的样子，就连诉说心里话的家祭，也变成乱哄哄的公祭，他还想过几天安宁的日子呢。

儿子走了，连个团圆饭都没吃，挎着那个漂亮的女子，还有叫白狐的狗，一块儿远远地消失了。尽管白狐和梁家的人欢喜地撒着欢儿，还是没能留在篾梁。

梁古仓说，走就走吧，有白狐在，儿子就不会忘本，那是梁家的魂儿。

狼来了是个古老的传说

女　真

月考卷子发下来，米拉得了 132 分。米拉的数学基础一般，满分 150 的卷子，能得到 132 分，跟班里得高分的比不咋样，跟他自己前两次比，成绩大幅提高。米拉第一眼看到分数时挺高兴，等数学老师讲完卷子，脑袋耷拉下来了，下课拎着卷子去找老师。老师问他："你有什么问题？还有题不懂吗？"

"不是，老师，分判错了。"

"是吗？我看看，哪儿错了？"

月考时间紧张，个别卷子判错了不是没可能。在米拉之前，已经有两个同学成功地为自己找回了分数。老师以为米拉也是来找分数的。这次月考，按总成绩排名，进入年级前 100 名的同学，学校安排小班，每周由学校最好的老师免费开一次小灶。米拉头两次考试都没进入百人名单，这次本来胜利在望，没想到却是空欢喜一场。米拉头使劲往下低，眼泪差点流出来："老师，多给我判了 10 分！有一道大题错了，还有一个填空。"10 分啊，有这 10 分米拉可以进入前 100 名，少 10 分，130 名开外了！

老师拿过卷纸看。确实错了。各班的卷纸是交叉判的，不知道哪位这么马虎。看米拉难过的样子，老师摸了一下他的头："行了，别难过了，尽管卷子确实判错了，老师还是要把这些分数给你。这 10 分是奖励。诚实无价，多少同学拿着卷子来找分数，都是要求往上加分，主动来告诉老师分数判多的，你是头一个！"受到表扬，米拉眼泪却下来了："老师，对不起，我这次没考好，下回努力！但是，靠老师照顾进小班，不是我的真实成绩，心里还是难过！”

“没关系，下回努力，把这10分考回来，要有信心！”

米拉因为诚实在班级里受到老师公开表扬。米拉是班级里最单纯的孩子，不会撒谎。开家长会，当着全体家长的面，老师把表扬的话又说了一遍。开完家长会回家，妈妈告诉米拉："老师表扬你了，说你诚实。""可我们班同学嘲笑我，管我叫傻瓜一号，说这种事情压根儿就不应该告诉老师，自己知道就行了。妈妈我错了吗？""你没错。你记得我给你讲狼来了的故事吗？""当然记得，你给我讲过好多遍，幼儿园老师也讲过好多遍。""什么时候，诚实都是最宝贵的品质。""我记住了妈妈。"

米拉回家什么都愿意跟妈妈讲。下完雪，同学们去操场疯玩，秦放同学踹冰溜子，蹦起来的冰块儿把鼻子打出血了，求米拉："米拉，帮我跟老师要块手纸！"

老师正跟一个淘气的同学谈话，听见米拉替秦放要手纸很不耐烦："他自己淘气还有理啦？我还得天天给他带手纸啊？让他自己上水房洗洗去！"

米拉没讨到手纸，把老师的话原封没动转告秦放。秦放当时脸就沉下来了："老师就是看不上我。要是你给自己讨手纸，老师绝对不会说这样的话！"

米拉把这件事学给妈妈，妈妈讲："米拉，跟老师说你自己讨手纸不就完啦？"

"那不是说谎吗？"

"这么点儿谎算什么？"

米拉很委屈，很困惑："妈妈，合着这件事我还错啦？我这不是诚实吗？"

"诚实很宝贵，但不是所有的时候都要把诚实的话说出来。记得我给你讲过善意的谎言吗？"

"记得，一个将死的人，家人和医生不告诉他得了绝症，让他度过最后快乐的时光。"

"对啊，生活很复杂，你长大了，有些话，脑子拐过弯儿再说，三思而后行，明白没？其实妈妈也经常矛盾，现实生活中，你不这样有的时候就没法生存，你一点一点就能理解了。"

米拉在妈妈面前点了头。妈妈的意思就是让他少说话吧？可有时候你不说话就是不行。这可就让人为难了。一上初三，老师就组织班级同学在外面补课。电视新闻里说不让补，学校也说不让补，但实际上哪个毕业班都在补。放学了，学生们仨一群俩一伙，偷偷奔老师在外面租好的教室去了。各科老师轮流来补课，按课时收补课费。开班之前老师说了："同学们，补课的事情需要保密，咱们补课的时间、地点、老师，绝对不能让外班知道！万一让外班知道了，有坏人将咱们班补课的事情告了，咱们补不成，成绩上不去，别的班成绩上去了，咱们班的成绩下来了，大家明白严重性没？”“明白了！”

米拉当然也明白了。保密和撒谎，不是一个意思吧？老师是让大家保密啊！

可是天下没有不透风的墙。米拉班级补课的事情，还是暴露了。一个同学的家长把老师给告了。电话打到教委，教委把电话打回学校，让学校做出检查意见，整改。

老师在班级把这件事情公开讲了。讲的时候带着情绪。挨校长批了，还得写检查，情绪肯定好不了。讲到最后，老师说：“鉴于咱们班的具体情况，个别家长有意见，我已经跟校长表态了，以后咱们班不补课了！说心里话，我不能因为补课把自己的工作弄丢了，对不对？”

全班哗然！不补课怎么行啊？别的班都补，就咱们班不补，中考成绩好得了吗？求求你啊老师！哪个家长这么缺德！你自己孩子不补，不去上课完了，别影响别人啊！谁家长告的呀？一定要把他揪出来！

米拉心跳加快，慌得不行。自己在班级里有名的诚实，大家会不会怀疑他？他知道不是自己打的电话！可是爸爸、妈妈会不会呢？回家赶紧问妈妈！妈妈坚决否认：“我们怎么会干这种事情？！我们不赞成这么补课，但是老师领着大家补了，我们也不会到处去告。随大溜吧。”

米拉相信妈妈不会说谎，第二天再上学，心里就比较踏实了。更让他踏实的是，同学们私下里讲，老师已经有了怀疑的对象。谁呀？秦放！据说老师在上面讲话时，秦放同学的表情极其不自然。据说给教委打电话的家长是一个岁数挺大的人，估计是哪位同学的爷爷或者姥爷，而他们班里，只有秦放的家长在外地，每次都是爷爷来开家长会！

被解除了怀疑，米拉的心踏实了，却又非常难过。秦放在班里人缘不好，同学们不喜欢他，老师不待见他，米拉跟他还可以，秦放的爷爷是大学教授，秦放读过他爷爷很多历史书，讲历史一套一套的，比历史老师在课堂上讲的有见解。下课在操场玩时，秦放亲口跟他说过：“咱们班就你对我好。他们都太俗了。”如果大家认定了是秦放，秦放的日子肯定会很难过吧？老师会更不喜欢他，同学们也会更加孤立他。米拉真想问秦放，是不是他爷爷打的电话。话到嘴边，忍住了。他想起了妈妈说的话：三思而后行。万一不是，自己不是又惹祸了吗？就像上次帮秦放讨手纸。

补课停了一个星期。一个星期之后，老师下课把米拉拉到操场，小声问：“米拉，你想把数学成绩提高上去吗？”“当然想。“想提高上去就得补课。你想补课吗？”“想。”“今晚放学，老地方。不要跟任何同学讲，尤其不要对秦放讲！他要是问你，就说没有补课，听明白没？秦放跟你好，他肯定问你！说实话，咱班我最不放心的就是你了。”“为什么？”“你太诚实，怕你给说漏了。”这么说，诚实又是缺点了？米拉想了一会儿，说：“老师，我向您保证，一定不对任何人讲。”他不保证，老师不会让他上补课班啊！

每天放学，米拉总是跟秦放一起出校门。这个晚上，米拉格外痛苦，因为他不能跟秦放一起走了，而他得给秦放编一个说得很像的理由。撒谎是他的弱项啊！快到校门口时，秦放忽然肚子痛，要回教学楼上厕所！米拉如释重负：“不等你了啊！”

胜利大逃亡！

米拉这堂课没上好。班里大部分同学都出现在补课班，没有秦放，但米拉的脑子里差不多全是秦放。明天上学，秦放如果真问他怎么办？替老师、班级保密？跟好朋友撒谎？如果想融入班级、不被老师的补课班甩出去，他就只能撒谎！学会什么时候诚实、什么时候撒谎，这样的难题，比老师正在讲的圆的定理难多了！

回到家还是心神不定。妈妈问他怎么了，他若有所思、答非所问：“妈妈，等我长大有了孩子，我一定不给他讲狼来了。狼来了是个古老的传说，是一个很烂的故事。”

雁叫寒林

薛　涛

1

再见到老人时，他明显变老了。他似笑非笑爬出地面迎接他的客人。他的苍老在雪地的背景下藏不住了。

皱纹满脸都是，连耳垂都堆积了褶子；胡须泛滥成灾，从下巴一直漫到鼻子两旁，占据了大半张脸。他的样子越来越像一个通常的导演，比如朱导演、马导演、牛导演、杨导演，或者签名潦草的二三流画家。

山中的寒来暑往还是把他的年龄捎走了。他是一点点变老的，身边的高大乔木都知道。它们的眼睛长在腿上和胳膊上，专门看见细微的东西。

2

他的癖好没变，常年远离人烟，在山林中寻找几年前坠落的一颗星星。

他懂些天文知识，那颗星星在坠落时肯定燃烧殆尽，变成了一块不大的陨石。他不太会辨别陨石，只要是造型特异、留着腐蚀纹理的石头就带回来。石头越来越多，渐渐把他的营地圈起来，远远看去很像一座神秘的石头阵。这还不算，他的石头还悄悄摆到几条秘密小道，不知不觉形成了路标。少年就是凭借断断续续的石头找到的他。老人用石头为少年摆出了一条路，这条路线在雪地上模糊可见，外人却不易察觉其中的奥妙。

老人的行踪是个秘密。除了同桌、学习委员、劳动委员和麻辣烫的服务生，少年没有跟外人讲过。用劳动委员的话说，这个老人的来历确实惊心动魄。一个化工厂污染了方圆数里的空气和水，陆续有人患癌症死去。那年春天，老人的孙子也得肺癌死了。老人去化工厂讨说法，被暴脾气的保安打伤。老人回家喝闷酒，喝到半夜怒火中烧，索性摸进化工厂放了一把火。江苏的老板成了穷光蛋，他成了纵火犯，逃进山林。山林里的生活一点都不枯燥，老人一边逃避追捕，一边寻找天上掉下的那颗"星星"。

"地上死个人，天上掉颗星儿。我孙子死的时候，天上就掉下一颗。我得把这孩子找回来……"老人仰望星空，浑浊的双目闪着亮光。

这句话少年听了不止一遍。它是老人的精神支柱，也是他的生命哲学。少年对这个说法一直表示怀疑。假如这个说法是对的，天上的星星早就掉光了。少年很想跟他讨论一下，可是他的表情固执，少年把要说的话吞了回去。

星空冷寂，又一颗星星掉下来，砸向大地。他马上示意少年，"嘘……"目光紧紧锁住星星下落的轨迹，他想听见星星砸出来的动静。

片刻没有回声，寒夜依旧冷寂。连续降雪，大地铺上厚厚的白被子，把所有的声音都吸了进去。少年猜测流星是砸在谁家的草垛上，怎么可能发出一点回声？老人叹了口气，"又死一个人，这回是谁家的孩子呢？"说着便缩回冰屋不出来了。这时，远方传来两声懒懒的狗叫，算是代表大地致天外来客的欢迎词了。两声狗叫，也慰藉了老人的孤寂。

雪漫山林，一切变得冰冷、简单，连嘘寒问暖都省略了。

"瘦子跑到哪儿去了？他不是一个好侦探，总是南辕北辙……"老人把冰屋的门封死，压上一块狗皮。

老人很担心瘦子。这样的天气连大地都冻裂了，能把人冻僵。这些年，瘦子成为他唯一的陪伴。其实他俩就是你死我活的死敌，可是一旦长时间没有瘦子的踪迹，他居然会空虚，心里没着没落。这个秋天里瘦子又"失踪"了，可见他又一次误入歧途，越追越远了。

3

瘦子的生活轨迹从来没变过，继续走在寻仇的路上。

他的化工厂被烧，当天就破产了。他走上了配合警察追捕纵火犯的道路。就这样，他从一个胖老板变成一个瘦子，他忘记了自己的名字，干脆自称瘦子。他踏遍东北的山山水水，今年秋天到达漠河。望着黑龙江对岸的俄罗斯，他绝望了，最终他选择顺黑龙江朝着下游疾走。后来，几个弟兄给他透露过一点信息，在二道江一带的老林子里有个捡石头的怪人。他一分钟都没耽搁，赶紧从黑河赶过来，顶着第一场雪钻进老林子。

一个水潭成为他重点监控的区域。这次，猎人和猎物先后发现了对方。

水潭是老人的水源。他不独占它，它同时还属于几只老鸦、途经这里的雁与天鹅、鹿，一头野猪也曾经来这里宣示主权。第一场雪的当夜，水潭的边缘便结了一层薄冰，比迅速凋零的草木还敏感。老人再去打水时，水潭变寒潭，一只老鸦小心地立在冰上啄水喝，很不痛快。老人轻轻踢开冰层，打了一桶水走了。老鸦赶紧飞回来，痛痛快快喝了个饱。

瘦子从那块破冰发现了令人惊喜的迹象，这里来过一个人，或者是一头野猪、豹子、狍子什么的。瘦子兴奋坏了，这是他进入林区后最大的收获。就这样，瘦子在寒潭附近徘徊数日。附近的石头阵也让他颇费思量，在那里足足坐了一天，他几乎是坐在了老人藏身的地窖上面。老人头顶不时发出沙沙的巨响，重重击打着老人的心脏。那是瘦子踩踏落叶的声音。

瘦子最终没有发现人的痕迹，便改到别的林子里转悠。接下来的几天，老人不敢妄动，彻底断了烟火，猫在地窖里生吃土豆。生土豆吃起来更甜，这是他的一个发现。

有一天傍晚，瘦子鬼使神差又转回到寒潭附近。瘦子脚步还没站稳，便听见潭水哗哗的响声，进林间一看，是一头梅花鹿领着小鹿静静舔食冰水。他呆呆望着，温暖的瞬间冲淡了失望的情绪。他突然理解了纵火犯当年的冲动。他早就听说了，那个老人是为了孙子才失去了理智。等梅花鹿离开，他在潭边一直坐到天亮。半夜里他离开过一会儿，把潭水让给几只途经的狍子。天亮了，一头獾刚走，他也决定离开这片林区，去正确的地方看看。

瘦子离开时，一双眼神目送他。那眼神有些得意，也有些失落。

瘦子当然不知道身后的目光，所以走得很决绝，也很孤单。

4

少年的计划是住一周就离开老林子，他的寒假要结束了。

一场大雪从天而降，一下就是两天，把山林封死了。这场雪下得没有道理，立春一个多月了，这里的天气还在跟春天苦斗。一道厚厚的雪墙把春天的脚步挡在森林外面。

少年折腾了两个小时，走出营地还不到二里远。那座冰屋默默蹲在身后，等他回来。冰屋的顶端镶着一块冰，闪耀银光，像一座灯塔指示着方向。他瞄一眼白茫茫的林子，转回身朝“灯塔”爬回来。

这个结果老人早料到了，笑眯眯帮少年搓手搓脚。大雪封闭了山路，连豹子都很难出去，何况是一个孩子呢。在冰屋下面老老实实呆着，等待天气好转，这才是聪明的。毕竟立春一个月了，寒冬的势头应该继续向北退却才算正常。

这座冰屋与爱斯基摩人的冰屋没有区别，它是深冬的产物。几场大雪下来，落叶和木板挡不住严寒了，老人索性在地窖上方修了这座冰屋。冰屋在林中特别显眼，很容易暴露他的行踪。他顾不上太多了，他甚至盼着瘦子早些发现这座冰屋。可是没谁知道这座漂亮的冰屋。山高林密，连鸟都不多见，那只老鸦也不知去了哪儿，瘦子更是走在“正确”的方向。仅有的一次暴露，对象却是梅花鹿。老人刚探头出来，两头鹿马上跟他讨吃的。梅花鹿领着小鹿在冰窖外面蹲了一夜了，不能空手而走。他把几个土豆送给梅花鹿母女。

两头鹿陪他度过两个夜晚，第三天早上没了踪影，冷寂重新渗透进来。

地窖在冰屋下面隐藏着，他在地窖下面藏着，两层保护让他远离严寒。梅花鹿走了之后，他轻易不再上来，学一棵人参把自己深埋地下。地窖和冰屋之间的木梯成了摆设。地窖还是当年他和少年一起挖的地窖，空间比当初大了一号，角落还搭了一个火炉，有烟囱通向外面。地窖成为老人的卧室，也兼做厨房的储藏间。

储藏间里的积蓄不多了，还剩一把黄豆、三个地瓜，外加几串干蘑菇。今冬多雪，大雪几次封死山路，把老人购置食物的打算也封死了。

老人感激地看着少年，“你要是不来，我真过不下去了。”

少年说：“我答应给你带吃的，不来的话就是个混蛋。”

这是老人跟少年说的第一句话，算是很隆重的欢迎词了。老人比上次沉默，常常望着远处的山林思索。他还在琢磨那块陨石降落的位置。他暂时放弃了远处的林子，把搜索的重点又转移到附近的几片林子。雪太大，他的活动半径受到限制了。别的林子只能等春天再说了。

减少活动半径的另一个好处是节省粮食。少年带来的干粮确实不少，为营地增加了不少口粮。老人最喜欢吃压缩饼干，对酸菜味方便面也情有独钟。当然，因为少年被困在这里，他带来的口粮不够供应自己的。这让少年很尴尬。不过老人没说什么，可见他是个大度的人。他只跟化工厂的老板过不去。

5

几天之后，老人很严肃地宣布，他们断粮了。

少年不信，在地窖掘地三尺，只找到几颗发霉的豆子。他又把背包翻个底朝天，居然搜到一块口香糖。

“我俩不会饿死吧？”少年其实并不懂断粮意味着什么。

“没那么简单。”老人说得轻描淡写，心里却非常清楚，必须出去寻找食物，不然真要没命了。

两人分了口香糖。甜味给身体增加了力气，随后便爬出冰屋。在林中爬行很久，老人却在一棵山楂树下停下来。少年不明白这棵树的价值，回头看着老人。

老人指着树下，“信我的，一起挖！”

老人拨开厚雪，最先泛上来的是一些落叶，泥土的气息紧跟着散发出来。老人把落叶扬起来继续向下深挖。后来，老人的身体突然僵住，发出一声惊叫。少年吓了一跳。

“有蛇吗？手被蛇咬了吗？”

“不是蛇，让果子咬了一口。”

老人双手捧出几颗红果子。少年明白了，学老人的样子开始挖雪。半天下来一共得到十六颗红果子。

“我俩暂时死不了啦。”老人说。

回到冰屋，下了地窖，老人烧开一壶雪水，把八枚红果子煮烂。当晚，他俩喝到了酸甜的山楂粥。然后，两人躺在木板铺上睡觉。到了半夜，少年的胃开始反酸，大口呕吐，把山楂粥吐了出来。

老人给少年倒杯开水，一边说："可惜了，可惜了。多好喝的山楂粥啊。"

老人说着，自己也开始反胃，险些吐出来。

6

第二天去一片针叶林里找蘑菇，一无所获。蘑菇们都去了哪里，老人也说不清楚。在老林子里，蘑菇深受喜爱，鹿、狍子、老熊都不会放过它。几颗松塔让老人激动了一下，仔细一看是空的。不用猜，松籽十有八九是让松鼠掏走的。松塔还是带回来做了燃料，填进火炉取暖。老人还带回一把鲜嫩的松针。少年第一次品尝到煮松针的味道。他敢说，这是世界上最古怪的汤菜。

老人明白，松针不能顶替粮食，只能补充少量的营养。老人常年住在林子里，松针缓解了他的关节炎和气管炎，补充了维生素。

第三天，老人和少年又虚弱地躺在地窨里，起不来了。

"记住，假如我死了，你坚持喝热水，吃山楂，胃疼也要吃。还有松针，味道不好也坚持吃。这样的话，你能活一个月，再有一个月春天就来了。"

"你别死……"少年说。

"现在还不能死呢，我说的是假设。记住我的话了吗？"老人问。

"记住了，山楂、松针、热水……"少年重复老人的话。

"谢谢你来看我，给我带来方便面……"老人的唠叨让地窨里充满了暖意。

"我死了你也能看见一颗星星落地，它是来找那颗小星星的……"

"我能找到两块石头……是吧？我说的也是假设。"

"假设成立。"老人突然剧烈地咳嗽起来，赶紧拾起几根松针嚼起来。

老人果然没死。后来老人还爬起来往火炉里填柴。少年醒来时柴禾不多了，这比没有粮食还可怕。少年把被子盖在老人身上，带上斧头爬出冰屋。少年爬进一片灌木林。咔嚓！咔嚓！斧头无力地落在树枝上，再无效地弹起来。少年绝望地重复着这个动作，他太需要一份鼓励了。这时，一个虚弱的声音从身后传来，"救命……"。少年张望了一下，没看到人影。少年就当是饥饿产生的幻觉，继续挥动斧头。这次，一根枯枝被砍断了。少年叫了一声好，庆祝第一个胜利。

"救……命……"又是一声求救，声音从少年身后传来。少年回头看去，一个人下半身深陷雪窝，头无力地垂在胸前，大概冻僵了。多了一个同伴，少年内心充满狂喜。

少年爬过去，把这个人慢慢拖出来。经过漫长的爬行，休息，再爬行……他们终于挨到了冰屋的门口。

7

他像一根冰棍滑进地窖。他身材干瘦，满脸胡须，气质跟老人相似。

最初他全身冰冷，后来开始发烧。少年让火炉重新燃烧起来，地窖里洋溢着温暖的气氛，足以让昏厥的人产生一个幻觉：春天来到了。

他说着梦话。

“春天……开工吧。”他说。

老人似乎听见了他的话，歪倒在一旁应答着，“该种豆子了……”

“我得继续找他，他毁了我的工厂。”

老人沉默了，许久才说：“你还不知道吧？你找到他了……瘦子。”

他喉咙里发出一阵混沌的响声，说不出话来，彻底昏厥了。老人的脸抖了抖，像一个冷笑。

少年推了推老人，“嘿，我救了他，别怪我。他不行了，要死了。”

老人闭着双眼，对地窖里发生的一切心知肚明，“喂几匙山楂粥，别让他死。”

少年舀了山楂粥给他喝。他的嘴角动了动，山楂粥渗入口中。他突然干咳几声，从昏厥中爬了出来。

“我在哪儿？”他虚弱地问道。这句话显然不是梦话。

“这地方不懒，离阎王爷挺近，我随时能送你下去。”老人说完也咳嗽起来。

两人同时咳嗽，少年却昏睡过去了。

8

少年醒过来才知道他喝的不是可乐，还是那种倒胃的山楂粥。老人用汤匙喂给他的。

地窖里又多了一些柴禾，老人歪在火炉旁边看着他笑。老人的笑很疲倦，却是发自内心的欣喜。

“你睡了两天。瘦子还睡呢，像猪一样……”老人的声音虚弱无力，不过在狭窄的地窖里非常清晰。

瘦子造访，老人的精神好多了。

瘦子已经成为老人生活的一部分。最初，寻找坠落的星星是老人生活的全部。这个信念从来没有动摇过，停止过。后来，寂寞找上门来。他会追赶闯入森林的小火车，直到心肺要炸裂了才罢休。一群南迁的大雁在水潭旁边休整了几天，水潭里的鱼虾营养丰富。他兴奋得彻夜难眠，后半夜摸到水潭旁边，为它们撒下一捧粮食。他的粮食金贵，只能献出这么多。大雁飞走后在他心里留下一块空白，他在水潭旁闷坐了一天。再后来，连远方的狗叫都能让他激动不已。有一天，瘦子的身影终于又出现了。瘦子正一瘸一拐走上山脊，眼看又错过找到他的机会。其实他很愿意陪瘦子周旋几天。他故意挥着木棒敲打一棵椴树，瘦子居然没听见，转眼不见了。老人索性大声喊起来，喊声在群山中回荡，瘦子也没再现身。老人明白，这一别又要很久才能再见。瘦子是个没有方向感的路盲。

瘦子确实一直“迷路”。瘦子本来打算收工了，明年春天再重返林区。可是那场大雪把他也困在这片林区。瘦子风餐露宿，在几片林子之间暴走，几乎耗尽了体能。后来，一缕青烟为他指出了“正确的方向”。他全力朝那缕烟的方向爬过去。找到冰屋时，他终于冻僵了。

瘦子高烧不退，连梦话都说不出来了。老人打定主意了，无论如何要等他苏醒过来。在没看到“纵火犯“之前，老人不允许他下地狱，更不允许自己死在他的前面。老人用山楂粥和热水拉住瘦子，让瘦子卡在地狱门口。少年却不停地坠落，虚空、失重……朝地狱的方向走了两天，也被老人拽回来。

“你别落下去，挺住。”老人趴在少年耳边说。

“我太累了，落下去就轻松了。”少年终于明白了星星们的苦衷——没有依傍的悬停太累，流星选择的是放弃也是解脱。

“你能走出去。春天快来了……”老人说。

老人也一度陷入昏迷。后来，梦见瘦子狠狠地敲打冰屋，老人终止了坠落。

“你又活过来了。”少年跟老人打招呼。他对老人无能为力的时候，奇迹自己发生了。

“那个伙计把我吵醒，救了我的命。他还没抓到我，不会放我去见阎王爷。”老人看着瘦子，悲喜交加。

“他现在没力气抓你，我都替他着急。”少年想笑，却笑不声音。

9

一天、二十天，或者一个月过去了。瘦子的呼吸大概已经停止，追赶的脚步却没有停下。少年在昏睡，看不到那颗流星的坠落，它的坠落显得犹疑不决。一阵清越的鸟鸣把老人唤醒了。

老人侧耳细听，微弱地说："大雁，大雁回来了！"

少年睁开眼睛，问道："谁回来了？"

老人说："春天回来！快出去接……"

少年积攒力气，好不容易爬上木梯，却很容易地滑下来。他没放弃，攀住木梯继续向上爬。后来，老人趴在木梯上把他托举上去。这个瘦小的孩子现在比一头熊还重。少年很快把几个消息送回到地窖，是几个自相矛盾的消息。

"雪薄了，没化尽呢……"少年说。

"哦，它们回来早了。"老人叹了口气，为那些性急的鸟担忧。如今的气候怎么了，大雁都回来了，为什么还有雪。老人愤愤不平。

"天上没大雁，又下雪了。"少年说。

"大冬天的，哪能有大雁的叫声呢？我听错了。"老人想，饿晕了，听觉出了问题。

好消息和坏消息都模糊，互相打了折扣，让老人和少年纠结再三。

10

一簇嫩绿的豆苗在角落盛开。

去年秋天撒落的一把豆子，竟然发芽了。老人爬到豆苗旁边，热泪盈眶，喘着粗气说："春天，是春天了！"

老人把豆苗一根一根拔出来，塞到少年嘴里，"吃下它，爬出去。雪化了，你能爬出去……"

少年紧紧抱住老人，细细咀嚼豆苗，一股绿色植物的味道在地窖里弥漫。

雪停了，新雪映照寒夜，四周一片惨白。少年爬出林子却闯到寒潭来了。他累坏了，蹲在岸边喘息不止。冰雪依旧覆盖寒潭，倒是岸边蹲着一片灰褐色的大鸟。一场雪下来，它们打扮成白天鹅的样子，个个身披斑斑点点的白纱。大鸟们似乎在睡觉，头藏进翅膀里面，姿态非常安详。少年屏住呼吸，生怕惊动了大鸟。

一阵寒气袭来，少年憋不住，咳嗽起来。可是，那些大鸟还是一动不动，保持着从容的阵型。少年试探着拍打身边的那只大鸟，大鸟竟然无动于衷。其实，所有的大鸟都冻僵了。那件薄纱只是好看，却挡不住寒气。

它们确实回来早了，偏偏又赶上这股寒流。它们打算在水潭旁休整半宿，这个水潭它们很熟悉，去年南飞时在这里休整过。可是它们刚刚落下，一阵风雪紧跟着也落下来。最初，它们之间互相欣赏雪白的薄纱。后来，睡着了……

少年很难过，把大鸟一个一个抱起来，放在一起。分开睡太孤单了，挤在一起睡才踏实。做完这些，少年耗尽全身力气返回冰屋。老人说过他在某个地方藏着一个爬犁，少年打算用爬犁把大鸟们运到冰屋里面。让这些大鸟陪着老人，老人就不寂寞了。

漫长的爬行，少年终于爬回冰屋。他喘息一会儿，才对着地窖口里面喊道，“大雁回来了！十八只！”

老人抬起眼皮，用力问了一句：“那我怎么听不见叫声了？”

少年无语了，不忍心把大雁冻僵的坏消息告诉老人。少年问老人爬犁藏在哪里，老人一时回答不出，他刚刚积攒的力气用光了。

这时，地窖上面偏偏传来一阵清越的雁叫。

“我还是说对了，春天来了……”老人说完这句话，便朝着大地更深处坠落下去。他坠落时的表情安详、幸福。

11

嘎！嘎——

雁叫响彻林区，把冻僵的树木也叫醒了。少年怀疑这是幻觉，他明明看见那些那大鸟冻僵了，是他把它们堆放在一起的。难道刚才看见的全是假象，大鸟们故意装死，逃避了他的“袭击”？他把它们抱在一起的时候，它们的表演继续进行，又一次瞒过了对手……少年的心中涌动着屈辱。

其实，大雁不会设计骗局。大雁拥挤在一起，冻僵的身体互相取暖。它们都梦见一座闪着银光的冰屋，冰屋里温暖如春。头雁第一个醒过来，它唤醒了其他同伴儿。十八只大雁回味着温暖的梦境，陆续升入夜空，围绕那座冰屋盘旋辗转。冰屋闪耀银光，如一颗巨大的星星。最后一个危险的寒夜熬过去了，它们离家越来越近。

少年仰望夜空。大鸟飞临屋顶，在幽兰的夜空低廻、盘旋。它们开始表演飞行技巧了。大鸟们的演技让少年的内心夹杂着屈辱和惊喜。

一颗流星擦亮北方的夜空，朝大地坠下来。雁群似乎得到了提示，迅速组成人字形的阵势，做出一个簇拥的姿态朝那颗流星飞去。流星从容地坠落，砰地砸在少年心头，发出一个响亮的回声。天，唰地亮了，一片浅绿的山野在少年眼前打开。

插一面旗

刁斗

简单地说，这是一个爱情故事。

对于爱情的企盼是我由来已久的强烈企盼。当他们问我需要什么时，我虽然胆怯犹疑，并且不抱什么希望，可还是抑制不住地告诉了他们。他们没说什么，只是友好地笑了笑。他们笑过之后，下边的故事就发生了。

他们把她带到我面前的时候，天是绿色的。我不知道这是否跟季节有关。反正由此开始，我压抑的感情变得活跃而舒畅了。这时我的思想正像一粒种子，在温度、水份、土质、养料都很适宜的情况下，终于膨胀了、绽瓣了、发芽了、破土了。我羞赧地看着她，其实我是在看着我的明天和我的未来，我兴奋得犹如一只动物园里被游人戏耍着的猴子。我不敢闭上眼睛，我怕这个美丽的姑娘倏然消失，我更怕他们因为我的非礼而把她强行带走。我恭敬地听着他们兴致勃勃的介绍和评价：

她长得很美很俊很艳很哏很盖很优秀很漂亮很俏丽很妩媚很标致很匀称很落落大方很花红柳绿很闭月羞花很丰韵犹存很婀娜多姿很倾国倾城很有回头率她是瓜籽脸团团脸国字脸寡妇脸白皮肤黄皮肤黑皮肤红皮肤大眼睛小眼睛长眼睛圆眼睛波浪头尙叶头火箭头垂直头樱桃小嘴血盆大嘴东北口音广东口音日本口音美国口音纤细苗条肥硕丰腴高个矮个她喜欢哲学文学神学玄学绣花打铁游泳登山开车散步跳舞做饭养狐狸教数学种石榴收稗草玩魔术房屋建筑定向爆破梳妆打扮不修边幅一人独处集体活动沉默寡言夸夸其谈受人恭维接受批评……你看你满意吗？

在他们喋喋不休海阔天空的介绍和评价过程中，一种奇异的感觉雾一样将我覆盖起来。我想以往我对爱情的渴求不过是一种直觉的需要，而此时我对爱情的蓦然理解才是感性的认识。我渐渐意识到，爱情之所以可贵，是因为爱情是人生中最重要的组成部分之一，尤其是对于我这样一个孤独而枯萎的男人来说，渴望爱情就更像游鱼渴望流水那样迫切。我的生命是一棵晚秋的朽树，单纯等待时令的救助已经不可能起死回生，因为觊觎已久的冰天雪地正不怀好意地准备着对我施行又一次的沉重打击。而只有爱情才是回天的奇迹，只有当温馨的爱情袅袅地渗入我的心田，我的肉体才能新鲜和温热起来，我的灵智才能得到最充分最自然的发展，我的生命才能作为一具真正的活的生命而继续存在下去……

……满意吗？他们和蔼的笑脸重叠成无数个幻影在我面前杂乱无章地晃动不止，于是我渐渐从冥想之中醒转回来。我抑制住了要拥抱他们的阵阵冲动。我喃喃地说：这真是太好了，你们不用问了，我喜欢你们赐予我的这位绝代佳人。然后我激动地仰起头来大声欢呼道：我非常满意！

我看到他们也满意地笑了，只是他们那种满意的含义有些暧昧不明。但由于我当时完全沉浸在幸福之中，根本无暇检索和考察别人的微笑里会隐藏着怎样不祥的内容。

我知道领受启示需要时间，时间是雕塑一切的万能模具。我只有心安理得地在时间的土壤里培植这奇妙而独特的爱情，才能在或远或近的衰败的未来采摘到诱人的、属我独有的爱情之果。现在还仅仅是开始，我的爱人还不过是一帧混沌而模糊的幻象，她的形体和情态也还都让我感到陌生和隔阂。不过这没关系，我知道这并非异常现象，更无需责怪他们。这绝不是他们的仓促与轻率给我带来的不必要的麻烦，这只是对十分简单的璞玉可琢的道理的一次印证。因为对爱情的享受也应该是层层递进的。

在时间的流逝中，我的爱人在我的心海里逐渐清晰起来；而在我的爱人日益清晰的过程中，他们作为我们结合的媒介继续不辞辛劳地做着琐细的工作。比如眼睛是一个人身上的重要器官，在设计爱人的眼睛时我便颇费踌躇。这时他们就提示给我无数种明眸慧目作为蓝本：什么含蓄的、深沉的、妖冶的、灵动的、放肆的……真是五花八门，有的古典有的现代，有的传统有的时髦。最后我选定的是温柔而散漫那种类型的眼睛，因为我认为真正的好女人应该是柔野相济的。再比如女人的唇形已经被现代人提到了一个特殊的地位上来，可我拿不准我为爱人确定的嘴唇是否有点冒险，是否过于肉感了些。这时他们便又来帮助我修正和协调，使我爱人的那副嘴唇变得既肥厚细腻、湿润鲜活，又简洁真纯、严谨冷峻，把女人那种虽然渴望淫欲却又畏惧淫欲，虽然热衷放荡可又逃避放荡的性格特点展示得淋漓尽致。就这样，我的爱人像规范的季节一样成了一幅完整而真实的偶像，望着她，我便时时刻刻都陶醉在美好的畅想之中。

也恰好是在这时，他们又一次出现了。他们把我找到了一个寂静的角落。他们问我：她好吗？他们的神色有些古怪，不过当时我并没有留意他们的神色，我只是高兴地回答道：她太好了。

那你应该满足了。

我点点头。我是下意识地点的头。甚至在我点头的同时我已经忘记了他们的存在和他们说过的话。

收获的喜悦使我躁动不安，难填的欲壑更让我想入非非。其实，爱情不正该是这么一种样子吗：没有止境，追求不息，永无满足。宁静与安谧会滋生厌倦，顺从与礼让会丧失活力，如此发展下去的可悲结局便是刻板和教条，便是死亡和坟墓。爱情需要的是跌宕起伏和峰回路转，投身其中者必须是激浊扬清的弄潮儿和披荆斩棘的开路人。现在，我无论如何也不能仅仅满足于我的爱人只是像花瓶一样摆在我的案头供我观赏了，她存在的意义应该是更为广大的。她必须与我交流，用语言、用文字、用身体；她还要和我一起生育、培养，在我们的周围应当簇拥着一群像她一样美丽像我一样聪明的儿女……想到这些我热血沸腾。此时是春季，是创造的季节，是杰作诞生的时刻，我的身心已尽皆为蓬勃的生机和葳蕤的绿色所弥漫了。我像一架疯狂的思维的机器，为了我的爱人和我们的秋天，我要不舍昼夜地转动下去。

于是杰作在一个明媚的早晨顺利诞生了。熹微的晨曦透过窗纱，把斑驳的光点撒落在我和我爱人的身上。她还在酣睡，我已经醒来。我听着她柔和的鼻息，借着浅淡的曙色用目光抚摸她流畅的曲线，心头仿佛有一支曼妙的音乐在奏响。我知道就在此时她已经被我完成了。我动情地斜倚起身体，想伸出双手去把她拥抱……

慢！一个低沉的声音将我伸出的双臂固定在空中。我迷惑地望去，竟看到是他们静静地站立在我的面前，站立在晨辉之中。我有些歉疚，我对他们微笑了一下。他们对我是那样友善，可我已经把他们给遗忘了。

然而他们并没回应我的微笑。他们的表情生硬而麻木。他们说：该结束了。我看出他们不是在开玩笑。

为什么？我轻声问道，我很怕惊醒我熟睡中的爱人。

我们早就告诫过你应该满足了，可你没有理会。现在她已经太完美了，我们必须把她带走。他们的口气异常坚定。

难道完美不好吗？

不是完美不好，而是完美意味了完结。

不！我提高了声音说：不，我还从来没有享受过完美，我不能让你们把她从我身边夺走。

他们冷静的声音如同金属在磨擦：如果你不同意把她带走我们就会把你也带走。因为你还有许多缺陷，本来我们是不打算现在就带走你的。

我惊呆了：难道我……

他们这时才露出睿智的笑颜：是的……

我立时就无话可说了。我颓然躺倒在泻满晨光的床上，感受到了彻底的绝望。

原来我……我悲凄地把泪水咽进肚里，我不愿再回味这冷酷的现实。也许这些都是早就应该想象到的，可尘世的欢乐和苦难蒙蔽了我的视线，我竟忽略了自身是否真实和具体这样一个事实。我轻轻地叹了口气。我充满留恋地最后又看了一眼我那真实而具体的偶像般的爱人，我的双目便像流水一样永远地关闭了。我知道这时我正在他们的注视下慢慢地消失着；而与此同时，我那完美的爱人随着我的消失也正慢慢地消失着……

错　失

孙春平

在夏日清晨的凉爽中，秦璞夫妇走出下榻的裕丰堂客栈。秦璞说，平遥城六个城门，东西各二，南北各一，呈龟型而建，四条大街，八条小街，七十二条蛐蜒巷。妻子说，好像你来过似的。秦璞说，先上网了解一下嘛。

两人就这般相互揶揄着走出了城门，沿着护城河漫步而去。昨夜一家四口好像是从北门进的城。老两口都是老师，放了暑假，便一起奔北京看女儿。小两口撺掇着，利用大周末，带着老两口，驾着私家车，出了北京奔山西。一路上，旅游硬件自不待说，妻子只是对那软件服务不感冒。见了公厕的牌子，急匆匆奔去，却没料斜刺里杀出位妇女来，伸手收费。妻子说，不是公厕吗？妇女说，公园也收费，有本事你把理讲过来！

另一次防“抢”大战是在昨天晚上。小汽车到了平遥已是入夜时分，见是北京牌照，立刻围堵上来不少人，都是超级的热情。妻子指挥开车的女婿，说别听他们的，我们自己找。女婿谨遵丈母娘的懿旨，径往小巷深处驶去。裕丰堂宫灯高悬，店主迎出来，妻子才抚着胸口说，怎么又像被抢似的！秦璞说，抢客就是抢效益，理解万岁吧。

城墙根下有一片农贸市场，人群熙攘。两人站在城门外，正琢磨着回旅店的路径，便见人丛中走出一位老者，两手拎着塑料袋，鼓鼓囊囊的，都是那种罢园下来的小黄瓜、茄子蛋之类。引人注目处，是老者身上的那身老式的铁路工装服。秦璞上前问道，老哥，去裕丰堂怎么走？老者伫了脚步，笑着问，是东北人吧？秦璞忙答，沈阳那疙瘩的。老者越发笑得爽朗，说奉天城，大帅府，老家来人啦！跟我走吧。秦璞用目光招呼妻子，并随手从老者手上接过一个塑料袋，再问，老哥，"老家"这话怎讲，听口音，您不像东北人呀？老者说，可我爸是呀。小鬼子闹事变，东北军一枪没放就撤进了山海关。我爸当时是东北军里的一个连长，一直到死，还念叨着这事，说愧扛了那杆枪。秦璞说，老哥在铁路上干过吧？老者说，以前在车站当过客运员。秦璞说原来咱们还是老铁。老者问，这话又怎么说？秦璞说，我和我的那个败家娘们原来都是铁中的老师，现在归市里了。老者哈哈大笑，说我就爱听老家人说话，开口逗人乐，你也是个败家爷们，对吧？你们既来了平遥，就是想逛逛古城，时候还早，我带你们走走，还能带你们看看他们走不到的地方。秦璞说耽误老哥时间，不好意思呀。老者说，用咱们东北人的话说，外道了不是。

秦璞先给女儿打了电话，让他们自己行动，然后便随着老者一路而去，先奔明清时期留下的票号"日升昌"。入口处设了雪亮栏杆，工作人员一脸严肃，凭票入内。可有老者引路，说了声我的朋友，工作人员便再不说什么。果然小城有小城的好处，人熟是宝的。只是无端地受了这般礼遇和款待，妻子有些不安，悄悄捅了一下秦璞的腰眼。秦璞点头，表示明白。

又去了市楼、县衙、城隍庙、文庙。到了巍峨的重檐歇山顶式城楼下，游客如过江之鲫，有导游指点着脚下青石板上的凹陷印记，说是古时出入城门的车马留下的，可以想见古时这里的繁荣。老哥却扯了扯秦璞的衣襟，让两人去看游客稍稀的另一处，悄声说，那处是用砂轮打磨出来的，这一处才货真价实。秦璞吃惊，说古迹还造假呀？老哥笑道，人民币有假的没？

时已近晌，老哥带两人往巷子深处走，还很骄傲地说，这回该带你们去看看一般游客看不到的地方了。原来是去参观眼下还居住着寻常百姓的院落。院门敲开，主人面子上虽透着不情愿，但听老哥说我东北老家来人了，主人便立刻宋大叔、宋大哥地客气起来。秦璞这才知道，原来老哥姓宋。老宋带着两人登堂入室，指点着梁柱介绍哪根古来就是如此，又哪里做了更替改造，又让两人仔细观察精雕细刻的窗棂和砖雕、石刻，一再说明，这才是真正的古物。退到院里，老宋又让他们看古井，看照壁，看古时排水的沟槽，指点着民居的单坡式内落水屋顶，讲"四水归堂"，肥水不流外人田的道理。

走了几家，秦璞不想再让热心的老宋去惊扰居家人的生活，便委婉地将这意思说了。老宋也不勉强，说前面不远就是我家，到家坐坐。秦璞说，宋大哥对这城里真是很熟呀。老宋说，住了一辈子，再不熟，就是人性臭啦。秦璞又问，他们怎么都对你这么客气呀？老宋笑道，遇上出门买不到火车票的时候，他们就想起我了。秦璞赞道，老哥古道热肠，连我们这些素昧平生的人都深有感受。

逶逶迤迤的，几人便进了一个阔大却杂乱的院子里的宋家房门，是两间，外一间除了锅灶，满屋都是大大小小的缸瓮。秦璞立时明白宋大哥缘何晨起去市场买来这么多小黄瓜茄子蛋了。随着酸咸味道扑过来的还有女主人的责怪，你还知道回来呀。宋大哥忙说，有客人，东北老家来的，快烧水沏茶。正坐在地心切黄瓜条的女主人忙起身，拖着一条瘸腿，抓了电水壶出去了。老宋说，摔过一跤，把股骨头摔坏了。秦璞问，老大哥在铁路上干了多年，单位没给房子吗？老宋说，给了，在城外呢，儿子一家三口住。赶上动迁，小两口想扩扩面积，我们老的，腌点咸菜卖，能帮就再帮帮吧。

叙谈间，老宋从书桌里翻出一个小本本，说老弟，能不能把你的电话留下，以后，我真去了沈阳，还想和老弟喝喝“烧刀子”呢。秦璞接过笔，在小本本上写了姓名，再写了手机号码。老宋也撕下一张纸，伏在桌上写，然后将纸条交到秦璞手上，说以后再来平遥，就找我。

喝了茶，夫妇起身告辞。老宋坚持着把两人送到当初指路时的路口。秦璞握住那只粗大的手，将早备在掌心的两张票子塞过去。“老哥，不成敬意，小弟再一次表示感谢啦！”

没想，宋大哥陡然变色，怕烫似地急将票子塞回到秦璞手上，急扯白脸地说：“咋，想臊俺老宋不是？怎么就只认了钱！”

老宋说完就走，扔下秦璞夫妇呆立在那里不知如何是好。老宋走了几步，又转身说：“知道我为啥陪你们二位走了这半天不？就为老弟主动替俺提茄子，俺看老弟这人，实诚，心善，可交。再见。”

老宋说完，大步而去，再没回头。在回裕丰堂的路上，夫妇二人不住唏嘘感叹，秦璞说，古城古韵古道肠，只以为是虚幻的巴望，没想还真被我们碰上了！妻子说，那就等日后宋大哥去了沈阳，我们再回报吧。秦璞摇头道，唉，这么想，不光咱们俗，也把老宋大哥想俗啦……

那一天，一家人开车回到北京时，已是夜深。第二天清晨，秦璞独自去了菜市场，回来时小两口已经上班走了，只留妻子在忙。秦璞丢下菜蔬，去拖箱里翻找自己昨天穿过的衬衣，妻子说，满是汗酸味，我已扔洗衣机里了。秦璞急去洗衣机里翻，在一堆已甩干的衣物中拎出自己的那件衬衣，又从衣袋里找出一团纸糊，呆呆地好一阵说不出话来。妻子问，怎么了？秦璞轰然而炸，吼起来，洗衣服为什么不先翻一翻，这是老宋大哥留下的纸条呀！妻子松了一口气，宽慰道，我以为是什么了不得的东西，等他哪天给你打来电话，不就又联系上了吗？秦璞听妻子如此说，一股更大的火气直从心底蹿起，砰地摔门而去。

有些事，只能恨自己，骂自己，连同床共枕几十载的妻子都无颜坦言。留在老宋小本本上的那个手机号码，他在中间的某位上，将 86 写成了 68，那不会仅仅是整日把诚信二字挂在嘴上的为人师者一瞬间的鬼使神差吧？宋大哥那么憨朴热情的一个人，当他一旦意识到一片热诚换回的竟是防范与欺瞒的时候，还会再想方设法与他联系吗？刚才，秦璞在去菜市场的路上还在想，抓紧给老宋打个报平安的电话，可谁知，一切竟在瞬间颠覆，覆水难收，水随天去，那心中的自责、愧疚与焦恼，真的就再无法挽回了吗……

刘禅北伐

白小易

在失去了子龙和孔明之后，刘禅的江山不久就丢掉了。厌战的禅儿没有做任何抵抗。他投降了。他不在乎世上的人如何说他。他只知道这样会少死很多人。他被当做战俘押送到了北方。司马昭密令手下在路途中杀死刘禅。但是执行的将士都丢了大面子——他们发现根本就砍不到这个小胖子。即使将他的手脚捆住也不行。他居然可以依靠精准的微小闪避，让刀剑替他砍断绳索，却不会伤及皮毛。

"别费劲了，你们的这些剑法，我全都了然于胸。"

"谁教你的？"杀手们很惊异。

"常山赵子龙。"

大家都哑口无言了。

可是有一个人还是不死心。这个人就是队长。他假意恭维着刘禅，弄了好酒好菜，把刘禅灌晕了。看到刘禅倒头睡下，并且鼾声如雷了，队长冷笑道，我看你还躲不躲！他拔出剑来，抡圆了劈过去——刘禅只小小地动了一下，连呼噜都没中断。而那剑抡得太猛，空转回来反而砍翻了持剑者自己。

所有的人终于意识到，刘禅对他们太客气了。只要他拿起剑，他们没有一个人能活着。

"你这么好的功夫，为什么不杀我们？"

"我连只鸡都没杀过。我从小就讨厌刀剑。"因为他们的态度都变得客气了，刘禅就多说了几句，“我小的时候，子龙就在我面前天天练剑。我就在他身边打滚耍赖。他说你不学就滚远点，免得伤着。我偏就跟他赌气，赖在他面前，跟着他的剑势翻滚。实话告诉你们，时间长了，只要剑一动，我就知道它要去哪里，还知道它之后的每条路线……”

“要是不按剑法，胡乱砍你，你就不灵了吧？”有人还是忍不住想再试试……

“你们不知道诸葛孔明是我的另一位老师吗？他教了我奇门遁甲之术，从任何方向来的危险，我都可以预知。”

众人拜服。

禅儿到了洛阳。司马昭惊得眼珠子都要掉了。他就是不信邪，从大殿宝座里蹦起来，亲自操刀去砍刘禅……连挥了几十刀，全都空了……刘禅被追进了后宫。嗨，真是一个流光溢彩，佳丽如云的百花园啊！刘禅就在这里逍遥起来……心急火燎的司马昭就在旁边继续努力砍刘禅。刘禅一边动作，一边心不在焉地躲着抡过来的一刀连一刀……司马昭只落得气喘吁吁头昏眼花，最后他给禅儿跪下了，说爷啊，求您还是回蜀国去吧。

刘禅说：“此间乐，不思蜀。”

暖

庞　滟

只穿一件单衣的小水，满身潮湿地蜷在座位里，像一条落水狗，发抖是唯一能做的事。

女孩觉得这个秋天深不可测，长途客车像一艘驶入冰河的海盗船，她听到自己的牙齿在恐惧地哀鸣。车窗外，突然袭击的凄风冷雨，如同父亲留给她的忧伤。

在中途车站，一个身穿苏格兰红格衫的男人上了车，后面跟着披男人外套的漂亮女人。男人把女人安顿在前面坐下，他向小水的空位走来。

他强壮如熊的身体占领了小水半个座位，她凉透的胳膊碰到男人散发热量的身体时，没马上拿开。他瞪大眼睛，很专注地看着她。小水赶紧拉开距离，转头看向窗外。她为那些寒风中被劫走外套的树儿们集体忧伤着。

男人很关切地问小水："姑娘你在发抖，靠窗很冷吧？"

小水抱紧身体，不知如何回答。坐在前排的女人扭过头，嗔怪地说：我穿你的衣服，怎么还还冷呢？顺势用霸道的眼神望向小水——生怕谁会抢走她什么。

男人让女人把外套拉紧，安慰她，忍一忍，一会儿就到了。

小水突然有些悲哀，她像童话里卖火柴的小女孩，太需要热量来暖暖自己，哪怕只要一小会儿。她的心都要冻硬了，再这样下去，非感冒不可，她惧怕去打针、吃药。

男人低声问小水："我们要不要换个位置？"

“不用了，谢谢。”小水僵得实在懒得动，再说，里外都一样冷。

男人不再说话，把全部重心移向椅背，双臂抱在胸前，闭上眼睛。

小水用力抓紧胳膊，想止住落叶一样的抖动。男人的手臂突然滑过来，压住她的肩膀。他好像睡着了。

小水想抽出自己的胳膊。认真看了一眼身边的男人，他眉头微蹙，明朗的脸上浮出沧桑的疲惫。她突然不想打扰他片刻的安宁，任由那条强壮的手臂安心自由地停放。

男人的手臂像一个热量导体，源源不断输送温暖给小水。

坐在前排的女人不时扭过头，目光怪异地看着男人和小水。隔在中间的胖子以为备受她的关注，殷勤地搭讪，女人不想理会他，马上扭正身体。

车在路的坎坷中醉晃。睡着的男人向小水倾斜过来，几乎覆压她半个身体。已经被挤进角落的她，无处可逃。她突然发现，被这热量专属了，身体不再抖得打拍子。她有些惴惴不安，仿佛雪地里捡到一个熊熊燃烧的火盆，欣喜后不知所措。

窗外的天空明亮起来，温暖的阳光重新爱抚被它遗弃的世界。

小水和男人肌肤相亲的地方慢慢升级成汗津津。从他均匀的呼吸判断，还没醒。一些触觉像苏醒的僵蛇，有了极其复杂的异性反应，惊扰了少女的羞涩。她开始脸红心跳，不忍心惊醒他，又不知如何脱离不再需要的温暖。

男人温暖的后背很像她父亲。小水开始怀念父亲。年少多病的她曾在父亲的背上长大，自从他用离婚毁了温暖的家，她再也不想见他。现在，那温暖的怀念重新被召回她的身体，轻抚她的心伤，她突然想好好收藏这份温暖。

车厢内响起一首《暖暖》的歌曲，掩埋了世俗的喧嚣。小水的心欢快起来，仿佛冰河下的一条小鱼儿，享受着阳光温柔的爱抚，翩翩快乐起舞。

“嗨嗨，搞什么？都坐过站了，还不下车吗？”女人无法掩饰的恼怒声音，惊飞了小水的梦，她羞涩得满面绯红，自己竟然枕着男人的肩膀睡着了。她又怅然若失地望向窗外，她梦到了父亲，他一直在暖暖地笑。

下车的女人还在凌厉地回头看她，仿佛她偷窃了什么。座位上的一本书硌了小水的手，是男人的泰戈尔《飞鸟集》。她向男人挥动手中的书，他摆了摆手，把暖暖的笑种在秋日的阳光里。

很多年过去了。每当小水遇到身穿苏格兰红格衫的男子，都会认真地看上一眼，即便不是那个秋日里的男人，心底也会升起暖暖的笑。

美丽童年

月　关

清亮的河水象一条银带，河水旁边是银白色的沙土地，再远些的地方，草地上的草十分茂盛，约有小半人高。没有风，一根根野草傲然挺立着，一动不动。

张胜拖着一只藤条编的小筐从草地里走了出来。他已经打了大半筐的猪草，小筐沉甸甸的，对一个五岁的孩子来说，这分量已经不是他能背得动的了。

张胜穿一件肥大的草绿色上衣，破破烂烂的，那是舅舅家喜子哥长大了穿不了匀给他的，下边是一条打着几个补丁的条格子裤子。

由于半个月也不洗脸，小脸上满是泥垢，有几道白色的痕迹，那是他哭泣时泪水冲刷出来的。两只眼睛其实很大，但他总象没睡醒似的，眼角还糊着眼屎，看起来非常邋遢。

河边的细沙晒的温热，细软的就象过年时蒸馍烙饼的白面，张胜很喜欢赤脚走在上面的感觉。他喜欢这样的细沙，烫的脚心痒痒酥酥的，而且它们非常细，其细如粉，所以虽然柔软下踩过去却只是一个浅浅的小脚印，非常可爱。

还在他小的时候，妈妈就用这里的细沙给他做过沙土裤子，双层的裤子里面一格格的隔开，里边装上这种细沙，这样妈妈下地干农活的时候，就不怕他尿湿裤子了，那细沙可以吸附水分。

拖着猪草筐走到小河拐弯处的时候，是几棵老枣树。张胜走过去，把筐放在树下，抬起袖子擦擦脸上的汗水，骑到那横探出来的枝干上在阴凉的树下乘凉。忽然，他看见远处有一辆自行车，那时代自行车在农村也算是一件奢侈品，并不是家家都买得起的，张胜急忙定睛看去。

“是俺娘！”张胜心中一喜，立即跳下地撒开双腿飞奔起来，拼命地跑出去，沿着黄澄澄的麦田地垄追赶着。

“娘！娘！”张胜大声地叫着，不断地挥着小手。

大舅骑着借来的自行车，正载着妈妈出村，妈妈听到了他的呼喊，远远地向他挥了挥手，不过车子却没停下。

张胜跑的飞快，一跤摔在地上，膝盖都磕破了皮，可他根本顾不上管，仍然奋力地追赶着，但是一个五岁的孩子怎么可能跑得过自行车？车子越来越远，终于消失在路口了。

张胜站住了身子，立在村头放声大哭。他心里真的很难过，被妈妈送到姥姥家里来生活了两年了，很少见到妈妈，可每次见到时间都是那么短。

他好想待在妈妈身边，每次都号啕大哭着要跟着妈妈回家，可妈妈就是不答应，结果为了怕他纠缠，有时候回娘家如果他不在，都不等他回来。

张胜小小的心灵里充满了哀伤，他站在村口不停地哭。村里的乡亲都认识他，大舅是生产队长，人缘非常不错。有些路过的叔伯过来摸着脑袋劝几句，可是倔强的张胜使劲一拧肩头，根本不接受他们的好意。

他站在村头不停地哭，哭累了就站在那儿想，越想越委屈，然后就扯开嗓子接着哭，黄昏了，夕阳把他的影子拉的好长，天边挂上了彤红的晚霞，大舅骑着自行车从张庄回来了。

“你这死孩子，怎么还在这儿呢？你哭啥呀？”大舅一条腿支着地撑着自行车，脸上的神气有点好笑。

张胜不理他，把头一扬，哭的嗓门更大了。

“你这死孩子，你爹当兵，你弟弟才两岁，你说你娘一个人拉扯得了你们吗？姥姥和大舅对你不好啊？家里就一个鸡蛋都煮给你吃，你有啥不乐意的？”

“俺不要鸡蛋，俺要俺娘，啊……啊啊……”，张胜嚎啕的声音更惨烈了。

大舅怒了，他噌地一下跨下了车，一脚把撑子踢好，抬腿便脱下一只布鞋：“你这死孩子，还没完了是不？你看俺不抽你！”

“啊……啊啊……”，张胜一边抗议地哭着，一边撒腿就跑，大舅做势追了几步，也就趁机停住了。

“亮子，听说咱家小胜在村头哭呢，你看到了没？”姥姥从乡亲那儿听说了，风风火火地赶了来。

张胜的姥姥是小脚，张胜每天早上都看到姥姥用长长的布条缠脚，要穿鞋下地好费劲。不过姥姥走路飞快，六十多岁的人了，体格非常好，皮肤红润，头发如墨没有一根白发。

大舅连忙迎上去，说道："娘啊，没事了，小胜看见妹子回村了，这不没追上就哭嘛，俺刚说他了。"

"你看你这孩子，你说他干嘛？孩子这不是想他娘了吗？快去把他找回来，你可不许动他一手指头！"老太太一听发火了。

"哎！哎，俺知道了，娘你先回去吧，俺马上去找他"，三十出头的大舅连忙陪着笑脸说道。

舅舅找到了小胜，瞧他扁了小嘴儿还想哭，忍不住就想笑："胜儿，跟舅回去吧。别再哭啦，过两年你爹就转业了，那时你就能回家去住了，呵呵，要是你爹出息了，提个干，当了军官，说不定你还能随军去县城里住呢。回去吧，啊！"

张胜扭伲了一阵，跟着大舅往回走，他不太明白这些新名词，不过意思多少猜出来了。爸爸快转业了，转了业就会回家，自己就能回到妈妈身边去，要不就得等爸爸当军官，当了军官自己还是能回到妈妈身边去。不管怎么说，反正是不会太久了。

张胜破啼为笑，他擦擦眼泪，跟大舅去拾了他的草筐，然后一块回家了。此时在他幼小的心灵里，存下了平生第一个愿望：爸爸早点转业或者提干。

回张庄还是去县城，那是小问题，重要的是，能和妈妈在一起，妈妈在的地方，不就是他的家么？

姥姥听到声音迈出了门槛，张胜一见，已经遗忘了的委屈涌上心头，立即号啕一声："姥，呜呜呜呜……"

大颗的泪珠劈沥啪啦地掉下来，姥姥慌忙迎上来抱住了他："你这死孩子，你哭啥呀你呀，别哭了啊，姥姥听了怪难受地"。

张胜不听，继续大哭，不过眼睛一转，看到大舅从房里出来，横着眼瞪了他一下，嗓门立即小了许多。

"胜儿，去看看卖甜杏的那个死孩子来了没，姥姥给你买甜杏吃！"姥姥知道张胜爱吃甜杏，便祭出了这件百试不爽的法宝来。

张胜一听果然不哭了，他匆匆跑出去在村里转悠起来。

"甜杏喽，卖甜杏喽！"暮色中的传出一阵叫卖声。

张胜大喜，连忙跑回来，气喘吁吁地说："姥姥姥姥，卖甜杏的那个死孩子来了！"

姥姥一听忙说："喜儿他娘，快给俺拿个鸡蛋来"。

妗子回屋取了个鸡蛋，姥姥把鸡蛋塞到张胜手里说："去吧去吧，换几个甜杏吃"。

一枚红皮的鸡蛋，换了七个黄澄澄的杏子，左右两个破兜里各揣了三个，手里攥着一个，美滋滋地品尝着甜杏的芬芳，张胜终于把悲伤抛掉脑后了。

天黑了，大舅家的院子里支了张桌子，点着一盏汽灯，村民们开始计算工分了，大舅拿着小本子，在灯下认真地记录着。

张胜坐在角落里，过很长时间，才禁不住诱惑，拿出一只甜杏闻闻，然后一口咬破它的皮，让那甜美的汁水沁满口腔。

慢慢的，院子里的光线越来越暗，村民们的声音也越来越朦胧，张胜垂着头坐在小板登上，睡着了……

他一直企盼着爸爸早点转业，转业的消息还没有，不过秋上爸爸倒是回来探亲过一次，那时大舅带他回过家。爸爸个头高高儿的，长的极是英俊，只是张胜对爸爸没啥印象，见了怯怯的不敢上前。

爸爸拿了糖哄他和弟弟，谁肯叫爸爸便给谁糖吃，可哥俩儿却谁也不说话。爸爸在家待了不到半个月便赶回部队去了，张胜也就又给送回了姥姥家。

到了第二年近秋的时候，他已经六岁了。爸爸转业的消息还是没有，不过妈妈却让大舅捎他回家去住了。

张胜欢喜的一宿没睡好觉，第二天一早舅舅带他回家，还捎了一筐鸡蛋。用自行车载着他路过公社的时候，又买了两斤红糖和一包点心。张胜馋的直流口水，他知道，那里边一定有他可以享受的一份。

进了自己的家门，四岁的弟弟正淘气地在炕上爬上爬下，妈妈躺在炕上，旁边还放着一个小布包。屋子里有很多人，张胜对自己父族的亲人反而不太熟悉，所以既没有去看，也没有听他们说什么。

他和弟弟开心地说了一阵小孩子的悄悄话，弟弟便拉着他的手，献宝似的往炕头上扯，让他看那个小小的布包。

张胜呆住了，那小布包里包着一个小娃娃，好精致、好弱小的小孩子，红瓷瓷皱巴巴的一张小脸，眼睛紧闭着，一动也不动。

张胜惊奇地瞪大了眼睛："这是谁家的孩子？他在这儿干啥？"

弟弟张小冬骄傲地一擦鼻涕，说："哥，这是咱妹妹，是咱娘的孩子。"

"啥？"张胜不敢置信地问，然后绕着炕头上的小家伙看来看去，越看越觉有趣，终于忍不住大笑起来。

"咯咯咯"的笑声象老母鸡下蛋似的，屋子里的大人们看到他好笑的样子，忍俊不禁跟着笑起来，这一下张胜笑的更开心了。

"她哪儿来的？嗳，张小冬，快说，她是从哪儿来的，咋就成咱妹妹了呢？"

张小冬刚刚擦过鼻涕的手指含进了嘴里，转着眼珠想了半天，才说："俺也知不道，俺问娘，娘没说"。

"娘，俺咋有妹妹了呢，俺妹妹哪儿来的？"

二婶子没好气地笑道："去去，小孩子瞎打听啥。你妹妹呀，还有你、你弟弟，全都是沙土坑里刨出来的，瞧你们跟泥猴儿似的"。

"谁去刨的？那不能用锄头吧，要是一不小心，那俺们不完蛋了吗？"张胜打破砂锅问到底。

张小冬一听，也紧张地点点头，屋子里一帮小孩全都张大嘴巴望着二婶子，这可是关乎他们性命的大事，马虎不得。

二婶儿哈哈笑道："当然不会啦，是用手刨的。大人想要孩子了呀，就请边丁庄的老罗奶奶去沙土地里把你们刨出来，送给想当爹妈的人，懂了吗？"

"俺们都是吗？俺们都是罗奶奶从沙坑里刨出来的吗？"小孩子们七嘴八舌地问。

二婶子不耐烦地挥手道："都是，都是，去去去，全出去，别吵醒了孩子"。

炕上的小孩子真的"哇"地一声大哭起来，她仍然紧闭着眼睛，眼角有一滴泪珠。

张胜心疼了，听说是自己的妹妹，一种疼惜和关怀便油然而生，他连忙叫着把咋咋呼呼的小孩子全领出了里屋，这时大队的刘会计走了进来。

刘会计近四十的人了，是本村人，大家都认得他，张胜妈妈见是大队会计，脸上露出了笑容："刘会计呀，快请坐。"

"哦，哦哦！"刘会计扶了扶黑框眼镜笑起来："不坐了，俺没啥事，就是给你捎封电报。张书记正开会回不来，让俺给捎回来，你家男人明天就回来了！"

大队书记是张胜的大大爷，张胜的爷爷死的早，大大爷比爸爸大二十多岁，长兄如父，张胜父母的亲事就是他说和的，在兄弟里面，也是大大爷最照顾这个最小的兄弟。

站在堂屋的张胜兄弟一听爸爸要回来了，心中更是喜悦，虽说和父亲有点陌生，可那毕竟是自己父亲，还是从心底里觉的亲的，这一刻张胜的心里真是觉的已是最大的满足，一家人能团聚，他的小脑袋瓜里可想不出更需要满足、更快乐的念头了。

第二天，爸爸从部队回来了，他有一个月的假期。

爸爸长的非常英俊，身高一米七九，刚当兵的时候就被团长相中，当了他的警卫员，他还偷了团长的军服照过一张相，那是有肩章带军衔的一套军装，军帽是大盖帽，可同平常的布军帽不同，放大成七寸的邮回来，就摆在桌子上，比墙上贴的智取威虎山里的杨子荣还要威风、还要帅气。

妹妹有名字了，叫张欣，爸爸取的。

爸爸回了家，这家就完整了。每天，那水缸里清冽冽的水都是满的，烟囱里的烟也不比别人家冒的晚。

可这日子只持续了一个月，爸爸又回部队了。这时，张胜才明白妈妈把他叫回来的用意，以前是他太小，妈妈一个人照顾不了两个孩子。现在他长大了，六岁的孩子能帮妈妈分担家务了，他得回来照顾弟、妹。

家里的生活很贫苦，每天吃的不过是金黄色的棒米面糊糊粥，紫色的地瓜秧掺着地瓜磨成面蒸出来的窝窝头，晚上早上听着戏匣子里“社会主义好”的歌声下炕吃饭，每天晚上听着“嗒滴嗒，嗒滴嗒，小喇叭开始广播了”的声音在昏黄的油灯下入睡。

妈妈一个人拉扯着三个孩子，还要种地干活，很辛苦，可是在张胜看来，这却是非常恬静平和的岁月。

下地的时候，烈日炎炎，妈妈沿着地垄锄草施肥，常常汗湿衣襟。张胜就抱着妹妹，和弟弟在地头儿的桑树下玩耍。

他是个很尽职的哥哥，虽然他也还是个孩子，可他已经懂得了老大的责任，那就是分担和照顾。他抱着小小的妹妹，哄着她，饿了从瓦罐里盛碗米糊糊喂她，渴了就舀些水给她喝，一边还得盯着弟弟，不让他到河坝上、壕沟里去淘气。

妹妹的嘴角总是糊着干了的米糊糊，看起来就象个小老头儿。张胜抱妹妹的姿势很笨拙，是用双手托着，有时候，托着托着双臂酸软无力，妹妹便被扔在了地上。

好在他个子不高，不会摔伤了妹妹，于是就赶紧再抱起来，只要用一勺糊糊，就能哄得妹妹安静下来。

农闲的时候，张胜就和弟弟张小冬在村子里到处玩耍，他们沿着修筑的河堤而行，上边栽种着低矮的桑椹树，桑椹从酸涩的绿色刚刚转为白色，就已经开始成为他们的零食，等到变成红色、甘甜的深紫色时，他们的嘴唇每天看起来都是黑色的，常常在晚饭时连豆腐都咬不动，因为牙齿都酸倒了。

他们在村后的树林里看屎克螂滚粪球，在村口用大扫把追逐着低低盘旋的无数只蜻蜓，晚上跟着大小伙子们去抓蝉和麻雀。他们在树下生起一堆火，然后挨棵树的去踹，那些蝉便傻乎乎地奔着火堆飞去，落在它的周围，青年们就用罐头瓶子把它们捡起来。

张胜让妈妈用油炒过蝉给他吃，不过味道并不好，吃了一次也就死心了。他们还在晚上看着大小伙子们拿着手电筒去茅草的屋檐下掏家雀儿，有明亮的光照着，麻雀就呆呆地蹲在里边束手就擒。

张胜很羡慕他们的本事，他试着在院子里用木棍支了个簸箕，撒上小米，然后拉着绳子躲在门后边，可惜从没成功地抓住一只小鸟。

不过他成功地抓住过一只蝉，那是跟着青年人去树林中捕蝉的时候，他发现一只蝉，刚刚从地下钻出来的蝉，地上有许多小泥洞，都是蝉钻出来时造成的。这时的蝉还没有蜕变，样子好难看，比屎克螂好看不了多少。

张胜发现它的时候，它已经蜕了一半的壳，张胜欣喜而小心地把它拢在手心里带回了家，放在家里唯一比较象样的家具，那张写字台里。

第二天早上拉开抽屉，发现它已经完全蜕化了，一只薄薄的土黄色的蝉蜕旁，是一只翅膀翠绿的蝉，它轻轻地抖动着，样子是那么可爱。

张胜用新奇的目光观察着，这是生命创造的奇迹。一只从小泥土里钻出来的小虫子，可以蜕变得如此美丽。尽管它在泥里要待上几年，能够展翅飞翔的生命不过短短几个月，可是，那是一个奇迹！

生命的蜕变，真的是如此精采！

"喀刺刺！"一个低沉的闷雷，震的窗棂一阵颤抖。

下起了瓢泼大雨，从敞开的大门望出去，骤雨象丝线一样密集，地面干燥的泥土被激打起一团团尘烟，土腥气冲进鼻子。片刻的功夫，地上就成了一条条流淌的小溪。

"哥，俺怕！"弟弟张小冬眼泪汪汪地说。

妹妹张欣一岁了，也坐在炕上哇哇大哭。妈妈下地干活去了，想不到却来了这场急雨。

张胜也心慌慌的，可他是大哥，妈妈不在，他得管着弟弟妹妹，他不能哭，他要是也哭了，弟弟妹妹不是更怕？

安慰的话说了好久好久，雨却越下越大，还没有看到妈妈的身影，张胜终于也哭起来。他再三嘱咐年幼的妹妹好好待在炕上，然后就扯起一条白床单，和弟弟一人扯着一边遮在头上，哭着跑出了家。

两个人想不到去地里找妈妈，就这样一边哭，一边在村子里不停地跑着，全身都湿透了，或许潜意识里，他们只是希望亲戚和邻居们站出来安慰他们一下。

不知是雨太大人们没有听清，还是谁也不愿在这样的大雨里跑出来多管闲事。两个人在村子里跑了三圈，不断地在溜滑的泥地上摔倒，再爬起，都成了泥人，也没有一个人出来安慰他们。

等他们回到家的时候，嗓子已经哭哑了，一个七岁、一个四岁，两个孩子就象刚从泥坑里刨出来似的，等妈妈淋的透透的从地里赶回来时，见到孩子的模样，也忍不住哭起来，外边的雨哗哗地下着，房子里一家四口也在不停地哭泣……

小孩子总是健忘的，事情过去了也就算了，弟弟和妹妹还是那么快乐。只有已经懂事的张胜记得那天妈妈伤心之下说的一些埋怨话：

奶奶生了两个女儿七个儿子，张家在整个张庄占了半壁江山，生产队长、大队书记都是亲叔伯，可是却没有一个人肯帮帮这一家老小，不管是下地干活还是分口粮，对家里都没有照顾。军人家属是五保四属户之一，可那照顾粮还差着二十多斤就是不批，老张家的人血太凉了。

年幼的张胜总是很懂事地安慰妈妈，可是这些话在他幼小的心灵里留下了很深的印象，他从小在舅舅家长大，和张家原本就不亲，从此更加难以形成亲密的关系。

尤其是他刚回家那天，一家亲戚都来祝贺妈妈生了女儿，在小孩子的简单认识里，那样说笑亲热的场面，一大家人该是相当亲近了，可妈妈无意中说出的这番话，却让这小孩子过早的认识到人性中虚伪、客套的一面。

他记起有一次妈妈下地干活回来，很晚很晚了，哄睡了弟弟妹妹，妈妈还得撑着疲乏的身子在油灯下做衣裳。他是睡迷瞪了醒过来看到的，当时问了一句，妈妈随口说是给四大爷家的二哥扯了匹布做件衣裳，等做好了就睡。

家里没有壮劳力，要去村口水井打水，以妈妈的体格非常艰难，妈妈常去求四大爷家的二哥帮着挑水回来。

“扯了布给他做衣裳，大概就是一种变相的报偿吧”，年幼的张胜躺在炕上，痴痴地睁着眼想。比起同龄的孩子，他要成熟的多，已经开始思考许多问题了。

秋天的夜晚，皎洁的明月挂在天上，妈妈刚刚下地回来。

独轮车上满满的都是刨出来的地瓜，妹妹睡着了，就睡在散发着泥土味的地瓜上边，妈妈弓着背，推着吱呀吱呀的独轮车往家走，远远的，有流萤在空中幻化出一个个光的圆。

张胜的眼睛困的已经有些朦胧了，他的手里紧紧攥着弟弟的小手，弟弟走路都踉跄了，困的更厉害。

终于到家了，点亮昏暗的油灯，把妹妹抱上炕盖上被子，妈妈揉着酸痛的肩膀，见两个儿子还眼巴巴地看着她，便问道："饿了？"

"嗯！俺饿！"两双亮晶晶的眼睛看着妈妈，有些为难地点点头，他们虽小，也知道妈妈已经很累很累了。

灶坑里劈劈啪啪地燃起了柴禾，妈妈无力地一下下拉动着风箱，锅里渐渐冒出了饭熟的香味儿，坐在角落里的张胜忽然郑重地说："娘，俺长大了，一定要学好本事，俺要当生产队长，好好孝顺你。"

妈妈有些惊诧地回头，仔细地看了看他，忽然笑了："你这孩子，只要你们出息了就成，将来长大了给你们盖瓦房、娶媳妇，你们的日子都过的红红火火的，妈就开心、就知足了，那时妈也老了，还指望你怎么样哩？"

"一定的，俺说话算数！"张胜咬着嘴唇，心里只是想。

这个秋天，是张胜待在故乡的最后一个秋天。

秋老虎渐渐失了威风，二大爷家门口脚上扇风的一景也消失了。

这天傍晚放了学，张胜背着书包呼呼答答地跑回家，只见弟弟穿着开裆裤，双手摆做方向盘的样子，骑着那头老母猪正做出开车疾驶的样子，嘴里还嘀嘀嘀地模仿着喇叭声，小妹跟在猪屁股后边，她穿着红肚兜小裤头，头顶一支冲天小辫，奶声奶气地喊着："下一站是北京天安门……"

张胜喊了一嗓子："下来，别玩了，今晚村里放电影咧，赶紧吃完饭去占窝儿！"

弟弟一听欢呼一声，便从猪背上跳了下来，小妹和跟屁虫似的跟在后边，风风火火地进了屋。

这顿饭吃的香，也吃的快，张胜一直不停地向外张望着，弟弟妹妹刚扒拉了几口，他便催促着，扛起俩小马扎要领着他们去看电影。

放电影的地方就在村里场院那儿，也不怕出什么事情，而且张胜照顾弟弟妹妹也不是一两天了，妈妈便放心让他领着去了。

他们来的很早，不过还有更早的人，银幕已经拉好，银幕正面已经坐了好多人，背面人却不多，张胜赶紧过去抢了个好位置，支好马扎，兴奋地等着电影开演。

这是一部战争片，年幼的张胜没有记的它的名字，实际上他也没有去记，银幕上一出现放着万道金光的“八一”图案，响起那嘹亮雄壮的乐曲声时，他就兴奋的瞪大眼睛，等着出现第一个镜头了。

电影很好看，看到八路军被日本兵追赶，藏到水里含着一根芦管，鬼子的大皮靴就踩在头顶不远处时他就紧张得透不过气来，看到八路军藏在卡车里进入鬼子的据点，猛地一掀帆布乱枪横扫时他也跟着大呼小叫。

这一天很开心，等到电影散场了，张胜扛着小马扎领着弟弟牵着妹妹回家，却意外地发现妈妈红肿着双眼，好象刚刚哭过。张胜慌了，可他无论怎么追问，妈妈都不说话。

从这一天起，家里的气氛骤然压抑起来，妈妈的脸上再没有微笑，姥姥也让大舅载着赶来一趟，不知和妈妈说些什么，那时总是把他们赶到外边去玩的。大大爷更是经常阴沉着脸赶来，和亲家母见个面，一起说事情。

渐渐的，张胜才从村里人们的议论中隐约知道了一点真相。原来张胜的父亲已经入党提干了，他原来刚入伍时做警卫员的那个老团长调回了这支部队，成了一把手。

他的父亲先是提了干事，现在又升为连队的代理指导员。部队上有一个女兵，对他很有些意思，在她的追求下，父亲有些心动了，便委婉地写信回家，透露了想离婚的意思，想试试家里面的反应。

大大爷勃然大怒，爷爷死的早，他实际上就象爸爸的父亲一样，安排他参军、给他介绍对象，现在父亲提了干了，要做陈世美，这是大大爷万万不能容忍的事情。

他拍了一封加急电报，说自己重病要死了，要把老九从部队诓回来。这几天忙忙碌碌的，就是一家人商量着他回来之后的解决办法呢。

别看张胜的父亲张志勇已经是连指导员了，可是对这位亦父亦兄的长兄，他却从小存着敬畏。听说长兄病重，张志勇立即向部队请了假，匆匆返回了家乡，他事先拍了电报，却没有人去接他。待他回了村，已是傍晚时分了，家也没回，他就先去了大哥的家。

他要回来的消息家里已经知道了，也提早的做了准备。家里六个哥哥全都是本村的，两个姐姐嫁去邻村了，也都找了回来。张志勇到了大哥家里，大嫂出来开的门，见了他只是淡淡地点了点头，便当先向屋里走去。

张志勇顿时便忐忑起来，还当大哥已经病危不起，匆忙地进了堂屋，他便不由一怔。七兄弟长大成人，全都分家另过了，这祖屋是由长子继承的，因年代久远，这堂屋深而阔，光线也不足。

他一进了屋，一股子旱烟味便扑面而来，只见里边左右分开坐了满满一屋子人，张志勇唬了一跳，还当大哥已经走了，急忙走上两步，问道："这是……二哥？三哥？大……大哥？"

只见张氏家族的老大张志强端坐在堂屋正前方，手里夹着根"大生产"，蹙着眉头抽的正凶，张志勇愕然站在那儿，又唤了一句："大哥？"

张老大掸掸烟灰，抬起眼皮瞟了他一眼，徐徐道："老九啊，你现在回来了。你的哥哥、姐姐，咱张家这一大家子都在这儿呢，咱们一家人有点儿在这说道说道。"

张志勇此时已经明白上了当，大哥这是把自己诓回家来开批斗会了，可这时所有的兄长和姐姐都在，他也只能硬着头皮听着。

"唵！现在是新社会了，不讲那封建的东西，俺也不请家法、也不让你祖宗牌位前跪着，毕竟……你还是队伍上的人嘛，俺、你、你二哥，都是党员嘛。那咱们就谈谈这个思想作风问题！"

张老大把烟头扔地上，抬起千层底的黑布鞋碾了碾，咳嗽一声说："为啥叫你回来，你心里亮堂着呐，俺给你留脸，不说那么清楚明白。你现在……出息了，是吧？穿上四个兜兜的衣服了，是干部了，可是干部就能当陈世美了？"

堂屋里鸦雀无声，张志勇站在堂屋前，面红耳赤，无地自容。

张老大是大队上的书记，说起话来一套一套的，根本也不容张志勇插嘴，张老大说完了，啪地把桌子一拍，说道："今天叫你回来，当面锣、对面鼓，咱把话掰扯明白。

老九啊，你家里的容易吗？啊？一个人在家里，顶着日头下地，戴着星星回家，里里外外就一个人忙活，还拉扯着三个孩子，你那心不是肉长的？唵？你出去几年，这良心让狗吃啦？

俺告诉你，老九，别觉着在外面当了几年兵，你本事了，就不服管了。俺张志强也是组织里的人，你要是敢丧良心，做出那天地不容的事来，俺去公社开封介绍信，去你队伍上把你这点事都给你抖露出来！"

张老大说的声色俱厉，说完了又点着了一根"大生产"，老二磕磕烟袋烟，又充了回红脸，然后各位兄长姐姐们一通劝，张志勇单枪匹马哪敌得过八大金刚，那本来就只是动了歪心思，还未敢付诸行动的一点念头顿时被打击得烟消云散。

可怜的张代指导员在开过群众批斗大会之后，又灰溜溜地跟着大哥回到家中，给媳妇道歉，次日又跟着大哥去向丈母娘和大舅哥赔罪。这一通折腾，那富易妻的念头他这一辈子也是再不敢生起了。

可张老大还不放心，他思忖再三，给张胜的父亲下了最后通谍，既然是干部了，就可以家属随军。要他回部队后马上办理，如果他不办，大大爷就要亲自去部队，向他的上级领导反映问题。

事情就这么定了下来，张胜没能等到那要让他扬眉吐气的枣树长大，就依依不舍地离开了旧居。房门落了一把锁，锁住了他童年乡村的记忆……

哑舍系列之菩提子篇

玄　色

哑舍：哑舍里的古物，每一件都有着自己的故事，承载了许多年，无人倾听。因为，它们都不会说话……

1932年北平

魏长旭蹲在琉璃厂的中华书局里面，一边翻着手里的书，一边支棱着耳朵听那些老店主们聊天。

琉璃厂这边大早上的一般都没有什么生意，所以那些店主们吃过了早餐，就都拎着个鸟笼子，到中华书局门外坐着唠嗑。有时候谈谈这紧张的时局，有时候聊聊这北京居然被民国政府取消了首都资格，名字也改成了北平，再时不时愤慨下那些金发红毛的洋鬼子们，差不多日头偏移了些许，就都会被自家的伙计们都唤回去了。

是的，琉璃厂这里是北京城最繁华的古董街，从清初顺治年间，这里就是汉族官员的聚集地，到后来全国各地的会馆也都建在附近，官员、赶考的举子也常聚集于此逛书市，集市慢慢变成的街坊，连前门和城隍庙的书局古董店铺也都转移了过来。

都说乱世黄金盛世古董，眼看着清末乱世将起，来琉璃厂当古董换黄金的人也络绎不绝。魏长旭一天天地这么看着，发现清晨来这里聊天遛鸟的店主们一天比一天少，大家脸上的表情也越来越凝重。现下时局艰难，眼看着小日本占了东三省，逼近关内，很多人都悄悄地收了铺子，南下避难去了。

今天这些老店主们的聊天，情绪也不高，胡乱聊了几句，就都各自散了。魏长旭见听不到什么消息，便扔下了几个硬币，抓着手中的报纸往琉璃厂的西南方向走去。街上的人并不多，往日热闹的街巷变得冷清萧条，每个行人脸上的表情都透着一股惶恐不安。不远处的北京城里还能听得到零星的几声枪响，也不知道是士兵们的冲突，还是百姓私藏的枪械。也许这几声枪响又带走了几个人的性命，但没有人会因此而动容，都不约而同地压低了头，加快了脚步。

熟练地穿过几个街巷，魏长旭推开了哑舍的大门，刚往里面迈了一步，就有一个小孩子撞进了他的怀里，摸走了他手里的《北平日报》。

“苏尧，你能认识几个字啊？还不是要我给你念？”魏长旭撇了撇嘴，没跟对方计较。

魏长旭今年九岁，小时候家里也是颇有资产。但乱世之中，越是富庶家族，就越是破落得厉害。在魏长旭六岁的时候，家破人亡，他流落街头当了个乞儿，差点就被饿死，幸亏这家古董店的老板大发善心救了他，后来见他对古物还有些兴趣和见识，便留他当了个学徒。

而苏尧小他三岁，当年魏长旭刚来哑舍时，他还是在襁褓中的一个婴孩。老板说这孩子也是乱世之中他捡的，但魏长旭私下里却觉得这孩子八成就是老板的私生子。因为老板他也太偏心了，就算苏尧年纪小，但各种宠爱备至啊简直要闪瞎他的眼！看！这小孩儿从小戴在脖子上的白玉长命锁，一看就价值连城啊喂！他都没有这么好的东西戴！

魏长旭一边看着才六岁的小孩儿趴在黄花梨炕桌上识字看报纸，一边各种腹诽。他把出去买的早餐也放在了苏尧旁边，这时云母屏风后便转出了一个二十岁左右的年轻人，正是这哑舍的老板。

这人常年都穿着一身黑色的中山装，那上面用红线绣着一条栩栩如生的赤龙，老老实实地趴在他的右肩上，端得是无比霸气。魏长旭无论看多少回，都觉得移不开目光。他这么多年就没见老板穿过其他衣服，顶多秋冬时期在外面罩上一层外套而已。

见老板浸湿了毛巾，体贴地给苏尧擦干净了小手之后，把馅饼放在祭红瓷盘中，用小银刀整整齐齐地分成了几六块，又把豆浆从罐子里倒出来，用青花瓷碗盛好放在苏尧手边。那一整套动作做得是无比熟练自如，让魏长旭看得各种眼红。

好吧，他也不应该跟小他三岁的小破孩争宠，更何况这个雪团子一样的孩子，也是他看着长大的。魏长旭老老实实地洗过手，抓过一张馅饼，一边吃一边活跃气氛似的说道："今天那些人聊天聊到了之前皇宫里的那场大火，老板，你有印象没？"

老板正在红泥小炭炉上烧了壶水，闻言微一沉吟，便缓缓道："这是九年前的事情了吧，最开始是从神武门开始烧的，由南向北。后来不知道为什么中正殿后面的大佛殿也起了火。那火足足烧了一晚上，据说总共烧毁宫中殿阁一百多间，烧掉了许多珍奇古玩。"老板的声音总是那么平和淡然，但说到最后一句，显然也掩不住话语间的遗憾和愤怒，丹凤眼都罕见地眯了起来。

魏长旭却兴致勃勃地接话下去道："我就是在那一年出生的，我娘被火惊了胎，我提前出来的呢！听说当时有人救火的时候，看到中正殿的火场之中，有或俊美或妖艳的许多人从火场中窜出，都说是那些年代久远的古董修炼成精，化形而出呢！"

这个说法坊间自有流传，但苏尧却是头一次听到，立刻就把小脑袋从报纸上抬了起来，黑白分明的大眼睛一瞬不瞬地盯着魏长旭，希望他再多讲一些。

老板却低垂眉眼，弯腰用火钳拨弄着小炭炉里的麸炭，不甚在意地说道："都是那些监守自盗的宫人们特意传出来的谣言，你当这场火是怎么烧起来的？那些年宫中宝贝外流，来琉璃厂客人们甚至可以预定宫里面的宝贝，连皇后凤冠上的珍珠，寿皇殿的百斤金钟都可以弄到手，肆无忌惮。最后闹得大发了，宫中要查，这才索性放了一把火，推说那些遗失的古董都被火烧得干干净净，当真是无法查证。"

魏长旭撇了撇嘴，其实这也是明眼人都能看出来的，连皇上都带头倒卖古董，上梁不正下梁歪，其他人不还学得有模有样吗？

苏尧见没故事听了，便把注意力放回手中的报纸上，不一会儿又抬起了头，吭吭唧唧地问道："旭哥，拍卖？拍卖是什么啊？"

魏长旭凑过去一看，差点鼻子没气歪，一拍桌子怒道："那些瘪犊子！居然想拍卖皇宫里的那些古董！好筹钱买飞机？这是哪个混账东西想出来的？真是岂有此理！"连才是九岁的他都知道，这虽说是公开拍卖，但其实是想把那些国宝卖给外国人。

真是可笑！连自己老祖宗的东西都守不住，还能期望守住国土？

"老板！你说这可怎么办？"魏长旭求助地看向一旁的老板，在七年前皇宫改成了故宫之后，就对公众开放展览，他也去看过好几次的。那些精美贵重的国宝，在他看来一个都不能少！更何况现在那些国宝根本都不属于皇室了，而是属于整个国家的！

老板依旧淡然地看着红泥小炭炉上的小水壶，等到水烧开之后，稳稳地拿了下来，沏了一杯三红七青的大红袍。嗅着茶香，老板抬起头，迎上一大一小两个期盼的目光，不禁勾唇一笑道："放心，这拍卖拍不成的。没看报纸都大肆宣扬了吗？要是敢拍卖国宝，首先学生们就不会同意。我估摸着，接下来就是游行抗议了吧。"

魏长旭放下几分心，这北京城的大学生都是热血澎湃的，动不动就会有游行活动，再加上报纸的舆论渲染，恐怕这事成不了。

老板抿了一口澄黄的茶汤，叹了口气道："只是这战火迟早会烧到这里，那些东西若是不想毁在这里，大概很快就会迁到南方了吧。"

魏长旭和苏尧对视一眼。不同于苏尧懵懂的目光，魏长旭却心里明镜似的，知道自家老板和其他人一样，八成也是在考虑南下避难了。

在魏长旭的心中，老板总是料事如神的。

拍卖果然因为学生们的强烈反对和游行示威而夭折，但新的风波又掀了起来。风闻故宫的古董要南迁，一派人认为此举势在必行，但更多的人却觉得宁为玉碎不为瓦全，古董南迁空扰民心，乃是弃国土于不顾的丧家行为。

魏长旭看着报纸上那些文人大打嘴仗，说什么"寂寞空城在，仓皇古董迁"的话语，他只恨自己肚子里没有多少墨水，否则真想操起笔来跟其对骂。不作为的是那些军阀士兵！那些古董们根本没有错！凭什么要在这里陪着这座北京城一起消亡？

到底是人命重要？还是那些文物古董重要？

估计不同的人都会有不同的答案。

但魏长旭虽然小，却也知道故宫里的那些文物古董，并不能以常理来论。

那是中华民族几千年传承下来的遗产。

是这个民族的文化。

绝对不可以被人掠走或者销毁！

"老板，我想去当兵。"魏长旭纠结了许多天，终于握着拳坚定地说道。

苏尧歪着头懵懂地看着他，小孩子的概念里，还没有意识到当兵是多么可怕的一件事。

老板放下手中的青花瓷盖碗，摸着魏长旭的头，笑了笑道："你才九岁，人家不收你的。"

"可是……"魏长旭也知道这是实话，恨不得自己一下子就长大。

"别急，我知道你的心思。会让你心愿达成的。"老板高深莫测地笑笑，奇迹地抚平了魏长旭心中的骚动和不甘。

过了没多久，在北京城的天气开始转冷的时候，老板带着他们去了一趟故宫。

因为时局日益恶劣，也少有人来故宫参观。本来红墙绿瓦金碧辉煌的皇宫，在硝烟战火的笼罩下，看起来无比的冷清萧索。穿梭于神武门的，就只有络绎不绝地运送木箱和棉花的车辆。魏长旭这时亲眼所见，才知国宝南迁的事情已成定局，不禁心中喜悦。

他不懂政治上的那些弯弯道道，也不管是这南迁究竟是出于什么原因，但只要那些巧夺天工的国宝们可以保存下来免于战火，他就心满意足了。

只是文物古董南迁并不是想象中那么容易的事情，而是一项巨大的工程。清朝的皇帝自康熙起，就有超级强悍的收藏癖，接下去继位的儿孙们，也纷纷效仿，甚至变本加厉。所以故宫的宝贝当真是数不胜数，古董南迁也不可能全部都带走，只能选择最珍贵的。古董粗略就分为瓷器、玉器、铜器、字画、印章、如意、烟壶、成扇、朝珠、牙雕、漆器、玻璃器、乐器、盔甲、仪仗等等若干种类，书籍文档也很多，例如文渊阁存的四库全书、摛藻堂存的四库荟要、善本方志、还有各种藏经佛经、军机处档案、奏折履历、起居注、玉牒、地图等等各种繁杂书籍，数不胜数。

魏长旭带着苏尧一边走，一边听着老板如数家珍，觉得脑仁都开始疼了。等他好不容易走到目的地的时候，他就看到故宫的工作人员已经开始把那些文物古董分门别类的装箱了。

至于老板为何来这里，也是因为装箱的时候需要行内人的经验，琉璃厂的古董商被请来了好几位，细致地为工作人员介绍什么材质的古董需要什么样的箱子，中间需要除了棉絮外的什么填充物，怎么合理利用每一处缝隙等等。而作为回报，这几家被请来地古董商，都是要随故宫的古董南下的，倒是要比自己单独上路安全稳妥得多。至少不用去另外自己找车票或者船票了。

魏长旭和苏尧是两个小孩子，老板是不放心他们单独留在店里才带来的，只要他们乖乖地坐在一边不添乱就没人理会。魏长旭倒也不甘心就那样傻坐着，带着苏尧这个跟屁虫也帮帮递绳子搬搬棉花谷壳送送剪刀什么的，也懂事地不去碰那些珍贵的古董，生怕不小心弄坏了，卖了他们都赔不起。

魏长旭嘴甜勤快，苏尧腼腆乖巧，两个孩子很快就赢得了大家的喜爱，而魏长旭也在几天后得到了允许，可以去翻看那些不装箱的古董。当然即使是那些被淘汰的古董，他也不能随意带走，但只是看看也没有什么。

这一天，他翻出来很大的一箱珠子，他抓了几个去问老板，才知道那是一箱菩提子。

“菩提子？是英华殿院子里的那棵菩提树结的果子吗？”魏长旭想起那棵郁郁葱

葱的菩提树，在盛夏的时候，就像一柄绿色的大伞亭亭如盖。经常听古董店掌柜们聊天的他其实了解的很多，他知道释迦牟尼在菩提树下静坐了七天七夜，修成正果顿悟成佛的故事。也知道菩提在佛家用语中，是觉悟的意思。

“不是，菩提子是一种川谷草结的果子，产于雪山。菩提子有许多种类，最适合做念珠。”老板伸手拈起一颗菩提子，细细端详道：“你看这念珠表面布有均匀的黑点，中间有一个凹的圆圈，宛如繁星托月，整颗菩提子成周天星斗众星捧月之势，故名星月菩提子。这也是菩提子的四大名珠之一。”

“啊？这么贵重的东西，怎么不装箱一起带走啊？”魏长旭一听就急了，他天天去翻看那些被淘汰的古董，也是基于这样的心理，总觉得要带走所有的东西不扔下一个才更好。

老板拨弄着魏长旭手中的菩提子，淡淡道：“那盒菩提子我之前也看到过，应是这么多年宫中的收藏，还未编成串的散珠。这是银线菩提、佛眼菩提、凤眼菩提、天意菩提……喏，虽然种类很多，也很难得，也许也被高僧加持过，但菩提子乃是一种植物的果实，只要川谷这种草不灭绝，就会有更多的菩提子结出来，并不那么珍贵。”老板神色淡然，语气中却透着说不出的萧瑟意味，他直起身，望着那些陆续被装箱的文物古董，叹了口气道：“可是你看那些瓷器，烧制的秘法已经失传，那些玉件摆设，琢玉的师傅已经过世。那些都是真正的传世珍品，碎一件就少一件啊……”

“这……”魏长旭咬了咬下唇，想要说这一路不会出问题的，但也知道这是自欺欺人。这些天里，在故宫忙碌的所有人都面色凝重，即使知道前路茫茫，也要小心翼翼地摸索着前进。

老板只是偶发感慨，很快就回过了神。他摸着魏长旭的头，知道这个孩子喜爱古物到了一种走火入魔的地步，反而开解道：“佛家讲有六道轮回，人是终将要死去的，器物也是会消亡的，所以一切要看得淡一些。做自己力所能及的事，尽心尽力了就好。”

魏长旭听得出这句话里饱含沧桑，他抬起头，发现老板正定定地看着不远处正在捧着古籍翻开的苏尧。

这一刻，老板的眼中，有些他看不出来的复杂意味，直到他多年以后回想起来这一幕，都参悟不透。

虽然被冷酷地告知这一大箱菩提子不能被带走，魏长旭也并不放弃，他执意找到了院长，得到了允许之后，便和苏尧开始了一项任务。他们俩用纸叠了方包，在里面放上一颗菩提子，在每封一箱文物的时候，都往里面虔诚地放上这个纸包，祈祷这些菩提子可以保佑这些古董不会遭受意外。他们还抽空把菩提子串成手钏，给每个工作人员都发了一串，祈祷可以保佑他们一路平安。

魏长旭自己带了一串棕色的太阳菩提，苏尧是一串白色的雪禅菩提，老板则带了一串金钟菩提。

然后，在 1933 年 2 月 6 日，故宫第一批文物古董开始正式装车起运。

尽管在最开始，魏长旭就知道这一路并不好走，但他也没能想到，居然会一路坎坷至此。

他们险些连北京城都没出去，装载古董的车辆一出故宫大门，就被一直守在门口的学生们包围了。好不容易一路艰难地挪移到了火车站，气氛也就越来越失控。有激进的学生甚至直接躺在铁轨上，用卧轨来阻止国宝离京，馆长好说歹说发表了一阵演讲才把他们劝走。又因为之前报纸上把国宝南下的事情闹得沸沸扬扬，火车途经徐州之时，居然还有匪众出没想要抢劫国宝，结果这些亡命之徒真枪实弹地和当地军队打了一仗，发觉没有油水可以沾，才不甘心地离去。

装载文物的两列火车一直到第四天，才好不容易到达了南京下关，之后又有命令下来说古董要转运洛阳和西安。一起随着火车南下的其他古董店主，都纷纷带着自己的东西离去。魏长旭知道老板估计也会如此，但他却一点都不想走。

他还没看到这些国宝安定下来，又怎么肯轻易离开？

虽然他一个字都没说，但老板还是看透了他的心思，只把他和苏尧留了下来。

“老板怎么自己走了？”苏尧拽着魏长旭的衣服，特别的不高兴，小嘴撅得都能挂酱油瓶了。

“乖，老板他去处置哑舍的古董，他会回来的。”魏长旭却很高兴，他还可以留下来。他细心地把苏尧脖颈上的白玉长命锁放进他的衣襟里，财不外露，尤其是在这样混乱的年代。

故宫的古董一直停放在南京下关火车站，直到两个多星期后，才用船转运到上海。期间北京故宫的文物前后五次分批运到，包括颐和园和国子监等处的古董。魏长旭因为取得了工作人员的信任，已经可以帮得上忙，和苏尧两个人做些力所能及的事情。等到最后文物古董最终的数字统计出来，所有人都默然无语。

一共 19557 箱，上百万件文物古董。

魏长旭被这个数字狠狠地震撼了一下，这还是大家挑拣过的，无一不是极其珍贵的宝贝。

但他现在完全没有办法看到那些琳琅满目的珍品，在偌大的仓库中，堆满的是整整齐齐的木箱，空气中盈满的是令人有些难受的灰尘和棉花味道，但魏长旭心中不禁感到一种莫名的悲哀。

到底一个民族，是要破落到何种地步，才会被迫做这样声势浩大的文化迁徙？

而到底要到什么时候，这些珍品才能免于被蒙尘，重新擦拭一新地摆在展馆中供人观赏膜拜？

他……还能有看到那个景象的一天吗，他能保证这些珍品都一个不漏地继续存在于世间么？

“旭哥？”苏尧敏感地察觉到魏长旭低落的心情，不安地拉了拉他的衣角。已经换成粗布麻衫的苏尧，虽然还是白白净净，但由于这些时日的颠沛流离，已经瘦了许多，本来圆润的鹅蛋脸已经瘦成了尖下巴。

“不怕，我们会赢的。”魏长旭把苏尧搂在怀里，喃喃自语地说道。

像是在说服对方，更像是在说服自己。

但现实永远比人想象的还要残酷。

有人开始别有用心地散布谣言，说院长易培基先生监守自盗，从北京城运出这些古董是要卖给外国人的。三人市虎，曾参杀人，还真有人信以为真，事情也就传得越发有鼻子有眼，连南京政府都发了传票，要法院择日开庭审理。期间辛酸自不用提，有好几人被连累下了大狱，无处伸冤，很久以后才被释放。

老板在几个月后到上海寻到了他们，就再没有提出离开，而是留下来参与了文物保管工作。

时间一晃就是三年，南京政府终于把朝天宫库房整理了出来，故宫的文物古董也从上海回到了南京。魏长旭此时已经是少年人了，瘦长的身材还在不停地拔高，苏尧也已经快要满十岁，越发的腼腆内向。他们和文物古董一起顺利到达南京后，陆续又做了一年整理工作，当所有人都以为可以安定下来，已经十四岁的魏长旭甚至动了念头想要离开参军了，可 1937 年却并不平静。

民国二十六年，也就是 1937 年 7 月 7 日，卢沟桥事变，北平沦陷。

随后的 8 月 13 日，上海爆发八一三事变，上海沦陷。

战火已经烧到了南京附近，有时候仰头看天，都能看得到天边那抹像是随时都能压下来的厚重乌云，压抑得让人无法喘息。

上海八一三事变的第二天，故宫博物院就做出决定，继续迁移文物，第一批 14 日早上就迅速转往长沙。老板当时就想让魏长旭和苏尧跟着第一批的文物离开南京，但魏长旭知道老板定是不肯最先走的，强硬地陪他留了下来。文物陆续转移，但大体上一共分了三路，南路前往汉口转运长沙最终到安顺，中路去往宜昌转运重庆最终到达乐山，北路是经徐州、郑州到达西安。魏长旭他们最终选择了坐火车北上，据说最后中路的那批九千多箱文物，一直在南京滞留到 12 月 8 日，才终于搭上了黄浦号轮船，离开了南京。

而五天后，南京沦陷，日军做下了举世皆惊的南京大屠杀惨案。

究竟还要在黑暗中呆多久，才能迎来黎明呢？

魏长旭和苏尧挤在卡车货厢的缝隙间，随着车厢的晃动而身体无意识地颠簸着。现在已经是 1939 年的春天，他们一路历经千辛万苦，两年前装载文物的火车从南京开出之后，才到徐州就遭到了日本空军的轰炸袭击，幸好火车停靠在了废弃的轨道上，才逃过一劫。过郑州的时候也经历了轰炸，幸好也是有惊无险，没有一点损伤。过了郑州之后又转往西安，后来又转去了宝鸡，又因为日军轰炸得厉害，又被迫转移。结果从宝鸡到汉中仅仅一百多公里的秦岭路程，他们走了快三个月。在翻越秦岭的途中，他们遇到过土匪和野狼，几经历险，魏长旭觉得就算是当兵也不过如此了。

据说其他两路的文物古董也并不是风平浪静，水路去往重庆的那一路，在三峡时差点翻船入江，幸亏在最后时刻有经验的船夫力挽狂澜。转往长沙的那一路也是困难重重，险些遭受日军轰炸，最终都决定把文物转往峨眉乐山一带。

魏长旭他们也是朝入蜀的方向去的，只是他们是从陆路入川。

李白曾有诗曰：“蜀道难，难于上青天”。魏长旭本来以为翻越秦岭的山路就已经是够艰险的了，结果到了入川的栈道，他才知道什么叫做蜀道难。

所谓蜀道实际上就是栈道，是在悬崖峭壁间开凿一个个孔洞，在孔洞内插上石桩或木桩，上面再横铺木板或石板。这种狭窄的栈道承重有限，一辆车最多也只能载三四个箱子，还必须有人在前面领着卡车走，在峭壁上转弯时还要鸣笛示意，车队前进得出奇的缓慢。一段才二里的栈道，一个往返就要走上两三日，魏长旭问了一下带路的乡亲，他们若是要这样的速度走到峨眉，估计至少也要走六七个月。

“旭哥，你身体好了点没？”已经十三岁的苏尧完全已经是个少年人的模样，穿着的军大衣已经在路上磨损得破旧不堪，但他的脸庞依旧白皙，此时正满脸担忧关切地用手碰了碰魏长旭的额头。

整个寒冷的冬天，都在秦岭的山林间煎熬，魏长旭的身体就算再好也顶不住。苏尧有些焦急起来，甚至还有些怨恨自己。若不是魏长旭把衣服执意都塞给他穿，又怎么能把身体冻成如此破败？想到这里，苏尧便把身上的军大衣脱了下来，不顾魏长旭的抗议又把他裹了一圈。“旭哥，你先坐着，我下去找老板，看看他那里还能不能弄来药。”

魏长旭想要抓住他不让他乱走，他们能蹭卡车坐着，就已经是别人多加照顾了，没看其他人都在下面用脚走路的吗？但他终归是病着，苏尧的行动又快，他手伸出去，什么都没有抓住。

这臭小子……魏长旭无奈地又闭上了眼睛，高热的身体让他的脑袋停止了思考。在迷迷糊糊间，他仿佛听到了有人高声呼叫，然后就是刺耳的汽车喇叭鸣笛声，他的身体仿佛不受控制地猛烈晃动起来，愕然地睁开眼睛，就看到他坐着的卡车冲出了栈道，一头朝山下的深涧跌去！

幸亏苏尧早就下车了。

魏长旭在那一瞬间，脑海中居然闪过了这样的念头。

也许是人在生死关头的潜能迸发，魏长旭迅速地做出了判断。若他此时立刻朝下跳去，说不定还能侥幸抓到栈道下面的木条。但他的第一个动作，就是把车上的箱子往下扔。他记得上车时他曾经习惯性地扫了一眼箱子上的编号开头，是“经”字，那就是《四库全书》的经部。既然是书，那就不怕摔，但就怕掉进江中，只要被水一泡就完了。

三箱书很沉，但在下落的过程中，魏长旭也不知道是自己绝境之中的力气倍增，还是上天赶巧，在卡车跌入江中之前，三个箱子都被他扔到了滩涂之上。也没工夫去看卡车司机是不是来得及跳车，他看准了一处草木繁盛之地，便斜身朝那个方向摔了过去。

魏长旭眼中最后的画面，就是手腕上的菩提子佛珠串被树枝挂断，漫天的佛珠飘散，在乌蓝的天空下弥漫着一种令人心安的氛围，他心神一松，之后就什么都不知道了。

“……为什么不让我救人？这孩子他还活着啊！”

“你这样，就改变历史了啊！如果你没有通过罗盘来到这个时间，这个人说不定就会这样死去。你若是救了他，产生了蝴蝶效应，以后一连串的事情发生变化，导致历史发生偏差，这个责任，你来负吗？”

“我是个医生！责任就是救死扶伤！我怎么可能就这样袖手旁观？”

“你要考虑大局，如果每次都这样，我觉得我们还是不要擅动洛书九星罗盘了。”

“……你这是在威胁我？”

“这不是威胁，而是实话实说。”

“你！”

这两人是谁啊？怎么在吵架？洛书九星罗盘？这名字听起来怎么有点耳熟啊？

魏长旭只是意识清醒了这么一瞬间，就又头昏眼花地陷入了黑暗。直到像是过了一辈子那么长的时间，他才重新感觉到自己身体各处传来的疼痛。

还痛着，就说明自己还活着。

魏长旭咬着牙坚持着感觉自己身体各处，他的腿应该是摔断了，幸好苏尧最后给他裹上的一层军大衣让他的胸腹上身没有遭受更大的创伤。真是上天保佑。

也不知道那三箱书有没有损坏。

魏长旭迷迷糊糊之间，隐约感觉到自己被人搬来搬去，也喂了一些药片和打了针。等他可以睁开眼睛时，立刻就看到了苏尧哭红的小脸。

同样守在一旁的老板知道魏长旭还说不出话，但从他的目光中领会到他最想要知道什么，便拍了拍他的头欣慰地说道：“那三箱书一本都没丢也没浸水，真是多亏你了。你的腿也没什么事，不过要好好休养。有人救了你，是谁你还有印象吗？我们没找到人，可要好好谢谢人家。”

脑海中闪过一些争吵的片段，魏长旭不解地摇了摇头，事实上那些话他根本有听没有懂。

老板皱了皱眉，悬崖峭壁危险至极，他们绕了好大一圈，一天之后才下到悬崖底下的滩涂。当时司机已经坠亡，但魏长旭却已经好好地被放在了滩涂上，绑好了断腿处，还接骨接得极好，包扎得非常细致没有导致失血过多。滩涂上散落的书也被人一本本地摞好放得整整齐齐，甚至按照原本的排列顺序。若不是在博物馆工作的人，是根本做不到这一点的。而且甚至连书箱里苏尧塞的三颗菩提子还有掉落的太阳菩提子手钏也一个不少地都找了出来。

一切都很奇怪，但老板也没太深思，看着魏长旭勉强地撑着眼皮，便嘱咐他好好休息。

路还长着呢。

是的，路确实很长，一直到这一年的秋天，他们才到了高耸雄踞的剑门关。之后又辗转从成都到了峨眉山，然后一呆就是七年。

“我们的正义必然战胜过强权的真理，终于得到它最后的证明……日本天皇已经宣布无条件投降……”

嘶啦嘶啦的电波中，传出令人振奋的消息，一时间屋子里面欢呼声和喜极而泣的声音不绝于耳，魏长旭使劲地闭了闭眼睛，还有些不相信这是真的。

在黑暗中呆了太长的时间，对于光明的骤然降临，有着本能的颤栗和不敢置信。

“旭哥！我们可以回去了！”苏尧欣喜地扑向魏长旭。他已经十九岁，是个成年人了，魏长旭禁不住对方一扑，从小板凳上摔倒在地，疼痛让他清醒过来。

这不是梦！这是真的！

“嗯，我们可以回去了。”魏长旭压下心头狂喜，反而回头看着在寺院中堆积的木箱，理智地说道：“不会很快就走，最少也要再呆两年，等国内形势平稳的。”他今年二十二岁，已经完全是个大人了，也能很快地分析出形势利弊。

苏尧却小心翼翼地把他从地上扶了起来，因为在栈道上的那场事故，魏长旭的身体留下了病根，在山中清苦没法休养好，更是日渐消瘦。苏尧这些年来，简直就是把他当易碎的宝物来对待，况且在老板离开之后，他们更是相依为命。

“老板他……应该不会跟我们回去了吧？”想起老板，苏尧低垂下头，抿紧了唇。

魏长旭捏了捏他的肩膀，并没有说话。

七年前他们在峨眉山落脚之后，老板就离开了，三年前才悄悄地回来看他们一眼。魏长旭此时回想起来，才发觉老板的相貌，居然和十多年前没有任何区别，现在若是和他们在一起，感觉都像是比他们还要年轻。

“别想了，我们还是好好庆祝一下吧！”魏长旭起身推开窗户，让久违的阳光照在脸上，长长地吐出一口气。

很快，很快他的愿望就可以实现了！

事实上回去的路也并没有想象中的那么好走。

日本天皇虽然签署条约宣布无条件投降，但国内的日本军阀并不甘心就此退走。再加上国内形势遽变，国共两党又起争端，局势一下子又扑朔迷离起来。

文物古董整理有条不紊，因为没有了空袭轰炸的隐忧，所以回南京的文物都在重庆集中，到了两年后才启程。一路上也是事故不断，好在他们队中没有伤亡，顺着长江而下，直达南京。北平故宫博物院在民国十四年双十节成立，终于在二十二年零两个月后，所有迁徙的文物古董又归于了一处。

国内的战争依旧没有结束，但魏长旭却并没有太担心了。毕竟都是国内争端，也绝不会危机到老祖宗的遗产。他每日埋头整理那些价值连城的文物，每每在闲暇之余，都感叹这十五年的颠沛流离。无论哪一路的古董，行程都超过了一万两千多公里。而这上百万件古董，经历了万里长征，居然没有一件遗失或者破损的，当真是难能可贵，算得上是一场奇迹。

由于日夜辛劳，他的身体日趋衰败，但每日都没有休息地工作着，每每苏尧劝他多休息，他也无暇注意。

1948年底，开始陆续有文物分批转往台湾。魏长旭没有拦阻，也没有办法拦阻，他只是一个小小的管理员。而且分开又能如何？他知道这些文物会受到很好的对待，即使分隔海峡两岸。

也有人劝他一起离开大陆去台湾，他却没有应允，依旧留在南京的朝天宫，整理着剩下的那些文物古董，苏尧也一直默默地陪着他。

直到第二年的秋天，枫叶再次红了，但他却只变成了孤单一个人。

老板再次出现在他的面前，依旧是那样的年轻。

魏长旭抖着唇，把那个白玉长命锁放在了他的手中。

“他是怎么走的？”老板的话语很平静，像是早就知道苏尧会出意外一般。

“在梯子上……摔下来的……”魏长旭闭了闭眼睛，仿佛还能看得到那天晚上的情景，“仓库很暗……为了怕有火灾……所以并没有点煤油灯……他……他一脚踩空……”

“他应该没有经历什么痛苦就去了，还好。”老板淡淡地说道，语气中有着说不出的怅然。他垂眼看了一下手中的长命锁，抬起头盯着魏长旭看了半晌，喟然叹道：“谢谢你照顾他。现在战争已经平息了，你的心愿……应该已经达成了吧？”

魏长旭恍恍惚惚，并不能理解老板所说的话究竟是什么意思。他环顾了一下四周整理得整整齐齐的仓库，像是若有所悟，放松地闭上了眼睛。

老板的面前，只剩下一摊衣物，他弯腰从衣服里面捡起一颗核桃大小的菩提子。

那是一颗金刚菩提子，是菩提子中最名贵的品种。

金刚，为坚硬无比无坚不摧之意，有可摧毁一切邪恶之力。而金刚菩提子还有分瓣的等级，一般常见的都是五六瓣，形似核桃，分瓣越多就越珍贵。老板手中的这一颗，是只有传说中才能存在的二十二瓣金刚菩提子。红棕色的表面还有着火烧火燎的痕迹，现在已是裂痕斑斑。

“二十六年前，中正殿后的大佛殿起火，你拼尽最后愿力转世投胎，化为人形……”

“此间保护古物的心愿已了，我定会选个香火旺盛之地，令你多收供奉，重修愿力……”

至此，再也没有人看到过那名叫魏长旭的小管理员，熟知的人都以为他由于弟弟的意外，伤心离去了。

哑舍：哑舍里的古物，每一件都有着自己的故事，承载了许多年，无人倾听。因为，它们都不会说话……

注：

“寂寞空城在，仓皇古董迁”：此诗是鲁迅作于一九三三年一月三十日，出自鲁迅的《南腔北调集》,《学生和玉佛》一诗。

寂寞空城在，仓皇古董迁。

头儿夸大口，面子靠中坚。

惊扰讵云妄？奔逃只自怜。

所嗟非玉佛，不值一文钱。

闲话：

不知道大家还记得记得，故宫宋哥窑青釉葵瓣口盘的报道。

我当时看着网上那碎成六片的碎片，好久都回不过神。

在战火滔天的艰难岁月里，都没有损坏过一件古董，但却在和平年代中，就那么轻易地在保养维护的时候碎掉了。

简直让人难过得说不出话来。

谨以此文献给那些为文物迁徙做出贡献的学者和士兵们。

我们现在在博物馆看到的每一件古物，都是他们历经千辛万苦才保存下来的。

向他们致敬。

部分参考资料：

《故宫博物院前后生平经过纪》《故宫尘梦录》吴瀛

《我与故宫五十年》《典守故宫国宝七十年》那志良

《古物南迁的记忆与真相》段勇

《大陆国宝迁台秘事》黄继东

《国宝 1933-1949》窦应泰

《文物大迁徙——抗日战争故宫国宝辗转纪实》窦应泰

本文选自玄色长篇网络小说《哑舍》

玩 笑

万 胜

早上江岸一脚踏进公司就没出来过，甚至没从窗户向外面望一眼，否则他就会察觉到外面世界发生的变化。这是江岸的习惯，对身外的一切事物都很麻木，他在做某一件事的时候就会把周围的所有一切都忽略掉。比如他在走路时，绝对不会主动和熟人打招呼，甚至对主动打招呼的人视而不见，经常搞得别人很尴尬。吃饭时绝对不会抬头看看其他盘子里的菜，只吃离自己最近盘子里的菜。吃饭时老婆只好不停地倒换菜盘子。所以在世上生活了这么多年，江岸一个朋友也没有。他身边的人就像是他旅途中的火车小站，一个个与他擦肩而过，他端坐在火车上，只管埋头做自己的事，从来也没下车去停留片刻。只有老婆是个例外，但也并不是老婆打动了江岸，而只能算是他被动地接受人生中的一个必要环节，相当于到某个车站下车，倒换另一趟车。介绍人在江岸的身上总结了两个优点，一是老实，第二还是老实。老婆对于老实的理解跟介绍人的解释一点不差，老婆曾经为一个不老实的男人哭过、闹过、打过胎、甚至自杀过，已经再经不起感情上的任何风波。婚后老婆对江岸越来越满意，这个男人就好像是外星球来客一样，对地球上的诱惑一点都不懂，不感兴趣。在生活上他从来没有自己的要求和想法，别人想怎么样就怎么样，给他做什么他就吃什么，给买什么他就穿什么。最可笑的一次是那年冬天老婆说要给江岸买一件羽绒服，但逛了一圈商场没有合适的，只给自己的妈妈买了一件放在家里等着有时间送去，谁知就被他当成自己的穿走了。老婆一想起江岸穿着老太太的羽绒服行走在大街上的样子就笑得肚子疼。当然他的这种性格也有让她生气的时候，但跟放心比起来什么都可以忍耐了。共同生活了这么多年，老婆对他的了解就像自己的身体一样，例假什么时候来，什么时候走，他几点上班几点进家门，都分毫不差，在往大了比喻就像每天的黑夜白昼交替一样有规律，从来没有变过。以至于在这个通信无比发达的社会上，江岸连个手机也不需要。婚后江岸的生活完全是由老婆一手安排的。

江岸在一家小出版公司做文字校对工作，起初老婆还很担心，眼下市面上畅销的书刊杂志有很大一部分都很低俗，离不开色情凶杀。而像这样的小出版社为了能生存下去就不得不随波逐流。老婆就曾翻看过江岸拿回来的书稿，的确有一些让人脸红心热的内容。她常趁江岸认真校对时打岔问道“这上面都写的什么啊？”江岸则总是抬起头一脸肃然地说：“不知道啊，我只看字，不看内容。”

按江岸的长相和气质来说应该是很讨女人喜欢的。个子一米七九，稍微有点瘦，但骨架很大，穿衣服能挑得起来，鼻子略大，鼻梁略高，眉骨高，眼窝深，显得人很有深度，再加上他那深不见底、视同无物的眼神就更让女人心驰荡漾了。还是相书上讲的，拥有这样一张脸的男人必定多情而浪漫，偏偏江岸就是个例外。所有认识过他的女人无一不为这一点偷偷地叹息过。更有一些主动和江岸接触过的女人，也都被他的冷淡弄得哭笑不得。

虽然没朋友，但江岸的人缘却很好。公司里领导，同事都对他都很客气，原因在于江岸是个与世无争的人。他从来不说谁的坏话，就连谁的好话也从来不说。他对领导的安排从无怨言。比如公司要去旅游，家里须有人留守，领导第一个就会想到他。“小江啊，还得辛苦你一下。”江岸从来就是一个字“行”。公司发福利，大家先挑，最后剩下一筐烂苹果，领导说“小江啊，委屈你了啊”。江岸二话不说，捧起烂苹果就走。对于领导来说，江岸就是个用着极其顺手的好工具，而且还不用考虑他的感受。当然领导心里是有数的，暗地里常常会拍拍江岸的肩膀说上几句体己的话，安排日常工作时也尽量让他清闲一些。在公司就像在家一样，江岸完全不必考虑任何事，所有的一切都由领导安排。在领导和同事的眼睛里江岸就像一部机器人，严格地按照指令和规律活动，绝不会有半点差错。他的这种为人方式很容易让人忽视他的存在，但他从来也没觉得被忽略有什么不妥。他的这种活法就像静悄悄的雪一样，无论你看见不看见，只管下自己的。

晚上下班江岸走出公司的大楼，发现眼前的世界一片银白。雪还在下着。雪花抱成了团纷纷从天上飘落，热闹又安静。地上的雪已经很厚，尽管这时的天色已经很晚，但并不黑暗，雪光让世界呈现出一种银灰，就像正月十五的月光。没有风的干扰，雪花落得优雅，很温柔。江岸按部就班地走在回家的路上，雪花默默地在他的头上和肩膀上叠起来，很快把他也与雪融合在一起。这样的天气一点也不冷，令人很舒服。路上除了偶尔驶过一辆小轿车外几乎没有行人。江岸横穿大马路的时候，一辆出租车冲他按了三声喇叭，希望他打车。江岸仍然按着自己的路线没做稍微的停顿。这条路他已经走了六七年，成了他的轨道。地上的雪铺得很均匀，偶尔被车灯照到的地方，雪会反射出一片细碎的钻石一样的亮光。

生在南方，后来移居到北方的江岸对雪的记忆并没有那么复杂。雪可以以很多种方式呈现，比如有的雪像沙粒一样，落在地上会发出沙沙声；有的雪借助了北风的力量，飞起来像烟雾，刮到人脸上会刺痛；还有的雪就温顺得很，薄薄的轻轻的，点到为止。像今天这样的大雪尤其让人欣喜，热热闹闹漫天飘落，就像个热情奔放大胆开放的女人，送给你的热吻让你应接不暇，喘不过气来。而当你的目光沿着你要走的路望下去时你就会知道这个女人是非常纯洁的。厚厚的雪地洁白如女人袒露的肌肤，就摆在你的面前，上面没有一点瑕疵，叫你不忍践踏。但这会让你的孤独感油然而生，并且对这个世界的真实产生怀疑，由此对自己的真实也产生怀疑。

江岸近乎一部机器在雪地上机械地行动着，似乎这雪并没有让他有所感触，雪与他无关。雪越下越大，简直让人张不开眼睛了，这样浓稠的雪很不多见。江岸不得不暂时停下来，用手在脸上抹了一把。然后用一只手搭起凉棚，看清前面的路。前面的路被大雪拉上了一层幕障，他的四周也完全被雪幕遮住了，仿佛到了世界的尽头，无路前进也无路可退。江岸突然感到一阵惶恐，呆呆地站住，无助地大口喘息着。在江岸的生命记忆中第一次对雪有了这样的感受，雪突然就有了生命一样，好像是在用这种方式强制他去重视它的存在。江岸对这样的局面束手无策，他只能不停地来回转动身子，用不安的眼神来回应雪对他的围困。雪对他的威压简直就要让他崩溃了，他似乎已经听到自己的哭声，那哭声很不容易察觉，闷在胸膛里，压在舌根下。

江岸在茫茫大雪中呆立了不知多长时间，雪突然就停了下来，就是一眨眼的功夫。大团的雪花变成单片的，渐渐稀少。江岸的窒息感瞬间消失，天地间豁然开朗，周遭的景物仿佛是投影仪里的影像，瞬间被投放到银幕上，在雪光中清晰可辨。迷失的方向又回来了。江岸发现自己的双脚已将完全被雪埋住，像树根一样长在土地里。身后的脚印也都被雪填平，这让他产生了一种错觉——自己的来路很可疑。他突然觉得这是件很有意思的事情，心情一下子就好了起来。他很慎重地把一只脚从雪里拔出来，这就要迈出的第一步让他犹豫不决。这一脚只要一迈出去，自己的踪迹就会暴露无疑，一切就都坦白了，再无秘密可言。他突然发现自己对拥有一份秘密是很渴望的。

按照每天准时到家的时间，今天晚了十分钟。江岸站在自己家的楼下，抬头注视着自己家的那扇窗子，窗子里塞满了刺眼的灯光。他想到每天夜里在临睡之前，自己都会被笼罩在这种刺眼的日光灯下，就如同白日里的太阳，人的每一个细微的表情变化都被逼视出来，在这样的光亮中人很难保存住隐私。相比之下他更喜欢这样的雪夜，雪光柔和的映衬着一切，既不夸张也不隐晦，即让你看清周围的一切，又不会让这一切都赤裸裸的。更重要的这样的雪夜看上去很纯洁。

江岸最后看了一眼手腕上的表，时间又过去了一分钟。他迈开脚步，从家门前走了过去。

裸　女

郭少梅

许艺林从来不认为他只是个轴承厂的车工，他认为自己是个地地道道的画家。许艺林爱画画，他不画别的，专画裸女，专业术语叫女人体。可春阳街的人们不明白，他们只知道许艺林不正经，专画光屁股女人。可光是听说，谁也没真见着许艺林的画。

许艺林画画，很有些渊源。许家解放前是大资本家，据说，整个春阳街以南都是许家的。解放后，许家逐渐家道败落。到了许艺林这辈，房子只剩下了现在住的这间，他也只当了轴承厂的车工。可毕竟许家原来是大户人家，家教甚好，小的时候，许艺林和姐姐一起跟着家庭教师学过西洋画，那时他就迷上了画画，画技日高，老师曾说他考中央美院没有问题。后来“文化大革命”开始，许家的背景不允许他有这样的想法，他只好放弃梦想，做了一个车工，可他对画的痴迷没有变。

许艺林画画都是偷着画，因为车工是三班倒，有时下夜班，孩子和老婆都不在家，他拉上窗帘，找出藏在棚顶的画纸和画册，偷偷地画上几笔。他画得都是素描的女人体，这不怨他，因为“文革”当中，他因为害怕，烧掉了家里所有的画册，只偷偷地藏起了一本素描人体图册。一来因为它是所有画册里最小最薄的一本，二来因为他对女人体的热爱。几年画下来，他的素描作品已经有几十张，有时家里没人的时候，他会悄悄把它们挂在家里的墙上欣赏，像办个小型的画展。

一九八〇年，许艺林已经把那本小册子临摹了几个来回，他最大的愿望就是能结结实实真真正正地画一回女人体。

他跟他的老婆牛菊花透话，希望她能做一回人体模特，虽然牛菊花的胖身子就像她卖的猪肉一样有三指肥膘，画起来并不一定有感觉，可这是许艺林唯一的希望。就像他预料的那样，牛菊花一听话头就把一口唾沫喷在了他脸上。牛菊花说，你趁早死了这个心，没门。许艺林明白，连做那个都不让看一眼身子的牛菊花怎么可能在光天化日之下当他的模特呢。许艺林只好把这个愿望憋在心里。

春三月，家家户户都撕了冬天糊的窗缝纸，开门开窗地吐故纳新，许艺林休班没事，也把家里的窗缝撕开，打开窗户，他准备擦擦玻璃窗框，再给窗框和门刷点新油漆亮堂亮堂。

随着推开的窗子探进了一张脸，是委主任张玉秀。张玉秀递给许艺林一封信，说，寄到街道的，我给你捎回来了。信拿到许艺林手上，许艺林就开始哆嗦，张玉秀见此情景没走，不知道发生了什么事。许艺林打开信，手抖得更厉害了，眼泪扑哒哒落到信纸上。张玉秀一看急了，说，咋了，艺林，出啥事了，委上给你解决。

许艺林说，没啥，我姐要回国了。

半小时后，许艺林姐姐许美丽回国探亲的消息传遍了一九八〇年的春阳街。

许美丽大许艺林十岁，五十年代末出国留学，先去了苏联，又转道欧洲。“文革”的时候，许家老爷子被揪出来批斗，一条是因为他是解放前的大资本家，另一条就是他有女儿的海外关系。这时候许艺林已经进了轴承厂，工厂找他谈话，要他与家庭决裂，不然他也会被揪出来。晚上，许艺林偷偷跑回家，已经气息奄奄的父亲面授机宜，让他与自己划清界限。直到父亲死在批斗台上，许艺林也没敢回家，从那时起，姐姐也与家里断了联系。

其实一九八〇年，已经开放的中国从海外归来个把亲戚不是件稀奇的事。在春阳街所在的这座小城里，偶尔也会有这样的事情发生，但在春阳街，这还是头一份。

晚上，许艺林已经平静了许多，牛菊花却捧着信兴奋得像就要产蛋的母鸡，在屋子里不停地踱来踱去。

她说，姐能给咱带啥？我听说，国外的好东西可多了，洋烟洋酒不说，还有老香的雪花膏，不用上劲的手表，对了，听说还有电视机收录机，那玩意老好了，开关一拧就出人影……许艺林已经听的不胜其烦，没接牛菊花的话茬。

第二天，委上又把许艺林找去，说他姐回来的事要引起他足够重视，这是咱春阳街上第一个外宾，要拿出最高的水平来接待他姐。许艺林乐了，啥外宾，就是我姐。

不过，许艺林还是做了认真的准备，他得好好收拾收拾家，不能让姐回来担心他。他先是把门窗都漆上了好看的绿漆，就像这个季节里刚抽出来的杨树叶子。他又重盘了炕，在炕上重糊了炕纸，他忽然有个想法，想在炕上画个女人——女人体。他为自己的想法感到吃惊，他不知道他画女人体跟姐姐回来有什么关系，总不过这么想了。他大着胆子问牛菊花，牛菊花一拍手，好啊。你画上女人体，显得咱家多洋气，你姐看着也乐呀，我听说这国外满街都是光屁股女人，这也让咱姐看着亲切，不见外。

牛菊花为许艺林的想法找到了原因，许艺林就开始画了。许艺林要在自家的炕上画光屁股女人的事就像一枚炸弹，让春阳街彻底爆炸了。

一个春日融融的周日上午，许艺林买齐了各色油漆，这时他的家里已经挤满了看热闹的人们。他用铅笔在炕上打了草稿，然后用各种颜色画出了女人明艳的脸，丰满的乳房，纤细的腰肢以及肥大的臀部，他把其他的地方漆上了明黄的底色，这个光屁股女人就像睡在了明黄的鹅绒毯上，让人想起古代君王锦被里的女人。

看热闹的人们看得脸红心跳，很快散去了，这件事成了春阳街街头巷尾几天的谈资。在人们的议论里，许艺林一家挤到了于文乐家，只等到炕上的油漆干了才回家。

牛菊花在漆了光屁股女人的炕上想着电视机。她让许艺林打封信给他姐，就说别的都不要了，就要台电视机就行了。许艺林说，我可说不出口，好多年没联系了，哪好意思。牛菊花把一张胖脸贴过来，身子也随着脸过来，以从没有过的温存口吻说，艺林，就一台电视机嘛，行不行。触到牛菊花的身子，许艺林身体有了反应，手就探了过去，牛菊花破天荒地没有拒绝。许艺林一边在牛菊花身上动作，一边说，想要电视也行，让我画一回你身子。牛菊花哼哼哧哧的声音算是回答。

许美丽回来那天，张玉秀给春阳街的人们都发了小彩旗，她组织大家列队欢迎外宾。大家抱着看热闹的心理举着小旗站在街边。人们没看到别的，只看到许美丽一行人带着各色礼物，其中最显眼的是一台电视机。

细碎的爱情

孙焱莉

她推着他，出了院子，在门前的绿草地上停下来。

天儿真好，她眯眼瞧，一铺的绿油油，腻着不动；一盖的蓝汪汪，似乎要到处流。这铺与盖不合在一起，留着个大空敞。

她一下子就想起年轻时，夜里，两人睡觉，他先进被子里，仰躺着，抬胳膊，抬腿，支着铺盖，让她进被窝，她以为像每天，她进去，他就一下子裹紧被子把她搂进怀里。就脱了个溜光，钻进来，可是他就是不放下来，那绿格子褥面，白云朵样的被里儿，中间是长胳膊，长腿的四根柱子，她蜷着白花花的身子，当然不自在，嗔怪他，推打他，他只顾嘿嘿坏笑。

如今，这绿褥面，蓝被里子中间的他只有四个轱辘支在那。

轮椅里的他窄窄的一条。扶手上一边搭着条红色的撒满牡丹花的被面子，另一边是条蓝色的麻花被面子。她故意选褶少的，不用特别抻，特别槌，就很平展了。

她拿一件薄衣服盖到他的腿上，扳下车闸。他就稳稳地立在那。她四处望了望，又打量了一下他，掂下他头发上的一根白线头儿，才开始干活。她展开被子一头，递给他，自己走到远一点，被子几乎直了，她开始叠被子，把被子叠成窄窄的一条，握在手心里，双手攥住。一抬头，看见他正迷茫地看着他，他不知道咋办。她说：叠呀！他看她的手，忙往一起随便一揪，乱糟糟地握在手中。

真的像第一次的情景。

那时是婚后第一年，也是秋天里，她浆洗完被褥，喷完水，把柔软了一些被子交到他手里，他就是这样一团，一拧，一把攥在大手里。她不干了，他说一样，两个人因为这事吵了半天，她开始生气，脸都见红了，后来他妥协了，在她指挥下，认真地抻开，两折，四折，八折，折成一个规整的卷，握在手心里。然后，两人开始抻被。

一二三，一下。他劲大，一下子把她扯得往前走两步，她说：你别那么大的劲。他嬉皮笑脸地问：我劲够大不？她知道他指什么，骂道：呸，不要脸！

一二三，两下。他立在那不动，她抻得胳膊疼了一下。她说你别像个木头一样杵在那，你得有节奏地往后拽，他又笑，问：是有节奏？她瞪他一眼嗔他：好好干活行不？

他呵呵笑说：行，好好干活。

一二三，三下。他们抻得挺好。越抻越好。从认识开始，两个人就是干什么都那么步调一致，他说：咱俩就是天生的一对儿。她就喜欢听他说这样的话。

一二三，他忽然该往后拽时往前一送，她一下子失去重心，往后一闪，差点摔倒，但是又被他拉回来，他嘎嘎嘎地笑起来，她说：你烦人，别闹。

几次三番，他还是捉弄她，让她闪失，她气不得，恼不得。

最后，她说都不闹了，该做饭了。他往不远的村里看一眼，看到有的人家的烟囱已经冒出白烟。他说：还真有点饿了。

那就好好抻！她说。嗯！他答应。

两人郑重其事的开始抻。

第一下，试着彼此。

第二下，两人信任彼此。

第三下，两个渐入佳境，力量越来越大。

第四下，她一下子把手松开。他往后退蹬蹬蹬退，一个立起的石头，绊住后脚跟，他一屁股坐在地上，他摔倒后说了一句：报应来了。她没想到能摔倒，倒是惊了一下，但看他一骨碌起来，说了这样一句话，就忍不住嘎嘎嘎地笑个不停。他追过来，她忙往屋里跑。跑到屋里的炕上，被他牢牢地咬住了嘴唇。

从此两个人做了仇儿似的，差不多每年浆洗完被子，抻被时，两个人变了一个人似的，各怀鬼心眼，眼光瞄着对方，算计，防备，使诈，恐吓，讲和。两人乐此不疲。

只有那三四年除外，那是他们的坎儿。

结婚第六年的春天，她终于怀上了，他家单传，他比谁都高兴，知道那天，在医院走廊里一蹦多高，大声说自己终于有后了。她看着他，眼里流出了泪，是喜悦的泪。被子就由他来浆洗，没人帮着抻。他们住在村子外，他只叠好了，放在槌布石胡乱地用棒槌槌几下，就算完事。

八个月，他把她看护得像个瓷器一样精心，什么活也不许插手。那年他笨手笨脚地做他俩的被子，婴孩儿的小被子，缝行被子的线脚儿弯曲得像盘山道。她就在旁边笑话他，他却满不在乎地说：我儿子盖着暖和就成。

离临产越来越近，有天傍晚，她要吃面条卧鸡蛋，他给煮，装鸡蛋的篓里没鸡蛋了，他忙去鸡窝里掏，她看火蔓延到灶坑外，就想用脚往里踢踢，结果一下子踩翻了灶前的砖，掉进深深的灰坑里。

她到医院时已昏了过去。他抱着她，两人都成了血人。送进抢救室后，他在外面哭，呜呜的，像个孩子，鼻涕和口水流在一处，浑然不觉。一个劲儿地责怪自己。

大夫从抢救室拿着一张纸出来，说：大人孩子只能保一个，你快决定，在这签字！他突然不哭了，说我保大人！大夫又说：大人孩子只保一个，术后，大人没有生育能力了，你保大人保孩子。他说：我保大人！我保大人！我签字，你们给我保住我媳妇。

他签了字，她从鬼门关回来了。孩子和她子宫一的部分却没有了。

她是后来知道这件事的，她哭了好久，哭她未出世的孩子，哭他和她今后无子嗣的婚姻，眼睛哭得得了蒙症，一天到晚总是模模糊糊的。她在床上足足躺了三年才恢复元气。

她能走，能干活后，要跟他离婚，离婚的理由是：你杀了我今生唯一的孩子。

可是他死活不离，他说：我不后悔，让我儿子恨我吧！

她离家出走，去了省城一个远房表姐家。自离开他，她时时刻刻地想他，几乎没睡个一个囫囵觉，睡着了，梦里也全是他，这种折磨几乎让她崩溃。她日夜和自己斗争，想要回家，回到他身边。三个月后一天，她去买菜，一推门，他站在门前，头发胡子乱成一团，瘦的不成样子。对，差不多就像现在这样瘦。

她把手里叠好的被子交到他手里，接过他乱糟糟的另一头，开始认真地叠。叠好了，她往后走，走到合适的位置，对他说：你拉住就行，不用使劲。他点了一下头。她又加了一句，可不许使坏，松手啊！我这老胳膊老腿老腰的可经不住摔呀！他呵呵一笑。声音在喉咙间盘旋，她几乎听不到。他笑都笑不动了，一阵悲凉涌上来，但她一下子把它们都压下去，她看着他笑，说：开始啦！然后就一抻，一抻，力量很小，小得被条都没真正直起来。想当初，那被子被他俩抻得“叭叭”脆响，在树林子里，田野间回响半天，抻完的被子成了一根棍子一样笔直，光滑。现在，两个人只是在做样子。病的这几年，她不想让他认为自己没有用了。她一直要求他帮着抻被。被子抻好，她熟练地折叠，让他抬一下身，她把被子放在轮椅的背上。她再回过身看他，他就像坐在牡丹的花丛里，煞是好看。此时，他侧头看几只鸡在草丛里找吃的，他说：该喂鸡了。她没听清，追问了一句：什么？他声音大了一点，也洪亮了起来，说：它们饿了，该喂鸡了。

她感觉他有点文不对题，就像那年她跟他回家后，他的精神状态很不好，常文不对题，说话也跑题，总是念叨如何找她的事，如何找不到，如何绝望与恐惧，像祥林嫂般唠叨，一个寻找的细节，他一天能磨叨两、三次。他说他甚至去了一躺黑龙江她的堂哥家，为了省钱，他就去饭店捡人家的剩饭吃，她哭着听，哭着说：我再也不离开你了，即使你赶我走，我也不会走了。每年秋天他又帮她抻被子，一抻就是四十多年。从此，跟他寸步不离，他在哪，她就在哪。

俩人一直住在村外老果园的看护房里，村长在村子里给他批了块宅基地，但是他没有去。他说还是这儿好，房子虽旧，但靠山有水，舍不得离开。其实她明白，他是不想面对村子的人别样的目光，不想听他们背后议论他是绝户，他听不了那个词，她更听不了。她则更乐意在这里陪着他，没人打扰。除了天与地，就只有两个人，轻松快活，也闲不住，每天要干的活计很多，庄稼要种，鸡猪鸭狗要伺候，果树要收拾，闲时编些筐筐篓篓去集市上卖。日子风平浪静地过，也飞快地过，一转眼就四十多年。

他是个心灵手巧的人，自己买旧零件，组装了一个小型的磨面机，把自己种的黄玉米、白玉米磨成细糁子，拿到集市上卖，每集都磨，都是新的。他的玉米糁子卖得特别快，远近有名，还有人专门找到他家里来买。她也喜欢吃，顿顿吃，吃不够。那金黄或纯白细碎的玉米糁，匀致而满目光泽，她常去抚摸它们。有时她感觉这玉米糁子像两个人走过的日子，经过时间的磨，顺畅流出，虽细碎，看上去大小相同，可每一小粒都有的不同的截面，都有自己的气息和光，等熬成粥了，再难分出彼此。

一群鸭子从院子里走出来，从鸡们觅食的地方穿过去，排着队，摇摇摆摆向河边走，其中一只很调皮，边走边啄前面那只的尾巴，被啄的那只快跑几步，躲开它，可转眼它又追了过去。这是秋天时节，在阳光里，她瘦弱的男人看着这些，他这些天一直很迟疑，仿佛他才来到这个世界一样，什么都是懵懂的。他是三年前病的，是血栓，这三年她每天都睡不实，怕睡熟了，一觉醒来他就不在了。夜里，她常把手放在他的手上，梦里支棱起一只耳朵倾听他的呼吸。每天早上醒来，看他还在，就在心里长长出一口气。

迟疑就迟疑吧，俗话说老小孩儿小小孩儿，听话就好，省心就好，在身边就好。看他稳妥地靠上牡丹丛中，粉红色的花瓣，一片片映托着他的脸，真有神采。他依旧嘴色带着笑意看那群鸡扑翅膀，追逐，或飞上树桠上。她的心狠狠地跳了几下，在光线的作用下，在他侧面，她看不到他的瘦，她一下子看到了他壮年的样子。他是个肯琢磨的人，什么活计，什么物件，什么事情他都得闹明白了，闹不明白就吃不香，睡不着。他常说自己是一个“凿”的人。她却爱看他凿劲儿上来的样子，一脸跟谁过不去的样子，脸上紧绷着，撅着嘴，皱着眉头。

他饱满的嘴唇，微微撅起，红色的，里面汩汩流动的是旺盛的热血，记得年轻时，看他做事的样子，就常不自觉地生出想亲亲那嘴唇的冲动，但是她都忍住了，因为她觉得不能打扰他，而且女人也不能那样主动。现在，她有些后悔，如果那时她在他不注意时，亲亲他的嘴唇，是什么感觉？软的？烫的？湿润的？他会什么表现呢？闻丝不动？惊诧？还是热血涌上心头呢？不可能知道了，日子跑得太快了，容不得谁回头。

一阵小风吹过来，现在她下决心了，拢拢掉下来的缕头发，往他身边走，他浑然不觉，她感觉这样挺好，让他猝不及防。她下决心了，准备和他抻那个麻花被面儿之前，舍了老脸，大胆地亲亲他的嘴唇。她去取被面儿，被面儿就放在轮椅的扶手上，压在他的胳膊下面。

他的笑还挂在脸上，他没有皱眉头，嘟着嘴唇，嘴唇不红，暗色，她知道，他已不再有年轻时的热血与活力了，以后，她要陪着他温吞而缓慢地过。

她猝不及防地把嘴压过去，覆盖在他的唇上。她心里窃笑着，试图与他的笑容与目光重合。

然而，他的嘴唇像冰一样冷。

帮你系鞋带的女孩

赵 凯

老牛在岸坡吃草。他坐在垄头苞米棵下，半隐着，不愿让别人看见我。右手是在城里打工时绞进机器里了，他不愿回想自个儿的手被城市吃掉的那一瞬：痛心！像又死了一回。回到了乡下，订了婚的对象哭着恋恋不舍地黄了，他也不愿牵连人家一辈子。就活得没意思透了！想过死，又本能地怕死，还愿意活着，就凑合着混过日子，挨一天算一天。心里还隐隐有个盼头，希望能有好运气来，活得好起来：可，想干点啥吧，一只手儿——一些右手的事情，要试巴用左手了，像重新练习活着。这黑牤子，像父兄一样陪着他，此时它边啃嚼青草边静静地望着他，牛眼中还是常有的那般含泪的笑：哞儿——又轻声地安慰他。他也笑了，抹去泪，走过去搂着牛脖子和它贴贴脸儿，叹口气。

虽然只是缺了一只手，可他总觉得我只剩下半拉人了！那残膊好像也半死了。冷热都穿长袖衣裳，遮住小臂的断茬那儿；此时，他是汗沤黄了的白汗衫，一条蓝旧警裤，肩搭一件仿迷彩服上衣，脚上是松紧口胶鞋，毛刺儿头，又黑又瘦，眍眼半苦半笑看着天地河水庄稼绿草和牛。原本他爱到人堆儿里说笑的，先他还和人自嘲苦笑说：进城做生意，把手卖了。后来，别人逗笑说他把“他的”送给小姐了，他讪笑几回，心难受也熬过去，最后，他终于忍不了了，跟人翻脸吵起来，就不爱到人堆去和人们说话了。他盼自个儿空袖筒中能再长出一只好手来，下苦力气挣钱，盖新房，娶媳妇，生小孩，和别人、和常人一样儿——是他最大的最和人说不出口的憋在心里的念想！他有养活老婆孩儿想做男子汉的豪情，有时又想自个儿若是个女的多好，就不会、不用这样孤煎了，好歹也能找个人儿成个家了：男女！唉。他心里也不是没有阳光：从城里回乡的汽车站上，他的鞋带儿松开了，一走一踩，他一只手不灵便，绕半天也弄不上，是一个陌生的女孩子看他为难就主动好心上前蹲下来帮他给系上了——那女孩的笑容特别耀眼！他一想起来，就感到心发烫。几回回在梦里，他总会遇到那个女孩，一次次地上演着新的重逢：大街上，人流中，正低头走路的他，一抬头，就惊喜地看到她正站在面前对他微笑，她那长长的发丝被清风吹拂到他的脸上，哎哟闭上眼睛，急忙再睁开眼，那女孩儿已经不见了；大街上，人流中，他边走边有意在寻找那心中的美好，忽然就看到她在对面的路边低头轻快地走着，他急忙挥舞手臂大喊，哎——哎——哎——，可她没有听见，他想追上去，却隔着车流，隔着护栏，他依旧急切地挥手喊她，忽然就醒了，明白自己刚才挥动的是已经丢失了的右手臂，泪水在窗口照进来的月光中闪亮；大街上，人流中，忽然有人拍他的肩膀，他扭头一看，啊，是你！她只是微笑。他说，我一直在找你，想说声谢谢你。她微笑着点点头，然后，就走过他身边，越来越远了，像当初第一次相遇那样消失在人群中了。

他有时候小声儿哼哼歌儿，不让别人听到，是唱给她听的，是歌唱那风中的长发。他相信：虽然千里万里，山高水长，好像远在天边外，她一定会听到我的歌声，这枝叶间的的花喜鹊，会飞越蓝天白云，帮我传去问候，还有祝福。

好日子里发生了一件坏事情：他正哼唱着，眼瞅着一对年轻夫妇骑自行车上了小桥，粉红花衣那女的坐在后面搂着男的腰，到了桥当间儿，一辆载重大汽车从天上掉下来了，他眼见那自行车和俩人都飞起来，惊叫着，划着弧线坠入河水中了，扑嗵嗵，水花很大，跳起老高。他先是哎呀傻眼了，然后马上腾地蹦起来，大喊着救人啊，一只手甩掉上衣，跑着就奔向河边。大货车跑了，桥上没有人，要是有健全好人儿在，也许就轮不到他这"半拉人"了。他急赤忙慌跑掉了一只鞋，光着一只脚，三步、五步打黑牤子眼前跑过，噼哩啪啦就冲下水了，黑牤子在后面哞哞儿着。那男女在河中央扑嗵着：救命啊！他来了，衣衫湿贴在身上，很不得劲儿。原本他只会几下"狗刨儿"，丢手后，就再也没有下过河；这桥下的水很深、很阴。一只手划手，他觉得不得劲儿，偏栽歪，使不匀力气，不往前走道儿，凫得太慢，心更焦火抓急，破命挣着朝前扒拉，好不容易扑腾到落水人伴拉儿，抢近抓着一个，是那女人，已呛懵了，他再晚到一步她就沉下去了；一只好手揪住女人的长头发，让她脸朝上喘气儿，他那剩半截儿的残膊也"活"了，奋力击水，带女人往岸边凫。亏得这女人已呛迷糊了，不然，把他当做救命稻草死命抱住，就全完了。他拽着不动了的女人，撑吃奶劲儿整，虽说不比健全好人儿身手，费劲巴力，可还是扑腾到了近岸水浅地儿，脚够着底儿了，一只手拖女人上岸了！

牛在岸上哞哞迎着呢。

喂喂！扳她肩头喊两声，女人昏死了。他听说救落水人要控水，就把女人头朝下脚朝上搬弄在岸坡上，她紫嘴唇贴着青草。黑犏子也伸头嗅上来看。他就不管她了，水里还有个人呢；张大口边喘气边紧赶步，光两只脚又下水了；看那水上漂着一顶男人的草帽，人不见了，只见水波儿平静——但他知那儿有人等着我呢！他自觉像个英雄了。就奔水深那儿扑腾扑嗵扑嗵嗵去了。

也许他不该再来了。他腿脚在水下蹬趟着，想碰到那个人；一只手在水中摸着，啥也没有。他恨想：来晚了！要不是这破手、破胳膊，我就能凫得更快！不甘心，又扑腾了一气，寻摸了一会儿，还找不到，他在明知无望中，也不愿放弃，像寻找自己那只丢失的手。

他不是游泳好手，他没有足够的救人力量，累了，没劲儿了，可他还一心想救人！当他想到自己需要逃命时，醒悟得已经晚了，蹿了几下，努力挣扎出水面，喊了：救命啊——

只剩一只手和半截断膊在水上，然后，残膊也下潜了，还有一只手举在水上，伸向天空。那手想抓住一点东西，可是只有汹涌涌的水。他最后的意识又努力抓紧想：拿我命换她命，值了！我是废人，她是好人儿。他没有想到她会死，在他心中，她就是活的！可、我还是不想死啊！他闭着的眼也睁开了，要最后看一眼这他留恋的人世间。他在水中看见了自己的那只丢失的手——啊！他向我的手游去，要把我的手找回来，我要重做一个完整的人！

"半拉人"抓住了——不是自己的手，是牛犄角，看见了一双水汪汪的大眼睛，两"人"都笑了。原来，他再下水后，老牛觉悟到了他的危险，为了亲人，它也跟着来了：哞儿！牛把他顶了水面，人和牛都呼哧喘喷水儿；他瘫软地扳倚牛头，老牛的头沉入水下了：他抓住牛尾，牛在水面上分开波浪，像手拉手，似散步，悠哉游哉回到岸边；他还舍不得松开手，牵握牛尾，像牛耕地他扶犁，踉跄着跋涉上岸，溅得水花泥点飞迸。

牛和人都像洗了把灵魂雪澡儿。

他拍拍牛脖，疲惫苦笑地眼看眼：够意思，好样儿的！

哞儿！牛也喜欢。

他没忘那女人，顾念着扑跌过去；见草地上的她还是昏死着，面色苍白，急忙试试鼻息似若有若无，又摸她的手冰凉中还有点温乎乎地，看她眼半睁又似半闭，人亦似半死半活的。

他焦急着：她这还能不能活哇？！灵醒想到电视上救人都是做人工呼吸——他本不会做人工呼吸，又不太好意思和女的亲乎嘴对嘴儿，尤其是这女人在昏迷中，好像乘人之危似的；可、他瞄了一眼女人衣衫湿贴在身上，他吐一大口气，稳了神儿，为了救人，豁出去了！黑牤子看到他深吸一大口气，憋住了，仿佛身躯就高大了许多，勇敢地俯下头去、亲了那女人：天地交合，像太阳吻月亮，生了地平线上美丽的曙色；似春风爱抚冰雪，大地又孕新绿——大自然的奇迹："活"了！

吻活了：这女人哼了一声儿，呼出气儿了，吐出了口水，血色又润上了肌肤，眼皮微动，缓缓眯睁了好看的凤眼，慢慢看清了蓝天、红日、白云，看清了绿树庄稼飞鸟，看清了他惊喜得"半苦半笑"的泪眼。

眼睛贴近眼睛，泪水荡漾中，他看到了那帮自己系鞋带的女的笑脸。

哞儿！黑牤子乐得冲天地人呼唤。

人们忽然从四面八方围了上来，看他救活了自己！后来，这女人天天帮他系鞋带了。

哞儿——

地下室

李忆锋

对于汪琪来说，地下室不是地下室，是地狱。

无论是在中国还是在外国，地下室都是一样的。不见阳光，阴暗潮湿。住地下室不仅对身体健康造成损害，对心理也是一种戕害——众人眼中，住地下室的都是穷人。

汪琪不是因为穷才住地下室。她有钱，但不能住酒店。她是逃亡者。

因为一个男人她被迫逃亡。这个男人是市一级领导，汪琪和他有男女关系。这种你情我愿的男女之事，要是发生在老百姓身上，没人举报没人追究。但是到了官员这里，就是违纪违法。

那天深夜的一条短信让汪琪心惊肉跳，并且至今耿耿于怀：吴被查，涉及你，快走。她立刻订了飞往法国的机票，迅速出国。

汪琪几乎一天 24 小时在地下室，刚来的时候，她甚至是一连几天不出地下室，只在晚间出来购物、放风。

为防止被跟踪，她换了手机号。她想给大姐打电话，告知她自己真实状况，请她照顾好自己的女儿，再听听女儿清脆的嗓音。但她忍着不打。现在科技太发达，也许一次通话，就暴露行踪。

最开始，她还敢照镜子。到后来，她不敢照了。面黄肌瘦，一脸黑斑，头发枯焦，像六十岁的老太太，可她还不到四十啊。

原来的她谈不上是绝色美人，却也是气质美女。一头秀发黑又亮，皮肤白皙得透明。她的缺点是不大爱笑，这个美女有点冷。但老吴就是喜欢这样的矜持。

老吴工作很忙，和汪琪见面只能抽空。约好时间吃吃饭喝喝酒，缠绵片刻。老吴对她很贴心，给她购物卡：你自己去买衣服，我抽不出时间陪你逛街，再一个我怕在商场里遇上熟人，对你和我影响都不好。还说要送车给她，汪琪拒绝了。不久，汪琪在本单位提职了做了处级干部。

一年过去了，没有任何动静。既没有来自国内的通缉令，也没有来自亲戚朋友的其他音信。（汪琪把手机换了，没人能联系上。当然，原来手机上的那条神秘短信，她始终刻意牢记。）她在地下室里惶恐度日，渴望见到地面上的阳光，但就是这样的对于大多数人来说及其简单的事她根本做不到。

这天她看着日历，忽然像发疯一样：今天一定要在白天走出地下室，走到街上去，就是被发现了，也要走上去。今天是女儿的生日，她要给女儿买一件生日礼物。

汪琪走出地下室。太阳光明正大地挂在天空，明晃晃地照耀大地。久居地下，汪琪对明亮的太阳不习惯，她把手贴在眼皮上，露出一条缝隙去看久违的太阳。

身边有熙攘的人流走过，一个人打着小旗身后跟着几十人，这是中国旅游团。听见家乡话，汪琪心里五味杂陈，泪眼朦胧……

突然，一个声音叫着她的名字："汪琪！"随后汪琪的肩膀被一双手重重地搭上。

汪琪顿时被吓得没了魂，一下子瘫坐地上：真的就这么倒霉？第一次白天走出地下室就被认出、被抓住。或是命该如此？就这样被押解回国，被审判……为什么偏偏今天出来？这是撞枪口的节奏啊。

对方扶起瘫软在地的汪琪：你怎么在这里？

汪琪抬起头看对方——不是警察，是单位的同事，胖张儿。

你怎么在这里？汪琪问同样的问题。

我退休了，跟团旅游，巴黎最后一站。

汪琪咬咬牙，向同事说了实情：怕受老吴牵连，跑到这里躲起来。

胖张儿睁大眼睛：你是说政府吴主任的案子？已经结案了呀，没你什么事呀。

没我事？汪琪问。

纪委通报了。没你事，我当时还为你庆幸呢。

单位里的人都知道汪棋的私事。

真的？汪琪再次确认。

真的。其实没啥，你不就是和老吴挺好嘛。

——我提拔的事，老吴给人事局打过招呼……汪琪有些心虚。

你提拔的事，我最清楚——胖张儿在单位管人事——咱单位早有此意，你的业务水平也够格，局务会上通过了，就等人事局批。这个节骨眼上，吴主任给人事局打个电话，就顺水推舟批下来了，不涉及买官卖官。

哦——汪琪长舒一口气。

胖张儿接着说：老吴对他身边别的女人，又买车又买房子，没工作给安排工作，有的女人还给他生了孩子。跟那些女人相比，你也就是吃点喝点穿点，不算事。胖张儿打量着汪琪，怜惜地说：瞧你现在这个样子，真可怜，回国吧。

汪琪坐在地上大哭起来……

汪琪离开巴黎，坐上了回国的飞机。从机场出来，她先到大姐家。大姐对汪琪突然进门并没表现出过度惊讶。

大姐说：你把女儿送我这儿，过了一个月没来接孩子，给你打电话也不通，我就觉得不对劲，再联想到你和老吴的特殊关系，我心里多少就明白了，也就不盼你回来了，但还是很惦记……大姐说着眼圈红了。

汪琪哭。

大姐告诉汪琪：女儿已经上学了，在寄宿学校，周末回家。明天是周五，你们娘儿俩能见面。

汪琪哭。

还有，孩子他爸去世了。

汪琪的丈夫植物人卧床多年，走了也是解脱。只是临终前，夫妻没能见上一面，也是遗憾。

汪琪哭。

大姐说：别哭，脚下的路靠自己走，但有的时候，我们能控制自己的脚，却控制不了路。现在的风气就是这样，坑人。

汪琪哭。

大姐说：我一直纳闷，你是因为什么突然出国的。

汪琪止住了眼泪，想起那个深夜里，手机上收到的那个奇怪的短信，她努力着把那个电话号重复一遍。

没等夜晚来临，汪琪已经躺在大姐家温软的大床上开始睡觉。她摊开四肢，呼吸平稳，踏踏实实地睡了。这是她两年来睡的最踏实的一觉。

她做了一个梦，梦见巴黎地下室狭小的出租房里，一个五十多岁的女人站在自己面前。汪琪睁大眼睛努力去看那个女人，却怎样都看不清她的脸。女人握住汪琪冰凉的小手，说：两年前的那个深夜，那条短信是我发的。

汪琪急切地问：你是谁?

女人说：你没必要知道我是谁。现在一切都过去了，别想太多，尽快适应新生活吧。

女人说完，飘然而去。

汪琪一下子醒过来，她拿起座机电话，按照记忆中的那个电话号拨过去……

电话铃响了几声，耳边传来一个毫无感情的提示音："该号码是空号，请您核对后再拨……"

五郎与翠儿

党存青

五郎杀猪在黄家乡有号，远近闻名；请他杀猪的人排成了排；逢年过节更是忙不开，都是乡里乡亲的，谁请，五郎也不揣面子，就一句话：排着。有时不得不挑灯夜战，杀猪杀到下半夜的时候也有。

五郎杀猪有特点，下刀准、吹气足、刮毛净、手把快，还不用帮手；开膛破肚，大卸八块，转眼的功夫就得了。刚过 30 岁就成了“一刀”这“一刀”，不是自己吹的，是所有杀猪人送的，因为谁也不敢和他比，一比就更磕碜了，以后哪还有脸杀猪？

30 岁的五郎杀猪是把好手，人也不错，满有人缘的，可就是找不到媳妇。姑娘们都怕他，怕他手里的刀，怕他胸前的汗毛，怕他的横眉和竖眼。五郎很愁，也很上火，怎么就没人敢嫁他呢？越是愁，心越是烦闷，没猪杀的时候，闲得五脊六兽，就给东家西邻的杀鸡杀鸭宰鹅，甚至勒狗，名副其实的屠夫。

说他是杀猪的，五郎听着不烦，要是说他是屠夫，五郎的脸就撂下来，孩子们说说还可以，哪个大人要是当他的面敢说，五郎撸胳膊挽袖子的一定和你闹个没完。

杀猪的五郎不抽烟，喝酒也有数，却喜欢瓷罐陶碗玉石什么的所说的古玩，到哪杀猪，边干活边打听家里或是村里有什么小玩意，杀猪可以不给钱，给个小玩意就行。从小玩意到家具等等他喜欢的越来越多，家里到处摆的都是这些东西，他娘问他弄回这些八百年前的破烂货有什么用，他也不知道有什么用，反正就是喜欢，摆在家看着心情好。娘就说；除了杀猪，就是摆弄这些破东烂西的，咋就不想媳妇呢？一说到媳妇，五郎的心就沉，咋不想，想就能想来？

翠儿是八里庄的，结婚不到一年，丈夫就一病不起，躺还没三月就走了。五郎三叔的儿媳的表姐和她是同学，就把五郎的情况说了，翠儿听着就哆嗦，老同学剜了她一眼："德性，找男人不找这样的找啥样的？"

表姐来和五郎说这事，五郎低头不语，心合计，咋也该找个顶花带刺的，让男人睡过的，还有啥味道。表姐看的明白："再过几年你连这样的都找不着了，谁看你不怕？还挑。"

表姐领着翠儿来见五郎，见到五郎，翠儿的心"砰砰"的要跳出嗓子眼，不敢抬眼，也不敢说话，躲在老同学的身后不敢现身。

五郎瞧翠儿的脸蛋很俊，身腰也浪，还有开了花女人的味道，还就喜欢上翠儿了。可翠儿扭扭捏捏的不爽快，这样的男人应当喜欢，可一想到五郎的两只手，翠儿就颤。

几天不见翠儿有回信，五郎步行了八里路登门求婚。

翠儿没想到五郎能来，真的有些喜欢五郎了，但还是堵在院门口，对五郎说："你再不杀生我就嫁给你，能做到吗？"

五郎一愣："不杀猪？这可是大问题。咋的，娶你还不能杀猪了？"

"就是，不再杀生，我就嫁你。"

挤眉弄眼的翠儿给五郎的心弄得忽忽悠悠，五郎一拍胸脯就答应了。可回到家就后悔了。一个人坐在院里想：不杀猪，干啥。不杀猪，这把手艺不就白费了。为个女人，丢了手艺？越想越生气，没见过这样的人，这样的要求我，我不娶你，行不？可一想到挤眉弄眼的翠儿，五郎的心就忽悠。没和哪个女人这么近的接触过，有了这个女人，五郎的心还真就动了。

表姐嘴快不让人："咋的，大老爷们吐个唾沫就是钉，要变卦？"

五郎有眼泪要落下，寻思了一会："娶。"

翠儿是娶到家了，可以后的日子可把五郎憋死了。几天不杀点什么手就痒痒，有人来请还得推，还得说假话，咋也不能说是因为个女人不杀猪了。一来二去的把五郎憋出了病。五郎就让娘找翠儿说情，翠儿不让份："他一个大老爷们，说好的事变卦？说话不算数。"

五郎没办法了，也不好意思在家呆着了，揣着一包小玩艺进城打工。

一个偶然的机会，老板看到了五郎的小玩艺，老板是识货的，花了少许的钱把这些小玩艺变成了自己的。五郎没想到这些小玩艺这么值钱，干脆就跑古玩市场，没想到这一跑，给自己跑出了新“手艺”，他回家收，跑市场卖，几年的功夫兜里的银行卡上就存有了七位数。成了古玩市场里有名有号的人。

中秋的一天，几位朋友拉着他去农家山庄聚餐，弄来了一条狗，要勒死吃肉喝狗汤。都知道五郎原是杀猪的高手，这勒狗也是手到擒来的事，就让他把狗勒死。

五郎的手真的很痒，拍拍狗头，对狗说：“不会让你有痛苦的。”刚把绳子栓到狗脖子上，突然想到了对翠儿说的话，叹口气，放下了绳子。

周围的朋友不知五郎为啥放下了绳子，不解地看着他。五郎轻轻地说：“我不再杀生了。”

一个朋友随口而出：“杀那么多了，也不差这一个了，不杀，你就不是屠夫了？”

血，忽地蹿上五郎的头，他转身给了那朋友一个耳刮子。两人混战中也不说清有几人参战了，五郎吃了亏，那一砖不知是谁拍的。

翠儿赶到医院，见到五郎就哭了：“多大的人啦，怎么还打架？”

“他们让我勒狗，我没勒；他骂我是屠夫。”

翠儿“啪”地亲了五郎一口，然后紧紧地把他抱在怀里：“没看错你，这么多年了，你还记着你说的话。”

诗歌卷

诗二首

胡世宗

关于一首民谣

年迈好忆旧
想起小时候
一首民谣
时常唱出老人口：
两亩地，一头牛
老婆孩子热炕头……
如今哟，孩子给买了房
让俺住进了高层楼
没了地，没了牛
想看园田得往乡下走
万万没料到
这楼居层层有田畴
半亩地，一双手
茄子辣椒种个够

一步跨进小园田
一步跨回床边摸枕头
热炕咱也有
插上电热毯
温度高低控在手
这日子过得多舒坦
亦城亦乡真够牛
绿地边上站一站
还有啥忧愁?

罗阳的位置

罗总是单位一把手
干工作始终站在排头
他总是当仁不让
那是在有风险的时候

是领导也是专家
他率领着团队齐心奋斗
设计与制造他都内行
他是这部大机器的中轴

他是中心的中心
他带出的骨干个个优秀
他像旗帜一样飘在前面
他不会写那两个字：落后

可是，可是
当大家在一起合影的时候
他会溜溜到最后一排
在边角旮旯，靠左或靠右

当大家同声喊“茄子”
他也会痛快地喊出口
这时他就是一名普通员工
完全一样的工装上也有机油

沿着额尔古纳河的走向（三首）

萨仁图娅

好风行船

好风行船
顺水开帆
悠悠地抵达彼岸
航行就是我的岁月
终结只是另一个开端

暗夜不暗
天晚了星月不晚
在时间之上
越过地平线
延绵相连

时间
比湖中的鱼多

比一棵树少
踏着似乎漫无边际的云梯
降临到人间

光，唤醒夜
夜，唤醒鱼网和波澜
生命并不短暂
短暂的是人
人历经的往事云烟

在时间的水流
在现实的峰巅
我在海上见到历史的雪
我教导我的身体成为火焰
我让我的手臂成帆

室韦之夜

夜的调色盘
大写意般地泼墨
一个发光的特定词语
在我心头闪烁
来到吉拉林
我的心灵注定无法入眠

对应着歌声与篝火
此时找不到回家的路
我看见自己站成
街头微雨中的树一棵
可我看不见自己的根系

史书记载的蒙兀室韦
如今室韦俄罗斯乡
三河马也是混血的
在河边徜徉
我加入繁星感受寥廓

根河之根

悠悠我心
根河之根

远去的骑影
大草原流水情深

博取祖先的无尚光荣
探索美的理想与极致生存

斟一碗马奶酒
祝福我的族人

不论是年华正茂
还是苍苍两鬓

千年万代已逝去
千年万代将来临

创造时间超越时间
让我们以根河之水洗心

诗二首

柳　沄

坐在晌午的树荫里

晌午的阳光
使晌午的树荫浓密

我坐在
浓密的树荫里吸烟
惬意得好像
坐在天堂里

阳光不停地倾泻着
倾泻在树冠上的阳光
甚至比几天前的夜里
倾泻在屋顶上的暴雨
还要猛烈

避难一样
我继续坐在
浓密的树荫里吸烟
要是再有一股风
这虚拟的天堂
会更加真实

哦，要是
再有一把折扇或蒲扇
我还缺少什么呢

雨　声

下了一天的雨
到了傍晚，仍在
起劲地下着

那些一样的雨点
使院子里的石凳、车棚
以及那只红色的
倒扣在墙根下的塑料水桶
发出不一样的声音

从落雨的那一刻起
它们便争先恐后地发出
各自的声音，以此证明
它们已从之前的昏睡中
苏醒过来，就像
这场雨安排的那样

灯亮起来的时候

声音变得更加嘈杂
我已分不清：是水桶在嚷
还是石凳和车棚在喊

它们如此尽兴如此痛快
好像不把要喊的喊完
雨就别想停下来

诗二首

王鸣久

我与大月席地而坐

大月和我，席地而坐

时间恢复。这是两个男人的世界
马很朦胧，羊很清澈
三千年红泥酒瓮，在膝前醉意横斜
流着五谷精神窃窃私语
植满裸体魂魄
一声水鸟，倏然掠过
我与月一耳听出——
这是，三十年前的那只

便看见鲁迅和闰土，从《鲁迅全集》
第 477 页里走来——
月很饱满，人很瘦弱

那两双少年眸子热烈而忧伤
已把我们深深灼破

犹如皮肤，命里家园谁能摆脱?
一尾鱼，从脚窝游上手窝
从手窝游上眼窝——
疼你的疼，乐你的乐
月还是月，我还是我
抱一管长箫把世界吹深把时间吹薄
在太阳老去的时候
让我们——相互照耀

无言大月，透明的我

梦游无名山水初醒晨记

青山瓷立，白鸟织丝
一眸大水集中了全世界的妩媚
拯救尘埃

还有尘埃里的羞怯

身体明亮
我斜成一根被月亮坐弯的芦苇
已一刻三生

诗一首

商国华

我踏上振兴的甲板

不想说“路漫漫其修远兮”
只想翻开“吾将上下而求索”的履历
只是十几个春秋的 花开花落
我就踏上了振兴航母的甲板

在航母的甲板上放步
我的心——
转动起昨天感叹的光盘
那些年 灰色涂满了你的神经
你气喘吁吁的脚步 一路红灯
激昂铿锵的欢乐颂——
一次次在辗转中变奏休眠
听过你 愁绪幽谷中吟唱的散板
说过你“第一度假村” 无奈的调侃

望过你 下岗一条街酣睡的铁锤
也见过你呀 拉纤路上彷徨的呐喊

翻过去了 都翻过去了
只是一篇东北再振兴的宣言
你就孕育了航母出海的胎盘

这是一艘 叱咤市场风云的航母
每天 上演着万象更新的“大片”
一块块 左右毗邻的工字舱
一年四季 都在雕琢着钢铁的花瓣
120 万吨乙烯 漂洋过海
撕碎了 风机霸主蛮横的狂言
I5 智能机床切削的蓝烟
让机床大看台 挺起中国硬汉风骨
盾构机 自主分娩的风骚
回报了 国人穿江越海的一笑
驾一台“宝马”去兜兜风呢
还是去中德园 扎起工业 4.0 的营盘
是听见沈阳金谷集结的号角了吧
我看见商贾云集的旌旗
正编织着七色光的花环

应该说 这是一艘 超级“航母”
120 万水手 发动引擎
轰鸣着 全面振兴号最大的排水量
那甲板上 隆起的一颗颗坚果
能让你 沉寂的神经 追上浪花的鼓点
别再说 傻大黑粗是我们的绰号
别再说 烟尘遮盖了蓝天的飞燕
别再说 迁走棚户区是痴人说梦啊!

别再说 引进名牌大店是梦呓的图板
只要你的目光 放纵拉长
你就能体味——
为什么 柴米油盐是全面振兴的主旋
只要你的良心不偏倚
你就能领略 五颜六色的花瓣

在振兴号的航母上远眺
柳绿花红铺开了再振兴的轴线
中国的蜜蜂在不停地采撷
外国的蝴蝶也常来画中游览
不到铁西来 你就不知道 什么是涅槃的花海
不知道铁西的昨天
你就不懂得什么叫沧桑巨变
听见再振兴拉响的汽笛了吧
那就是邀请你 莅临的请柬
如果你的神经 弹拨过开放的琴弦
你心头的键盘 就会敲打出
白山黑水再一次振兴的明天

诗三首

两　岸

我的江河都出自悬崖。出自我的笔端——
在一个陡峭处获得落差
两岸的眉批——烟火，风信子
水与一副傲骨也在拔节
让我的河水又悄然涨高了几分
我的祖辈。赤足、豪饮，有着自由的天性
夏天里顺着河水摸鱼
冬天里逆着冰川溯源
那大小的波澜，在鸟儿的回旋中翻滚：
走出这座山就得救了——
隔着一山的哀怨，却是彼此的倒叙
锦瑟相传，患病的声调，每天恐惧
我是抱了拳的；流水里的祭日
秋虫里的青花，心里暗伤

都是一场沧然，涕下，也不论长短
不论青山与诗句埋了谁的白骨
终要背叛山水的初衷
背叛我内心里或深或淡的阴影
这反绞的双手
被绞杀的人情
山与水从来不分家
上游是上游的情人
下游是下游的坟墓
我只在中游，不上不下

铁水与花枝

李轻松

铁如此俊朗，花枝如此羸弱
清晨的地平线口含珠露
吐出如铁的旧貌，和似花的新颜
水泽里的鱼儿只望一眼
七秒钟的记忆与眷恋
转瞬便成为前世——
我粗粝的铁，硬，坚硬
也能暴出炽烈的天真
我柔软的花，水，水灵
都生在枝节之外
我的境内，花与铁的混合
谁创造了这段艺术的距离？
如此陌生，乘异，我的嫁接术
无形的香啊！余香，包含着铁的腥气
让我微熏地走在人间吧！
莫名，无我，陶醉。我的哲学阐述
花与非花映照，铁与非铁相斥

而我的笔触不到的苍茫
铁水已缠绕了花枝
花枝已被铁水淹没……

后花园

什么时候，顺着园子就开始怀春了
不必等到把药熬到三遍
更不必等到啼血
春草就漫过了后花园
在梦里幽会，是无需躲闪的
把云鬓轻挽，有些散漫的样子
也许更加迷人。你无心打埋窗前的花枝
要剪掉一点乱是那么难
不被允许的爱，不被亲吻的嘴唇
在牡丹亭畔、芍药阑边
一番云雨打湿了尘间
被冥判的前世
要喝的孟婆汤就是一场煎熬
在明月桥前断了肠。你蜕去了假面
却是不得开口
你暗自垂了泪：叫声我来也——
可以生时却死，而死时却已生。
且慢，春色如许，却是不知，不知
“是花都放了，那牡丹还早！”

诗二首

宋晓杰

胆子越来越小

近年来
我的胆子越来越小
不敢取笑别人的黑眼圈、白发、老花镜
甚至，残疾、智障、疯子这些词
我也像陷阱一样，绕着走
陌生人丧亡，我也睡不好觉
有时，无缘无故还会哭上一阵
我小心地过马路、吃东西、吸空气
有板有眼，像个顺民和叛徒，贪生怕死
每天清晨醒来，都是万幸！

——上有年迈的父母，下有孙儿还在途中
激流中的顶梁柱，可不可以定义为
诚恳的中年和美德

午餐前，在画室

和两个男人
在第三个男人的画室里，看画
赤裸的人体从包裹中得以重见天日
胴体柔和而洁白，像窗外的阳光
只在关键部位，加一点点青铜的阴影

有一瞬，画室里静极了
阳光如欢腾的尘埃
我愣怔着，下意识地拉了拉衣角
三个男人饥饿地盯着他们想盯的地方
啧啧赞叹
并用小指肚儿，小心拂去浮尘

那个中午，我的脸红了两次
一次是因为羞涩
第二次是因为觉醒

为了掩饰我的脸红
我拍照，拍照，从不同角度拍照——
是的，我们在欣赏艺术
不是看女人

诗二首

川　美

黑夜的杯子

从前，我们贪饮的是肉体的甘露吗
芬芳的肉体是五月迷人的麦田吗
柔软的睡袍是吹过麦田的晚风吗

我们捧着黑夜的杯子
饮着，醉着，贪欢着
——那甜蜜的你和甜蜜的我啊

如今，我们的麦田被收割过了吗
干瘪的身子是陷入烂泥的麦穗吗
没完没了的雪片是遮羞的被单吗

我们捧着黑夜的杯子
饮着，醉着，啜泣着

——这苦涩的你和苦涩的我啊

你的黑莓汁　我的蔷薇酒

六月，爱情疯长的季节，我带来蔷薇酒
坐在井边看你，说，“我要……”
你伏下身子，用黑莓汁为我止渴

你的黑莓汁啊，甜而清凉
与我的蔷薇酒一样
它们不是药物，是秘不示人的偏方

到了八月，我们的病都好了
我们快乐，阳光，年轻，富有
不相信老人何以老，穷人何以穷

然而，我们害怕离别
离别，就意味旧病复发
你死于你的黑莓汁，我死于我的蔷薇酒

哦，生命变得不可理喻
好像我们的灵魂是鱼儿
对方的肉体是池塘

我们，每时每刻依着傍着
乐此不疲地要着给着
而永远弄不清自己空着满着

我们把这叫做爱情，又将爱情叫做永恒
现在，当我独自回忆这些往事
抚摸你的相片，就像当年抚摸你的脸

诗二首

李峻岭

飘摇之尘

毫无准备
一粒尘土飞出身体
越入无人之地
在最虚弱的环节聚集
铺设道路
幻想光明

飘摇之尘
一直在空中悬着
清白的身世
无法追究
尘是不甘落没的土
是一块粉碎的石头
是一颗炸裂的子弹

是一团燃烧的火焰
沾染着世间风情

你这躲在街角的尘
挂在屋檐的尘
藏在心底的尘
究竟招惹了谁
被掸落被驱逐被抛弃
一无是处

这是一个没有悬念的夏天

这是一个没有悬念的夏天
散乱的午后失去章法

我看到一棵水草
正穿过乡村的池塘向城市蔓延
它们向阳而生
它们被水而去
它们疯长成一棵棵参天的大树
覆盖了人世的阴凉

这时候阳光也躲闪起来
在毫无生气的街路暗处落脚
偷偷释放亮色
关照明眼人的生活

只有哪些短见的蚊蝇
还在左顾右盼追逐着人类

此时我所听到的声音

都是些来自树上鸟的爱情
纯粹热烈烧灼了我的幸福

这究竟是谁的夏天
影子越来越长
让我站在灯光的中央
成为众矢之的

诗二首

孙担担

草药说

山南坡还是明朝的南坡
一个郎中踯躅迂回
试图在一本纲目中突围
我把眼睛放到娑罗树梢头
期待与他相逢

寅时或卯刻
我清苦的味道蜿蜒缭绕
榻上一缕呼吸渐行渐远
榻下木鱼声声

我对每一个王者与苦卒尽瘁
在屈子的悲歌中
我一岁一枯荣

悲歌一曲一破碎
每一只突然撒开的手指
枯草的姿势

纲目中有我流畅的母语
悲歌是疼痛后的失语
在南坡在北坡
在被肢解的传统里
我无意说母语
无力唱悲歌

剩下的时间

孙桓桓

剩下的时间里认清五谷
剩下的时间里
我走在自己的城中
心挂在天上白天是太阳
晚上是月亮

眼睛含住汪洋一滴不落
头发中站着鸟群无声无惊
蝴蝶翅上的图案
半遮住我的窗棂
半遮住春分半遮住夏至

半遮住简单的生和
更简单的死
剩下的时间里
我学唱一首清远的歌
麦积山肩头轻雷一滚
旧宫墙边一只蜘蛛失足

菩提树叶飘动

在剩下的时间里
与苍生知遇与镜像以沫
我是我自己的看客

诗二首

王立春

梦的门

夜来了
孩子放下游戏
急忙到梦里去

沿着地板大街
穿过床上马路
拐出暖乎乎的被子胡同
走进软绵绵的睡袍巷子
在枕头小道的尽头
挂着梦帘
掀开梦帘
就找到了一扇梦的门

梦的门小小的

只有眼皮那么小

梦在眼皮后面
梦在沉沉的眼皮后面
梦在“啪达”一下关上的眼皮后面

春雨乳牙

春雨刚长出乳牙
就在夜里来了
他把所有的东西
都尝了一遍

尝尝房檐瓦
舔舔窗上玻璃
咬墙皮 蹭了一鼻子灰
吃石头 出了一身汗
嚼马路的时候
把脚印和车辙一起
咽到了肚子里

吸溜吸溜
青枝条被春雨吮出了一排嫩芽
咕叽咕叽
花骨朵被春雨嗑开了瓣儿
大口大口啃青草时
草地被春雨流出的口水
弄湿了
一大片
又一大片

诗二首

衣米妮子

黑夜不那么黑了

湖边 有树在动
风吹那么轻
我给你苇草 枯荷
大雨 素枝
性感的水月亮

我赐你玲珑大雪
水蛇 细腰
红酒和一杯春水

我走新华路 也走太原街
路过南湖
就给你看星光 高塔
多情的植物

多明亮啊
我的小伞 肥绿萝
桃红 都是甜的
我的小蛇最美
喜欢蛰伏在你的腹部
软软的

缠住。房间那么大
火焰在流动
黑夜也不那么黑了

我的怀抱是空的

现在，我的怀抱是空的
如果你需要
我就会抱你

我怀抱过天空
大地 青山绿水
怀着爱慕之情
怀抱每一个赤诚的灵魂

此刻 我的怀抱空了
仿佛挚爱的花朵
在日出开放 在落日掉落

仿佛那些迷人的花香
和叮咚的水声
被一些风声带走
彷佛我身体的一部分

那么消瘦
足够你在天黑的时候忘掉我

现在，我的怀抱空了
如果你需要我就抱你
仿佛拥抱自己

诗二首

张立群

春　雪

为了让空气中的粉尘坠落
雪　在春天降临
从露台窗望去
白色正覆盖熟悉的一切

戴起羽绒服的帽子
雪中的行人是一景
移动的脚步
比静物更生动

此时，裸露是一道减法
从枯枝到楼房
还有汽车驶过的印痕
我在荧光屏上看到了一幕哑剧

白色的背景漫过
想象中的世界

午夜电话

拿起电话的时候
忘记了时间
此时　对方不是最亲密的
朋友　就是敌人

肯定会有过度的感情
包括激动与愤怒
镜子无处不在
却没有留下有意义的瞬间

我把电话放在左耳上
左耳距离心脏最近
说出心里的话
最真实的声音
卑微的灵魂
在冰与火的碰撞中
荡涤出一片空白的地带

诗二首

刘 川

到沈阳广场找我妈

广场上
没 1000 人
也有 800 人
其中 90%
是中老年妇女
她们在扭
东北特产
——大秧歌
她们在唱
民族大戏
——二人转
她们真土
她们真俗
尤其脸上

画了又厚又浓又艳又突兀的妆
但我还是
十分耐心地
站在外面
认真地看
因为这乌泱泱的人堆中间
一个女人
生了我

灾　情

家乡大旱
颗粒无收
土地干裂
最近我嘴唇
也干裂了
这足以证明
我是故土
忠诚的儿子
与其同体
现在，我大口大口
喝着雪碧、芬达
家乡的旱情
是否有所缓解

诗二首

万一波

台 阶

台阶是连贯的，一步接一步才能到达楼顶
而有的时候它却是一种断裂
你在一个阶梯上呆久了，风光便不再属于你
有一个人在喊：加油，快上来吧
可他心里并不那么想
这导致阶梯间的距离越来越拉大
你只能呆在原地看，一跳便是万丈深渊
偶尔会有例外，那是一种整合
你不仅需要把哀求说到脑门上
把眼睛长到尾巴上
让五官分裂，还需借助从上面伸下来的一截软梯
前提是，这截软梯必须经过上面人的脚面
能让他顺势攀爬
才有效。昨天上班时

我看见有人还在裂缝处等待
并且做出跃跃欲试的样子
此时台阶断裂，他回过头来突然就白了头发

陶　壶

把玩一把壶。久了。便有天人合一的
默契。一把紫砂壶，一把在我手上盛开的泥土
一把壶，自有乾坤。就像我的身世不为人知
我们用同一种态度，共同守护彼此的秘密
多数时候，它是被冷落的
因蒙尘而蒙羞。我的热情，不及茶水的温度
是我扭曲了它的原貌
一把壶，从它到来的那天起
就以通透的品性提示我生命的本真
这使我能够从容善待每一个人
而它的沉实，无数次令我缄口。让我
褪掉瓷器的外表，屏住
玻璃的尖叫，如一枚熟透的果子
更多时候，它自说自话。于微光之下
考量身量高低，胸怀大小
盖子的平仄，壶嘴的曲直
让我觉得，这多少与人生有关
而它的敦厚，着实让我害怕
我不止一次设想：一旦某一天它不小心从高处
坠下，会不会沉寂似一把散落的泥土

诗四首

梁振林

痛，却不喊出来

我住院的病房在八楼
那几个月，我像无意掉落地上的
一根筷子
病床距窗口三米
但那时，我没能力独立起身
没有能力跳下去
病房里有四个同病相怜的人
有的刚做完手术。有的像
待宰的羔羊。但他们都是幸福的
甚至是幸运的
他们每个人都步行离开病床
而隔壁二床那位兄弟
永远被推出去了
你看那些推着小四轮车

出入太平间的人
他们个个都疼。想哭、想喊
却不喊出来

窗　外

一根树枝被压弯
那只喜鹊没有察觉
我确信，不远处还有另一只
或两只，像留白
我留意整整一个夏天
透过病房逼仄的玻璃
现在夜幕降临，那只喜鹊
飞走了
我只认为它和我一样
往巨大的黑暗中
——挤了挤

微　信

每天，我都写微信
一遍遍地写
然后，把它们一个字一个字地
删除
偶尔，发给亲戚、朋友或者女儿
多数没有回音
有时候，写着写着，删着删着
就睡着了
更多时候，我上半夜写
下半夜删
这样，天亮得会容易些

病 友

重症室出来的那个人
属兔，长我一岁
我住院那晚
他跟我聊很久
气喘吁吁时仍不停歇

他喝口水，停顿一下
似乎还想说些什么
又忘了话题

“在重症室呆二十一天”
他反复强调

最后，他突兀地说：
“天堂和地狱的路都好走
是直的
只有阳间的路
弯弯曲曲”
说完话，他平躺在床上
眼角流下的泪，是弯的

一直寻找（组诗选三）

西 征

雪 夜

街灯亮了。那么疏朗
白蛾般的雪花，在霓虹中飘曳
她的梦境
像细微的疼痛
哦，她的手忽然动一下。想触摸什么

消 息

早晨传来消息
两个朋友：一个不幸辞世
一个大病初愈
这么多年，唯有此刻
一扭头
我与窗外，所有熟悉的景物，一起

成为阳光的朋友
然后，将是一次新的
开始
把快乐当作报酬，去完成每一件事

医　院

那里
是一个缓冲地带
是一个向左
或者向右，忽然转身的地方

诗二首

任佐俐

孤　岛

俯瞰一座孤岛
需要一只勇敢的眼睛
一只流泪
的眼睛

浪花褪去
裸露一只手臂
接着，是肩膀，半壁江山
男人的骨骼
即使倒下，也是一种隐喻

他的血管粗糙，崎岖
延伸寂寞的褶皱。他万念破碎
神经千疮百孔

之后，闪烁黑黝黝的光芒

他若扬起手臂，指着天空的鸥鸟
我会听见一种声音
充满磁性

他若默默站起
与我诀别
我将去哪里，寻找我的渤海湾

霜　降

抬头，望见亲人
从后山归来
放下锄头，两手空空

转身，风，从祖屋
的骨缝里取走
第二百零一个秋天

人间，有干涩的露珠
折返的飞翔
哦，可爱的小生命，完成了一生可爱的挣扎
似旋转飞逝的词

我从白梦返回现实
细细擦拭
角落里遗弃的灯盏。粉屑的尘埃
曾是铺在我心头
的白霜

谢谢雨水（组诗三首）

胡世远

触　摸

那个深陷的部位
手轻轻一碰，就能触摸到
剪刀、血液、纱布、红药水

这些年，我乐于抚摸肚脐
每每此时，想起母亲
千里之外的顾虑，是面前的
一道栅栏，我必须变成一匹骏马
跃过去

自 传

回到大别山的怀抱
点燃煤油灯，身边躺着
中年之后的情人——
一本诗集，风一样
流下几滴眼泪，刮走
一些笑声

梨 花

在夜晚，梨花的脸庞
是湿漉漉的
月光
空气香甜
小小的花瓣，像婴儿的呼吸
枝头从梦里长出，云朵般
洁白的爱

散文卷

杂说四则

王充闾

出世与入世

中国固有的哲学流派是儒道两家，后来又从外面传进了释家，发展为禅宗。儒家是主张入世的，佛禅是提倡出世的，而老庄，一般被划到出世的圈子里，实际情况要复杂一些。应该说，庄子是游世——“逍遥游”的“游”，他的主张是“游于世而不僻，顺人而不失己”，就是说，道德修养极为高尚的人，能够混迹于世而不出现邪僻，顺随于众人之中却不会失却自己的本真、自性。庄子在人间，他同那些纯然避世、完全脱却红尘者不同，只是不随俗俯仰、不同流合污而已。

在我的头脑中，似乎从小就接受了儒家的入世与庄子的游世相融合的观念，我对那种“跳出三界外，不在五行中”并不欣赏。走上仕途之后，仍然坚持创作，不废吟哦。一次，在我的作品研讨会上，有的学者分析为官与为文的关系，说我是作出了“无奈而恰当的选择”，“一定程度上体现了出世与入世的结合”。

在古代的历史上，读书人似乎向来只在两种人生道路上做出选择，或者逃离尘世，纵情山水，或者金榜题名，宦海浮沉。其实，人们忽略了一个事实，还有更多的人是选择中间路线，外儒内道，或者亦儒亦道——“穷则独善其身，达则兼济天下”。就封建士子来说，不同的人生态度决定了为文的两种存在方式，或是自我娱悦的玩具，或是为现实政治服务的工具。要找到第三种存在方式，就必须首先为文化人（不仅仅是作家）、为文章（不单是文学）找到第三种人生态度。这就是，永远依据某种明确恒定的价值体系来衡度现实、褒贬现实、投身现实。清醒而高明的读书人，并非不参加现实的实践活动，只是即使参加了也并不放弃自身的价值取向、人格信仰。

莎士比亚说，世界只是一个舞台。那么，入世就好比演戏，出世或者游世则无异于看戏。表演者淋漓酣畅，尽态极妍，活灵活现，死去活来，完全进入角色；而观看者冷静观察，即使悲从中来，或者喜上眉梢，不旋踵间也就清醒了，知道台上不过是在演戏。再深一层探讨，演戏的是行者、活动家，是齐家治国平天下；而观众是言者，是思想家、文学家，任务是评说是非，格物致知，是“阿波罗式的观照人生”。比如五千言的《道德经》，就自始至终是一个沧海惯经的智者通过静观人生所得出的直觉妙谛。前者重执着，后者重解脱。用西方的表述方式，前者为酒神狄俄尼索斯，趁生命繁盛之期高歌狂舞，实现生命的跳动；后者是日神阿波罗，高踞于奥林匹斯峰顶，凭高静睇，恬然不动，照临一切。文艺自然属于人生世相的观照，是情趣与意象的融汇，是“兴观群怨”；它与实际操作终有区别。

载鬼一车

兴酣把笔，蓦地记起了《易经》上的“载鬼一车”这句话。

在我的散文创作中，以历史人物为题材的占了不小的比例。对这种起死人于地下、同鬼魂打交道的做法，文雅一点儿说，叫作生者对于逝者的叩问。逝者也好，鬼魂也好，往往葆有一种独特的魅力。他们所具有的原型属性，不仅没有因为岁月的汰洗湮沉到忘川中去，反而由于历史的积淀，踵事增华，头上还会罩上一种神秘的光环，从而获得很高的知名度。诚如美学家朱光潜所言：“年代久远常常使最寻常的物体也具有一种美”，“‘从前’这两个字可以立即把我们带到诗和传奇的童话世界”。而历史题材的多义性、不确定性，可以提供更多的“空白”，更具备一般现实题材所欠缺的文体的张力。

活跃在我笔下的古人，或者叫鬼魂，如果分头把他们安顿在中巴车上，那么，秦始皇、赵匡胤、成吉思汗等封建帝王可以载满一车，曾国藩、李鸿章、张学良等政要可以载满一车，死去的族内、族外的亲属以及老师、朋友，足够载满一车，而为数最多的还是各类文人，不过，一个大巴也就能够装下了。他们多数为作家、诗人，兼及少数知名学者。其中有男性，也有女性；资格最老的，已有两千三四百年的冥寿；

而最年轻的作古也在十年以上了。

蒲留仙写鬼，是“料应厌作人间语，爱听秋坟鬼唱诗”。我这里搬出鬼来，不过是一种召唤，一种呼吁，一种寄托。古代文人的那种风范，那种气节，那种追求，现世中再也难以找到了。消费社会里盛行的是消费主义文化，生活领域中呈现的是美的泛化，艺术领域中表现为美的消解，最后导致了审美主体的人的异化——人们欣赏的是物品外观的美，追求的是纯感官的享受，而缺乏一个精神超越的维度。既然现实中找不到了，那么，就只好起死人于地下。现在缺乏的不是文人，缺乏的是文人应有的气质、志趣、情操、节概。写他们，本身也是一种精神的靠拢，审美艺术的回归。在精神境域里相知相重的重逢，无疑也是一种大欣赏、大欢慰。

劳　生

先父晚年写过一首《除夜感怀》七律，有句云：“四屈三伸通变数，七情八苦伴劳生。”所谓“劳生”，是指终朝每日辛勤劳累、无时或息的生活；诗中寄寓着对于人性、人生的深层感喟。

当时我猜想，“劳生”一词，当是源于中国古代著名的哲学典籍《庄子》：“夫大块载我以形，劳我以生，佚我以老，息我以死。”可是，待我问他诗中用典的出处时，他却苦笑着，递给我一本《明·诚意伯文集》，诚意伯也就是刘伯温，其中有这样的诗句：“无用文章岂疗饥，劳生筋骨已支离。穷愁杜甫家何在，落魄陈平计未奇。”看来也是很感伤的。

我这里想说的，是“七情八苦伴劳生”这种人生的境况。

近年撰写历史文化散文，多为人物载记，中外古今，各色人等，林林总总，多至百数；而其行藏、际遇，顺逆、穷通，般般各异。不过，有一点是相通的，就是他们无一不是“七情八苦”伴随着“劳生”，我想问上一句：“何事劳生终草草？”可以说，透过每个人物的思想行为，都能读出喜、怒、哀、惧、爱、恶、欲七种情愫，生、老、病、死、爱别离、怨憎会、求不得、五蕴盛八般苦楚。而这一切，概言之，无非是一个“情”字，一个“欲”字。生之劳苦，肇因于七情六欲的驱动。欲望无穷，人生有限，求而不得，必苦无疑。欲望有如拉长的橡皮筋，当它不能兑现亦即找不到挂靠的地方，就会弹回来打伤自己。

情与欲，作为现代汉语概念，分属于人的情感展现和生存与享受需要两个层次。二者互动互补，相辅相成，织缀出爱恨情仇、悲欢离合、流行坎止、是非成败的

“劳生”万象。“情生文，文生情”。反映在这些作品中，举凡温馨的亲情、真挚的友情、炽烈的爱情、纯朴的乡情，以及挥之不去、所在多有的思古幽情，无不闪现着人性美的一面，令人宛转低回，一唱三叹。而笔墨所及的五花八门的欲望，占有欲、权势欲也好，名利欲、贪恋欲也罢，则揭露了人性丑陋的一面。

当然，情的投入与欲的追求，都是人的基本的心理动态与生理要求，是任人皆有的本性和现实生活的基本色调。如果真的实践了“六根清净，四大皆空”，且不说社会的发展进步失去了内在的动力，文学艺术更是消解了取之不尽的源泉和气象万千的话题，而人本身，岂不个个成了木雕土偶，或者不食人间烟火的大罗神仙，最后，落了个“白茫茫一片大地真干净”！

表面上看，文章中描绘的是历史辙迹、世事休咎、命运抉择、人我情怀，可谓光怪陆离，形形色色；而其实质却脱不开人性这面镜子，一个个灵魂、一张张面孔，都透过它来明心见性，鉴貌辨形。明眼人一看便知，这些作品是以文学的手法，借助历史这个平台，叙说一些同哲学有关的意念。如此而已。

亲密无间

形容人与人之间关系的密切，常常用“亲密无间”“水乳交融”之类的词语。在许多人看来，这是一种无可比拟的美好境界。

“亲密无间”，亦曰“亲昵亡（无）间”，它的出处源自《汉书·萧望之传》：“萧望之历位将相，藉师傅之恩，可谓亲昵亡（无）间。及至谋泄隙开，谗邪构（诬陷）之，卒为便嬖宦竖所图，哀哉！”西汉时的名臣萧望之，曾给太子刘奭当了八年师傅，后来太子继位，是为汉元帝，赐爵关内侯，君臣二人可谓亲密无间。但是，“孝元之为君，易欺而难悟”（司马光语），一当弘恭、石显、郑朋等谗邪之辈施展邪说诡计，交相构陷，他就迷昏了，最终的结果，是萧望之饮鸩自尽。可见，即令是关系密切到“无间”的程度，最后连条命也没有保住。

在封建时代，“伴君如伴虎”，那种血火交迸、命运无常的特殊形态且不去说它；我们来研判一番普通人群的常态关系。《庄子·外物》篇中有一句十分警策的话：“室无空虚，则妇姑勃豀。”勃豀，就是纷争、吵闹。整个意思是，生活中应该留有空间以容其私。室内如果没有一点儿空隙，私人生活空间非常狭小，一点儿回旋余地也没有，这样下去，婆媳间就免不了要互相吵架、争斗。

如果延伸一步，放大到一般的人与人之间的关系，又怎样呢？经验表明，如果两个人过分亲热、极度熟悉，一点点距离、一点点差异都没有了，也往往会出问题。频繁地接触，使一切话语、一切问候都成了多余，私人空间完全丧失，好像时刻都处于被人监视之下，即所谓“牢狱形态的文化”。个人自然不太舒服，时刻都觉得别扭；彼此之间，由于一切都成了公开的秘密，欢乐是共同的，忧患是共同的，一切都不再需要分享与担负。其结果是物极必反，因为一点透气的空隙也没有了，反而会造成生命的窒息，使亲情、友情随之而化作乌有，最后，必然导致疏离以至破裂。我曾听人讲过，一对伉俪，彼此个性不同，但婚后关系又过于紧密，妻子寸步不离，如影随形，事事关心，处处照应，时时监管，不给丈夫一点点预留空间，以致彼此都感到活得疲累，反而加重了心理负担。最后忍痛分手，双方都认为是一种解脱、一种释放。这个事例也许是个别的，缺乏普遍性——夫妻之间毕竟有异于常人；但它在一定程度上，印证了生活需要必要的自由空间。

古人有“君子之交淡如水，小人之交醇如醴”的说法。钱钟书先生的诗句：“凋疏亲故添情重，落拓声名免谤增”，实为悟道之言。

世故人情都是共通的，我们不妨再往外延伸一步，从审美的角度来观照。同生活中处理人际关系时，应该为自己和他人留下一种转圜的余地、弹性的空间相类似，我国传统艺术创作讲究“留白”。南宋马远的《寒江独钓图》，扁舟一叶，一个渔翁在垂钓，整幅画中没有一丝水，而让人感到烟波浩渺，江湖满地。“咫尺应须论万里”，予人以辽阔的想象空间。再者，西方美学有“距离产生美”之说。它的意思是说，审美意识的产生，源于审美主体与审美客体（对象）之间存在一定的心理距离。易言之，就是人只有在心理上将自我的主体意识从自然中分离开来，或与审美对象拉开一定的距离，审美才能形成。论者并以《诗经·蒹葭》为例予以说明——由于“伊人宛在水之湄”，渺远模糊，望而难即，因而产生一种距离美、模糊美。同样，唐诗中的“草色遥看近却无”“曲终人不见，江上数峰青”，之所以富有美的意境，也都与此有关。

迈过少年门槛那两年

刘兆林

十七岁，是和十八岁紧挨着的啊，而十八岁是人生一道门槛！迈过这道门槛，就是一个合法公民了，在门槛那面，你就还是少年。十七岁的少年向十八这道门槛迈步时，他的血是滚热的，生机勃勃，极易沸腾。那敏感的生机勃勃的热血会使心跳动不动就加速，脸色动不动就变红，甚至轻轻的一句话或默默的一个眼神儿都会在脸上浮起一片彩云。十七岁既是美妙的时光，也是一道多解的人生数学题。如果把人生比做土地，十七岁是已经播下种子急需施肥的坡地。如果把人生比做河流，十七岁是暗流湍急却不见浪花需要把握流速的急湾。如果把人生比做天空，十七岁是需要充足阳光的春天的晴空。如果把人生比做一棵果树，十七岁已经果花含苞欲放。如果把人生比做一株花呢，十七岁则刚刚含苞。而我十七岁那年，正好发生了史无前例的“文化大革命”，我的学生时代也发生了转折。

1966 年 4 月份我过了十七岁生日。我说的是人生意义上度过的过，而不是现在所指的摆了酒席请上亲友吃喝玩乐那样隆隆重重地经过的过。说实话，那一年我根本没想起自己的生日。当时我在离家三十多里的县城住宿读高中二年级，每周可以步行回另一座小镇的家一次，脚上的鞋虽然打了补丁，但时常却显得比我的肉脚更重要。赶上雨天泥泞，我会将鞋脱了抱着而赤脚丈量三十多里的泥路。衣服、帽子、甚至书包，都是打了补丁的，膝盖、肩膀处的补丁有时会是双层的。那时吃饭用粮票，买布用布票，这两样生活之票我家比别人都充裕，但都必须和钱票相结合才管用。我家最缺的是后一种票，所以前两种票就常常余下来送给亲友。尽管如此，我从没对父母产生过丝毫怨恨，因为我觉得，家里那么缺钱，父母还咬牙让我到县城住读高中，这是许多孩子享受不到的啊。我只感到给父母添了太大的负担，太对不住他们，所以就加倍地节省用钱而双倍地使用时间，好好读书。我不能因为父母的钱少于别家，就学习落后于别人，我要多得些学分，让自己名列前茅。还有一个情况我要感谢父母，就是我还不够上学年龄他们给我瞒了一岁而让我提前入学了。所以我从一年级开始，在同学中始终岁数最小，这也是我需要加倍用功的重要原因之一，同时也成了三四十岁以后我不必在某种机遇面前担心超龄的自豪。但是，十七岁那年，我母亲已患精神疾病两三年了，我再怎么用功学习再怎么苦累她也不知疼爱我了。所以，就使我十七岁的未知数比别人多了不少：后年能不能考上大学？能考上哪一所大学？那所大学会离父母和弟弟妹妹们多远？甚至想象过，会遇到一个什么样的同桌，因为学生时代的同桌太重要了，这个同桌甚至决定着你整个青年时代是否愉快幸福。我说我的十七岁是美丽的，还因为那年我已有了痛苦感。我的痛苦感有一部分来自寒暑假时对同桌的思念，所以那痛苦同时也就是幸福。我真的为有一个好同桌而感幸福，这不仅因为我同桌是学习委员，还是个漂亮并且对我帮助很大的女生。她可以说是全班各方面的优越者，却对连帽子都带补丁的我诚心诚意的帮助，并影响她的家里人也都对我好，这是我多大的幸福啊。我曾幻想，大学我们还能同桌多好哇。我那强烈的思念，不过就源于她十分有限的帮助和关心。有一阵儿我家里发生了不幸的事，我情绪不好，她背着大家给我写过几回安慰的纸条，只是纸条而已，连称呼和落款都没有，远不符合信的概念，却给了我至今不忘的温暖。上半年我们还通过作业本传纸条儿，年底就不敢见面不敢相互说话了，那是因为发生了文化大革命，她哥哥是我们的外语老师，受到批判，牵连到她，我们的纸条就只好在梦中传递了。

那年初，还有一件事我终生难忘，这也是我感慨十八岁是人生一道门槛的重要原因。有一天全校十八岁以上同学参加投票选举县人民代表大会的代表，全班除我外，所有同学都参加了投票，原因十分简单，就因为我十七岁。那一阵子我感觉挺孤单的，要不是同桌安慰我说她的票画了我们共同认为最好的老师，我的孤单不会消除那么快的。那年还有一件事被我回忆起来了，就是全校开展小整风活动，每个班都开辟了小字报园地，哪个同学对班干部有意见都可以贴小字报。记得我被一个学习很好的女同学贴了一张有白专倾向的小字报，说我这个班委会劳动委员只埋头自己学习，不认真组织班级的劳动工作，后来老师就把我调整为图书委员了。这一调整我非常高兴，因为我最喜欢的事就是读课外文学书，当图书委员正好掌握了借阅课外书报的特权，使得我可以把每月用完的报纸文学副刊的作品都剪辑成册，变成不用花钱而得到的诗集啊散文集啊杂文集什么的，还有可以优先借阅到校图书馆新购进的好书。所以直到现在想起给我贴小字报的同学，我还心存感激。我的十七岁只所以仍能在记忆的仓库里不朽地存留着，这既有关爱过我的同学的功劳，也有批评过我的同学的功劳啊，他们和父母一同，都值得我永远感谢。我会用自己已拥有的文学之笔把这些感谢表达给读者的。

经过半年史无前例的文化大革命初始阶段，我就进入十八岁了。十八岁那年，我们已进入了高中三年级，但并没学三年级的课程。我们取得的不是公民权，而是班级和学校的领导权。首先是打倒了班主任老师，成立了红卫兵组织，红卫兵组织的头就是班级领导。那年的红卫兵运动不是自发的，是由上而下发动的，必须人人都在红卫兵组织之中。而红卫兵组织不是一个两个，是好多个，参加哪个组织是自由的，但不参加组织的同学就被称为逍遥派，是要被大多数人唾骂的。我不可能成为逍遥派，今后也永远不可能，因我从小受到的家庭和社会教育，都是有所作为和社会责任感，尤其深受影响的《毛泽东的青年时代》那本书，使我由衷地敬佩毛主席。“文化革命”是毛主席亲手发动的，我能不积极参加吗？我从始到终都积极参加，但积极得十分矛盾，十分不开心。我十分尊敬的校长被打倒，我能赤膊上阵去踏上一只脚吗？我特别崇拜的老师也遭批判，我能指名道姓当面批斗他吗？我做不到。但我由衷地积极参与批判那些被定了性的全国的走资派和反动学术权威。因我喜欢文学，高考也打算报文学系，所以写批判文章和大字报就比较出色，加上有些公益心，就被推选为班级多数派红卫兵组织的负责人，后又被推选为校红卫兵组织的负责人之一。但是，那些自己说了算又素质不高，平时因有些毛病受老师批评的同学趁机恶毒实施报复的行为，我真的十分反感，但真要旗帜鲜明地认真反对，那你就要被指责为保皇派，稍一态度不明朗，立刻就成了骑墙派。我就在那样的情况下积极地矛盾地不时被责备地当着校红卫兵的头儿，尽最大努力少作违心缺德的事，没动手戳过尊敬的校长和崇拜的老师一手指头，也没说过他们一句诬陷不适之词。在同学扫四旧焚烧学校图书馆黑书时，我十分心疼，一方面阻止别烧，一方面在阻止不住情况下偷藏起一些，我实在觉得那些平时花钱买不起，只有借来一字字抄几段的文学著作，说烧就烧了，怎么也说不过去。后来我就和一伙同学背了行囊，徒步大串联去了，实际是逃避校内那些无聊的已令人生厌的派性争斗。那次我们从黑龙江老家出发，顶风冒雪一直徒步走到北京的串联，我一辈子也无法忘记。那是非常寒冷的冬天，我们十几个同学除身背行囊，还背了油印机，理发工具，护身武器，和充足的粮票和微薄的钱款。我们举着的红旗上写的大字是：红卫兵黑龙江长征队！所以我们每到一地投宿前，首先是为房东老乡挑水，扫院子，理发，还要刻印毛主席语录传单，走时要交伙食费。后来伙食费花光了，每顿饭都打了欠条，串联结束回到学校，一一将所欠饭费寄还了，连从县城出发途经我家吃的第一顿午饭，管伙食的同学都偷偷把钱塞在我母亲的枕头下了。我们完全是模仿红军和解放军的纪律作风，风餐露宿四十多天，一里地车没坐，走到北京的。尽管十分疲累，每天睡前我都争取记了当天的日记。写日记的习惯我一直坚持到现在，哪怕简单，也要记点，这有助于养成勤动笔写作的习惯。本来我们是想一直走到越南，当抗美援越红卫兵的。到了北京时国务院发出通告，号召全国各地的红卫兵，打回老家去，复课闹革命，我们才恋恋不舍返回学校，但还是有一人只身南下，直到见了友谊关没法出境才返回学校。回校后，党中央发出各派组织都要大联合成立革命委员会的号召，我被大民主投票选进了校三结合革命委员会。一个学生，又当了学校的领导成员，既没法学习了也没法革命了。那时真的就盼着早点结束这样尴尬无奈度日如年的学生时代，不管干什么都行。

十九岁那年，我该算是高四了，但只是白白在学校已多呆了一年而已，连高三的课程都没读。全国该毕业的大、中、小学生们，都窝在学校里等待出路，谁也不知自己下一步会干什么。当时，天津延安中学的红卫兵率先上山下乡，到内蒙古插队落户接受贫下中农再教育的消息像一把烈火，立刻也把我们的热情点燃。但当时黑龙江省革命委员会刚刚成立，一时还不能部署这项工作，我们便写好了申请书，开始度日如年地等待上山下乡这一出路。不想在等的时候，全国停止了一年的征兵工作开始了，而且破天荒地可以从在校中学生里征招。于是，我们一大批中学红卫兵便被军装崇拜的热潮卷进了当时全国唯一开始招生的毛泽东思想大学校——中国人民解放军的行列。从此我投笔从戎，结束了自己的学生时代。可是，从戎却没投掉笔，后来却在部队当起了作家。

山　花

刘文艳

也许我对“待到山花烂漫时，她在丛中笑”的意境非常喜欢，竟然时常梦见漫山遍野的山花竞相开放，色彩斑斓。几年前走进新疆伊犁那拉提草原，才切实领略到那“山花烂漫”之大美。远远望去，没腰深的茫茫草原，在阳光的照耀下，如同绿纱舞女伴着风的节奏表演曼妙多姿的群舞。那烂漫的山花便如同绿纱舞女多姿多彩的头饰，装点在茫茫草原上，五颜六色，争奇斗艳。

然而，这些各展其姿、各呈异香的山花，不用浇水，不用施肥，也不用谁精心侍弄，就这样在蓝天白云下竞相开放着。走近每一朵山花都觉得非常美丽，我却不能一一叫出她们的名字。也许从来就没有多少人能叫出她们的名字，可是她们一点也不计较，仍然欢喜地呈现着美丽，慷慨地奉送着清香。

从那时起，“山花烂漫”的美景和芳香，深深地感染了我，也深深印在了脑海里，对山花也更增添了几分留恋和敬重，以至那“山花烂漫”的景象时常在梦中出现。我期望着哪一天，再去看山花，再去感受山花给这个世界奉送的芳香与美丽。

没有想到，去年夏天，我在一个小村儿竟意外地收到了一束山花，这束山花让我喜出望外，以至心情久久不能平静下来。

这件事还得从认识耿秀华说起。

那是一个飘雪的日子。按照省委部署，每个党员领导干部联系一个后进村，主要任务是改变后进村面貌，再扶持一至两个贫困户。这天，我迎着漫天飘舞的雪花，来到大石桥市石佛镇聚宝村。

第一次进村，村党支部书记张荣生向我介绍情况，说村里挺困难，欠外债五十多万元。村民吃水也挺困难，村里的井已有三十多年历史了，井水污染严重，村民特别渴望吃上符合标准的干净水。我认真记下这些问题后，提出走访一到两个贫困户。张荣生说那就去耿秀华家吧。

雪花还在飘洒，走在村路上张荣生介绍说："耿秀华是直肠癌、盆腔癌晚期患者，做了肿瘤切除手术，病挺重的。刚从医院回来时自己不能走，是用门板抬到屋里的。她丈夫是个老党员，本分厚道没多少话。"

这是一个不大的农家小院，三间土房。进到院子，看不到窗户，房前支起了一个与房子一样长一样高约两米宽的塑料棚，棚前有个木框小门。这是严冬时节防寒保暖的土办法。弯腰走进塑料棚，看到棚里堆了些稻草和几盘草绳子。

再进到三间土房里，耿秀华已经下地迎我们了。她个子不高，一头浓密并卷曲着的黑发，看上去有五十多岁的样子，只是脸色有些灰暗，整个人也有些瘦弱。她满脸释放着亲切的笑容，说话声音也清脆悦耳。她说："你们这么远来看我，这让我太感动了！快上炕，炕上热乎！"看她的精神状态不像个重病在身的人。

我说："听说你做手术了，你赶紧上炕，别在地下着凉！"我与她拥抱了一下，并把她扶到炕上，我坐在炕边。这屋里没有炉子也没有暖气，还真是挺凉的。屋子的墙面不平，屋东北面墙角处已经有些变形裂缝儿，看得出主人是个干净利落人，已经用报纸和画报糊过几层了。

耿秀华坐在炕上微笑着说："我不碍事，好多了，带着这两个引流袋也习惯了！"接着她又解释说："我做直肠癌、盆腔癌晚期手术，大、小便都改道了，每天就带着这么两个袋子。"说着她把左右两个衣兜里的塑料引流袋提出一截给我们看，然后接着说："这袋子要每个月换一次，换一次得一百八十元钱，我就每天打草绳，一捆六元钱，一天能打三四捆，这样我自己能把换袋的钱挣出来！"说这话时耿秀华依然是满脸的笑容。

可我听了耿秀华这番不经意的话，却感到十分惊讶，我说："你做这么大的手术，应该好好休养，怎么还能做打草绳子这样的体力活呢？"她说："也没有什么来钱的道啊！这活我就坐在屋外的塑料棚里干，干累了就上屋呆会儿，能坚持。"耿秀华还是微笑着。

那一刻，我真为她的坚强感动了，有着这样的人生境遇，她竟然还这么乐观。这是一个敢于向不幸命运挑战抗争的人，是一个很有志气、很不简单的女人。我说：

“你真够坚强的了，下次我再来，给你带几个换用的引流袋来。”她连声说谢谢。

耿秀华坚持把我们送出屋，不停地说着感激的话。走到院子里，我才发现，耿秀华那一头卷曲的黑发原来是假发，她穿着的棉衣外罩是黑底红花的，在太阳的照耀下很是光鲜。这让我强烈地感受到，耿秀华是个对生活充满信心的人。她大概是因为化疗没了头发，可十分要强的她，就是再困难，也要买个发套戴上，保持自己的形象。她那件红色的棉衣外罩，不也无言地象征着她对美好生活的热爱与向往吗？

为了帮助聚宝村解决村民吃水问题，我从水利部门了解到，有一项人畜饮水工程，是由国家出资为急需打井的村打水井。我和村党支部书记几次去水利部门申请，经过水利部门实地考察，认为聚宝村完全符合条件，于是被列入人畜饮水工程之中。村里欢天喜地地积极配合打井技术人员确定打井地点，开始工程。

春日，我怀着十分喜悦的心情，到聚宝村了解打井的进展情况。然后，到耿秀华家再次看望她。她迎出院子，看上去比上次气色好多了，脸上的笑容更加灿烂。我把从医院买来的引流袋送给她，并问她身体情况，她说：“我好多了，今年家里的六亩多稻田已经插完秧了，我和老头儿（丈夫）自己也干，村里也帮忙，没被别人家落下。”

在院子里，耿秀华指着三间土房说：“只是这房子不行了，担心下雨就挺不过去了。”我们走到她家房子后面，看到后东山墙墙角处塌倒一大块，西屋房梁已经折了，用个柱子支撑着。耿秀华说：“这房子高低也得盖了，再难也得盖了！”听她说话的口气是下定决心了。我又一次感受到耿秀华那病弱身躯中蕴含的巨大能量。村书记、村长都表态说，只要你自己有信心，村里就帮你想办法。

夏天，村上的饮水井打出了水。初秋，井的配套设施也已经完成，从此村民终于喝上了达标的水。村书记兴奋地告诉我：“村民喝上干净水，高兴坏了！村文化室也建成了，数字电影也看上了，你啥时再来看看吧！”春节前，单位给村上购买了打印机、传真机、电脑、复印机等设备，我和同事一并送到村，又去看望一直放心不下的耿秀华。村书记、村长陪同我们到了耿秀华家，一进院发现旧房子不见了，用石头砌的三间房子框架已经矗立起来。耿秀华和丈夫暂时住在低矮的仓房中。耿秀华的丈夫出来迎接我们说：“耿秀华出去了，一会儿就回来。”

说话间耿秀华就回来了。她说：“你们又来看我了，这让我说什么好呢？我好多了。刚才，我把亲戚给我送来的食品和药，给李凤鸣她妈送去了。李凤鸣她妈七十七岁了，有病卧床。”

我夸赞她说：“你真是个热心人，自己有病，还想着关心别人！”她说：“你们这么大老远来帮我，我能帮别人哪怕一点点，也要尽力！”我鼓励她说：“你这房子盖起来了，真是不简单啊！”她满面笑容地说：“多亏村里帮助，村长给我出车、出力，书记帮我争取补贴，我跟亲友借了些钱，好歹把房子盖上，还得好好过日子啊！”

我嘱咐她要注意身体，别太累了！她快言快语地说：“我现在比以前好多了，每天天不亮就起来，吃口饭就去打草绳子，一直干到晚上。一天能打十来捆，能挣几十块钱。我得多干点，好快点把借人家的钱还上，欠人钱我心里不得劲！”接着她又满面笑容地说：“你们这么关心我，我更有精神头了！一定得把日子过好，让你们放心！”

看她笑得那么灿烂，我的心里也像开了两扇门一样敞亮。我说村里这么关心，你自己又这么努力，日子一定会越来越好。临走我把带来的慰问品交给她，她很是激动。她家的邻居王玉华也满面笑容地说：这真是好人有好报，耿秀华不容易，人善良又要强，这回又有这么多人关心，她的日子会越来越好了。

这年夏天，我来聚宝村再次看望时常惦记着的耿秀华，她和丈夫已经住进了新房子。前几次来我一直觉得，耿秀华看上去五十多岁，因为生活艰辛让她有些显老，可这次见到她，觉得状态比以前好多了。仔细看看她的头发，依然很浓密，但已经不是发套，而是她自己的头发，脸上也有了微微红晕。我才想起来问：“你今年多大年纪了？”她爽快地说：“我今年六十七，属牛的！”她的回答让我惊讶了好半天！

我怎么也没有想到，已经六十七岁，直肠癌、盆腔癌手术，大小便改道，穿红衣、戴发套，披星戴月打草绳，一手张罗盖新房，这些词语能实实在在地放到一个女人身上！我说：“没想到，你一点也不像年过六十的人，我得向你学习，勤劳坚强，热爱生活！”

走出耿秀华的院子，我感慨良多。耿秀华和她丈夫及邻居王玉华坚持送我们到村口，一路欢声笑语。这时我才注意到路边有许多盛开的鲜花。王玉华边走边顺手摘取那些艳丽的花朵。快走出村口了，她手中的鲜花已经集成了一束。她满面笑容地快步走到我的面前，一个腿弯曲一个腿向后绷直，身子前倾，双手把那束鲜花送到我手里，并说：“这束鲜花送给你，特别感谢你这样的好人，这么关心咱们农村人，祝你永远年轻！”

我接过这束鲜花，真是喜出望外，内心着实激动了一阵子。因为这是我印象中最新鲜、最美丽的鲜花，这束鲜花连同这份真情太珍贵了！

然而，当感受到这束鲜花飘散出的芳香时，我马上意识到，这束鲜花应该送给耿秀华。她的心灵如同山花一样美丽，她就像那坚强地默默生长在无垠大地上的山花，欢快地、毫无所求地为家庭、为社会呈送着馨香与美丽。我转身把那束鲜花送给了耿秀华，在阳光的映衬下，那束花显得更加艳丽。

回来的路上，我眼前又浮现出一派“山花烂漫”的生动景象，万紫千红，如梦如幻。漫山遍野的山花随风摇曳，芳香四溢，绚丽无比！

与寿夫人毗邻

王秀杰

新世纪之初，我从盘锦调入省城沈阳工作。先租住在一个大学公寓，一个月后，见单位路旁的灯杆上挂起了“望帅苑”房屋销售的广告。实地一考察，发现那楼盘竟在距单位极近的同一条街上。入门登楼，见南窗外十几米处有一座举架高大的洋楼。我能看到的是它后面的西北角：钢筋混凝土结构，拱形窗楣，水泥顶瓦，米黄色墙体上点缀以高粱米红斑块；交角处有圆柱托起的平台，柱子顶部是精美的花卉雕刻；偏西侧备有后门，有之字形楼梯通往二楼。整体设计典雅，工艺精湛。

我看得呆了，这笼罩着神秘色彩的房子是什么人家的？搞房地产开发的小叔子说，看来是个文物楼。过去的人讲究风水，你看这房子与那房子平行而设，起码正南正北采光好。于是，我决定在此家买房。

搬进新居不久，听闻张氏帅府正式对外开放，我便急着去参观。因为张氏一族是我们盘锦人的乡里。张作霖、张学良一直称老家为奉天省海城县小洼村，实际即为现盘锦市大洼县驾掌寺乡马家房村西小洼屯，民国时归海城县管辖，在海城县城西近百里处。那里是张作霖的出生地，存有张氏祖坟，其爷爷、父母等都葬在那里，发迹后的张作霖还回乡安葬过他的一个兄长。我在大洼、盘锦县市两级政府都主管过文化工作，因此亲自组织领导了“张氏墓园”的修复，还托人求请当时在夏威夷的张学良书题了“张氏墓园”四字，并立石勒刻在墓园大门里。

张氏帅府建筑群从 1914 年开始兴建，到 1933 年逐步形成了由帅府中、东、西院和院外四个部分组成的风格各异的系列建筑群。参观完大青楼，解说员领我们去处于帅府东院花园中心位置的小青楼。那是一座中西合璧的砖木结构小楼，建筑面积 400 多平米，共有十余间房屋。分为上下两层，楼下西屋为客厅，东屋为卧室，楼上的长廊式阳台雕梁画栋。她介绍说，这座独立小楼是 1918 年帅府扩建时，张作霖特为五夫人寿氏建造的。原先一直由省文化部门使用，1988 年随帅府其他房屋一起，辟为张学良旧居陈列馆，又经过重新修缮，才于近期接待游客参观。

解说员说，寿夫人在张作霖的 6 位夫人中是最受宠的。除了这座小楼外，张作霖还在如今的和平区和沈河区另建有两处别墅。这种待遇，是其他几位夫人难以攀比的，因为，寿夫人不仅是小青楼的主人，还是大帅府的实际内务总管。

一晃几年过去。一天，我从报纸上看到沈阳市公布的首批不可移动文物名录，才发现，原来我家楼前的那座洋楼是寿夫人的别墅。这令我惊喜！后又听说，洋楼后面我家这座楼的位置原先是寿夫人别墅的后花园。解放后，使用楼房办公的单位在花园里建起了一排瓦房做仓库，后来才将地皮转让给开发商。我这才恍然大悟，一大堆疑问得以解答：为什么这个小区叫作“望帅苑”，为什么 6 层高的楼体上迎面垂画着一条五彩凤凰，为什么院子北面的青砖围墙上覆盖的是黄色琉璃瓦，为什么两棵粗大梧桐树下傍墙而立的两块大石头上分别刻有“凤还巢”“栖于梧桐”字样，这一定是在表示文物楼主曾在这里与大帅鸾凤和谐地居住过，也曾频频地向中街的大帅府作以遥望。既然与寿夫人如此有缘，之后我便到处搜集有关她的资料，急于了解她的身世。

寿夫人出生于 1898 年，为黑龙江将军、袁崇焕的八世孙寿山的一个外室王姓女子所生，取名寿懿。后寿山在黑河为抗俄侵略愤而自杀，那时，寿懿年仅 3 岁，其母不堪寿家歧视，便毅然带女儿回到了奉天老家，又随母姓王名雅君。从小跟表舅在戏班子里学戏的王氏见过世面，她盼望自己美丽的女儿将来能过上好日子，便省吃俭用地供她上学。聪慧的寿懿果然不负母亲，发奋读书，于 1917 年在奉天省立女子师范学校毕业。毕业典礼上，品学兼优的寿懿作为毕业生代表宣读答谢词，被奉天督军兼省长的张作霖一眼看中。不久，20 岁的寿懿即成了张作霖的五夫人。按惯例，出嫁后的女人须在自己姓名前加上夫姓，寿懿名之张寿懿，人称寿夫人。

张寿懿为当时少有的品貌兼优的知识女性。她见多识广，精明干练，刚柔相济，机敏智慧。无论家里家外，她都言谈得体，处事周全，深得张作霖赏识。一次，张作霖带着张寿懿去驻地部队视察，突发奇想让她临场讲话。面对一列列男子大兵，她大大方方地赞扬张作霖如何体恤官兵，还说要给予官兵赏赐。雷动的掌声，让张作霖赚足了面子。此后，凡需要夫人出面的场合，张作霖都会带上她。

张作霖的 6 位夫人生有 8 个儿子、6 个女儿。为了约束家庭主要成员，他特制定了十条家规来严禁妻妾干政，但对寿夫人却有所例外。一次在营口，寿夫人发现一个叫栾贵田的人理账精明，便向张作霖举荐，栾随即被调到奉天省督署军需处主管出纳事务，后又升为军需处长。一次张作霖检阅卫兵，发现其中有一个小个子的，就加以责问。当听说是寿夫人举荐的，马上转口夸赞起来："怪不得这么精神，叫他当班长吧！"

要管好张氏帅府这个庞大的"关东第一家族"本就是一件不易之事，尤其在张作霖于 1926 年率奉军入主中原当上了陆海军大元帅，长时间在北京、天津逗留后，奉天帅府事宜大都由留守的寿夫人处理。寿夫人持家有方，把帅府内事务管理得井井有条，赢得了家族成员和周围人的拥护。她为人很有气量，处事讲分寸，并注意化解矛盾；与其他夫人的关系处理得很好，连对府中的下人也很宽容。她严格按章办事，从不搞特殊化。譬如小青楼建好后，寿夫人把其他夫人所生的 5 个女儿邀来同住在二楼，而她则带着自已所生的 4 个儿子学森、学俊、学英、学铨住在一楼。后来，女儿们陆续出嫁了，她才与儿子们住到楼上来。

久而久之，张寿懿的位置在张作霖心里逐渐高于其他几位夫人，并达到宠爱有加的程度。在大帅府的十几年，她一直有能力保有这种专宠地位。但谁也没有想到，对她的一个更大考验突然来临。

1928 年 4 月，在蒋、冯、阎、桂四大集团军的攻击下，奉军全线崩溃。6 月 2 日，张作霖声言退出北京。由于他一直不肯满足日本军国主义以开矿、设厂、移民等阴谋手段对东北实行侵略扩张的无理要求，便成了日本关东军暗杀的对象。当其返回奉天所乘专列驶到皇姑屯附近铁路交会处的桥洞时，被日本人事先埋好的炸药炸毁。被炸成重伤的张作霖，旋即被送到小青楼一楼东屋，3 个小时后，气绝身亡。

事发突然，情况万分危急！当时张学良、杨宇霆尚留在关内，正率领 20 万奉军在河北滦州与蒋介石军队对峙。经省长刘尚清等几位东北要人紧急协商后，果断决定封锁消息，秘不发丧，只声称张大帅受了轻伤，正在医疗养息。

面对突如其来的大变故，处在一线的寿夫人压力巨大，但她却能够从容应对。为造成张作霖依然健在的假象，她要求，厨房每天照常为张作霖备餐送饭，医生每天照例来为张作霖换药，更难能可贵的是她强忍悲痛，成功地应对了日本人的刺探。

后来，我再去大帅府，看到了一楼客厅刚刚装置好的寿夫人、日本领事夫人等一组蜡像群。那场景再现了 80 多年前的一幕：日本人为探听张作霖死活，故意派领事夫人以做客聊天为由来到小青楼。衣衫肃穆的寿夫人正伤心欲绝，一听日本人要来，便急中生智，命副官陪其去西屋客厅休息，自己急忙到东屋梳洗打扮。很快，身着平日艳装华服毫无悲戚之相的寿夫人走进客厅，连声道歉：大帅遇险受点轻伤有所惊吓，刚刚安置睡下。她还命副官打开香槟，与领事夫人举杯相庆大帅逃过一劫。寿夫人一番泰然自若的表演，成功掩盖了张作霖已死的真相，终使日本人深信张作霖还活着，因而未敢轻举妄动。

在大难突降之际，一个 30 岁的女子，以她的沉着机智，假戏真唱，成功地处理了张作霖被炸身亡，而张学良不在奉天，东北局势面临失控的危局，粉碎了日本侵略者伺机起事的阴谋。这不仅是寿夫人对张作霖信任的一份回报，也是对东北子民免遭涂炭的一个贡献。

寿夫人之举，为张学良顺利回到奉天主政赢得了宝贵的 13 天时间。费尽周折，张作霖被炸的确切消息直到 6 月 17 日才由寿夫人派去的亲信送到张、杨那里，二人于是决定率军北撤速回关外。张学良化装成普通士兵，乘坐闷罐军车，躲开日本人的道道盘查，成功返回了沈阳。在善后诸事得到安排后，才于 6 月 21 日对外发布张作霖死去的讣告。28 岁的张学良则于 7 月 4 日临危受命主政东北。不久，张学良采取“东北易帜”的果断行动，宣布服从南京国民政府，促使国家走向统一。

寿夫人对张氏家族的情感始终不渝。张作霖死后 3 年，九一八事变后她移居天津；1948 年，她离津赴沪；是年冬，她去了台湾。至 1966 年病故，寿夫人一直孀居，终年 69 岁。

令世人钦佩的寿夫人也得到了张氏家族子孙的一份永久的尊敬。在台湾的时候，每逢寿夫人寿辰之日，只比她年轻 3 岁的张学良都会到府上行儿辈的叩首大拜之礼，数十年里从未间断。

转眼，我在望帅苑已住了十个春秋，每每站在窗前对那建筑物出神，总能感觉到它散发的那种历史感如春风似细雨般扑面而来。回望院子里，梧桐枝干愈加高大，年年岁岁开花结角；虽然那条彩凤已色彩斑驳，但石上的“凤还巢”字迹依旧清晰。为此，我愈加觉得，那围墙该是原建筑，那梧桐该是建园时所植；那石头也该是花园的原物，或早立此位置，或后移至此。这样的认证给了我一个惊喜！这样，崇敬寿夫人的我，于寻常的进进出出中便都可看到她留给张氏家族的一些信物和留给世间的一种风姿。

但站在窗前，我看到的只是那别墅的后侧面，如果能从正面进去参观就好啦。但看到院子大门威严的保安，总是踟蹰再三未能动作。最近，我终于下了决心，无论如何必须进去。经过努力，终于如愿。进入院子，是一个竖立着一大块太湖石的小花坛。在几棵百年青松的掩映下，从正门伸出一个长达十来米的平顶雨搭，前方由 4 根米黄色水泥圆柱支撑，楼门两侧，各有 3 根同样的圆柱。那些圆柱与我从窗口看到的圆柱制式一样，柱头都是中西混合式精美的花卉雕刻，且都保存得很完整，枝枝叶叶丝毫无损。

拾级而上，可见楼门右侧挂有张寿懿公馆的文物保护牌匾。这里的确是寿夫人当年住过的地方！这座楼建于 1917 年，楼高三层，局部四层，地下一层。院子里的一位老先生告诉我，西侧与公馆毗邻的是张作相别墅，与公馆北院一道之隔的同泽俱乐部是张学良 1929 年主建的，是一处用于东北军政高级首领餐饮、娱乐的豪华场所。这三处保存完好的建筑，互为依托，相映生辉。看来，这块地界当时也曾热闹喧嚣过。跨入三楼正面与西侧相连通的阔大平台，周边类似美人靠的栏椅尚齐整，我不禁慨叹时光如梭，人生之短暂。那平台上，不知多少次飘动过寿夫人的翩跹身影，又有过多少次她对帅府的依栏远眺呢？

从文物保护名录上看，寿夫人与张作霖故居还有一处，是位于沈河区的一座三层红砖小楼，听说，也是由一个市直单位使用保护着。我没有去过，不知其现今面貌如何。

这些建筑与大帅府建筑群都几近百年，多少流连其间的叱咤风云人物都随着历史的云烟飘逝了，而张寿懿，一介女流却青史留名。她那场了不起的“表演”，已成为一桩美谈被永久传诵，永远与这些建筑同在！听说近年张氏帅府又以“真人情景剧”方式再现寿夫人的壮举，而我家楼前的张寿懿公馆也于去年被粉刷修葺一新。

冥冥之中，我觉得，自己与张氏家族应该存有一种缘分：在浓重的盘锦乡情之上，又在沈阳与寿夫人公馆毗邻。

对此，我十分庆幸并格外珍惜。

千山沙龙

康启昌

出院后，在家疗养。整天“种了芭蕉，又怨芭蕉”，情绪烦躁。黄花鱼被抛出大海，绿鹦鹉被关进竹笼，杨四郎唱道，我好比笼中鸟……多想飞上蓝天造访白云，多想跳进大海采摘珊瑚，多想昔日那些忙碌而休闲的日子。于是拿起电话，相约几位文友，同赴千山一聚。所谓文友乃文学之友，惺惺相惜，爱恶与共。

新雨初霁，艳阳正好。走出家门，好似李白仗剑出川。新朋友小张开车来接我。半路上车的是我的老朋友忘年交阿明。阿明曾是共青团干部，练就一身宣传武艺，发展一身组织细胞。钻进车厢，不是请缨，而是自荐。“后面的车在哪？不能让你老人家张罗，我今天给你当秘书长。”他刚刚做完胆切除手术，黝黑的脸庞，明显瘦削一圈，我不忍让他操劳。他却说，“胆没了，胆气还在，‘大将南征胆气豪！’”说罢，打开手机，给鞍山倪氏山庄打电话，落实高速出口，然后叮嘱后边的车，八道弯下道。后边驾驶绿色丰田越野的也是我的老友葛江阳，曾任解放军某部政委，大校军衔，我戏称他大笑。他身边的副驾驶是他的夫人小肖。

阿明忙碌两分钟，转头问我健康，我又反问他母亲的状态。我知道，阿明的父亲前年病故，母亲扯不开生死的网结，夜夜不寐，熬得形销骨立，衣袖肥宽。阿明知道，这是任何人不能开释的郁结，只能靠时间磨洗。但八十高龄的老母，她有多少时间，供她慢慢销磨？阿明在整理父亲文稿时，陡然发现一条引领母亲迅速走出梦魇的小路，他建议母亲整理注释父亲的书信和日记，精神崩溃濒临绝境的母亲，采用了儿子的药方，果然奏效。她日夜匪懈，朝夕忙碌，像一株不肯枯死的老藤，从地下爬起，沿着老榕斑驳的年轮，攀上了可以触摸天空的精神高地。曹孟德曰："生子当如孙仲谋！"我说，孙权不如阿明孝顺！

说话间，路牌显示："鞍山——通往千山。"没有八道弯的字样，但高速的出口没有回头路。下！回头看，大校的丰田，不见踪影。赶紧打电话，他已经到达鞍山南了。我说，大校露怯，给我留话把了。阿明说，我不是也给你留过话把吗？他说的事，是老伴刚刚辞世，我正迈不过坎儿的时候，阿明几次开车陪我去回龙岗，都在车里聊鲁野给他炖大肉、包饺子，每次都把车开过头。有一次差点开到大溪地。他露出黑人洁白的牙齿傻笑："这是鲁老师让我陪你散心。"现在回忆，那些双袖龙钟，心影阑珊的日子，多亏朋友们帮我散心——哦，大校的绿车，"散心"回来了，呼哧呼哧，喘着粗气，停在我跟前。两车八人今天第一次见面，不说天气哈哈哈，专说开车过站嘻嘻嘻。握手拥抱，仿佛八年未见，嘲笑调侃又像昨晚小别，阿明握着大校手："欢迎你回到革命路线！"语气沉重，仿佛见到了王明、博古。大校没笑，以退为进，阿明乘胜追击："认识错误就好，继续前进，你要紧跟我的白车，不要穿越哦！"我赶忙说，千山脚下见！我的话音没落，吐，两车同时起飞。可是，过了桥，绿车又不见了。电话联系，他们拐下去啦。为什么？跟着一辆别人的白车跑了。嘻嘻嘻，站错队了；哈哈哈，跟错人了！这些学过党史、经历过各种政治运动的文人，在政治气氛宽松的时候，专拿政治术语开心取乐，大校也成了侃儿爷。他说：是啊，我左一下，右一下，最后开小差，跑出30里地。众人齐笑，我说，我不是告诉你，"千山脚下见"吗？"你还没说辽海之滨呢！这一片，哪儿不是千山脚下？"哄，大家重新迭起一次笑的高潮，仿佛摇响万千风铃。树上的鸟也吉里嘟噜跟着捡笑。大校得意，打败一个资深的老太太，扳回一局。我被调侃，心情反而愉悦，像喝了甜酒蜜糖，神清气爽。啊，笑一笑真好：促进血液循环，增强免疫力，还使人心态年轻。但众人中，独小肖不笑。她这人的特点是较真：都是钓鱼岛闹的。他一边开车一边聊钓鱼岛，越聊越生气，就跟下去了。阿明摇头，非也！他压根就不会开车，政委还用开车吗？真正开车的不管聊什么大天，都留有一只火眼金睛看路。小肖不屑，两条细眉挑起老高，谁说他不会？我们重走长征路，山道弯弯，北京的老司机都不敢开，他开。众人又笑，说小肖护短：你说他会开，谁信哪？大家正侃，山庄主人来了。

我说的山庄主人是我今年二月在台北桃园机场的大风中相识的旅友。我一个人随团旅游，时刻不离领队。走出机场大厅，换乘旅游大巴的时候，差点被迎面吹来的五级大风撞个跟头。大家可以想象，一个八十岁的老太太一只手拉着箱包，一只手捂着头上的小帽，顶着吹面不寒的海风追赶领队的样子有多狼狈。待到惊魂落定，在站台上调整情绪的时候，一个穿着运动装的女孩右手挑着一条素色纱巾向我走来，阿姨，这是你的纱巾吧？哦，谢谢谢谢！没有握手，没人介绍，我们相识了。我打量女孩，不过四十来岁。我叫她小倪。后来，知道她是一位资金丰厚的企业家，我也不愿改口，倪老板？倪董事长？倪总？好意思吗？我们一起参加台湾环岛游，八天同吃同住同玩乐，姊妹情深，不许她叫我阿姨，别把我叫老了。日月潭上我们同船摆渡；阿里山上我们同沐春雨。我们在高雄吃晚饭，总统鱼，猪脚……饭后逛七贤路，六合夜市。回来躺在床上聊天，她告诉我，她放弃了还能挣大钱的机会把企业规模缩小，抽出时间读书、旅游。读书偏爱读散文，她，钟子期遇到俞伯牙了。

一桌子农家饭菜，一坛子自酿的红葡萄酒，她敬酒，但不喝酒；得意，但不忘形。我这边的朋友，不但得意，而且放浪形骸。将进酒，杯莫停，不让金樽空对月。小张的妻子乃全军知名歌手，主动为大家清唱一曲“请把我的歌带回你的家”，四面青山侧耳听。她是部队某医院的护士长，穿着南丁格尔的软底鞋，走路像狸猫似的轻快。业余时间，她喜欢文学，尤其爱读散文，我以散文为命，谁爱散文，谁就是我爱。这时小肖站起，她说，唱歌，她无法与护士长 PK，她想跳一只独舞。说着，从挎包里掏出了数码随身听。大校替她解说：“看见没有？她，有备而来。刚从云南学来的民族舞《月光下的凤尾竹》。学七天，学费 3000 元。”大家鼓掌。果然专业，音乐起时，她的一双杏眼，立刻放射出柔柔的月光。鸭蛋圆的脸堂儿，倏地仰起。凤尾竹顷刻变成了蓝孔雀。飞翔，弹跳，雍容不迫，手脚开合刚柔相济。没有罗衣长裙，我却感到了逶迤连绵的自由。脸上的笑容，可以用林徽因的诗来形容：是“诗的笑，画的笑，云的流痕，浪的柔波”美得自然而艺术。众口交赞之后。大家举杯，敬贺舞者成功，我强调了一句，她对散文事业的支持，更是可敬可赞：大校退役之后，有几处收人不菲的单位聘他，他却选择了了没有收入的散文学会，担任《辽海散文》的主编，没有小肖的支持，大校如何敢当：大校解释：辽宁散文作家多如过江之鲫，没有一块创作园地怎行？为耕耘者开辟园地是他多年的梦想。由此及彼，他提出敬沈阳日报《万泉》编辑一杯，《万泉》是我们辽沈作家肥沃的创作园田，成长的文学摇篮。话音刚落，一向低调的于勤肃然起立，一只手谨慎地端着高脚酒杯，另一只手轻轻掠一下额前的一绺黑发：“应该说，是作家们支持了我们沈阳日报、万泉。我敬大家一杯！”我见她矜持，严肃，故意调侃她：听说你方才去后山，把橡实当榛子吃了？一句话如火烹油，大家七嘴八舌：“她没有下过乡！”“小姐，那是旧社会贫下中农度荒的好东西啊——苦吧？”于勤并不尴尬。“我就咬一口——又苦又涩，就吐出来了。大家抓住她的笑柄，她抿嘴乐，笑而不出声。北京的胡同妞子，被她妈妈改造成端端淑女，袅袅婷婷，在水一方。于勤，不写小说专写散文，刚刚出版一部散文集《开窗有蝶》，书名还是我和真治帮她敲定的。我给她写一篇评论，题目是《时而融融 时而朦朦》。来，大家举杯祝贺“有蝶”出版！

这次沙龙聚会的重量级人物是彭定安先生。彭老穿着打扮一向讲究入时；白西服，一尘不染；博士帽向右歪戴。长脸白皮鞋，油光铮亮。他很少加入年轻人的调侃，但他以和蔼文雅的笑容参与众人的合笑，和平共处，随和。他少年时代在教会学校读书，英语的口语水平比大学英语系毕业的妻子还高出一截。改革开放后，他出国开会、讲学不用翻译。他 70 岁，从社科院领导岗位退休，又受聘于东北大学。离休后写出的长篇小说《离离原上草》获辽宁省曹雪芹文学奖。160 万字，是在作者亲身经历的的基础上，运用小说的艺术技巧经过虚构、想象、加工而成的。不像卢梭的《忏悔录》，也不像高尔基的《童年》《在人间》，更像一部自传体的记实散文。我从中看出，他在 20 世纪 50 年代竟是一位义气干云睥睨豪迈的青年，经过 10 年躬耕陇亩的劳动洗礼，又经过改革开放的破格提拔重用，他在文友眼中竟是一位慈祥低调的长者。声音平静，仿佛与世无争。我调侃他，说他没有官气，却有贵族气。他认真反问，很不好吧？然后自己解嘲，没有改造好！酒足饭饱，大家请彭老锁杯，他泯一口红酒，夹着江西口音的普通话，便有软软的音律在他舌尖打转：感谢大家把我带出了书斋！一句话道出入世很深的孔仲尼，对逍遥出世的庄子修的羡慕。他告诉我们，他确实久困书斋，大儿子、老伴相继离他远行，他是“忍将别恨摧风烛”，除了在电脑前继续敲打他那没完没了的学术论著，还要为省内的一部重要巨作当主编。主编是可以挂名的，有他彭老的大名领衔，此作的科学性权威性便不容置疑。但彭老不肯空挂其名，百万大军他要一个个单兵检阅。昔日书斋有妻子相伴，不仅红袖添香，而且有梁红玉击鼓助战，帮他翻译外文原著，帮他校对引用的外文资料……如今他形影相吊，想写一篇悼妻哭儿的文章都没有时间。今日走出书斋，偷闲一日，放假一天。赏野芳之幽香，观佳木之繁阴。泉香酒洌，山肴野蔌，他不饮自醉了！

沁凉的山风，夹着阵阵松香、阵阵蝉鸣在我耳鬓撕磨，我没喝酒，也醉了。想到我患脑梗的初期，精神抑郁，情绪颓唐。刘齐从北京过来看我，回去还写了一篇稿子寄给我。刘齐散文，幽默可读，大家读后啧啧称奇，说他幽默大师，还是心理医生呢！那篇文章的题目是《你的病是你的朋友》发表在《南方周末》。我回短信：“我的朋友”是一剂良药，让我在紧张忧烦的生活中得以舒展愁眉，“管用”！前几天，《鸭绿江》资深的散文编辑宁珍治，在电话里也鼓励我，“坚持写啊，不能歇笔。文学不拒绝衰老，散文能使你年轻！”文友们如此厚爱，我说什么呢？感谢文学，感谢文学诸友，感谢文学的千山！

灯

张大威

一盏无人点燃的灯，在静谧的黑暗之处蛰伏。黑从四面八方漫上来，将那盏可能的灯完全溶解掉了。黑没有脚却移动的飞快，反正比你移动的要快。因为你和黑赛跑，无论如何都跑不到黑的前面去。你跑，黑就围着你跑，它在你的前边后边，左边右边，像铁桶一样围着你跑。这很荒诞，这不像你要冲破黑，而是黑带着你在共同奔跑。

你想与黑搏斗，伸出拳头一击，谁能用拳头击退黑呢？那结果一是没有人看见你伸出的拳头，因为一切都在黑中，你的拳头被黑吞咽了。二是你的拳头根本穿不透黑，黑压根儿就没有边界。漫说是拳头，便是如雪的利剑劈向黑，那炫目的白光亦是苍凉地一闪，腾跃着优美悲壮的身姿，如彗星般在漫漫的黑中转瞬即逝。

是什么在黑中涌动呢？这常常会引起不安。涌动总是引起不安。当然，有时不动也会引起不安。是一双眼睛，它在黑中不停地眺望。“黑夜给了我黑色的眼睛，我却用它寻找光明。”在黑夜中眺望，几乎就是从不存在的窗口向外眺望，纵使你把自己的瞳仁瞪破，我怀疑看到的也还是黑。因为“大地被蝙蝠测量的黑暗笼罩。”

突然，有一只手将蛰伏的灯点燃，金色的火光钉入了黑的纱幕，光明降临了。它化作希望，照亮道路。起身吧，夜行人，寻求者，归家的游子，远去天涯的漂泊客。原以为已经没有道路，双脚只能在黑中扭结，踯躅，倒下，灯光救赎了你的双脚，指引了你的航程与你的归宿，这是灯光送给你的双重温暖。

有夜，必有灯。人鲜有不喜欢灯的。一个长久流落他乡的人，在冬夜寒缩在乡下客栈中冰冷的床上，灰色的老家鼠在床底下偷儿一样，用尖利的爪子的抓搔发潮的泥地，发出虫子爬过纸时一样的沙沙声。他会惊惧地拥被而起，听窗外北方在什么地方摇动着一扇破败的木门，在吟唱冬夜的寂寞。这时他一定会思念起自己的家，家中的亲人在灯光下的笑语喧哗。今夜，那盏灯一定点燃在父亲的瓦屋，他渴望，他怀念，他觉得灯光那长长的影子，已经跨过万水千山，照在了他的身上。他伸手去抓那温柔的影子，他抓住了一种绵绵不绝的爱。归去或是前行，他的身后都有一盏灯。

一个荒野上的迷路者，天是黑的，水是混的，树是灰的，黑暗中的他眼睛是瞎的。他像一头痴呆的公牛，在荒野上转圈儿。荒野不能指引道路，他虽然有诗，却不知道怎样开口歌唱。他虽然有目标，却被密密麻麻的黑绊住了。

远方有一盏灯在宁静地闪烁，黑龟缩起自己的双肩慢慢散去，他被灯从迷惘中带出。灯打开了他的心智，照亮了他的双眼，抑或说，灯就是他的双眼。他的歌声已经在荒野中响起，难道你没有听见有细细的歌吟随着大荒飘风如远而近吗？

人就是这样的与灯相依为命。

记得上中学时，多少次冬日放学的路上，暮霭沉沉之际，远远地看见村子家家户户都燃起了一盏灯。每家的玻璃窗上，透过原始森林般的晶莹霜花，皆映出一个圆圆的淡黄色小橘子形的光晕，那是最朴素的白炽灯，却放射出让你安心、平稳、温厚的光芒。让你知道在那光芒的照耀下，炕上的饭桌已经放好，碗筷也已经摆放齐整，饭菜的香味正在围绕着灯光旋转。那里是你的家，家是由血缘结出的最温热最结实的果子。成年后，当你的身心经过暗夜寒风的抽打与白日霜剑的刮擦后，你会觉得走遍天涯，哪里也不如家。而今忙碌在那盏白炽灯下的身影早已飘往另一个世界，可我仍然清晰地看见那盏灯，看见那个淡黄色的“小橘子”挂在玻璃窗上，看见一个瘦弱的少年背着一个布质的花书包，在冬日积满冰雪的村路上急匆匆地向着那盏灯走去。

过往时光中的人在不灭的灯光中赶路，归来。

小孩子一般都会害怕没有脚却会走动的东西，因为黑就是没有脚能到处走动的东西，所以小孩子大都会怕黑，我小的时候也非常的怕黑，因此对灯便有了一种崇拜似的依赖。入夜，黑像墨汁一点一点地洇上来，一点一点地将人、房子、树、墙、牲畜淹没。在黑中，人是没处躲藏的，只能往外“挤”。我徒劳地想从黑中挤出来，挤到哪里去呢？这不可能。果然，黑伸出软塌塌的手，把我原样按回去。我真切地听到它们把我按回去时发出的诡谲的低语声，它们呼出的湿漉漉的哈气常常打湿我的前额。

那时，村子还没有电灯，家家户户点的都是煤油灯，天一黑我就会央求妈妈赶快点亮煤油灯，小孩子的恐惧就像小孩子的胸膛上压了一盘大石磨，但小孩子的恐惧又十分的封闭，孤独，大人往往不能理解。乡下人为了节俭，习惯在天擦黑时摸黑做事情，他们像一条条鱼在熟悉的河水里自由游动，事情做得有条不紊，没有发生任何乱码的现象，连瓦盆和饭碗也不曾打烂一个。技艺的精湛往往都是生存的严酷逼迫出来的。

无灯而黑的时刻却是我最为难熬的时刻。

煤油灯终于点亮了，玫瑰色的柔软光芒在屋子里荡漾，黑退去了，平安降临，压在我胸膛上的那盘大石磨被灯光搬走了。那盏发出玫瑰色柔软光芒的灯是最老式的煤油灯，它从清朝末年走来，有相当的历史深度，它的构造比较粗糙，身躯是个矮矮的瓶子，只不过瓶盖是用铜片做成，中间钻了一个圆圆的小洞，洞中插了一根棉条做灯芯。由于使用的年限太久，这盏灯明显的衰老了，它被自己所冒出的油烟熏得浑身上下黑不溜秋的，它不被点燃时，就像一个老人那样静静地站在灯台上，做梦，咀嚼往事。而梦与往事都寄寓在一个光明温暖之乡里。它被点燃时，就像一个老人依倚着夕阳那样依倚着自己发出的稍显昏暗的光芒，静静地看着在灯下忙忙碌碌的大大小小的影子。我特别喜欢这盏灯，它有一种原始的纯朴和喜悦。原始的作品都有这样的品格，好比是小孩子在做鬼脸，即便是装作狰狞，也还是带着几分喜气，不是腹中揣有害人诡计的那种阴暗的狰狞。在人性还没有那么复杂的时候，在阴谋还没有发展到精致高端的时候，狰狞是有几分纯净的。

一次，我病了，大人们知道我怕黑，不知道是谁，弄来了一盏擦得明光锃亮的马灯放在了我的枕边。我却拂了这人的好意，我对这盏灯却没有喜欢起来。我觉得这盏灯的使命不是发光而是探寻和监视。那时我虽然很小，却已影影绰绰地知道大人们有许多秘密，他们喜欢隐藏秘密——自己的。也喜欢探寻秘密——别人的。这盏灯让人惴惴不安，它明亮得有寒凛之气，虽然在发光，我却觉得它上面有透明清澈的冷水珠在无声地滴落。我让大人赶快把它从我的枕边拿走。许多年后，我终于知道它像什么了，它像极了先知的眼睛。先知的眼睛洞察一切，遥远，死生。先知的眼睛不会忽略，他一眨不眨地在考量这个世界，且目光所见，灾难多于福事，死亡多于生气。一个小孩子从本能上不敢喜欢这样的灯——这样的眼睛。

这盏灯并未败坏我对灯的热爱。过年了，妈妈问我要什么礼物。礼物？对于农家的孩子来说，也就像一年一个春节那么稀奇。要一个小灯笼，我连想都没想，便脱口而出。于是除夕夜，我的手里便提着一个西瓜般的小灯笼了，一只小手指样的蜡烛在里面欢快地燃烧。

除夕之夜的黑，是乌鸦用翅膀染过的。用这盏小灯笼做什么？照亮村子，迎接黎明？那时村子已经点燃起无数盏灯笼，光芒像喜悦的波浪挨挨挤挤涌到了一个岸上，整个村子变得又华丽又饱满。我和另外一个小女孩商量了一番，手中各提着一个小灯笼，往村边的一条小路走去。过年了，村子所有的角落都应该饱饮灯光呀，小路也不应该被忘掉。我俩走上了小路，我俩用红涂涂的烛光照着这条小路。小路窄窄的，在幽幽的烛光下伸向远方，夏日里它被茸茸的绿草所覆盖，冬天绿草钻回地下的老家睡觉去了，没有绿草的小路，显得多么枯瘦与凄清。现在灯光来了，它该感到一点点的温热吧。小路的那头，似乎有个男人的身影在晃动，他是谁？为什么在万家团圆的除夕夜还急匆匆地赶路？他是一个无家可归的人？他是一个过往时光中的人？我俩举起小小的灯笼为他照路。小小的灯笼光芒是太微弱了，微弱到几近于无。而那个人，他想抵达哪里？他的路一定还很长很长。不管他的路有多长，他曾在一个除夕夜里，于两个乡村孩子的灯笼下走过。他不必回头看这两个小孩子，也不必记住这个除夕夜，记住这两盏寒酸的小灯笼。因为谁的一生都会有无数次从别人高举的灯笼下走过。

一盏灯所洒下的光雨是普惠的。捂在手里的灯，藏在地窖里的灯，蒙上黑布的灯，是一盏死去的灯。乡村的灯则是活的，因为乡村没有路灯，乡村夜晚每一间茅屋中的灯为自己点燃，也为素不相识的行路者点燃。

乡村的灯单纯明净，它的使用价值远远高于审美价值。乡村的灯是“四月里的明眸”那些“明眸”一直在我的身后闪亮。

灯也并不都是温润如玉，喜悦如歌的。萧红笔下的灯是如此的凄凉，凄凉到洒下漫天泪水，淋湿百里莲花。凄凉到蚀骨裂心的痛——那种呻吟向灵魂里剜去的痛。

在《呼兰河传》中，她写了农历七月十五盂兰会，她的故乡呼兰河小城放河灯的情景。

河灯从几里路长的上游，流了很久很久才流过来了。再流了很久很久才流过去了。在这过程中，有的流到半路就灭了。有的被冲到岸边，在岸边生了野草的地方就被挂住了。

到往下流去，就显出荒凉孤寂的样子来了。因为越流越少了。

流到极远处去的，似乎那里的河水也发了黑，而且是流着流着地就少了一个。

可是当这河灯，从上游的远处流来，人们满心欢喜的，等它流过了自己，也还没有什么，唯独到了最后，那河灯流到了极无的下流去的时候，使看河灯的人们，内心里无由地来了空虚。

“那河灯到底漂到哪里去了呢？”

多半的人们看到这样的景况，就抬起身来离开河沿回家去了。于是不但河里冷落，岸上也冷落了起来。

那些放在呼兰河里的灯，一开始是光亮的，但河水流着，灯流着，时光流着，悲凉流着，三更天的时候，灯或灭了（灯总是要灭的），或是流走了，看灯的人都回家了（可萧红却没有家，她的灵魂就是她的家，她的躯体就是她的房子）。河沿上荒凉了，河里也荒凉了，人间沉沉睡去，在夜的浓黑里，一切沉寂。

可那些河灯，到底都漂到哪里去了呢？冥界可会伸出一只只细长银白的手，将它们一一摘去？此岸有一朵红莲花开在清碧的涟漪上，彼岸可否会有一朵白莲花摇曳的姿影与其相对相生呢？

萧红死去的那个夜晚，我想在她故乡的呼兰河上，一定会有一朵绝色的红莲花在西风中凋落，它会化作一盏河灯在寒漪上漂泊而去。那河灯不是人间祭悼，（她的故乡对这位伟大女儿的祭悼，要走过古莲开花那么漫长的道路），那河灯是她的心，是她留在呼兰河上的心化作那盏孤寂的河灯，一个人，波澜上，独自前行。水冷，风寒，雨骤，远没有碧水蓝天。待到众人的歌声一齐唱起时，她早已漂去天涯，一切人间的热闹都是他人的，萧红独自走了。

这世上所有唱给死人的赞歌都是给活人听的。

呼兰河还在日夜流淌，风风雨雨的年代过去了，人们于是觉得应该向河水鞠躬，便虔诚地摊开手掌，向河中放上无数盏河灯。无数盏河灯？可哪一盏也不是当年的那一盏了，日后的多少辉煌也遮盖不了当年的辛酸了。

呼兰河的风俗我不知道，盂兰会在我的家乡早已不再举行了，何况大大小小的河流正在干涸，没有河流，也就没有河灯。干涸的河床托起的风沙，不是河灯。如今的灯都在大街上炫美闪烁了，它庞大的家族是那么的富丽堂皇，除了照明的功能外，它还带上了强烈的装饰性。一盏朴素的灯，只配停留在简陋的厕所、冷落的街角、穷人的屋顶与读书人的书桌上。大街上的灯是城市夜晚的脸孔，是开在夜夫人裙裾上的波光璀璨的花朵，它娇艳、亮丽、招摇、风情，照明与审美是它的两瓣红唇。这些玻璃与塑料的“花朵”飘浮在不老的繁华之夜中，彼此引逗，秋波频飞，抱着细长的水泥柱子竞度芳年。它们不需要阳光雨露，不需要南风之薰，却开得如梦如幻，浪漫纷披，它们似朱丹、碧蕊、金丝、银练、孔雀尾、翡翠衣。只是你的手指千万不要去触摸，鼻尖千万不要去嗅闻。它们是灯，它们闪发着光明与荣耀，却也单薄和娇脆，肌肤缺乏泽润与弹性，粗糙莽撞的手指一碰，也许便是一地的碎片，所以它们只能吊在高高的柱子上来装饰夜晚。而真正的花儿则披着露水的羽衣，开在大野黎明的清风中。

灯的生命便是城市夜晚的生命，我们是多么的喜欢灯啊！我们可是专门为灯设立了一个节日的民族呢？一座无灯的城，那是什么样的城，鬼城？死城？荒堡？废墟？假如有一天你真的走进一座无灯的城，暮色初染，你会看到宽阔的街道在暮色中时隐时现，似有似无的行人，远远近近，飘飘忽忽，晃晃悠悠，你的双脚踏上这样的街道，多少会疑心，这是一条真实的街道吗？该不是一条意念中的街道吧？莫非是你走进了比利时超现实主义绘画大师德尔沃的画作中，成了一个在《废墟上的宫殿》与《月亮盈亏》中愁闷辗转的人？入夜，头顶上铅灰色的天空若是缺少灯光的抚摸，则会高远到迷茫难测，与人格格不入的迷茫难测，街道两旁楼房上的苍老窗子也会瞪着一双双大瞎眼，委顿地向里面缩去。因为没有灯，看不到那里面有人世的烟火，也许有吧，不能确定，因为里面没有露出一张人脸啊，弄不清生命是否还在这里繁衍延续。

我们还得与灯相依为命。看吧，城市之夜来临了。华灯初上，灯影摇摇，风韵生香，握一把这样的“香”回家当然是痴心，就像天上的月亮，它可以接受一千首诗的赞美，却不能被某个才子揣在怀中，放在书案床头把玩，可是于这样的灯影下徘徊，也是一种温暖稳妥的徘徊啊！今夜，那个在红光琳琅的灯影下徘徊的伊人是你还是我呢？

鱼梁鹤影

初国卿

早春时节去法库，一路上草色遥看近却无。出沈阳北郊，过辽河大桥即进入科尔沁沙漠南缘的法库县地界，一览不尽的平畴阡陌，范宽李唐的长幅横披，任料峭风吹，任翩然鹤飞，任冰消雪化溪水潺潺，任渺渺之目舒展来回。而我已记不清这是多少次来法库了，是郊游踏青，还是搜奇访胜，或是更想来观赏鱼梁鹤影。

“鱼梁”这两个字让我喜欢，就如同我喜欢总来法库一样。其实法库本身就是满语“鱼梁”的音译，多么地巧合。“鱼梁”是一种古老的拦截水流以捕鱼的设施，以土石筑堤横截水中，如桥，留水门，置竹笱或竹架于水门处，拦捕游鱼。《诗经》中有“勿逝我梁”之句，毛传解释说：“梁，鱼梁。”宋代诗人陆游在《初冬从文老饮村酒有作》诗中说：“山路猎归收兔网，水滨农隙架鱼梁。”“鱼梁”如何捕鱼，沈从文先生在《从文自传》中曾介绍说：“水发时，这鱼梁堪称一种奇观，因为是斜斜的横在河中心，照水流趋势，即有大量鱼群，蹦跳到鱼架上，有人用长钩钩取入小船，毫不费事。”称法库为“鱼梁”，正说明自古以来法库作为鱼米之乡的地理位置和水草丰美的自然风貌。

法库县位于沈阳市北部的辽河右岸，长白山与阴山余脉在此交汇。境内山奇水秀，河纵溪横，湖泊与湿地遍布全县。说山奇，这里有沈阳第一峰巴虎山和拉马山、马鞍山、五龙山、磨盘山等；说水秀，这里有辽河及其支流秀水河、拉马河、王河、小河子等。沈阳市有50座中小型水库，法库县境就有23座，几近一半。其中10座中型水库也有 7 座在法库。这样的地理环境和水资源当然不缺少“鱼梁”。在财湖、灵山湖和獾子洞的上游湖滨河杈里，我曾见到过细雨中的“鱼梁”美景：丝网相连的木桩或竹竿插在水中，这就成了简易的“鱼梁”。一只小船静静地停在“鱼梁”边，老渔翁叼着旱烟袋悠闲地坐在小船里，等着鱼儿撞网。“鱼梁”、小船和船上渔翁的倒影在水中映出，长长地荡漾着，细碎的涟漪与岸边的蒲苇丛连在一起，引得一只只刚出窝的小野鸭相互追逐。早春深秋时节，还能见到大群的白鹤飞起落下，鹤影翩翩，诗情碧霄，引人遐思。

当然，到法库看鹤，最好的地方还是獾子洞。獾子洞位于法库县西部秀水河子镇与叶茂台镇之间的三合成河上，由水库形成的湿地总面积近 300 平方公里。獾子洞顾名思义，谓此地多有獾子居住。如今，这里已少见獾子，獾子洞也就成了文物级的遗存。我大约和所有来獾子洞的人一样，都是到这个国家级湿地公园来看白鹤。

因为这里水清且浅，水草丰茂，所以成为 160 多种 6 万余只鸟类的栖息地，其中国家级重点保护的鸟类就有 27 种，如白鹤、白头鹤、丹顶鹤、白枕鹤、灰鹤、东方白鹳、黑鹳、大鸨等，而白鹤则又是这里最多和最珍贵的。据说全世界现有白鹤 3500 只，而每年早春到獾子洞来停歇、栖息的白鹤，在高峰期日均就超过 2000 只，占全球白鹤种群数量的 70% 以上。这是一个何等壮观与神奇的场面。

几年前，也是早春时节，我第一次到獾子洞看白鹤，当时许多村民对此习以为常，称白鹤为“大白鸟”，还形象地指给我说：“你看，那些大白鸟在浅水洼里跟羊群一样。”也是，如果不细看，那些白鹤还真像浅水边上一群群觅草的白羊。其实来獾子洞的白鹤也是在觅草，它们觅的是藨草，那是白鹤最喜欢的食物，是獾子洞湿地里最丰富的一种水草。因为湿地，因为藨草，所以这里成为白鹤南飞北归路线上的五星级驿站。

记得我刚在这里看到白鹤的时候，所有的鹤都很警觉，观鹤者稍一靠近，即群起振翅，腾空而去。如今再来看白鹤，似乎鹤也通达识人情，不再那般警觉。我曾见一台农家拉玉米桔的拖拉机在田埂上驶过，而田埂下的水边就是一群觅食的白鹤，它们一点也不害怕，依然悠闲故我，自任拖拉机驶过身边，突突远去。可见白鹤在獾子洞保护区里得到了最好的保护，人鹤相谐，法库县不愧是“白鹤之乡”。

望着起起落落的鹤影，我不由想起历史上的法库。几千年了，也就是说，水中的蒲苇已经割过了几千次，浅滩上的藨草也绿了几千回，而白鹤依然，不管春风几度，秋雨如何，鹤影年复一年，准时落脚故乡“鱼梁”。历燕国北部边陲，经秦朝辽西郡，终于到了汉唐时代的乌桓、鲜卑、契丹之地，迎来大辽的辉煌。

白鹤知道，它的故乡曾是具有205年历史的辽王朝的中心腹地，萧氏后族居住区。看看这些数字，就知道古“鱼梁”的历史积淀当是多么地深厚：经过明确考证，辽代曾在这里建有宗州、渭州、原州、福州、灵山县、熊山县、安定县等7个州县；出过萧袍鲁、萧义、耶律隆运等6位宰相；留有遗址245处，城址22座，村落遗址100多个，发现辽墓32座；辽时称为熊山，如今称为“沈阳第一峰”的巴虎山有99峰，峰峰叠翠，山山流泉。当时的法库地区可谓城郭相望、街路纵横、村镇密集、市井繁荣。

从那时起，法库先民即知“鱼梁”的人杰地灵和物产丰饶，开始在这里祭圣山、建陵园、凿灵湖、养荷花，尤其是利用丰厚的瓷土资源，建窑烧瓷，由此使法库成为辽代陶瓷生产的重要基地，叶茂台窑、周地沟窑、务名屯窑、北土城子窑，大辽的窑火在古“鱼梁”彻夜不息。那点点窑火或许就是白鹤南渡北归的故乡灯塔，千年之后，终于传承和造就了“中国瓷谷”的美誉，同时还确立了城乡一体化的以弘扬辽文化为中心的文化治县理念。由此有了辽代风情小镇、辽代商业街和辽文化广场的繁华，有了圣山灵湖的开发和东木叶山白鹤楼的矗立。让汉唐时期最知名的“辽东鹤”与大辽时代最闻名的法库白鹤，在辽海大地上交相弄影，飞鸣九天。终于在古“鱼梁”之地实现了“大辽福地、宰相故里、白鹤之乡、人文法库”的品牌效应。

时间在不知不觉之间，在白鹤的南渡北归之际成为历史。在这个过程中，总有一件如唐人刘沧《看榜日》所述的情形：“飞鸣晓日莺声远，变化春风鹤影回。”让我企盼，让我怀想。我终于明白，为什么最近两年越来越喜欢来法库了。原来当位于沈阳南北两郊的浑河、蒲河早已变为城中河的时候，法库自然就成了沈阳的北郊后院。在这里，五千年的历史文化不仅满足了我搜奇访胜的兴趣，江南水乡般的自然景观更让我获得了观赏鱼梁鹤影的情致。

不是吗，你看鹤影飞处，正是早春里一行行如宋人李成笔下的春树，春树之外是淡黄复浅绿的旷阔田野，田野再远处是缈缈丘陵，是隐隐青山。丘陵是黄湛湛的起伏，青山是黛幽幽的连环。山外有山，最远的翠微淡成一袅青烟，忽焉似有，再顾若无。一行白鹤，正排云而去；鹤影尽处，鱼梁之北，都是莽莽苍苍了。

春江花月夜若虚，侠客归来是隐娘

——九月，两件和唐朝有关的事

肇　夕

九月，我身边，至少发生了两件和唐朝有关的事。

一个是侯孝贤的电影《刺客聂隐娘》，一个是李轻松的诗剧《春江花月夜》的朗读会。

我为此，把最有意义的两小段时间，给了他们。同时，也与他们创造的时空，相融为一。

9 月 1 日凌晨，一个编辑们的微信群里，迟睡的人问我观聂隐娘的感想。我答，胶片。极简。幽玄。孤绝。达以空、深、美、虚。久久，落到人之实，性之实，生之实。这些也不够，还有许多，一时说不上来。那时，我刚刚看完夜场回家不久，挥之不去的，其实是片头书法之绝，似乎只观懂这聂隐娘三个字，便已不用再往下看了，显得那肩题刺客二字，落在哪，似乎都是多余的。想想，那是侯孝贤用了许久黑白镜头后，第一次用红色，这个红，那个字，刀法如阵，立而不刃，深远卓绝。然后，再挥之不去的，是片幕最后一行字，素材取自唐人小说。我曾无数次地想像过唐人的样子，这一次，在侯孝贤的时间里，我看到了唐的家常，唐的缓慢，唐的留白，唐的人伦礼俗和青鸾之镜。最后，还剩下了唐之二字：不忍。魏博之主田季安，终因其人应活，刺客无杀。

我从不认为，今古之人，除相互猜度，就再不能有沟通的灵光之路。除非他们从来没有想像过未来，而我们从来没有惦记过来处。然而，这又怎么可能？如果那样，我们就一定不会进入到接下来的，春江花月夜的若虚时间。虽然，在这时空的起承转合间，我们必定要停下，驻足于现实与当下。物质的奇异丰富，精神的张皇失措，欲望的不眠无休，美丑的混淆混沌，这心神不定时生出的幻像，人啊，又该怎样去警觉和认知呢，怕是也只有信仰，能拯救于生吧。而信仰，说到底，虽各有不同，但于苍生之际，总是能照亮头顶之处脚下之路。这当中，就有月亮。

一切的艺术与意象，其气质与气场的发端，无不是从现实中来的，是有用的，即使看似无作，也为大用。从中国哲学的“指月”，到中国诗学的“望月”，那些月照之处，无不连着时空，揭示有无。而在那亘古而今的千万月亮的微光中，经现实的中转站，我们终究还是能抵达张若虚的月色中的。

我向来以为，不论今生我们的灵魂住在哪里，它，总归会有一个属于自己的形象。所以，在接下来的 2015 年 9 月 5 日下午 2 点，正在朗读着诗剧《春江花月夜》的盛京剧场里，我深信，我所到临的，不止是初唐的春江，更是此生的春江，因身体所触，皆是诗剧作者李轻松的精神原乡。

在清寂的暗色里，只一轮明月悬着。一切都是抽象的，除了人声与乐音。原来，现下的剧本也是可以朗读的。诸多的人物，只以两位朗读者的声音形象而立，诗队的旁白营造了庞大空间和情境。音乐留白间，也似乎足以搁得住旷远的宇宙。全场 400 人的呼吸间，早已忘却了谁是谁。是的，我们忘记了谁是谁，甚至也未分实与虚。而这个让人静寂无声的故事，原本看着很简单。似乎，无非讲的是，初唐，一个叫张若虚的兖州兵曹，于青枫浦上，与世家小姐待月一见相知，定下终身。彼时，张若虚虽文词俊秀驰名吴中，但并无功名且也无意于功名。而待月那时已经与即将成为状元的人有婚约在身。待月兄长竟颇为开明，怜才爱妹，同意改约成全张若虚。不想，张家父母却抵死不同意，生为读书之人，如何未有功名便私定终身，关乎声名德行，且又得罪状元，这可怎生了得？于是，若虚孝从父母，辜负了于青枫浦等待与他远走的待月。待月落发入庵为尼，若虚知情，千里夜奔，苦劝回心。正在有情人就要终成眷属之时，状元杀将出来，以状告其私毁婚约相逼，待月只得答应以十五年独守古寺青灯，换回一生自由。于是，张若虚与待月，将苦苦相守相等十五年。这样的事，通常会被理解为人性的自然和本真与传统的礼俗和道统的相违。在诗剧结束后，编剧李轻松和台下进行互动时，除了若干对诗剧从内容到形式极有见地的评价，还有某位年轻的观众当场问及这是否只是一个才子与佳人的故事，另外，张若虚真有此事？我想他的言外之意，可能是觉得具有如此庞大审美空间的春江花月夜，怎能从人与自然之间和人与自我之探，演成了一个才子和佳人的爱情悲剧？那充其不过是一个男人和一个女人的故事。

我忘记轻松是如何作答，因那时，在我的心里，正有着这样的对应：我懂轻松，就像我懂侯孝贤，这哪里只是张若虚和聂隐娘的私事儿，这又哪里仅是待月和田季安的不得之。他们，寄托着的，是李轻松和侯孝贤本人的全部理想，关于即使在无法公平又极其复杂的人生里，也要懂得并保有人之尊、德之信、行之端、爱之恒，并将其只化做极简而抽象的人声与画面。而那苍茫宇宙的精神价值，若不落到人的生命中，又有何意义？是以，一个男人和一个女人的故事，刚刚好。而我们的灵魂，合而为一，亦成众生。“纯粹的诗意、文人的遐思、声音的雅集”，到了这里，诗人李轻松用她的诗剧，铺陈了现世的月光，与春江花月夜，辉映交相，而后，轰然静寂。这独特的审美震撼，也会使人想起那《刺客聂隐娘》里奇异的镜头角度：侍卫从田季安的房间里出来，那是白天，镜头给我们那寂静的一角宫檐，然后，始终如此，直到我们惊得心慌，那个已经走出了我们视线的侍卫又转了回来，似乎也是觉得那弥漫在空气里的是不同寻常的不安，隐藏着的，是巨大的不知名的隐患。然而，终究是什么也没有发生，又陡然地转身走了。我久久不能忘记这一刻给我的震慑，因为，它常常发生在我们心境和现实里。而轻松和侯孝贤，显然是了然与有解的这种人生中无可避免的忧惧之心的。

看那空的舞台，只一轮纸月，只几支菏花，便已经破解了春江何处之问，闭上眼睛，也可看那诗剧如何辗转，在追求独立人格与独立价值的操守向度里，真正的文人，是永恒夜空里最孤独的星。在侯孝贤的某个境头里，精精儿与聂隐娘以杀手与刺客之势对阵，搏杀后，成 90 度角，同时离开。朝向我们的是聂隐娘，那是一个长镜头，寂静而肃杀。林地上，空留了精精儿的金箔面具，而身为刺客的聂隐娘，她的伤处，竟是肩背。都输了吧，我想。但也都明白了，明白生了断。只是苦了那诗人张若虚，他要问的，已不是这人间的爱恨情仇，他要问的，却是那苍茫宇宙和无涯的时间。

我着迷于他的简介，少有的因简而博，又着迷于他是一个兵曹，绝非仅只书生。想来轻松也是因此，这才还他一个奇女子待月。在层层推进又步步叠加的诵读里，时光，为我们铺开一张透明的网，过去与未来像海水，我们却是游戏在当下的鱼。即使是那孔子临川，也只曰：“逝者如斯夫，不舍昼夜”。而到了张若虚那里，竟把人化成了春江花月夜，不生不灭。所以，我当时想对那个提问者，说出轻松心里的话，不知可是这样？“哪里来的才子与佳人，那待月就是若虚，那若虚就是待月，而他们，又都是我。是我们每一个人。”十五年后，青枫浦上，待月亡，明月生，诗队在这时，方齐声吟唱：春江潮水连海平，海上明月共潮生……

我们这个时代，终究也是要去的。我们，也必将像那待月一样，终别青枫浦。就像那用冷兵器的聂隐娘，消失在唐的深处。然而，人生代代无穷尽，谁又能否认，那再见江月的人当中，没有你与我？

这样的想着，便会把那就要涌出的一滴泪，生生地咽回去。否则，便觉不妥。悲剧真正的力量，也许就在于此吧。

东北话三则

于　勤

贼多贼好贼美

东北方言土语里最典型的最具代表性的最有特色的词汇，非“贼”莫属，这是早在我年幼时，通过自身经历得出的结论。话说俺是个奶声奶气的娃娃的时候，从东北到了京城。胡同里的生活许是忒单调闭塞，天上掉下个“小东北”，街坊四邻少不得围着逗趣。记得被调侃得最多的就是——你们那（音内）点儿是不是“贼”多啊？问罢便哧哧地掩口笑。

贼多，源于一个流传甚广的段子：一游客到东北，大约是个北京的老大爷吧，拦住个大姐：“请问，这附近有宾馆吗？”大姐热情地回答：“有，贼多！”“啊？贼多？那还是另找地方吧。”

哈！此贼不是彼贼，与偷鸡摸狗之贼、窃国大盗之贼不相干，在这旮是“很”“非常”，表示程度的一个副词。您呀，到了咱东北，该住住，该吃吃。啥？天冷？咱有热炕，贼暖和！来一锅酸菜川白肉，贼香！

没奈何，这位北京大爷肚里藏墨水，不是你三言两语能哄住的。本来嘛！看看“贼”的来源，根本是大反派。贼，会意字，从贝，从戎。“贝”指“财产”。“戎”指“西戎”，古代的少数民族。“戎”有“每年一次，周而复始的战争”之义。“贝”与

“戎”联合起来表示“每年一次的西戎入寇抢掠边地人民财产的战争”。其本义就是毁坏、残害、伤害，后来引申，为名词，指危害人民的人、抢劫或偷窃财产的人，也用作形容词，不正派、邪恶的意思，如贼心不死。

北京大爷还引经据典：“贼，败也。”——《说文》；“害良为贼。”——《荀子·修身》；“不僭不贼，鲜不为则。”——《诗·大雅·抑》……这还不算，与贼搭边的词儿哪有好的啊，贼船、贼风、贼骨头、贼溜溜、贼走关门……大爷指尖舔唾沫，一页一页地翻着祖宗的旧书。

听到这，东北大姐一拍大腿：“拉倒吧，曰曰完没有？还是听俺叨咕叨咕吧！”先给你念百度词条：“东北方言是北方方言中的一种。富于节奏感，与东北人豪放、直率、幽默的性格相吻合。是由历史的熔铸和自然的陶冶而形成的独特的多元性文化现象……”其中关键词—多元，东北是一个多民族聚居的地区，语言是多元化融合的结晶，东北话里包含了其他民族的色彩，吸收了许多“外来语”，比如“哈喇”（肉和油变质），“喇忽 ”（遇事疏忽）为满语。其中外地人最看不惯的“贼”，为啥有了不同于他处的用法？既能堂而皇之地与“好”“美”“香”“甜”这些人见人爱的小可人儿挎起胳膊，也轻而易举地与“损”“蔫”“狠”这些坏小子拉起小手，这是为啥呢？这也是语言融合的结果，贼来源于朝鲜语，发音“贼—勒”，原来是“最”“第一”的意思，东北人把贼当成副词同形容词连用时，地道的表达方式是贼拉多、贼拉好，流行时间长了，有时候，这个拉被精简掉了。

颠覆吧？！东北大姐得意地一笑。其实本来没有这么大学问，是恰好看了杂文家瓜田老师的文章，从那上学的：“东北的汉语中，涌入了大量的满语成分，这是大家都熟知的。而对朝鲜语对东北汉语的影响，却鲜有人研究。我以为，副词‘贼’恰恰就是朝鲜语词汇进入汉语的一例。”“是不是可以作这样的推测：这个‘贼’字最先是由会讲汉语的朝鲜族人把它强行植入汉语的，他肯定觉得汉语的‘很’‘非常’还不够劲儿，不如他们的‘贼—勒’过瘾。用得多了，汉族人也受了影响，也跟着‘贼拉’起来。”作者进一步设想：与“贼拉”进入汉语的情况相同的，还有一个朝鲜语程度副词“成（成达）”在东北某些地区使用得也十分普遍。“成”（或者“成达”）是“相当”“很”的意思。“成好了（成达好了）”“成多了（成达多了）”，就是“相当好”“相当多”的意思。

这么一来，容易理解了吧，八竿子打不着的关系却处成亲戚了，“贼”挟“很”意可以冠于任何形容词之前。

文人没事爱琢磨，俺们老百姓可没那闲工夫！东北大姐说得干脆：不用你外地人明白“贼”意之源，你别误解就行！贼，在咱东北，祖祖辈辈，约定俗成，就是这么用—贼好看贼厉害贼拉拉地美！哎嘿嘿，贼哏儿！

嘎巴溜脆把你削

削，多音字，有时读“靴”，削足适履，听着软啦吧唧的，不是俺东北风格，按这疙瘩民风之火辣一般念这个字的时候，发“消、销、萧、宵、霄、箫”的音，直接就是“打”的意思，一点弯都不带拐的。早些年，大约得退回去四十多年吧，会看见当街打架的，俩人三句话不和，开打，这时候有起哄的在旁边鼓劲儿——削他！敢劲儿，嘎巴溜脆，不拖泥带水，受到“削”声鼓舞，或电炮或砖头，噼里啪啦削成一片。

现在这情形不好遇了，俺们这疙瘩步入文明城市之列，早就不乱削人了。可是，男汉子女汉子说话唠嗑，“削”声不绝。

孩子任性，当妈的拿他没辙，拎起小胳膊一搡，“看我不告诉你爸，让他回家削你一顿！”

俺有个同事姓肖，外号“肖你好”，是反问句“我削你好啊咋地”的简化与谐音。每每玩笑开到一定时候，对方就喊“肖你好”啊。即使半红脸了，也不尴尬，也没啥不好下台阶的，言外之意是“你也别过分了，大家闹着玩的，一定要整到互削的程度吗？”此处之削，更像善意提醒。于是大家哈哈一笑，一切拉倒。

东北人与东北人之间，明白“削”在不同语境下的微妙分寸，用得好，一个充满暴力的字眼却起到四两拨千金的功效，简直是亲近不见外的同义词。闺蜜说中了对方心头的秘密，姑娘会粉拳轻举，“削你啊！”遇到过一对年轻人调情，女的对男的说“看我不削你！”得，一听便知，俩人关系不一般了！

那几天“削”字见火，和一场篮球赛有关，俺这疙瘩球迷跑人家京城看球，边看边喊“削他！”喊得那叫一个带劲儿啊！声势那叫一个壮啊！北京人儿听着刺耳了，干吗哪？好，您上母们（我们）家门口喊打？姥姥！得，真削起来了！

我说球迷们哪，告诉你们多少回了，因为这事打多少回架了咋没记性呢，什么“傻叉”啊，“雄起”啊！以后统一就喊“一二三，投篮！”或者直接喊“进球！”就完事了呗！

听我这么一劝，那哥不乐意了，“干啥玩意啊！那么喊有劲吗，做柔软体操啊！再曰曰，削你啊！”

姑娘吹姑娘儿

在东北，有许多物事或语言不容易用文字表达，人们经常用经常说并指代明确，却往往不知道怎么写，实在要写就按“音译”模糊地表达，比如姑娘儿。此处“娘”拧着出来，再加上儿化韵，读起来果真有小姑娘般羞羞答答的劲儿，这个声这个劲儿是写不出来的，知情人可意会。造成这种情况的原因很多，有的可能本身是象声词，有的是外来语，对这类字的书写往往要求不严，有个字替代，读者明白，也就妥了。还有的原本有学名，有对应的准确的字，念白了，把原本的写法忘了—说起来惭愧，有时也属于个人知识上的匮乏，像姑娘儿，它的大名是菇茑。我偶然从一本《航空画报》上看到它，在“博物”栏目中被介绍，图片上那一堆堆一捧捧我熟悉的姑娘儿，用草木质地的两个字标注着“菇茑”，才恍然大悟—原来如此！

从字面上看，菇茑比姑娘儿更接近本质，草本植物，浆果，透空也就是把里面的内容物揉挤出来，对着细孔吹口气，菇茑又鼓起身子像透明的小灯珠，放在姑娘的唇齿间，上齿和下唇一咬合，发出袅袅之声，这就是俗称的吹姑娘儿。

孩提时代，菇茑是小女孩喜欢的玩具，也是小小的奢侈品。在我们家旁边的小街上，夏天常有挎着菜筐蹲在墙边卖菇茑的。一分钱一个，大的可能两分钱，有时两分三个，有时一分两个，那菇茑就小得可怜了。拈上一枚，剥开皮，揉捏嫩绿浅黄的小果子，软得透明了，像开启美酒瓶塞一样将皮和蒂一同拔下来。从笤帚上撅一根细细尖尖的棍（那时牙签不普及），轻轻地轻轻地刺向菇茑顶端的嘴儿，一珠清汁渗出来，舔一下酸酸甜甜的。然后就揉、舔、扎，反反复复，囊子—我们把菇茑里面的汁水籽纤维果肉叫囊子—全挤出来，菇茑就做成了。这个过程也有个说法，叫“透”。透菇茑，真形象！透了的菇茑才是真正的玩具。姑娘跑到院子里呼朋引伴去了，所到之处呱呱唧唧鸟声一片。

如今想来，一个咬着菇茑的女孩的口唇是性感的，如同衔着草莓的苔丝姑娘的唇。

不知不觉的，菇茑在夏秋季节像水果一样上市了，论斤卖了，各种关于其营养价值的介绍随处可见了，它终于不像原来那么金贵了！原先，一枚菇茑玩一天，还得恰好妈妈给了几个钢蹦，恰好胡同里来了那个挎筐的小贩。

菇茑不是玩儿的，而是吃的，这种变化一开始还让我有点失落感，掺着喜悦的失落。许多时候，我会为这类的事情产生失落感。是矫情吗？有点吧。或许还是触景生情，怀念当年；或许有些物事只是记忆的符号，现实世界中，它丰富了，稀烂贱的了，就令人产生担忧，怕附着在上面的记忆被稀释了。也许，无论什么，无论多喜欢，都并非多多益善。

菇茑，还有一种是红的，叫苦菇茑，清热去火，是中药材。秋天里，穿成一串，像小红灯笼似的，煞是好看。年幼时，它也同样难寻难得，几乎不曾玩过，偶尔看见，只远远地羡慕着，那招摇的金红也是记忆中的一抹亮色。

储藏童话的地方

刘 齐

小学时代一共有十二个寒暑假期，每个假期我都要到沈阳日报资料室读书。“读书”二字太过严肃，我不是用功之人，当年学童的作业也不多，聊胜于无。我主要是挑有趣的书看着玩。记得有一本书叫《我看见了什么》，是苏联作家和美术家合作的图文并茂之作，写一个外地儿童到莫斯科旅行的经历。每一页都有插图，文字都很浅显。遇到生字也不要紧，上下文一捋，再顺着插图一猜，大体意思就了然于胸，克艰攻难的自豪感随之而来。这是我以一年级的学历读过的第一本书，足有一寸多厚。识字渐多，看书的口味也不断变化。从童话故事到民间传说，从探险历程到战争小说，从漫画杂志到科幻读物，一本又一本，一年又一年，不断收获惊喜和乐趣。

写到这里，一本书的封面“回放”在眼前：一个顽皮老头儿平伸食指，让一个微型小孩儿立于其上，向一扇大门的锁孔中窥探。这本书名叫《法国民间传说》。我觉得那个小孩像我，向着遥远的课外之所、好玩之地张望。沈报是给成人看的报纸，不知出于何种考虑，资料室里却藏有大量童话故事，各族各国，亦长亦短，看得我两眼昏花，乐不知返。

另有一本书的封面也于脑区“回放”：黄昏的天空在上，黝黑的树影人影在下，有点神秘，有点凄美。书名：《西流水的孩子》。西流水是一个抗日村庄，今天在我看来，也是一段时光，美好，忧伤，一去不返。当年就觉得这个封面和书名有一种难以言传的奇异，故记得很牢。却像天下许多粗心读者一样，并不关心作者是谁。直到近年一个偶然机会，才知道该书是尊敬的老一辈作家周而复先生写给少儿的读物。

西流水，周而复，多么惆怅，多么梦幻，一切都流走了，一切又都回来了。书香，拌着油墨味、尘土味、糨糊味的书香回来了，被书尘弄得掌心黑黑的小脏手回来了，沈报资料室工作人员——我的故去多年的母亲闻树，还有小佟阿姨和老金叔叔也回来了。母亲在子女读书方面相当宽容，从未指点我说，应该看点“健康的”“有用的”、对考试有“好处”的。

因为饥馑导致的浮肿，母亲似乎显得很胖。她总是让我洗手，不抹肥皂——老话叫胰子——不行，不多洗两遍也不行。没有现今单位常见的陶瓷盥洗池，有的是搪瓷脸盆、简陋铁架以及经常更换新水的勤勉。

资料室的平房外面，衡阳街报社老院子里的假山也回来了。假山上有凉亭，假山下有防空洞，防空洞为沈报前身——国民党王牌新六军的机关报所遗弃。该机关报名叫《前进报》。不知何故，此后沈阳军区的机关报也叫《前进报》。我的父亲刘黑枷是沈阳日报的第一批员工，1948 年冬曾参与接收新六军的这家报馆，并写有诗句：“撕碎《前进报》，齐唱明朗天”。多年后沦为批斗对象时，他的不少诗文都被断章取义，深文周纳。诡异的是，这首诗却得以幸免，无人质问：解放军的报纸你也敢撕？历史总有一些大大小小的谜语，留给后人猜测。

耳边隐隐传来印刷机械的震动声和街头汽车的喇叭声。那时沈阳的机动车辆不多，市内重要机构如沈报者，也仅有一辆浅绿色的苏联胜利牌轿车和一辆墨绿色的美国军用吉普，外加一辆不知其名的陈旧摩托，用来给领导传递报样和文件。引擎的尾气也没有今天这般让人掩鼻皱眉。物以稀为贵，那时的汽油味还可能被人们嗅出某种现代化的先进味道。

防空洞内外，弥散着青草、鲜花、酒精和洞底潮气的混合气息。一些工业酒精大瓶子和截顶圆锥体小木头横七竖八，陈于脚下。酒精瓶里的液体大概用于清洗老式的、如今早已退役的铅字版面，而那些小木头则是轮转机专用大纸卷轴心的堵头。今天的我，宁愿将其看作特大号的葡萄酒瓶的软木塞，启开陈酿，追忆酒香。

假山下面的通道上，来来回回，行走着早期报社的编辑、记者、工人和行政干部，衣着朴素，心思也朴素，对未来满怀希望，却谁也不能准确料到，自己的将来，是继续留在报社，还是下厂、下乡，或者出国、经商。

这些父辈职工中，有一些我曾在资料室见过，都是静悄悄的人物，不大说话，说话声带也压得很低，只是埋头查资料、做笔记，只是听见笔尖的沙沙声，翻阅报纸合订本的哗哗声。渐渐的，什么声音也听不到了，四下里一片沉寂，光线也暗淡了许多。胃肠鸣响，午间母亲从食堂买来的苞米面发糕，所费二分钱二两粮票，甜，掺有困难时期难得的糖精，此时早已消化殆尽。所幸有免费的精神食粮支撑身体，主要是支撑心灵。心灵领导身体，身体就忘了饿，随着心灵一起傻乐。

忽然有人高声呼唤，我在高大的书架尽头发现母亲或是小佟阿姨向这边探头。她们下班或是开会走得急，将我误锁在书海之中。领我出门，重新上锁。书我相隔，恋恋不舍。现在回想，这种事应该发生在暑假，暑假天长，不用点灯。若是寒假天黑得早，资料室奉行人走灯灭的节约原则，断不会允许小孩子猫在角落里独爽。

除了衡阳街（现在的柳州街）这一处，沈报资料室在老新华社五楼还呆过一个时期。两处资料室的书架、木梯和犄角旮旯都是亲切待我的老朋友。后来，资料室搬到三经街的现址，我也从少儿变成知青、工人、写作人、天涯人。形迹远离了，目光远离了，资料室给予我的童话般的美好和恩惠却不曾远离，不断滋养我，提升我，在我庸俗的时候，迷惘的时候，坎坎坷坷的时候，跟此后我读过的其他书籍合为一体，助我一把力气。

今天，沈报六十六岁了。客居异乡的我，很难再去沈报资料室读书。但是童话犹在，美丽犹在，我仍有机会读到来自那一方向的书籍。王传章、梁利人、韩靖、刘禾、胡中惠、齐世明、赵立军、初国卿、王辉、李振岐、于勤等报社新老朋友，纷纷将自己写的著作赠送给我，让我童年兴起的读书乐趣源源不断，绵延不绝。于勤的书名叫《推窗有蝶》，神奇的蝴蝶，你从哪里飞来？是从当年那本童话书的锁孔中飞出来的吗？

无法排解的隐忧

孙洪海

在寒露的节气里，秋风不再那么凉爽宜人，嗖嗖地乱刮，弄得草木衰败，万象凋零。这种气势像早市上催促商贩收摊的管理员，吆五喝六，不近人情。走过人生几十春秋，经历了诸多的蓝天丽日和风霜雨雪，深感时令调动情绪的神奇，尤其这深秋时节，萧瑟的景象，直教人精神萎靡、意绪不振。这时若无父母亲情的寄托和呵护，站在风萧萧的世界里，会感到格外地孤独、悲凉、寂寞难捱。我的父母还在，但我却有无奈，因为他们也怕孤独、悲凉、寂寞难捱。

此情此景让我有感而发，我以新韵吟就一首七绝，名为《悲秋》："天高气爽又深秋，叶落枝摇风不休。万物凋零无计救，一番寂寥教人忧。"女儿冬芳看过这首诗说："万物结果也让人心喜啊！"她的意思提醒我，不要因万物凋零而影响自己的情绪。其实，她不知我感从何来，如果说饮者借酒浇愁是一种排遣，那我这见景生情，则源于对生命枯竭的感慨。我言秋但意非在秋，而是对年迈父母心存隐忧。

这个时节，我情不自禁地想起三年前老妈定格在我心里的身影。那次回去，我一走进老家的院子，就看见老妈在菜园里，拎把乱草，吃力直腰的身影，当时，有股秋风如泼水般朝老妈扑面刮过去，随即妈妈的额头和耳畔垂下的白发凌乱地飞舞起来，身上的大衫也剧烈地抖动几下，那个苍凉和无助的身影，一下就打湿我的眼眶，从此这个画面就烙进我的心底。这个画面让我五味杂陈，感触颇多，还时常诱发我对往事的回忆。我儿时记事较早，3 岁时，大舅赶牛车接妈妈住娘家的情形我还记得：

那是春节过后，妈妈带我坐在大舅赶的牛车上，车板上铺着褥子，怕我们坐车冷，大舅还带来一条厚棉被给妈妈围着，妈妈坐北朝南，背着北风晒着太阳，我坐在妈妈怀里，跟妈妈玩儿，有时拽拽妈妈的大辫子，有时揪一把妈妈的头帘儿，有时我站在妈妈腿上，指着远处的山梁跟妈妈说，我长大要去那里。那时妈妈才 20 出头，妈妈十八岁时生我，长我十七岁，年轻时很漂亮，可我懂事儿后，竟嫌妈太年轻，看到左右邻居小伙伴的妈妈，都头上绾鬏，面色黄褐，觉得妈妈没有当妈的“老样”，就不愿和妈妈一块走，这种荒唐想法一直持续多年，现在看就属“少年不识愁滋味”。回想起这些记忆清晰、宛如昨日的事情，深感时光飞逝，日月如梭。一个甲子的轮回竟然如此之快。

如今父母都已进入耄耋之年，老爸虚龄八十有七，已成为村里的男性寿星。老妈八十余三，也垂垂老矣。庆幸的是父母虽然各自得过重病，但因治疗及时，现在身体均无大碍。老妈十几年前得过乳腺癌，单侧乳房被切除。老爸几年前患过脑血栓，因用药及时，愈后生活完全自理。现在回头看，父母的健康真是儿女的福分！尽管爸妈现在各拄一杖，都是“三条腿”老人。老爸总怨左半身发轴，脸上难见笑容；老娘牙齿几近掉光，就剩两颗咬豆腐的门牙；此外，还患老年性耳聋，难与他人交流和沟通。这情这景这状态，毋庸讳言，若用词语来形容，爸妈可谓是老态龙钟、风烛残年、行将就木，这些词都是人生终点的报站语。尽管这是一幅夕阳惨景，但我却颇觉慰藉。因为，人在梦才在，只有这样，我才有机会享受他们的音容，感觉他们的温度，聆听他们的嘱托和满足他们的要求。只有这样，我回老家才有扑头儿，才会心血发热。只要有父母罩着，尽管自己早已年过花甲，可那颗“孩子心”依然如旧，孩子见了妈是世界上最美好的事。妈妈能关照我的冷暖，能看出我的胖瘦，还会烧火刷锅，做我得意的饭菜。每到这时，妈妈的脚步再蹒跚我也不会阻拦，除了当帮手外，我会尽情地享受妈妈的劳动和释放的爱。

应该说，在任何家庭里，父母都是儿女生命和生活的阳光雨露，保护神和避风港。但每个家庭的故事不尽相同。我因较早离开家庭到外地读书，以至后来工作到退休，算计起来，和父母相处的时间还不足十年，实可谓聚少离多。但我的心一直没有离开父母，我用他们的故事陪伴我的人生。具体来说，妈妈一直是我心里的悲情角色，她一个大字不识，先后生养七个儿女，有四个夭折，最大的死于 26 岁，妈妈的一生，为儿女操碎了心。她年轻的时候，背着得了“大脑袋”怪病的大弟，四处寻医问药，奔波多年，三年自然灾害时期，妈妈为活命先带我们兄妹去讨饭，后来到铁矿务工。人到中年后，妈妈听说我在兰州的小妹，馋家里的黏豆包和芝麻盐，她就淘米磨面炒芝麻，准备好立马去送。当我26岁小弟病故于寒冬后，妈妈还天天叨念他在山地的冷暖。为了给我和女儿增加营养，改革之初那几年，妈妈拎着柳条筐多次到沈阳给我送鸡蛋。15年前，妈妈得了乳腺癌，为了不让我经济受损，她逃床拒绝手术，这些故事可谓是妈妈的主要事迹。老爸的故事可谓是二三事，最有镜头感的是，在那个遥远初秋的艳阳天里，爸爸赶着一头毛驴驮着一口袋高粱，走在可以居高远眺的山路上，送我去读中学情形。其次，是那段掷地有声的话语“你好好念吧，爸爸砸锅卖铁也要供你！”爸爸把他的梦庄重地交给了我。还有一件事，是小弟得破伤风需要输血，我从外地赶回去验完血，准备抽血时，爸爸到医院推开我挽起袖子的胳膊，他把血浆输给了弟弟。这些故事在局外人看来，似乎简单了些，也不那么感天动地。可对于我来说，有这样明大义有担当，悉心呵护儿女的父母，是我几十年幸福人生的保障。父母都健在，有个完整的家，是我一直感到温暖和美好的事情。也是我从容报恩的机会。

父母生活在辽西乡下，跟我二弟夫妇生活。二弟是爸妈爸妈“头顶着怕吓着，嘴含着怕化了”的呵护下长大的，爸妈的疼爱没有换来对等的待遇。我多次回家观察到，二弟两口夫唱妇随，他们都很物质化，换句话说都非常实际，他们除在吃喝上保证爸妈的基本需求外，精神生活上免谈，思想和情感上，不问不听不交流。然而，这恰恰是爸妈最渴望的。我原以为，爸爸的种田经验毕竟比弟弟丰富得多，可以给弟弟当参谋助手，一个运筹帷幄，一个挂帅出征，这是多好的一对农家父子兵啊！可现在农村的耕种模式已经挺进工业化，农机、种子、肥料都和经验没关系，这如同书法和电脑敲字，两家没有融合之地，老爸的积累悲哀成老黄历。我发现了问题却无力解决问题，我试探着跟弟弟交流，他说要是单过的话，他早已是老爷子了。我听弦外之音，没再作努力。近两年，我曾几次去接爸妈到沈阳来住，都遭到爸妈的拒绝，他们的理由都是“七十不留宿，八十不不留饭”，怕到我家有个万一，他们的意思是靠谁养老就让谁送终。他们的固执让我无法改变。我只好常回家看看。

春节前，我回老家时，老爸对我说“这个年怕是过不去”，结果他过来了。半年过后，老爸又来电话说“觉得浑身哪都不得劲，怕是够呛，你回来一趟吧！”我及时赶回去，老爸输了几次液，身体的不适得到缓解。这期间，老妈也老泪纵横地跟我说，听到信儿你赶紧回来，晚了就看不着啦，死了哭还有啥用？妈妈平时最忌讳谈论死亡的嗑儿，我忍着泪听妈妈的嘱托，我感觉世界末日要到来一样，感到极其恐怖和心痛。我无法想象，那一天一旦到来时，我如何去承受，空荡荡的精神世界里，我的灵魂该往哪寄托？我在六十年多年人生中，虽然参加过多次告别活动，但没有送过一位故去的亲人。我不知道父母的后事一旦来临时，我将怎么应对？自从父母发出“告急”信号后，我的思想已进入战备状态，在老伴的积极参与下，后事所需衣物很快置备齐全。此外，如出远门儿，行前，我会回老家与父母道别，在外期间我会24小时开机，带足盘缠路费，保障随时动身以防万一，在家时，无疑要枕戈待旦。尽管如此，我觉得这一切还是过于被动。

最近，微信里热传一个视频文件，表现的是一个80后独生子女关爱父母的演讲，她在结束语里有句精彩台词叫“你养我长大，我陪你到老。”这句话直抵我的心窝，我很欣赏。这段视频给我一根救命草，去化解我的无奈。

陪伴，对于老年人是何等重要，我已从自身需求中悟到。我要尽快赶回老家去，去陪伴我的父母。在这秋风瑟瑟的日子里，我要陪他们在窗前的水泥台上晒太阳，让他们晒得暖暖的，甚至发热，然后，回到屋里，坐在热乎乎的土炕上，沏一壶爸妈喜欢的红茶，倒两碗枣红色的茶汤，端给他们，看着他们，忆想他们过去的故事，或听他们唠唠所思所想，那一定是很温馨的事情，从爸爸的几次“告急”中，我感觉爸爸的状况并没有那么急，而是对陪伴需求的委婉呼吁，我想如果是真的“告急”，能在这种氛围里离去，他也会含笑九泉……

骑邮车的父亲

刘宏伟

父亲这辈子的路，是在他的邮车上骑过来的。

近日在家中翻出一张拍摄于 1959 年 4 月 25 日的老照片，距今已逾半个世纪。照片上的人们，眉宇间都散发着那个时代青年的英气，眼神里充满了自信和骄傲。那个时代的青年，有着属于他们特有的梦想。

他们是当时沈阳市邮政局的投递员，父亲也在那张照片里。

当年工厂和街道的大喇叭里，每天播放着家喻户晓的歌曲《歌唱光荣的八大员》。这“八大员”中，就有我们光荣的邮递员。可以想象得到，新中国年轻的投递员们每天是如何兴致勃勃地奔波在城市邮路上的。

1959 年，建国刚 10 年，百废俱兴。邮政成为国家建设中最为重要的信息渠道，天南地北、方方面面的信息全赖投递员传递。所以，投递员们脸上流露出难以掩饰的骄傲，也就不足为奇了。

照片里那群年轻人，都留着当时最为流行的三七发型：七分向右，三分向左。而且每人的上衣袋里都别着钢笔，这在当时是一种时尚。解放初期，人们特别崇尚文化。投递员每天与报刊信件打交道，他们被认为是最有文化的职业。

可以试想一下，当年的照相馆里忽然出现一群身穿绿色制服、别着自来水笔、三七头型一丝不乱、英气勃发的邮政投递员，那情景会不会惊着其他顾客？

照片里父亲 33 岁，我刚满周岁。父亲每天送邮件早出晚归，就如当时一首歌唱的那样，“每天每日工作忙”。他们早晨 6 点半就出第一趟班，天不亮就要从家里走；晚上到家也天黑了。

父亲的人生道路很长。他从事的邮政职业历经了“满洲国”日伪统治时期、国民党统治时期和解放后的 30 来年，直至 80 年代退休。2015 年 4 月 3 日无疾而终，活到了 90 岁。

父亲的邮路却是几十年没变过，从解放前的 40 年代直到改革开放后的上世纪八十年代，他一直都在和平区的太原街、南京街一带送邮件。这也是一件很富有传奇的事。他投递段上的孩子都是父亲看着长大的。有的后来到外省当兵多年，复员回来时，惊讶地发现他们的刘叔叔还在给他家送信。

1941 年，15 岁的父亲去给日本人当“邮差”。当时叫“奉天邮便局”，就是今天太原街北口的沈阳市邮政分公司。那时候，称邮局送信的为“邮差”。在投递中，父亲必须说日本话，稍有差错就会挨打。抗日题材电影里，表现中国人被侮辱最多的镜头，就是日本人在一声“八嘎！”之后，打中国人的嘴巴子。打人不打脸，被人打嘴巴子是中国人的耻辱感里最大的耻辱。在日本统治东北的 14 年里，父亲他们不知挨了鬼子多少嘴巴子。

这奇耻大辱父亲记了一辈子。

上班第一天，父亲就挨了日本人嘴巴子：“新来的，为什么不去扫地？”

父亲的家庭本也算殷实。爷爷做木材生意，有两家小店铺。但一次钱财被骗，爷爷急火攻心而死，时年刚满四十。人亡财散，尤其还是在日本统治时期，奶奶领着 5 个未成年的儿女，度日有多难，可想而知。眼看活不下去时，经人介绍，父亲进了伪满的邮局。

父亲读过几年小学，学校教的是日满协和语，也就是让中国孩子说日本话，灌输大家都是日本天皇治下的“满洲国”人。

去年九一八纪念日那天，我参观柳条湖九一八历史博物馆，见到了父亲读过的那种课本，也见到了当年孩子们读书的照片。日语当时被做为“国语”向孩子们灌输。

父亲的小学老师，在课堂上冒死悄声告诉他的学生：咱们都是中国人！

邮便局的课长叫下鞠，是个外表谦恭内里很坏的家伙。打人从不亲自动手，而是指使“二鬼子”。大家背地里叫下鞠为“下驹”。

1943 年冬天，下了几年来最大一场雪。那天父亲天不亮从城里的小河沿往局里赶。摩电车已经无法坐了，只得徒步。尽管跑得满头冒汗，还是迟到了。“下驹”一扬下巴，“二鬼子”把班里10个邮差集合一起，挨个扇嘴巴子，扇到排尾再扇回来。

下驹实行“连坐制”，一人犯规全班受罚。父亲经常要与工友们一道挨嘴巴子。送信回班晚了要挨打，没说日本话更要挨打。

终于挨到了1945年8月15日那天，日本投降，沈阳光复。下驹躲在家里，吓得蜷曲成了一堆儿。父亲和他的邮差伙伴们一商量：走，找下驹算账去！

下驹跪在地上，叩头如捣蒜。父亲他们扬眉吐气。

一位工友拎起下驹：听着，你欠我们一个嘴巴子。话音未落，抡圆了就扇过去。

所以，父亲这辈子最恨“邮差”二字，他说那是亡国奴的代名词。

解放后，“邮差”变成了人民邮递员，成为“光荣的八大员”之一，父亲和他的同事们终于有了当家做主的幸福感。60年代初的某天，邮局要父亲在大会上讲诉他在日伪时期所受的苦。我清楚记得母亲一面为要出门的父亲整理标志服，一面嘱咐他要好好讲。一个解放前受尽凌辱的“邮差”，如今却登上大讲台了，这就叫当家做主。那天母亲很高兴、很激动。

到了上世纪80年代，父亲的三个儿子长大成人。即将走向社会的时候，父亲告诉我们，如今的邮递员是天底下最幸福的职业。只要你好好服务，你就永远是最受欢迎、最受尊敬的人。

邮递员父亲快乐并幸福着。他送信送报非常认真细致，哪家邮件放到哪个角落，他都服务到位，丝毫不差。有的是按用户要求，将邮件放到水缸盖上，有的是夹到门把手上，而有的则需从气窗扔进屋里。每当父亲休息，其他邮递员替段时，都说父亲的用户太难伺候。父亲在他的晚年为我们讲述这些故事的时候，仍一脸的得意。

“文革”期间，工厂和学校经常停工、停课，邮局却从未停业。当时社会很乱，武斗的枪声天天四处响起。我们有位女邻居，下班快到家门口时被流弹击中，幸好打在胳膊上，没有危及生命。即使这样危险，父亲仍照常上班送信送报。段上有个姓赵的老太太，儿子被冤枉投进监狱，老母亲孤苦伶仃，母子俩靠常年通信彼此安慰。每次父亲都给那位不识字的老太太读信，并帮她给儿子复信。

“文革”结束后，老太太儿子出了监狱，见到父亲，深深鞠躬，施了一个大礼。

父亲投递段上有不少被打倒的老干部，天天扫院子、扫厕所，没人敢理。父亲每次见到他们都打招呼，甚至还开开玩笑。就这很平常的举动，却给了那些老干部们很大的精神慰藉。“文革”结束后老干部们都官复原职，他们对父亲、对邮局的感情倍增。一位叫杨维忠的著名演员，“文革”后第一个在歌剧《江姐》中饰演江姐，当时闻名全国。每年春节的时候，杨维忠都要送我父亲一包烟，说那是她父亲的临终托付。

父亲钟爱他的职业，他骑的邮车天天擦拭，每根车条都闪光发亮。单位两三年调换一回新自行车。父亲的车因为保养得太好，错过了几次调换的机会，别人骑着崭新邮车，父亲还是多年前的那辆。但他不以为意，他说对自己的“坐骑”早有了感情，用起来顺手。

父亲不会喝酒，但有次过节时段上用户非请他不可，盛情难却就喝了几口。就这几口却让他醉了，歪歪扭扭骑着车，把一只鸭子从脖子上压了过去。鸭子主人出门来看看鸭子，又看看父亲，一竖大拇指：“老刘，压得好！今天正想着怎么杀了吃肉呢。”

多年的辛勤投递工作，使父亲和他段上用户之间就像是亲戚或邻居。我家里有个大立柜，谁看了都说好。那是段上一个老太太以较低价格卖给父亲的。她女儿不同意卖，和母亲怄气好几天。那天父亲领着我们去老太太家，想碰碰运气，看能否把立柜拉回家。见到父亲领着三个一般高的、从十二三岁到十五六岁的儿子，娘俩立刻高兴了起来：“老刘的儿子都这么出息！立柜拉走吧！”

“文革”期间，歌曲里只剩下了工业学大庆、农业学大寨和全国学习解放军。但出人意料地却仍有一首歌唱邮政的歌曲在广播里不断播出，歌名叫《我送报刊走得忙》，曲调欢快，易学易唱，在当时颇为流行，演唱者是著名歌唱家蒋大为。

“乘东风哎，迎朝阳，报刊杂志我车上装，车上装。邮递员的工作可不平常……”

我最爱那首歌，因为歌里有父亲的影子。

上个世纪 70 年代末，二弟成为了邮政员，父亲很欣慰，家中果真有了传人。

邮政投递工作是一份富有诗意的职业。投递员出身的上海作家孙甘露，在他的先锋派小说《信使之函》里调动了作家的所有想象，极写投递的诗意，读了很过瘾。近 40 年来，文学文艺多有赞美邮政投递工作的作品问世。1984 年，著名导演桑弧导演的电影《邮缘》，讲述女邮递员恋爱、学习、进步的故事。而 1999 年霍建起导演的《那山那人那狗》，则将邮政人的艺术形象提到了一个新的高度。2007 年，根据王顺友事迹拍摄的《香巴拉信使》塑造了一个鲜活的乡邮员形象，在诗情画意之外，展示了邮政工作的艰辛，较以前的影片又深入了一个层面。

作为邮政企业的文化工作者，我 2010 年到云南香格里拉采访著名藏族乡邮员尼玛拉木，也创作了一部电影剧本《香格里拉的铃声》，2013 年幸运地入选辽宁优秀电影剧本选辑并出版。

忽然想到一首歌，“想给远方的姑娘写封信，可惜没有邮递员来传情。”作为业内人士，我认为歌词写错了。邮政一直肩负着对社会实行普遍服务和特殊服务的义务，城市也罢，边远地区也罢，凡有人烟的地方都会有邮递员的身影，就如云南藏族乡邮员尼玛拉木，为了给深山里的用户送一封信，她不惜要走一个星期的邮路。

父亲这辈子没当过先进，家里没有一张他的奖状，但父亲的投递故事件件都精彩，件件都令我感动。

庐山睡着呢

江　洋

盛夏季节上庐山，果然是一件惬意的事。尽管远在北方，仍是饱尝了夏日酷暑的煎熬，有消息说，这是近多少年来所未遇的高温，但无论怎样，老百姓们还是要有福过福，有难渡难，没得选择。

我此次倒是例外，有一个机会可以逃避几天，买了张火车票，经过十几个小时的颠簸，上了庐山。

正是旅游旺季，从四面八方涌来的人流占满了庐山，昔日达官贵人的避暑胜地，如今成了寻常百姓家，彰显了社会的进步，就连当年中央召开重要会议的庐山大会堂也早已对外开放，当年九届二中全会全体人员的座次也一如当年公示于众，人们似乎可以从那里想见当年的庄严和热烈。

自从上上个世纪，清朝政府在输掉了鸦片战争之后，外国的传教士们也趁着坚船利炮的声威纷纷来到中国，怀着各种不一样的念头开垦这块东方的处女地。时有一个叫李德立的英国人，几经周折，终于令清政府将庐山这块“豺豕横行”的不毛之地卖给他，而他便开始投下大量银子进行了全面开发——其规划远比任何一家房地产开发商要科学和宏伟得多，经过十几年的努力，在这个荒芜的秃岭上建造了 1000 多幢各式风格的别墅，吸引了众多的传教士们前来进行文化拓荒，他们纷纷在这里购买房屋，试图在这里永久地居住。

李德立应该是最早的中外合资房地产开发商，尽管他“拿地”的手段很强盗，可他在把地拿到手后，对土地的使用和规划却是最有远见和建树的，直到今天他建造的房屋仍然是庐山风光中的重要景色，以至人们今天在徜徉于各式风格的别墅群中间时，不能不对这位强盗开发商投以别样的认可。试想，如果没有李德立的开发，如果不是李德立的开发，能有庐山的今天吗？我们不敢继续往下想了，再想就是卖国了！

那时的庐山成了一个世外桃源，不仅有许多外国人纷纷买下这里的别墅，连中国的达官贵人也在此留下房产，宋美龄的父亲就曾经将这里的别墅作为陪嫁分别送给了自己的两个女儿，而另一个女儿则自己嫁入了豪门，夫婿孔祥熙同样有能力买下豪宅。也正是这些不经意间的赠与，遂使庐山从上个世纪三十年代便成了中国的政治中心，因为首先是有了一个“我是革命领袖，我到哪里哪里就是革命的中心”的风云人物蒋介石。

蒋介石一生曾经77次上过庐山，先后在庐山住过700多天，在他的导演下，这里发生了许多影响中国近代历史的大策划，而另一位同时代的风云人物毛泽东则同样把革命的中心设置在这里，同样导演了影响中国历史的大事件。在对待庐山上，毛泽东与蒋介石这一对天生的对手似乎有着共同的偏爱，他一反自己“不走回头路”、不重游故地的惯例（据说他的一生很少重游故地），曾经三次登上庐山，并且在这里主持召开了多次重要会议。

是什么让庐山如此富有魅力，富有神奇，竟能够让如此强硬的伟人对它独钟情怀？

漫步在庐山的林荫小道，崎岖蜿蜒的街路肯定已经不是当年的样子，可那些带有说明文字的标牌却在告诉我们，这里曾经见证过众多伟人名人的身影，那鳞次栉比的幢幢别墅，都在讲述着一个个鲜为人知的故事，那比肩继踵的参天古树都在见证着一段历史的本真。

那是蒋介石叛变革命的紧急关头。中国共产党的重要领导人在共产国际的帮助下，在这里的仙岩宾馆小厨房里召开秘密会议，确定了八一南昌起义的具体方案，宣告了国共两党分道扬镳，孕育了第一支人民武装的诞生；

那是抗战的烽火初起，庐山在述说。蒋介石曾经在这里筹划了全国抗战的大略，周恩来也来到这里进行抗战合作的谈判。全国的抗战宣言从这里发出，这里一度成为全国抗战的总指挥部；

那是抗战的时刻，庐山在述说。这里成为抗战的孤岛，曾经是红军团长的杨遇春将军，在这里成了抗日的英雄，他率领国军将士在内无粮草、外无援兵的情况下，奋战 9 个多月。

一个庐山见证了半个世纪中国的政坛风云，它记录和叙述了历史沧桑、人生变幻，如同它多变的云雾、无常的阴晴，但毕竟给人留下了一份真实的画面。

庐山曾经睁大双眼，庐山曾经滔滔不绝。

可现在的庐山，在一片喧嚣和涌动之中，却早已远离了那些政坛是非，似乎再也不会有那些能够左右中国历史的事情发生，再也不会有那些值得人们探究和记忆的故事出现，庐山在一片表面繁华和浮躁中，显得十分忙碌和世故。全国各地的度假者、旅游者们，怀着各种不同的心态来到这里，他们观展馆、赏风景、品美食、避暑热，听到过去的故事，没有人去深究原委，上了一些年纪的游者或许还能啧啧叹息一点，更多的则是当作笑谈，甚至年轻人会欣赏西方的洋人、旧时的达官贵人、以及那些耀武扬威的“鬼子”，他们或许觉得那是十分遥远的事，那是已经过去的烟雾，如今的庐山，无论谁来建设和管理，都会是现在的风光……

细观今日的庐山，也真是一副志得圆满的样子，好像一位已经饱经沧桑、看破红尘的佛师，任凭外界风云如何变幻，任凭天南地北的游人用怎样的方式刺激，似乎是在他身上搔痒，他都无动于衷。三十多年来，他缄默不言，似睡非睡，似醒非醒，未来该走向何方？恐怕只有庐山自己知道。

庐山睡着呢，福兮？祸兮？

雨天，我去巴尔扎克家

吴 限

故居是有灵性的。它使我们和那些故去的名人拉近了距离。一个伟人去了。他的精神，他的往事，他的气质，他独有的人生经历，除去留在他的作品里，还无形和无声地散布在他生活过的空间里——那就是他的故居。故居，无处不曾掠过他的身影，吸附过他包括呼吸在内的全部生命的声响。即使一个大部头的传记，也只能记录他人生历程的一个梗概。活脱脱的他，依然可感可知地留在他生活过的空间里。等待我们去感受、理解、发现。

去拜谒巴尔扎克故居那天正赶上周末。天空飘着蒙蒙细雨。为找巴尔扎克故居所在的那条雷奴尔街，我们的车子在巴黎16区湿漉漉的山路上来来回回兜着圈子。道路曲转蜿蜒，车子颠簸如船。就在我们几近放弃的时候，迎面看见一位老者向我们走来。我一时忘了"故居"（Maison）一词用法语怎么说，只想起了家（La famille）的单词，就只好硬着头皮用蹩脚的法语打探老者："我来找巴尔扎克，能否告我他家在哪？"老人先是一愣，继而会意地朝拐角处一座斑驳的老房子指了指说："那个就是。他正在家里等着你们喝咖啡呢。"说完我们都笑了。我想，在巴黎这个细雨蒙蒙的春天，是不是我这个心怀巴尔扎克的虔敬崇拜者感动了巴尔扎克，才使用我蹩脚的法语摸到了他的家门？

这是一座18世纪的老房子，沿着山势而起，一扇不起眼的灰色门板，门两旁的石墙快给从院内拥出的繁盛的绿藤整个包住了。看上去不像是"故居"，好像巴尔扎克还住在里面。我曲指敲门，门板嘎吱嘎吱打开，一瞬间，我忽然弄不清是想敲开巴尔扎克的家，还是想敲开藏着他许多秘密和答案的历史？

或是雨天的缘故，这座不起眼的三层小楼，鲜有游人。房子顶层外面是树影苍郁的花园，老树常青，枝叶繁茂。春天的细雨滴在开满紫丁香和紫罗兰的花树上，散发出混着雨味的清香。房子的外形及内部装修及其简朴，巴尔扎克曾经形容它是“老鼠窝”。

1840 年，巴尔扎克为躲债租下这所房子，化名德·坡诺尔（M.deBreugnol）。要敲开他的家门，必须说出类似芝麻开门一类的暗号，比如“李子季节到了”“我带来了比利时花边”什么的暗语。房子另外一道门通向贝尔东街，一旦债主从雷奴尔街入门，他便可从贝尔东街逃走，可以一直逃到巴黎市中心。

这座三层小楼，当年巴尔扎克以很廉价的租金租下底层，其余两层另有租客，目前整座楼都已辟为博物馆。参观从 3 楼客厅开始，迎门是巴尔扎克的半身塑像。肥头大耳，阔嘴厚下巴，坚实的胸膛，像个憨厚的农民。无怪乎书上说他有牛一样的胃口，一顿能吞下 36 个牡蛎、1 只烤鸡、1 块牛排。唯有那双小眼睛才透露出稀世的智慧。

通过小小走廊来到巴尔扎克的书房，面积不大，也很简陋。我很想知道这间斗室，是如何造就一位文学泰斗的。答案很快就出来了，首先是这张朴素的书桌。巴尔扎克一向家徒四壁，只有它是能搬的“家”。巴尔扎克说：“我像炼丹师投入金子一样，把我的生命投入这个坩埚中。它知道我的一切计划，曾见过我所有的窘困，曾经偷听了我的思想，当我的笔奔驰在纸上时，我的臂膀几乎粗鲁地压迫着它。”巴尔扎克一生不曾有过朝夕相伴的女人，只有这张书桌，是巴尔扎克真实生命缄默的见证人。150 年前，它曾无时无刻不发着牢骚，埋怨主人忽视它的存在，颠倒了白天黑夜，像一个野蛮人一样每天工作 16 到 20 个小时。3 天用完一瓶墨水，磨秃两打笔管。巴尔扎克就在这张小书桌上写出了他一生中最重要的一批作品，创造出了文学史上那些难以逾越的奇迹。巴尔扎克作品卷帙浩淼，单是《人间喜剧》就有八九十部，他的作品是整整一个时代，一个世界的面貌。他笔下有两千五百多个人物，现实世界里几乎每种类型，每种性格的人他都描绘过。各种人性到了他手里，是无可遁迹的。他的作品所涉及的社会范畴包括政治、历史、宗教，各种社会范围和各种阶层。日常所见所闻全部被他写进作品里，他笔下的人物既可以生活在豪宅里，亦可生活在窄巷陋室中。他入木三分地写下了 19 世纪中期巴黎人的形形色色。他写演员，就像在你眼前表演；他写农民，你能闻到他身上泥土的气息。为了偿还债务，他一部书接一部书地写，一个人物接一个人物地写，写作把他的日日夜夜都占据了。他渴望创造，渴望成功，渴望荣誉，渴望出人头地，在这种困扰下，写作成为他唯一的救星。他要向一切同行挑战，要以他的才华让整个世界为之倾倒。

他下笔虽快，却永远修改不止。在玻璃展柜里，我看到了巴尔扎克的手稿原件。它们被修改得横七竖八，有的纵横交错，像一张城市交通图，有些段落干脆从其他地方剪下来，再贴上去，之间又加上另外一些段落。尽管稿费一早预支，却永远不按时交稿。修改不完，加插不断，清样出来还被他不厌其烦地改得面目全非。这使出版商十分恼火，规定他校排清样的费用，都要记到他的账上，从版税里扣除。他自己戏称这是“文艺烹调工作”。当然巴尔扎克烹调的这道“法国大菜”代价颇高，自校费常常占用他稿费的一半。甚至在一部书正式出版后，他依然继续在书上修改。再版时就看出版商采用哪一次的改样。一部作品往往出现几个不同的版本，原因就在这里。

在玻璃展柜里，还展出了一把咖啡壶，上面有巴尔扎克名字的缩写 H.B.，这是 1833 年他向法国最著名的瓷器中心订造的。夜深人静时，他的思绪特别灵透活跃，这时候绝不会有债主出现。巴尔扎克用了种咖啡豆制作“成了河的黑咖啡”，来刺激他不知疲倦的脑神经，而且随着时间剂量不断加大。有人统计，他一生共喝下去 5 万杯浓咖啡，使他本来铜钟一样的心脏加速老化。

他就用这个深红花边的瓷壶来煮咖啡。他不停地写，不时抬头看看窗外黝黑的花园。在这个过程里他不断地喝下糊状的浓咖啡，一天至少要喝一公斤半的咖啡，他说“我将死于 5 万杯咖啡”。在浓烈的咖啡刺激下，他锐利的思维一下子能够刺穿那遮蔽世界的丑恶黑幕！更有这把咖啡壶，专门为巴尔扎克这架写作机器提供润滑油。

巴尔扎克在这所临时住所一待就是 7 年，夜以继日地伏案写作。他每天工作时间在 15 至 18 小时之间。1845 年 2 月 15 日他在致俄罗斯韩斯卡伯爵夫人的信中这样说：“我的生活就是每天 15 个小时的工作，是种种考验，是一个作家的烦恼，是一些要磨练的句子，但远方出现了一抹曙光，希望把我照亮的曙光。终于，法兰西开始为我抖动了。”巴尔扎克从 1840 年移居这座住所，一直住到 1847 年。这一段正是他人生的壮年，创作的金秋。无数失败和苦难使他亲历了形形色色的人和事，认识了奇形怪状的巴黎，了解了贫困的残酷、卑贱的丑恶和金钱的魔力，懂得人间社会的因果关系，获得了远比同时代作家更多更深刻的人生体验。他失去了梦一般的幻想，却得到了想象力。而想象力与现实的结合，正是巴尔扎克批判现实主义的本质。在这座小楼上他的文学创作达到了巅峰状态，写出了《幻灭》《高老头》《打水姑娘》《妓女盛衰史》等不朽名篇。在这里他受但丁《神圣喜剧》即《神曲》的启发，把自己的全集定名《人间喜剧》，并发表了著名的《序言》，一位批判现实主义作家的纲领和宣言。

1831 年，巴尔扎克的小说《驴皮记》出版，好评如潮。豪门贵胄开始接受他，文学为他打开了一条通往上流社会的路径。他个子不高，肚皮又大又圆，由于终年熬夜，生活不正常，所有的门牙都已脱落，说话时常常满嘴吐沫飞溅。他衣冠不整，不修边幅，但这并不防碍那些倾慕他才华的人对他的崇拜，尤其是那些女性倾慕者，她们的信件几乎把巴尔扎克淹没了。在一次宴会上，一位贵妇人给他递了一张纸条，写着："我的一切都属于你，你的毫无保留的夏娃。"在众多的仰慕者中，有一封来自俄罗斯的署名"外国女人"的信件，她就是韩斯卡伯爵夫人，从此这位有夫之妇的俄国贵族女人进入了巴尔扎克的生活。

因为韩斯卡伯爵夫人在巴尔扎克的生活里扮演过的重要角色，故居专门为她单辟一室。这位俄罗斯的贵族夫人，1804 年生于俄罗斯基辅，15 岁便嫁给长她 22 岁的伯爵。伯爵富甲一方，在俄罗斯拥有一片辽阔的领地和一座宫殿似的古堡。夫人自幼受到良好的教育，能操包括法语在内的多种语言，她在阅读从巴黎运抵她古堡的书籍中，知道了巴尔扎克。从 1832 年到 1848 年之间，他们频繁书信往来，之后不断在国外约会。1841 年韩斯卡丈夫去世，1847 年巴尔扎克从这儿迁至位于凯旋门附近的幸福街，准备迎娶他苦苦追求了 18 年的乌克兰寡妇德・韩斯卡夫人。但是幸福街没有给予他幸福，他拖着疲惫不堪的身体三下乌克兰，在那儿勉强举行了秘密婚礼。回到巴黎时不是凯旋英雄，而已经是一个气息奄奄的病人了。多年超负荷的运转使这架写作机器零件严重磨损，那双洞悉了世界的眼睛失明了，那只写过 97 部小说的手瘫痪了。昏迷中他呼唤《人间喜剧》中用来说明科学奇迹的人物毕洛安・霍拉斯的名字："假如毕洛安在这儿的话，他一定会救我的！" 1850 年 8 月 17 日，一代文豪巴尔扎克的心脏停止了跳动，时年 51 岁，结婚仅 5 个月。让巴尔扎克死不瞑目的是，在巴士街这座小楼上制定的《人间喜剧》写作计划，还有 25 部小说胎死腹中，随他而去。

一个作家，在他不长的生命里却写下了卷帙浩淼的作品，在他 90 多部作品中，刻画了整整一个时代的人生百态，写尽整整一个世界的故事。他就像上帝那样，把个人的苦难统统变成了照亮世界的光明，难怪维克多・雨果在悼词中说："在最伟大的人物中间，巴尔扎克属于头等的一个，在最优秀的人物中间，巴尔扎克是最出类拔萃的一个""他的一生是短促的，然而也是饱满的，作品比岁月还多"。作品比岁月还多，这种比喻很奇怪，似乎有点不合逻辑，但细品下来，却深意无边。

从巴尔扎克"家"走出，雨停了。在故居转角灰色剥落的砖墙上方，紧挨着一个拉着白色抽花窗帘，有着细细的精美石框的窗子下，一块同样简朴的小小铭牌，被四个钉子钉在墙上，上面简单地写着：巴黎，巴尔扎克 1840-1847 年在此居住。

我们的车子沿着迂迂回回的山路朝山下的巴黎驶去，身后巴尔扎克"家"渐行渐远。此时，俯瞰窗外灯火阑珊的巴黎，我在想，那里是否还在上演着巴尔扎克笔下的《人间喜剧》？！

海上升明月

王　莉

2010年10月，我与新闻团一同去台湾考察，到台北时特意去了很有名气的诚品书店。在书店里徜徉了四个多小时，到午夜了才返回宾馆。兴奋了一夜，因为淘到了一套影碟——《她从海上来》，是反映我痴迷多年的一位女作家命运的故事，饰演女作家的主演也是我非常喜欢的台湾明星刘若英。在台湾考察的那几天，脑海里常出现这位女作家一生在海上月下漂泊与惆怅的幻影。

1920年9月30日，农历八月十九，一个女婴诞生在上海。那个晚上挂在东海上空的月亮，是刚过中秋节的白玉盘，虽然也很明亮，但已有些许残缺。75年后的9月8日，农历八月十四，她的生命静悄悄地融化在太平洋彼岸的月华里。那个晚上的月亮，是中秋节前一天的婵娟，格外的圆和亮。一个女人的命运，注定就这样了：海上升明月，明月落海中。

她，是20世纪40年代初在上海夜空中瞬间升起的一轮明月，将远远流淌的黄浦江映照得银光闪烁。她一生几经从海上来，又从海上走；她生命中所有故事都与月亮有关。她，叫张爱玲！

张爱玲八岁那年，全家从天津搬回上海。在船舱里，年少的张爱玲重读《西游记》，但是第一次看到大海，“黑水洋绿水洋，仿佛的确是黑的漆黑，绿的碧绿，虽然从没有在书里看到海的礼赞，也有一种快心的感觉。”那段时光，母亲带他们住进一所花园洋房，有狗、有花、有钢琴、有童话书。她学画画、学英文、写文字、写故事、弹钢琴。她快乐地在狼皮褥子上滚来滚去，会大笑起来。可是不久，母亲第二次出走。爱玲那颗未成熟的心也许刚刚体味得出母亲去的地方隔着无际的海洋，遥不可及。从此，她的时光清淡如水，潺潺地向前流淌；她的心情沉静如月，凄凉寂寞。

1937 年，张爱玲在静默、沉思、孤寂中完成了圣玛丽亚教会学校的学业。两年后她考取了香港大学专攻文学。那一天，她拎着母亲出洋时的旧皮箱乘船南下，第二次行船渡海。她长大了，她靠在船栏杆，望着浩渺如烟的海洋和渐渐西沉的太阳，心想，今晚香港迎接她的月亮会比上海的月亮更圆更亮吗？没等上岸，她对香港的初始印象便猝然浮现："望过去最触目的便是码头上围列着的巨型广告牌，红的、橘红的、粉红的，倒映在海水里，一条条，一抹抹刺激性的犯冲的色素，蹿上蹿下，在水底下厮杀得异常热闹。"这斑驳的画面，呈现了张爱玲在香港那几年的经历。

那段时光，香港上空敌机轰炸，地面的伤员血流如注，女孩子吓得面如土色。港大被迫停课，城市一片狼藉。学生做起了护工，每天听到的是受伤者疼痛的嘶喊，闻到的是血腥味，看到的是人体皮开肉绽。爱玲窘得旧袍子反复地穿，穿到厌恶。吃片面包喝杯牛奶都要躲到隐蔽的角落里。战争的梦魇给张爱玲留下的是残酷和沉痛，但战乱也让她收获了人生难得的知己——炎樱。这个有着一半中国血统的斯里兰卡女子，称得上是张爱玲的灵魂伙伴。她陪张爱玲一起赏月聊天，一起逛街、喝咖啡和冰激凌，一起讨论文学和爱情。她化解了张爱玲许多的孤独和自闭，她是张爱玲两次婚姻的见证人。

1942 年，战火迫使香港大学停教，张爱玲和炎樱不得不同船离开了香港。在一个有月亮的晚上，张爱玲又从海上回来了。她与姑姑同住上海一个公寓，在这所公寓里，张爱玲开始了真正的文学创作生涯，并且一发而不可收，迅速成为上海滩最耀眼的文坛新星。同在这所公寓里，她谈了一场刻骨铭心的恋爱，并对此生拥有这一次真正的爱情牵念到死。1952 年，她带着伤感离开大陆，坐船又一次从海上走了，又一次重抵香港。可事与愿违，张爱玲深感香港也无法再圆她的文学梦。1955 年秋，她乘客轮横渡太平洋，前往美国。这一次，她从海上走得更长、更远，走得那么决绝，连头都不回一下。"离别和失望的伤痛，已经发不出声音来了"，她只在海上漂泊，只望头顶上的月亮，只和月儿心语。她这一去便是 40 年，再也没有回家。上海成为她记忆里的梦，海上明月，是她永远的张望。

水是时光，是女人的情感；月是眼睛，是女人的心思。张爱玲一生创作的许多小说作品里，充满了月色的凄美，也充满了海水的哀怨。

在《半生缘》里张爱玲这样描写月亮下的世钧和曼桢："两人一个面朝外，一个面朝里，都靠在栏杆上。今天晚上有月亮，稍带长圆形的，像一棵白净的莲子似的月亮，四周白濛濛的发出一圈光雾。人站在阳台上，在电灯影里，是看不见月色的，只看见曼桢露在外面的一大截子手臂浴在月光中，似乎特别的白。她今天也仍旧穿了件深蓝色布旗袍，上面罩着一件淡绿的短袖绒线衫，胸前一排绿珠钮子。”这一幕，正是张爱玲在上海赫德路 192 号爱丁顿公寓大阳台上与胡兰成一起眺望上海市夜景的情景。顾曼桢穿的旗袍正是她小时候镜子前母亲身上穿的那件让她渴望早点穿上的旗袍。张爱玲就是这样，月亮是她忧郁之情的寄托，月亮是她离别之苦的倾述。

在《沉香屑第一炉香》里她写到：“薇龙向东走，越走，那月亮越白，越晶亮，仿佛是一头肥胸脯的白凤凰，栖在路的转变处，在树桠杈里做了窠。越走越觉得月亮就在前头树深处，走到了，月亮便没有了。”《沉香屑第二炉香》里她又描写到：“半个月亮，不规则的圆形，如同冰破处的银灿灿的一汪水。不久，月亮就不见了，整个的天空冻住了；还是淡淡的蓝色，可是已经是早晨。”“这又是一个月夜，山外的海上浮着黑色的岛屿，岛屿上的山，山外又是海，海外又是山。海上、山上、树叶子上，到处都是呜呜咽咽笛子似的清辉。”在《浮花浪蕊》里她陈述：“船小浪大，她倚着那小白铜脸盆站着，脚下地震似的倾斜拱动，一时竟不知身在何所。还在大吐——怕听那种声音。听着痛苦，但是还好不大觉得。漂泊流落的恐怖关在门外了，咫尺天涯，很远很渺茫。”这一段一段的描述，何尝不是张爱玲每个人生阶段痛苦的经历和入骨的体验呢！

张爱玲的一生是传奇的、忧郁的、苍凉的，她笔下的人物大多也是荒凉的、扭曲的、苍白的。在她眼里，乱世中“没有一种感情不是千疮百孔的。”月亮本是纯洁、美好、高尚的象征，但张爱玲却用来形容人世间的渺茫、虚幻、清冷、孤寂、哀愁、阴森，甚至杀气。

张爱玲生命中的月亮情结，最能体现在她那部被美籍华裔学者夏志清教授赞誉的“中国从古以来最伟大的中篇小说”《金锁记》。“隔着玻璃窗望出去，影影绰绰乌云里有个月亮，一搭黑，一搭白，像个戏剧化的狰狞的脸谱。一点，一点，月亮缓缓的从云里出来了，黑云底下透出一线炯炯的光，是面具底下的眼睛。天是无底洞的深青色。”“今天晚上的月亮比哪一天都好，高高的一轮满月，万里无云，像是黑漆的天上一个大白太阳。遍地的蓝影子，帐顶上也是蓝影子，她的一双脚也在那死寂的影子里。”这是张爱玲的没落家族给她一生留下的阴影，是父亲暴打她禁闭她给她一生的心灵创伤。

月亮之于张爱玲，全是命运使然。所以，她在《金锁记》的开篇便说：“三十年前的上海，一个有月亮的晚上……我们也许没赶上看见三十年前的月亮。年轻的人想着三十年前的月亮该是铜钱大的一个红黄的湿晕，像朵云轩纸笺上落了一滴泪珠，陈旧而迷糊。老年人回忆中的三十年前的月亮是欢愉的，比眼前的月亮大、圆、白；然而隔着三十年的辛苦路望回看，再好的月色也不免带点凄凉。”

1995 年中秋团圆节前一天，张爱玲在洛杉矶公寓里孤独地离开了这个纷繁喧嚣的人世。

1995 年 9 月 30 日，在张爱玲 75 岁生日这一天，朋友们在船笛长鸣声中，将她的骨灰撒向了太平洋，同时撒祭了红白玫瑰花瓣。张爱玲之魂，就此永远漂荡在海上。这个一生清冷孤寂而又最明亮的素娥，从星空上落入大海里。

浩瀚，博大，苍凉……

从此，张爱玲不会再孤独了，什么也不需要了。所有的赞美与攀附，所有的不屑与挑战，都不能再来搅扰她了。她只当是一朵花瓣，在海上漂着——只把自己的文字留给了一个伟大的民族。也许那些古今文坛巨星不肯让她寂寞，还会与她在海上明月里继续关照呢。李白豪放地指给她看：“明月出天山，苍茫云海间”，张若虚激情地向她吟诵：“春江潮水连海平，海上明月共潮生”，苏轼深情地邀约她：“明月几时有？把酒问青天”，晏几道与她同相念：“当时明月在，曾照彩云归”，张先更柔情地对她说：“明月却多情，随人处处行”。不知道，张爱玲若有幸听到了他们的表白，还会发出怎么的惊艳之语呢？也是啊，“今人不见古时月，今月曾经照古人。古人今人若流水，共看明月皆如此。”

不管怎么说，二十年前的月亮早已沉下去了，二十年前的人也死了，然而二十年前的故事还没完——完不了。

流云飘过索伦杆

顾元明

大自然分明是有多种色彩的，可在我生活的北方，从秋末到冬初，当勤劳朴实的农民收完庄稼，大地便露出单调的黑褐本色来。到了隆冬时节，覆盖着大雪的田野，刮来阵阵打着旋的小北风，将皑皑白雪一点一点带到“天国”里去了，于是呈现在眼前的便是一派萧索、冷寂和空旷。

一群乌鸦在荒野上的土堆、土岗周围觅食。附近高压线上有几只乌鸦发出“呱呱呱”的哀鸣后，展开黑色的翅膀离开电线，盘旋着滑翔到那群觅食的乌鸦身旁。乌鸦觅不着食，无奈地不时抬起黑脑袋，眨动着敏锐的黑眼珠，警觉的神情给我心灵注满凄凉和哀怨。那个寒冷的冬季，我几乎每天都能看到这种令人感到落魄的景象，尤其是看到它们在凛冽的寒风中，黑压压汇聚在厂房和寺庙的屋脊上无所事事、消极怠惰的样子，心中仅存的怜悯也荡然无存。多年以后，那片冬日的旷野变成了拔地而起的大学城，让我心灵得到了些许慰藉。可是，那些乌鸦呢？

1997 年冬天，两万多只乌鸦每天都会在夜幕降临时来到省城一处高层建筑和密集高大的穿天杨树丛里。它们间或在城区上空自由飞翔，间或在街路两旁的路基上悠然“散步”，到了夜间便在枝头栖息，翌日清晨鸦去树空。乌鸦每天留下大量粪便，让环卫工人和附近居民大为烦恼。那年 8 月，香港发生了令全世界人类惶恐的禽流感，于是具有极高警惕性的辖区禽流感防疫部门开始采取了一系列措施驱赶乌鸦，但市区两级野生动物保护部门却强令制止了驱赶行动。这件事儿曾被新闻媒体热炒。一段时间里，乌鸦似乎给这座城市带来了忧患，让辖区政府苦恼，让附近的居民寝食不安。我居住的辖区离乌鸦聚集的栖息地较远，根本受不到乌鸦烦扰，但我之前对这些滞留省城的乌鸦并不情愿接纳。但后来，我对乌鸦品性有了多方面的了解，逐渐对它们的印象发生了转变。

最初对乌鸦产生好感是读英国小说家詹母撕.希尔顿的小说《消失的地平线》获得的。他在小说中，将中国的四川稻城和西藏林芝地区描写为一片永恒、和平、宁静的土地，赞扬和歌颂了那里的雪山峡谷、神秘庙宇、原始森林、美丽草原、宁静湖泊、淳朴藏民和吉祥的乌鸦。后来，我去了那个地方，不仅亲眼目睹了那里超然壮美的风土人情，还在藏族同胞那儿知道一个与乌鸦有关的词汇——“大葬”。天葬又叫“鸟葬”。是藏族人民古老而独特的民俗，即藏族人死后，先由家属给死者脱光衣服，将尸体卷曲后用白色氆氇（pu lu）裹起来，在家停放三天后抬出家门，送到布施陀林（葬尸场）内，由掌管天葬的巫师（天葬师）点燃“桑”烟，引来乌鸦、秃鹫等食肉鸟类，然后用长刀剔去肌肉，分解割碎，抛洒给这些啄尸的食肉鸟。这些食肉鸟被藏族人民奉为“神鸟和天鸟”。如果“神鸟和天鸟”将尸体全部吃净，就表明死者生前无过，灵魂就能够升天；相反意味着死者生前有罪过，灵魂难以升天。乌鸦喜食谷物、浆果、昆虫、腐肉，大概正是它喜吃腐肉腐尸的缘故，而被藏族人所尊崇。因为藏族人笃信自己死后尸体被“神鸟和天鸟”全部吃净，是神灵在召唤，是一种吉祥的象征。

乌鸦是人类以外智商最高的动物。据加拿大蒙特利尔麦吉尔大学动物学专家近年对乌鸦的一项研究表明，乌鸦的智商要比会学人说话的鹦鹉还高。乌鸦反应敏锐，它通常会离人们很远，以防人类对它的伤害。乌鸦给人的惊喜是，它居然能用碎石砸开坚果，并能根据容器的形状准确判断所需食物的位置和体积。在日本一所大学门前的十字路口，经常有乌鸦等待红灯的到来。红灯亮时，乌鸦就会把核桃迅速放到等红灯的汽车轮下，待信号变换后，车轮将核桃碾碎，它们就抓紧飞到地上美餐。

我对乌鸦印象的转变还有另外一个重要原因。2009年秋天，我陪一位来自澳大利亚的文友游览沈阳故宫，刚到那里，他就急不可耐地提出要先看“索伦杆”。我当时很纳闷：“索伦杆”是什么宝物，让他兴趣如此浓厚？我甚至暗暗嘲笑他：这外国土老冒儿，沈阳故宫里有金龙蟠柱的大政殿、崇正殿，有排如雁行的十王厅，有口袋房、万字坑、烟囱建在地面上的清宁宫，有古朴典雅文朔阁，还有琉璃瓦顶的盛京八景之一的凤凰楼，哪一座古建筑中不藏匿着一段段鲜为人知的青史故事，干嘛偏对索伦杆以偏爱，还大有疑其已毁掉的忧忡。

我以前来过故宫多次，但从没对索伦杆留意过，仿佛也曾在什么地方听过有关乌鸦救主的传说，但却从未上过心。我见文友站在索伦杆简介牌前，认真在小本本上记下所有文字，然后凝视了索伦杆许久许久。看着外国文友对索伦杆极其虔诚的神情，我内心泛动阵阵自谴，于是我也不由自主地记下了有关索伦杆的传奇故事。

索伦杆，又叫索摩杆，是满族传统的祭天"神杆"，"神杆"顶端的锡碗用于盛切碎的猪内脏等，以备饲喂乌鸦。在沈阳故宫里的清宁宫正门前竖立着一根两丈余高的木杆，置于汉白玉石基上，木杆顶部装有一只锡斗，这就是那位外国文友十分想看到的索伦杆。关于满族人为何立它祭天饲"神鸟"乌鸦，民间流传着这样的故事。努尔哈赤年轻时家境贫寒，他曾投靠明辽总兵李成梁麾下当差。由于努尔哈赤聪明伶俐，李总兵把他留在帐下当亲兵。一天，总兵突然接到皇上圣旨，派其到东北缉捕下降人间的天子。李总兵在那里呆了半年，也未见"天子"踪影，于是整天郁郁寡欢。有天晚上，他叫努尔哈赤为他洗脚，并得意地对努尔哈赤说，你看，我能当上总兵是因为我脚上长了七个黑痣。努尔哈赤听后不以为然地对总兵说，帅爷，这有何希奇？我脚上有七个红痣！还不照样伺候您吗？李成梁很吃惊，于是对他产生了戒备心。偏巧此时北京的钦天监观测到辽东有王气天象，断定这里会出皇帝，便立即上报朝廷，朝廷派兵追查。李成梁本来对努尔哈赤日益生厌，更担心他日后发迹，便商议乘机将其杀掉。努尔哈赤望风而逃，李成梁的追兵将其困于辽阳城北一条沟里，恰在这时，一群乌鸦纷纷落在他身上，将他严严实实盖住。追兵见努尔哈赤不知去向，便改变了追杀方向，努尔哈赤因此获救。这段传说就是后来人们所说的"乌鸦救主"的故事。在《昭陵由来》中，也有皇太极危难之时被乌鸦解救的文字记载。皇太极从此将乌鸦视神鸟，不准任何人伤害乌鸦，并下令立索伦杆，以报恩乌鸦，乌鸦从此成了萨满后裔崇敬的神鸟。

乌鸦自身也颠覆了我对它们的看法，我甚至不经意地关注起那两万多只乌鸦的命运来。前年深秋的一个傍晚，我去了趟南城，连只乌鸦的影子都没见到。第二天，我心怀疑问给动物保护站打电话询问乌鸦去向，工作人员告诉我，那群乌鸦遭到辖区政府"驱除鞑虏"般的驱逐，动物保护部门虽进行了给力阻止，但"你有政策，我有对策"，辖区政府借城市改造之名来了个截树驱鸦。那些乌鸦无奈飞到了城西一所大学校园栖身，却被个别学生下药驱赶，它们无处生存，于 2005 年冬天悄悄离开它们生活多年的城市。它们先去了葫芦岛，不久去了唐山，后来又去了赤峰，但在每座城市都没住上多久，就会遭到同样无情并残酷的驱逐……

突然想起乌鸦反哺的故事，我的心一阵酸楚，我真期望那两万多只乌鸦有一天再回到我们这座城市。我内心突然涌起思念的波涛，于是，就在这天午后，我独自走进沈阳故宫，看看那里是否有回归的乌鸦。我当然没见到索伦杆上有乌鸦飞落，但我却看到有几个孩童在家长的看护下，向索伦杆顶部的锡碗中抛掷乌鸦喜欢的食物。我猜想，他们肯定和我一样，不是萨满后裔！

想飞的时候

宁珍志

身居闹市行路难，车流如织密密缝。一年四季，如果跟随上班的潮水，前拥后挤，代步的车还真不如走步畅快。一旦单位定时开会或有朋友已早早候在办公室，真的着急，着急之心如同“突突”不绝于耳的引擎。这时候，恨不得肋生双翅，带起座驾飞速前行，直抵目的地……我老家在大连的一个海岛，每每回去探望父母，必须从皮口港或大连港乘船才能成行。天有不测风云，往往越归心似箭越遭遇跌宕磨难，突然而至的七八级大风掀起的巨浪，会霍然提醒客船莫要斗胆航行，只有停泊休航。我们一家三口曾不止一次被隔在岛外，少则一天，多则三天，额外增加花费不说，有数的几天假也被消磨得所剩无几。这时候，如热锅蚂蚁的我，常常于岸边远眺近观，真羡慕三三两两在浪尖上骄傲飞翔的鸥鸟，慨叹自然的无序与人的无奈，当然还有鸟的自由。

跟随旅行社去内蒙草原观光，天数有限，日程排得很满。大巴在乡间的绿色公路上风驰电掣，像草上飞，马不停蹄赶赴下个景点。一些不知名的花朵会在初夏的阳光里开得慵懒而俏皮，只能匆匆地眼前掠过，微风摇曳起的身姿，无一不是未曾谋面的依依惜别。这时候，多么希望车能够停下来，让我们滞步草原，看看蒙古包，遛遛那达慕，一曲马头琴，几碗马奶茶……从成都双流机场到拉萨机场，西藏之行的空中见识前所未有，雪域高原盛景尽收眼底。天是那么湛蓝，云是那么洁白，真想用手触摸一下。虽然不能像宇航员一样太空行走，但是允许高空漫步片刻也行啊！飞机毫不理会我的浪漫遐想，门窗紧闭，依旧穿云而行。我的心绪，也只好停留在离舷窗最近的一片云朵上了。

其实，想飞，一般来说还不具备飞的能力；能飞，恰恰又不情愿以惯性的影像出现。人的主观总会拒绝和排斥一些东西，哪怕他力所能及；而且又总会希冀和向往一些东西，尽管他与此还有遥远的距离。生命的懒惰与勤奋常常结伴而行，生命的熄火与燃烧往往一并存活。比如说童年世界——女儿一岁之初学走步，几乎拦不住，蹒跚的样子，充满着挣脱力。有时候还真拗不过她，任她跌倒，任她爬起。可是，女儿学会了走路，特别是熟练一点走路之后，她倒不愿意走了，没几步就央求“抱抱”，大多是赖在妻子的臂弯或我的后背上。放大到成人情怀，拥有之后便不加珍惜，失却了反倒去呵护。人啊，想飞的时候单一执著，能飞的时候繁复庞杂。

想飞，能飞，都是生命的形态，最终还要落实到地面的坚定生活。十多年前为沈阳军区政治部策划出版《与大东北人民同行》，冬季夜半出行飞往冰城，争取在翌日上班前抵达出版社，取回付印单。不料哈尔滨大雪漫天，飞机无法降落，在空中盘旋等待半个多小时，最后也只有返回沈阳。记得当时舱内曾有阵阵骚动，若不是空姐播报，一些乘客真以为有人劫机。即使气候原因，还是有人惶惶不安，怕飞机失事。我坐得住，走南闯北，惯了。邻座女孩见我一副泰然，也放松了许多。我知道民航这些能飞的，都是在想飞的信念中炼成的，这点风雪没什么。想飞的时候，一定是梦想的理智时刻，诚然也是个性的胜利时间。

时光碎片

万　琦

午后，一个人的空屋子，音乐流泻着，我阖眼聆听着风声与水声在耳边轻盈划过。恍惚间，一群小鸟叽叽喳喳而来，嘴里衔着春天的草芽，我猛地睁开眼，这群精灵却呼啦一下子淹没在了光辉之中。我略有困意，又不可能在刺眼的光辉里小憩，而幻觉却一直在作祟，纵容我做白日梦，和夜晚的相差无几。

想念一座郊外的房子，里面坐着一个心事淡淡的人，炉里的柴火噼啪作响，风在窗外呼呼地吹。此时，电话铃声急促地想起，一个久违的友人不停地与你倾诉往事。眼前飘起了火红的裙裾，夏天的香气弥漫，还未等缓过神来，便看见一个长者前来叩门，仔细辨认，原来竟是身穿火红裙裾的那个人。

每当步履被夜色笼罩，街灯柔暗的光亮，是一种银灰色的引导，回到家，小小的温暖不言而喻。黑暗真的一望无际，任何的区区光彩，都会在迷失方向的时候，成为一个人的救命稻草。灵魂是躲藏在身后的天使，它尾随着你，你却一点也不知道。

我们关心着自己亲人的生活，却无视他人的岁月，一个社会就这样变成了自私的温床。想念是自私的，想念也是令人崇拜的，因为会想念的人，灵魂还在生活，还在为自己的过去赎罪。赎罪以后，洁净的日子清澈如水，如佛隐身，未来必是完美的了。

坐在灯光下，和自己的影子一起从内心出发，在想象的空间流连。黑暗不合时宜地散发着霉气，一段往事中的酸腐情节，带着身体的创伤等待愈合。那个满是疤痕的人在揪着自己凌乱的发丝，目光中溢出长着苔藓的妒忌。谁还能躲过一次冗长的期许，为放弃做雄壮的牺牲，成为一个羡慕自己的人。

人们在淳朴的年代，梦想着生活的愿景，沉湎于愉悦的想象中。当愿景一下子跌入眼前，许多人扑朔迷离起来，这些愿景怎么带着美丽的伤痕呢？风俗被风吹跑，留下了陌生的面孔，偶尔亲切，偶尔狰狞。

有些事物在悄然变化，兀自派生着新的姿态，已陌生的面孔，和你一起进入生活的轨道。你无需熟悉，也必须适应，因为当你读懂了事物的细节，事物又会悄然离去。骄阳炙烤，人们把脚步留在了房间，而让心灵去户外接受烧灼，零散的风吹起灰尘后，又把灰尘送到了另外的地方，迁徙的尘埃，同样无家可归。

等待果实的人，看见了别人收获的喜悦，为他鼓起了掌。那个人回头说：掌声只是一次呼唤而已。就像雷声给不久的雨水鼓掌一样，雨水才是幸福的泪水呢。

当掌声响起来，你应该悄然离开，那是最辉煌的转弯。当嘘声一片，你应该停下来，那是你最个性的开始。初夏的风，把阳光吹得满世界跑，光彩照耀着身体，多少温暖被带走，就有多少记忆被挽留。

许多年后，我还会站在这里，用昏花的目光想念一些人，一些和生活息息相关的人，他们提升着岁月里可以高尚的事物。他们在生活之上舞蹈，和温暖的文字一起爬格子。我每天的许多心愿被他们一一带走，我是一个想让好时光凝固的人。

家在故乡的深处，亲人啊，我不曾把诺言遗忘，或是许多年以后，耄耋的钟情已在天堂。现在，我独守寒冬，等待着一只鸭子游在春天的河里，我站在岸上，等待一些爱哭的人，前来收回他们珍珠般的泪水。

生如夏花
——拜谒铁岭千年古树九龙墩

王　琦

生如夏花，源自泰戈尔《飞鸟集》第 82 首：” Let life be beautiful like summer flowers And Death like autumn leaves.” 郑振铎译成：“使生如夏花之绚烂，死如秋叶之静美”。生命哲学比较深奥，但生如夏花是那么深入人心。所有的树都会开花，油松也开，而且开出雌雄两种花。6 月看到校园里的油松开出美轮美奂的夏花，我改变了原来春看榆、夏看栎、秋看枫和银杏，冬看松柏的计划。约了发小，小本开车，带了李柯、向荣从本溪来接了我，再去铁岭李千户镇岭西村，看看千年古树是否也如夏花一样灿烂。

车进李千户岭西村，找人打听哪里有白蛇岭，当地人说，那叫白砂岭，指路人用手指指一大片玉米地里面的山梁，说那里有一棵九龙墩。

大太阳高悬天上，31 度高温里 4 人穿越一片无遮无挡的玉米地。小本手持镰刀在前面带路，沿着一条小河沟跳上跳下，为的是少踩地垅沟。我们都曾是下乡知青，都知道地里青苗有多金贵。

大约走过千余米，远处山一样的一株油松锥入视野。

松，古松，远远就能感觉到他不同寻常的气场。那是骨子里的深沉高贵，那是本质性的君子风范。是的，我是来寻找他生如夏花那一面的，但只要见到他，无论是远看还是近观，他那凛然之尊扑面而来。那是天地间正义的化身吗？那是魏晋风骨凝聚成的形象吗？那是坚守着心灵的洁净拒绝蜕化成杨柳的读书人的尊严吗？我们围着古树转呀，看呀，感叹着“远看是写意，近看是工笔”神奇。

远远看去，古树很像一柄巨大的羽扇。这是所有千年古树中的另一特例。蟠龙松主干 1 米多便匍匐蜿蜒；大清神树不到 1 米处主干一分为二。这一尊古树主干是我们见过的油松胸围之最——4.6 米。不足 1 米就分成 6 棵各自独立的主枝。整个羽扇高 23.8 米，他们昂首向上南北向展开 16.5×23.5 米的扇面。据说，九龙墩中的两龙在“文革”时期被人砍掉，砍树人不久暴毙，其家族也败落。后来雷电又击中了其中一个枝杈，如今的九龙墩就只剩下 6 龙。仔细寻找主干上的疤痕，真曾经有 9 根羽扇之骨。巧的是古树所在的李千户镇至今居住着明代著名将领李成梁的后裔。李成梁生 9 子，5 个是总兵官，4 个是参将，被誉为“李家九虎将”。原说油松是文人风骨，再添武将威风。人世间有这样的巨扇在，就不怕阴霾蔽日，尘埃甚嚣。

来拜谒古松之前想到的看古松之花的想法，量完了所有数据才想了起来。只是树冠太高，仰望到脖子酸，也很难看到。李柯看了半日没能找到新松针，她回头小声说：怎么有点英雄迟暮的感觉？大家继续仰着头仔细找新针和松花。小本用相机长焦头把 23.8 米高的油松顶端拉到眼前：苍老的墨绿之上绽放着一朵朵新针，像是从黄绸绢一样的麟鞘里散开一把把小扇，针丛中偶尔就有颗青绿小果球。枝下还有成褐色的小球。4 个头挤在相机视窗前，随着小本一帧帧地放大图像，那些青绿的雌花，那些鲜亮的新针，那就是古树的夏花。

松，在一年中有 7 个月万木萧疏的北方，天寒地冻中的绿不仅仅是色彩宽慰，“翠色本宜霜后见”“大雪压青松，青松挺且直”，更是地域风范的表象。松在人们观念中的伟岸常常掩盖了他“风姿特秀”的一面——生如夏花。

春风起，常年穿一件墨绿衫的松变得生动起来。每一个树梢都生出新枝，伸展的新枝让每一株松都成了一尊千手观音。新枝上簇生着两针一束的嫩嫩新叶，它们顶破乳白包膜，探成鹅黄娇嫩的“V”字形，枝顶有一粒樱桃大小的红果球。新枝的根上常常会膨出一个或是两三个青绿色的松果，像一枚小小绿菠萝，又像紧闭着眼睛的青蛹。假如你站在树下，仰头看他们在天幕上的剪影，每一个新枝都像孔雀的翎羽！退远一点看，新枝像是插在圣诞树上的蜡烛，尖上红色小果像一点烛火。再退远一点，油松就成了一朵怒放的花朵——墨绿萌发着的鹅黄上点染着鲜红，夏天的油松竟如此生动，如此美丽！

油松每年都开花。油松花从萌芽到开花，要用半年时间。两种花芽的萌发，是在每年的 10 月。它们被紧紧裹在棕色的铠甲里，越过漫长的冬日，第二年的 3 月树液开始流动的时候，花芽苏醒过来，棕色芽麟全部打开，淡绿色的雄球花探出头来，散开约 30 多枚小孢子叶，每一对孢子叶上都有一对孢子囊，里面蓄着花粉母细胞，到了四五月，它就长成长卵型，所有的孢子囊都打开心窗，长着一对翅膀的花粉展翅纷飞，到全新的世界里去找寻爱情。

雌花也在春风里发育成熟，圆卵型的雌花等到雄花散粉时花顶部芽麟才露出胚珠，胚珠分成珠被和珠心，珠被上有一个小小的孔，雌花成熟的时候，珠孔分泌出甘油状的传粉滴，花粉飞过来，甘油就会粘住并将花粉送入孔珠。进入孔珠的花粉在 9–12 天里生出花粉管儿，伸向颈卵器。于是，新的松果开始膨大。这是油松花开的过程。我的天！是人像油松还是油松像人？

生如夏花，是生命状态的写照。千年古树的夏花怒放是他超长生命中的不断重复的常态，更多的是漫长生命曲线中曾有过如夏花般夺目的顶点；也有的生命如夏花一样光灿却如惊鸿一般短暂。比如铁岭女儿齐邦媛所著《巨流河》中死在抗日战场上的张大飞。

张大飞，是抗日战争中牺牲的 3500 万中国人中的一员。他把满腔的爱都给了小妹妹齐邦媛之后毅然赴死，在祖国天空上开成一朵耀眼的夏花！

60 多年里，齐邦媛以足够的阅历，读了足够的书“自信也可以很冷静客观地评估自己成长岁月中的人与事。对于当年那样真诚献身的人，有超越个人关系的尊敬与怀念”时，她写出了他，她去南京烈士墓碑上找寻他的名字，她让历史永远记住了他，她把他的生命刻在人们的心上。

战火中的爱情，如夏花一样绚烂，像舍利一样非凡。战争，会轻而易举地将她捻成碎片，同时也将她淬炼成精神舍利，成为永恒。

齐邦媛出生在铁岭腰堡，《巨流河》的根在铁岭。

不是所有的夏花都能结出果实，如同天下有情人终成眷属只是美好祝愿一样。油松在整个有性生殖的 2 年多周期里，有近 25% 的胚珠败育，40% 的花果会早落，还有相当数量松果会空粒。那是什么样的坚守？千年里他年复一年地绽放出生命之花，从不停歇。

就在拜谒铁岭古树的前两天，辽宁散文学会在沈抚新城召开理事会。会间和辽宁日报记者吴限聊起了《巨流河》。吴限说抗战 70 周年纪念日她最先想到的是张大飞，专程去南京寻访墓碑。从来就喜欢她写的和人一样精致清雅的文章，她站在那里静静述说，我被她吸引，无数唯美的松花神秘飞舞，晃得我的眼睛生疼。有些东西是不死的，千年也不死，就像静静站在白砂岭的千年古树。

……

我们的车离开铁岭，在返回沈阳的路上，朴树的那首《生如夏花》在车里回响。我听得断断续续："惊鸿一般短暂 / 像夏花一样绚烂 /……我从远方赶来赴你一面之约 /……我是这耀眼的瞬间 / 是划过天边的刹那火焰 /……我将熄灭永不能再回来 / 不虚此行呀……开放在你眼前……

这《生如夏花》说得是张大飞还是千年古树?

批评的空气

潘　石

公元 218 年的一天，阳光透过窗棂，斜斜地打在案几上。一个 30 岁左右的年轻人思忖良久，悠悠写道：“今之文人：鲁国孔融文举、广陵陈琳孔璋、山阳王粲仲宣、北海徐干伟长、陈留阮瑀元瑜、汝南应瑒德琏、东平刘桢公干，斯七子者，于学无所遗，于辞无所假，咸自以骋骥騄于千里，仰齐足而并驰……”对早已名贯天下的“建安七子”，他一点也没客气，从观点到措辞，乃至行文的风格、气韵，都给了可谓中肯的批评。

两年后，这个名叫曹丕的人正式登基，史称魏文帝。

别看曹丕做人不厚道，当皇帝也没什么大建树，但这寥寥数言的《典论·论文》却在不经意间，推开了文学批评的门扉，鲁迅先生所说“文学的自觉时代”悄然来临。

200 多年倏忽而过。公元 502 年，钟山定林寺里寂静无声，伴着跳荡的烛火，寄居在这里的寒门学子刘勰写下最后一个字，重重地舒了口气。历时五个春秋，共计三万七千余言的《文心雕龙》终告完成。在《知音》篇，他批判了时下贵古贱今、崇己抑人、信伪迷真之风的偏颇和狭隘，提炼并总结了颇具见地的“六观”批评法。这部“体大而虑周”的著述甫一推出，立即得到大文豪沈约的青睐，并在士林中引发热议。一时间，厅堂上，舟楫里，庙宇中，处处可见文人评点和论辩作品的身影，大家试着“无私于轻重，不偏于憎爱”，或争得面红耳赤，或彼此心平气和，文学批评之风便随山岚和清波荡漾。这股健康而清新的空气，由此在神州大地漫漶千年，现在闻一闻，还有涤荡心神的味道。

中国文学灿若星辰，与之相辉映的，是文学批评那轮皎白的明月。由最初的依傍于文本，对作品进行阐释和解读；到通过交锋和争鸣，影响并带动创作潮流的走向；再到最后独立于文学创作之外，有了自己的知识谱系、人文精神和价值追求，文学批评的生命愈加雄姿勃发。一眼望不到边的春色，浸润着文学批评家淋漓的精血。

一部《水浒传》，令施耐庵和罗贯中名垂千古，更成就了狂放不羁的金圣叹。他在原作之上圈圈点点，借着骂北宋朝廷的腐朽，把明末官府的苛政狠狠揭批了一番。面对 108 个活生生的人物，他“深入至一字一句”，剖析了性格、个性特点，还按个人好恶，分清了座次。读到精妙之处，他丝毫不吝惜对作者的激赏，笔落生花，汪洋恣肆。难怪后人评价，不读金圣叹点评的《水浒》，等于没读《水浒》。最令人叫绝的是，他不仅评点详尽深入，还在原作上大加删改，形成了凝练紧致的贯华堂本，以至于其身后 300 年，世人只知有金本，不知施耐庵，这其中的意味，想想也是醉了。

我们通过“人生三境界”，知道了国学大师王国维，殊不知，静安先生更是文学批评的积极开拓者与践行者。与金圣叹的狂狷不同，我们从王国维身上，看到更多的，是中国传统文人独有的治学魅力和士子情怀。在《人间词话》中，他的心绪屡屡神游于南北宋之间，兼具西方尼采、叔本华的哲学思辨，遥想词人境遇，论断诗词演变，品评词作得失。在一个个月光朗照的夜晚，先生踱着步子，深邃的目光在词作间纵横流连，笔墨氤氲，竟已抵达前人不曾参透的境界，使泛黄的书简又萌发了绿意。这部“中国古典文学批评里程碑式的作品”，令无数文人为之倾倒，今天读来，仍然能从中体会到大师的学养、智慧、襟怀和修为，扑面而来的美学气场和生命活力让人沉醉。

不知是偶然还是宿命，两位大师虽然性格迥异，却在命途的走向上，惊人的相似。二人都是年少时家道中落，因科举失意而放弃仕途，一心从文；都在 30 几岁就尽显经天纬地之才，因著作等身而声名远播；却又都在天命之年便匆匆离去，一个命丧哭庙案，一个自沉昆明湖，令众多仰慕和追随者不胜唏嘘。曾因评点《红楼梦》斐声文坛的脂砚斋就曾说过“作者已逝，圣叹云亡，愚不自谅，辄拟数语，知我罪我，其听之矣”，可见金圣叹在他（她）心中不可撼动的地位和高度。而与王国维同为清华国学四大导师的陈寅恪则在其碑文上书：“惟此独立之精神，自由之思想，历千万祀，与天壤而同火，共三光而永光。”先生的精神和风华不死，却给文学批评的历程蒙上了一缕悲情色彩。

时光之舟划过现当代，文学繁花似锦，媒体锦上添花，人们的审美情趣多元多变，批评的空气愈加自由而活泛。我们经常看到，一些作品刚刚新鲜出炉，便有批评的文字紧随其后。面对这种情状，大多数作家表示理解，甚至欢迎——毕竟批评也代表着一种关注，如果文章借此引发了社会反响，甚至形成了一种文化现象，作者究竟是失败还是成功的？就很难说。对此，作家方方却不这么看。她认为，任何人都无权指责作家“不该这么写”，更无法左右作家的内心。迟子建也表示，对于作家本身而言，前进或后退，心里很清楚，蒙不了也骗不了自己，作家才是自己最好的批评家。评论家李敬泽则认为，评论家和作家之间，应该有像赛跑一样的竞争关系。评论家的阐释和批评，和作家的意图肯定会有差异，双方都应该承认差异，从中汲取营养，深化对文学、对生活的理解。

这番话，让我想起了曾经订阅过的《文学自由谈》。这是本很有趣味的杂志，里面充斥着大量的批评性文章。那时候我年岁尚小，还不懂得使用尖刻和辛辣的语言去批评别人，每次翻开，如同三伏天吃了一通川蜀火锅般的过瘾。我清晰地记得，那些叫做李国文、韩石山、毛志成的人，执笔为枪，一字一弹，朝着他们不顺眼、不待见的文学事件和文学现象猛烈开火。不久（有时甚至在同一期杂志上），又有不少知名或者不知名的写手向他们反戈一击——战争由此蔓延开来，有时合上书，都能隐约听到里面传来的枪炮和喊杀声。因为都是自圆其说，这种较量最后往往难分高下，但我却真正感觉到了这些大小知识分子的可爱。他们的每次质问、隐喻、暗示和反讽都锐气十足，却始终言之成理，出以公心，呈现出没有丝毫芥蒂的批评之美，给了读者丰沛的想象空间和无限种可能。不象十年前的韩白之争，大家赢在气势，却齐齐输给了风度。当大师放下身段，草根走上舞台，这股积极的文风由此飘散开来，难怪王蒙说过：在我们的生活中，有《文学自由谈》和没有《文学自由谈》，是不一样的。

差不多也是在十年前，我出了第一本散文集。怀着有些卖弄的心理，寄给了远方的一位朋友。不久，她打来电话，劝我还是不要写了，因为不可能在这方面有太大造就。我挺气愤，自尊心也相当受伤害。她好象根本没有察觉，继续在那边戳我的痛处。她说，看了我的文章，感觉一是中国古典文学，尤其是古诗词浸润不深；二是对国外的经典作品几乎没有涉猎。这两点的缺失，对于一个作者来说，是致命的。因为，苦读诗书要的是童子功。而我，明显已经过了那个年纪。直到现在，当时的场景还在眼前闪回，我几乎是呆住了，好象已经修炼成精的猴子被瞬间打回原形。因为，她说的一点都没错，还有谁比我更了解自己呢。我讶异于她精准的洞察力，更感念她的坦诚和直言不讳，这敦促我以那本“处女作”为起点，开始了更加勤奋的读书和笔耕。如今，我的水平倒也没有太大长进（说到这里真的心中有愧），但总算没有辜负那位诤友的批评。

我周围的朋友圈，摆弄文字的人不少。可是，对于文学批评，他们大多三缄其口。一是不敢评。对于年龄大、资历又老的前辈，总觉得人家的气势摆在那儿，还没说话先自矮了三分，真要批评又怕人家不高兴，弄不好还伤了感情，不值当；至于年轻人，还是以扶植为主吧，如果哪句话不周，挫伤了积极性怎么办？毕竟现在培养一个新人不容易。二是不愿评。大家的时间和精力都有限，有批评别人的那个劲儿，放在自己身上好不好？多读本书养养眼，多写两篇稿子换点稿费花，至于批评，还是让有人文精神的去做吧。于是，朋友圈里经常是你发个帖子，大家齐点赞，动不动冠以名家、大师等尊称，叫得当事人骨酥肉麻，我却在一旁脊梁骨直冒凉风。就在相互吹捧、彼此致敬的氛围中，大家的自信爆棚了，友谊升华了，一派其乐融融的和谐景象。

不知刘勰转世看到这幕场景，会不会哑然失笑，我只知道，即便是 1500 多年写就的《文心雕龙》，到现在仍然被很多人口口传诵，并被奉为写作的圭臬。而那时批评的空气，如今却已不再纯正。当然，这不仅仅和雾霾有关系。

独步时光

白清秀

老王从未清晰地感受过思想渐变的过程，却于不知不觉中发现他早已不像往常一样劳心费力地游走于那些不喜爱的人身旁，不再从众穿梭于那些被世人跟风赞叹的景象。如今，老王的双脚开始遵从内心的指引，在阴郁中发现晴朗，在迷途中寻找花香，悠然享受着一个人自由的独步时光。

少年时候的老王，是一个内向寡言的孩子，家贫会把不更事的小娃压得挺不起脊梁。老王就像一颗以他人的肯定作为补给养分才能得以成长的草籽，无时无刻不在为周遭人的一言一行而改变自己，哪怕是一个微小的眼神，哪怕是一种异样的腔调，哪怕是一句不经意间的玩笑，都可能令老王积累甚久的自信土崩瓦解。

所以，关于那段历史，是被老王模糊淡忘了的。当然，那些故意被遗忘的零星画面不知何时就会从脑中不自觉地跳出来，偶尔搔搔老王的手脚心，偶尔惊得老王一身虚汗。忘记，并非健忘，而是一种无需开关自动感应智能开启的安全模式。老王坚决不让扰心之事存于胸口那本就不是十分宽敞的自留地，一定要将阴霾统统赶走，只纳明媚的暖日之景于心头，让绚烂定格。“黑暗”二字在老王的生活中，貌似从未驻扎超过两天，因为老王会在转身后鼎革复活。

只是，老王自己知道，他始终害怕给人留下一个落寞的背影，那是一种孤单，一种离群、失落、不可言表的孤单。于是，老王无论做什么事，始终不会是一个人，要么两人，要么三人，要么若干人……以至于去趟厕所老王也要抓个伴儿同行。久了，所有人都认为老王是个乐观的人来疯，就连老王自己也相信了。

直到有一天，老王突然发现，原来，他并没有想象中那般快乐。每个人的生活中总是存在那么一些人，由于不同的成长背景，不同的家庭环境，不同的性格秉性，不同的处事方法，使大家像活在不同维度空间里的无交集个体，无法交流，更做不到互相理解。

老王很累，真的很累。

在前进的路上老王像个走丢的孩子，想哭却又害怕陌生人看穿他的慌张，故作镇定却又心虚不已。那么多年，他一直用自己的委屈，应承着别人的笑脸。这是何苦呢？

老王变了，已然不惑的他开始享受一个人的时光：一个人在街边大排档的烤串中品味人生的酸甜咸辣，一个人在装满人的电影院里笑得前仰后合却又突然流下眼泪，一个人寻找城市里鲜为人知的惊喜角落，一个人逃离按部就班的生活桎梏去陌生的远方挑战未知的旅行……一切的一切，独来独往。

似乎，老王播于心田的花种一夜间都绽开了。

独步于春，老王的眼里映满宛若少女临窗企盼的郁金香苞，那轻颦沉思，那几分羞涩。若暗香浮动，丝丝娴静，朝迎晨风，暮伴夕阳，俏媚枝头凝蕊露，触角轻探飞窈窕。

独步于夏，老王恋上了雅致恬静的丛丛百合，不着一字，不问尘事，却饱含深蕴。携一份美丽的心情，求一种潜心的美，一切不快都在它们的微笑中云淡风清。有爱的日子，天空是明朗的，充满阳光。

独步于秋，老王醉入了那片片赤诚火热的菊田，寂静的土地，大片的金菊开得勾人心魄，对老王轻呼浅唤，笑得烂漫无邪。日子的火种，就像那翩翩起舞的菊朵，复制了心中的浓情，在相爱的人之间传递，让情感热烈地燃烧。

独步于冬，老王敬慕于那傲霜抗寒、圣洁坚强的梅，寒意岑岑，冷月凝霜，那粉白的小花却蕴藏着无穷力量，高风亮节，清姿卓丽。那是冬日对岁月流逝的感叹，每一个眷恋的回眸，便开出一朵梅，凝于枝头。

老王这时才发现，原来，单枪匹马独行天下可以随时转换方向，一个人的脚步如此轻松自由。老王越来越容易在独处的时候扬起嘴角，他懂得了遵从内心才是世界上最幸福的感觉。

他终于做回了自己！

人们通常用白天来做别人眼中的别人，用夜晚来做自己心中的自己。别人是用来行走江湖的，所以时而世俗时而侠肝。而自己则是用来塑造理想王国的，所以时而热情时而飘渺。老王明白，当他在清晨苏醒的一霎那必须要面带微笑，把今天当作当天馈赠给自己的一个奢侈礼物，因为每个人能不能和明天握手都不得而知。管它乌云是否在呐喊，管它阳光是否会刺眼，日子都会在不经意间渐渐逝去，时间会一如既往默契地交接。只要抬起头，天空里就不再有忧愁。

成长是快乐的，日渐其上，如竹笋拔节。蛰伏的力量厚积薄发，迸出甘洌的浆，缀满甜甜的果。每个人都可以独自上演一部独角戏，在舞台上放声吟唱，在大幕下尽情歌舞，无论有无同伴的辉映也依然可以绽放精彩真我，享受独步时光。

评论卷

论人民性的历史发展与现实意义

王向峰

文艺的人民性问题的提出，是始于作家艺术家的创作与人民大众的关系，即作品中的普通民众的地位及作者对其采取的态度。在社会主义史前阶段上的文艺中，人民性的思想基础是人道主义；在社会主义历史阶段的人民性的思想基础是历史唯物主义。在中外古今的文艺史上以人道主义思想为出发点，对于人民的奋斗精神、理想愿望表现了支持意向，对于普通民众的悲苦命运、不幸遭遇表现了同情态度，都是人民性的表现。在社会主义的人民文艺的历史发展阶段上，与人民当家做主的历史地位相适应，坚持以人民为中心的创作导向，努力表现人民建设新生活的伟大创造力，显现为新质的人民性，实现为与文艺的社会主义党性的一致性，是坚持社会主义文艺的方向保证。文艺的人民性问题，从概念上来说在文艺理论中并不是一个新问题，但却是一个在相当长的时间里因政治气候而被打入冷宫的问题。但是即使在中国上世纪五、六十年代的文艺评论中大量使用这一概念时，也主要是局限为对于古典文艺作品的一种肯定之词；至于在社会主义的文艺创作中有无人民性的表现存在，则不被用于对社会主义新文艺的评论中。当年的苏联文艺理论界，在评论现时文艺作品中，则以“党性”取代了具有丰富历史内容的“人民性”。然而马克思主义文艺思想中看到，从马克思到习近平对文化艺术的评论中都明确地运用了这一理论范畴，因为它是社会主义方向的一种保证。

一、人民性范畴的历史追溯

文艺的人民性问题的发生，从根本意义上说是来自文艺家的创作与人民的关系，其核心所在是如何表现人民的形象，对他们采取什态度，给他们以什么历史地位，使创作出的作品与他们发生怎样的关系，等等，即作品的社会倾向上有多大程度是人民的。对于上述种种问题在理论上以范畴提出和比较系统的回答，是俄国 19 世纪前期革命民主主义理论家别林斯基、车尔尼雪夫斯基、杜勃罗留波夫。俄国十月革命后关于人民性的说法也是祖述他们的理论。综合他们关于人民性的理论，尤其是别林斯基的观点，大体上是下述几个基本点。

一是真实地反映人民的生活。以文艺作品对人民的生活进行忠实的描绘，表现出人民的追求、愿望与历史使命。别林斯基在 1834 年说："我们的人民性在于描绘俄国生活图画的忠实性。"又说："文学是人民的意识，它像镜子一般反映出人民的精神和生活；在文学中像在事实中一样，可以看到人民的使命，它在人类大家庭中所占的地位，以及它的存所表现出来的人类精神历史发展的契机。""所有的人都在追逐人民性，可是只有那些不曾谋求钻营、只想呈现本来面目的人才获得了她。""人民的诗是一面镜子，反映人民的生活及其一切特殊的色彩和乡土的标志。"车尔尼雪夫斯基在论述民间文学反映人民生活时，特别强调反映了"人民群众的强力、崇高的感情"。

二是以人民的思想情感创造作品。这是说作家应须按近人民，在作品中表现的思想感情是人民的，有人民的思想感情和世界观，在作品中渗透人民的精神，以平等的态度对待人民，丢弃一切偏见。别林斯基认为作品的人民性的取得，作家具有"人民的世界观"是重要的保证，"因为人民的文学源泉可能不是某种外在刺激或外在的推动力，而只是人民的世界观。"这种以人民之心为心的主体便有了"精神的种子"，"有如真理的直觉"，"人民通过它而认出一切事物之存在的秘密"。由此可见人民性内涵意义十分深厚，所置的层次也是文学与人民关系的最高度标志。因为这是作家为人民代言，以作品反映人民愿望的决定性条件。杜勃罗留波夫说到实现为人民性的条件时特别指出了一个与此相似的必有之点："我们（不仅）把人了解为一种描写当地自然的美丽，运用从民众那里听到的鞭辟入里的语汇，忠实地表现其仪式、风习等等的本领……要真正成为人民的诗人，还需要更多的东西：必须渗透着人民的精神，体验他们的生活，跟他们站在同一的水平，丢弃阶级的一切偏见，丢弃脱离实际的学识等等，去感受人民所拥有的一切质朴的感情。”

三是作品能引起人民热烈共鸣。因为人民性的作家和作品深扎于民族历史文化的土壤之中，与人民同苦乐，在精神、思想方法、情感等方面有出自民族的表达方式，能引起人民热烈的共鸣。别林斯基认为，一个作家生活在民族的生活中，种种生活经历必然“给他留下特殊的印记”，他“对自己的祖国怀有深厚的情感，共享她的希冀，乐其所乐，苦其所苦”，这时的作家的人民性表现的原因，除了其出生地之外，还在于他获得了与社会的共鸣，在参加社会生活中“获得它的隐秘”，因而在“精神、思想方法、情感方式等等方面”，也深深地浸透着与人民一致的审美情趣，所以向人民群众提供的作品，在“对于事物的看法和思想与情感的表达方式”上，能引起“人民热烈的共鸣”。别林斯基在这里是强调作品写人物要有深厚的历史与文化的积淀，有丰富的人民思想情感，使人民在喜闻乐见中热烈共鸣。别林斯基在论述人民性时以民族的历史文化为世境，并以人民的共鸣为终端，这为创作题材的广泛性留下了广阔的空间，即实现文艺的人民性，除了直接表现人民，而以“人民的看法”写，和使“人民热烈的共鸣”，这样的作家作品都是人民性内涵应有之义。

四是人民性的实现与作者的民族精神与民族眼光不可分。别林斯基在《论人民的诗》中说：“脱离民族气质的人是一个幽灵。”因为“无论诗从哪一个世界提取他的创作内客，无论他的主人公们属于哪一个国家，诗人永远是自己民族精神的代表，以自己民族的眼睛观察事物并接下她的印记的。”他特别强调真正民族性的诗与人民意识的联系和对于构成人民性的意义。他说：“每个民族的诗都是人民意识的直接表现；因此，诗人和人民生活是紧密地融合在一起的。这就是何以诗必须有人民性，何以一个民族的诗和一切其他民族的诗不同的缘故。”别林斯基以个体特殊与普遍性的关系来说明民族性与世界性，认为没有民族的特殊性，就不会取得作为无数民族特殊性的共同形式的普遍性。所以他的结论是：“只有又是世界性的、又是人民性的文学，才能是真正人民性的文学。”这就是说，超脱民族性的基础不仅没有人民性，也没有世界性可言。

五是与伪人民性划开界限。在别林斯基对人民性的论述中，始终是以具有人民性的当代与前代作家的作品为基础的，因此以深入作品描写的人民生活为论证点，这其中也遇到了表面看来颇似人民性的表现，如“农民的语言或极力模仿歌谣和民间故事的手法，”或是“沒有才能而想获得人民性的人，他永远趋于通俗和庸俗；他也许会忠实地摹写出下层人民的一切恶浊现象，酒馆，市场，陋屋，一句话——贫民，但却永远不能掌握人民的生活，不能获得人民性。”如其所指出的是模仿歌谣和民间故事的方法，又是写贫民的作品，这已经是靠近人民了，怎么却没有人民性呢？别林斯基从写人必须写出有思想的人的视点上给予说明：“对艺术说来，比人更高贵、更崇高的对象是不存在的——然而，要有被艺术描写权利，人应该是人……农民也有心和灵魂，欲望和热情，爱和恨———一句话，他也有生活。但是，要描写一个农民的生活，我们说过，必须抓住这生活里的思想，于是它就不会有任何粗糙，庸俗、鄙陋而愚蠢的东西了。”由此可见，在别林斯基的人民性理论中，不论是写人民生活，引起人民共鸣，民族精神和眼光，都“必得掌握思想底不可见的、芬芳的醇精。”也就是没有思想性的艺术，人民性则无从谈起。

别林斯基等理论家关于文艺的人民性问题，从 19 世纪三十年代就提出来了，并相继地不断阐发，所依据的作品既有俄国当时和以前的，对外国的作品也包括有从文艺复兴到 19 世纪的作品。这表明在其当时，“人民性”作为一个评量作品的尺度，其适应性并不仅是仅限于俄国文学或俄国当下的文学，而是关于作家与人民的关系及作品思想评量的普遍性的尺度。但是不论在苏联当时、在新中国初期的十几年中，比较普遍地是仅以人民性作为评论古典作家的一个尺度，而对当代作家却少见以人民性的尺度评论其作品的。而当中国到了“以阶级斗争为纲”的时段，因视“人民性”为违反阶级观点，则被否定出文艺理论，连对古典作家作品的评论也不用这一概念了。从春风文艺出版社 1981 年出版的北京师范大学文艺理论教研室编的《文艺理论学习参考资料》这一比较全面的资料库中，所收录的两位权威理论家冯雪峰和黄药眠二人在解放初（1952、1953 年）论述人民性的论文看，其人民性的施用范围，都没超出古代文学对象；此后则在国内的评论界与高校教学中普遍随之而行。可见，人民性范畴的普遍、深远的意义，不约而同地被人为地局限了。

二、在马列主义经典中探寻人民性

马克思主义经典作家在创立人民的社会解放和无产阶级革命学说时，把社会主义的文艺与人民的关系作为一个服务方向问题加以论证，表述了关于人民性和人民在文艺中的地位问题的一系列见解，至今仍具极其重要的现实指导意义。

首先是文艺表现人民的问题。这是针对文艺作品的表现内容提出的问题。马克思和恩格斯在考察社会历史过程中的文艺发现，不论哪个历史阶段上推动历史前进的主要力量都是人民大众，如马克思在《神圣家族》中所说：“历史活动是群众的事业。”但在已往的文艺作品中却没有获得应有的地位，所以他们一旦见有作品对一般民众的表现，即予肯定，实际是要求无产阶级登上历史舞台之后，理应在文艺作品中更应占有应得的历史地位。恩格斯在《大陆上的运动》一文中标示了一个显现人民的“旗帜派”小说家群体。他说：“德国人开始发现，近十年来，在小说的性质方面发生了一个彻底革命，先前在这类著作中充当主人公的是国王和王子，现在却是穷人和受轻视的阶级了，而构成小说内容的，则是这些人的生活和命运、欢乐和痛苦。最后，他们发现，作家当中的这个流派——乔治·桑、欧仁苏和查里·狄更斯就属于这一派——无疑地是时代的旗帜。”“旗帜派”一类的作家都是同情人民的作家，他们的作品暴露了剥削和压迫给人民带来的不幸，有利于人民对资本主义制度的认识，具有人民性。为此马克思早在 1842 年即提出“自由出版物的人民性”的问题，并认定这种人民性“它的历史个性以及那种赋予它以独特性并使它表现一定的人民精神的东西。”马克思和恩格斯在评论文艺作品表现人物对象时，始终坚持文艺要表现人民群众的历史地位。马克思在评论拉萨尔的剧本《济金根》时，认为拉萨尔把国民统一的希望完全寄托在代表贵族利益的没落骑士身上，而看不到当时的“农民和城市革命分子的代表（特别是农民的代表）”这一“应当构成十分重要的积极背景”的革命力量。恩格斯在评论《济金根》时认为：“贵族的国民革命只有同城市和农民结成联盟，特别是同后者结成联盟才能实现”，但悲剧性却又在于农民与贵族因阶级利益对立而不可能结成联盟。在马克思恩格斯看来，是拉萨尔轻视工人阶级在德国 19 世纪革命中的作用，才导致他在《济金根》剧本中对革命群众的轻视。

其次是强调作为广泛代表人民利益的无产阶级在文艺表现中地位。在马克思恩格斯领导无产阶级革命的年代，他们非常看重作家对于工人阶级斗争生活的表现。1844 年德国西里西亚的纺织工人举行起义，工人创作了自己的战歌《织工歌》，马克思高度评价为“反对私有制社会”的“勇敢战斗的呼声”。而诗人海涅作为社会主义运动的同情者，也写了《西里西亚织工之歌》，诗中对专制国家和骗人的上帝和杀人的国王，都进行了批判，恩格斯评之为“参加了我们的队伍”的“宣传社会主义的诗作。”英国伯明翰的米德表现工人对资本主义工厂制度的批判、并号召千百万工人起来打倒以“蒸气”为象征的国王的诗，恩格斯的赞扬为：“它正确地表达了工人中的普遍的情绪。”恩格斯一直不断地号召社会主义的文艺要“歌颂倔强的、叱咤风云的和革命的无产者”；而在哈克纳斯的信中则对于已经获得五十年成长历程的战斗的无产阶级，在《城市姑娘》小说中仍是“消极的群众”，认为“这样的描写就不是正确的了。工人阶级对于压迫他们的环境的革命的反抗，和想恢复自己的人的地位的紧张的企图——不论是半自觉或自觉的——都是属于历史的一部分，因而可以在现实主义的领域中要求一个地位。”在马克思恩格斯论述文艺与人民和无产阶级的关系的当时，还是资产阶级统治的社会，他们要求文艺表现人民和无产阶级的革命斗争，在期望与实际可能之间还有很大的距离，但却具有全新而深远的历史意义。实际上是为无产阶级取得社会主义革命胜利后，如何建设人民的社会主义文艺事业，提供了重要的理论基础，这在列宁和中国共产党领导的社会主义文艺思想路线上得到了充分的体现。

第三是文艺必须为千千万万的劳动人民服务。列宁在 1905 年发表的《党的组织和党的文学》中，明确地提出无产阶级领导的“社会民主主义文学”，“它不是为饱食终日的贵妇人服务，不是为百无聊赖、胖得发愁的‘几万上等人’服务，而是为千千万万劳动人民，为这些国家的精华、国家的力量、国家的未来服务。这将是自由的文学，它要用社会主义无产阶级的经验和生气勃勃的工作去丰富人类最卓越的革命思想，它要使过去的经验（从原始空想形式的社会主义发展成科学社会主义）和现在的经验（工人同志们当前斗争）之间经常发生相互作用。”列宁发表这篇文章时十月革命虽未发生，但已胜利在望。而在胜利之后，“为了使艺术可以接近人民，人民可以接近艺术”，新生的苏维埃政权在列宁领导下，组织了多种形式的文化艺术下乡活动，列宁为此也发表了许多见解。列宁在与蔡特金的谈话中指出：“艺术是属于人民的。它必须在广大劳动群众的底层有其最深厚的根基。它必须为这些群众所了解和爱好。它必须结合这些群众的感情、思想和意志，并提高他们。它必须在群众中间唤起艺术家，并使他们得到发展。”又说：“我们的工人和农民理应享受比马戏更好的东西。他们有权利享受真正伟大的艺术。”

第四是坚决反对以为工农大众的名义搞低级庸俗的文化艺术。在旧俄时代，工农大众的文化水平低，接受高深的艺术比较困难。这时通俗的文化艺术品有市场，于是伺机便以民间的通俗形式推销低级趣味的庸俗东西。列宁在题为《评“自由”杂志》的文章中，对一本打着“为工人”旗号的《自由》杂志进行严肃的批判。指出：这是“一本十分糟糕的杂志。”“不是什么通俗，而是低级趣味的庸俗”“庸俗化和浅薄同通俗化相差很远。”列宁在十月革命之后领导艺术工作中特别警惕“庸俗的小市民习气”对人民艺术的浸染。他在 1918 年对若尔朵夫斯基的工作指示中说：“应该把美作根椐，把美作为构成社会主义社会中艺术标准。”警惕“庸俗的小市民习气有渗进我们艺术的危险。”在列宁的指示里，我们不难理解：通俗是一种表现形式，它可以承载美好益人的内容，并便于大众无阻隔地接受；而庸俗和低俗的文艺作品，都是内容丑陋、浅薄，徒有通俗形式而只存有害于社会人心的东西。所以反对庸俗决不是不要审美表现的通俗性。

三、两个文艺座谈会与为人民服务的方向

在中国共产党领导文艺战线的工作进行中，有两次重要的工作会议，即 1942 年 5 月在延安由毛泽东主席主持召开的文艺座谈会，和 2014 年 10 月在北京由习近平总书记主持召开的文艺座谈会，两次座谈会的中心主题都是确立和明确文艺为人民的服务方向，都是中国文艺史上开启新机的会议。

在延安的会议上，毛泽东的讲话明确地确立了“我们的文艺应当‘为千千万万劳动人民服务’”的方向。《讲话》中所说的“最广大的人民大众”，当时就是指工人、农民、人民武装队伍与“城市小资产阶级劳动群众和知识分子”。文艺家要为这四种人服务必须接近工农兵，站在无产阶级立场上表现工农兵，教育工农兵，不能“追求其中落后的东西”，不能“把自己的作品当作小资产阶级的自我表现来创作。”

《讲话》中确立了“为人民大众”的服务方向，确认首先是为工农兵的，因此文艺家只有深入工农兵群众的实际斗争，取得丰富的生活源泉，并在与工农兵结合中，把立足点移到工农兵方面来，这是创造出革命文艺作品的思想保证。毛泽东说：“一切革命的文学家艺术家只有联系群众，表现群众，把自己当作群众的忠实的代言人，他们的工作才有意义。”

《讲话》中论述文艺为人民大众服务方向，把服务点直接落实到广大人民的现实历史任务之上，这是文学艺术的社会历史使命的现实性的实现。不了解这一点就无法了解《讲话》的深义。《讲话》中反复说到当时工农兵群众所处的抗日战争的现实严峻形势，指出文化是革命的战线之一，“文化的军队，这是团结自己、战胜敌人必不可少的一支军队。”“我们今天开会，就是要使文艺很好地成为整个革命机器的一个组成部分，作为团结人民、教育人民、打击敌人、消灭敌人的有力武器，帮助人民同心同德地和敌人作斗争。”还具体指出我们的人民文艺，“对于日本帝国主义和一切人民的敌人，革命的文艺工作者的任务是在暴露他们的残暴和欺骗，并指出他们必然要失败的趋势。”在当时，战胜日本侵略者，实现民族解放，是中国人民共同的神圣任务，而人民的历史任务就是人民文艺的历史任务，对此岂能不积极地去承担？《讲话》所确立的服务方向，其深远与恒久的意义正是在这里。

在《讲话》中提出创造“为人民大众的文学艺术”时，要求文艺家应向人民群众的文艺学习，“吸收由群众中来的养料”。毛泽东说：“我们的文学专门家应该注意

群众的墙报，注意军队和农村中的通讯文学。我们的戏剧专门家应该注意军队和农村的小剧团。我们的音乐专门家应该注意群众的歌唱。我们的美术家应该注意群众的美术。一切这些同志都应该注意和在群众中做文艺普及工作的同志发生密切的联系……从他们吸收由群众中来的养料。”在毛泽东的文化思想中，学习“人民群众的丰富的生动的语言”，学习“古代优秀的人民文化”(《新民主主义论》)，一直是以实现为人民服务的方向之所需被特别看重的。

毛泽东《在延安文艺座谈会上的讲话》，历经七十多年，充分证明了它的真理意义。而习近平总书记2014年10月15日关于“坚持以人民为中心的导向”的讲话，继承并进一步发展了毛泽东延安讲话中关于文艺为广大人民群众服务的思想，更能见出社会主义文艺的人民性的应有意义与丰富内涵。

一是明确认定“文艺事业是党和人民的重要事业，文艺战线是党和人民的重要战线。”由于社会主义文艺事业是人民的事业，这个性质决定，文艺必须坚持以人民为中心的创作导向。习总书记说：“社会主义文艺，从本质上讲，就是人民的文艺。文艺要反映人民的心声，坚持为人民服务、为社会主义服务这个根本方向。”按这一方向要求，今天的文艺的各个领域“都要跟上时代发展、把握人民需求，以充沛的激情、生动的笔触、优美的旋律、感人的形象，创作生产出人民喜闻乐见的作品，让人民精神文化生活不断迈上新台阶。”满足人民的时代需要的文艺，既是人民文艺的性质保证，也是对于历史时代的积极适应，能使文艺始终处于反映时代并引领时代的前端地位。

二是“把人民作为文艺表现的主体”，并与人民心连心。为此文艺家要掌握人民生活的“源头活水”，“从人民的伟大实践和丰富多彩的生活中汲取营养，不断进行生活和艺术的积累，不断进行美的发现和美的创造。要始终把人民的冷暖、人民的幸福放在心中，把人民的喜怒哀乐倾注在笔端，讴歌奋斗人生，刻画最美人物，坚定人们对美好生活的憧憬和信心。”在这里我们看到，文艺家不仅是以作品反映人民生活，还要与人民同心地反映人民的生活。从马列主义经典作家对艺术要表现人民立论以来，在此最具直达社会主义作家身份的贴近性，只有达到这样“为人民抒写、为人民抒情、为人民抒怀”，真正与人民同心的程度，才配称为与人民同一战线的文艺家。

三是积极适应人民的历史需要，以充满时代精神的作品奉献人民。在习近平的讲话中，要求文艺家以“最好的精神食粮奉献给人民”。对于什么是“最好的”，广见于讲话的多种要求之中，但最基本的是思想与艺术在真善美统一之中。“要高扬社会主义核心价值观的旗帜，把社会主义核心价值观生动活泼、活灵活现地体现在文艺创作之中，用栩栩如生的作品形象告诉人们什么是应该肯定和赞扬的，什么是必须反对和否定的，做到春风化雨、润物无声。要把爱国主义作为文艺创作的主旋律，引导人民树立和坚持正确的历史观、民族观、国家观、文化观，增强做中国人的骨气和底气。”

四是习近平总书记讲话对于文艺评论工作，提出要“运用历史的、人民的、艺术的、美学的观点评判和鉴赏作品”的原则。此中之历史的、艺术的、美学的作为批评鉴赏范畴，过去已分别见有出现，唯有“人民的”则未见有以批评鉴赏范畴出现过。这是别有深义的。这是与社会主义的文艺是人民的文艺，是坚持以人民为中心的创作导向所决定的，是文艺为人民服务方向的终端保证。2014 年 8 月 20 日习近平总书记在全国宣传思想工作会议上讲话，其中有对党性与人民性的一致统一性的深刻论述，从我党的立党宗旨及其实践所为的高度阐发了党性与人民性的一致性与统一性，即坚持党性必须同时坚持人民性，而人民性的实现是党性的一个方向性的出发点和落脚点。他强调指出：“坚持人民性，就是要把实现好、维护好、发展好最广大人民利益作为出发点和落脚点，坚持以民为本、以人为本。要树立以人民为中心的工作导向，把服务群众同教育引导群众结合起来，把满足需要同提高素养结合起来，多宣传报道人民群众的伟大奋斗和火热生活，多宣传报道人民群众中涌现出来的先进典型和感人事迹，丰富人民精神世界，增强人民精神力量，满足人民精神需求。”这是从党的全盘工作角度所阐发的人民性的内涵，其中也包括有文艺的人民性在内。

习近平总书记以人民性作为社会主义一切事业的方向导向，这里的根本原因在于，中国共产党的立党宗旨就是为人民服务的，所领导的革命队伍和一切事业，无不是在这一导向下，实现为广大的人民群众服务。追本溯源，以人民为中心，或者说是文艺的人民性，在马克思主义的理论当中，或者说在这个无论是中国的革命文化传统当中，文艺理论当中，人民性问题都是一个非常突出的问题。人民性的问题的重新提出和邓小平同志强调的“我们的一切都是为人民的，文学艺术也是为人民的”，特别提出“人民是文艺工作者的母亲”，从这以后，人民性问题才渐渐地在文艺评论中以明确的概念提到文学艺术的理论中来，提到文艺实践当中来。在习总书记在多次讲话当中，无论是讲文艺问题，或者讲我们的整个社会工作问题，都特别明确提出“人民性”和“人民的”概念。这样，人民性问题已成为我们今天一切工作所遵循的一个方向性的引导。

社会主义文艺是人民的文艺，因此，文艺必须为人民服务，为社会主义服务。

我们从历史过程中了解到文艺与人民的关系，以及人民性范畴的发展演变过程，定会使我们今天更加自觉地坚持以人民为中心的创作导向，创作出更多无愧于时代的优秀作品，实现文艺为人民服务的天职。

2015 年 1 月 16 日

基金项目：辽宁省社会科学规划基金重点项目，项目编号 L14AZW001

此文刊于《辽宁大学学报》2015 年第 3 期

作者简介

王向峰，辽宁辽中人，辽宁大学文学院教授，北京师范大学文艺学中心研究员、博士生导师，主要从事文艺美学的理论与历史研究。

鲁迅与“别有根芽”的花朵

高海涛

上世纪八十年代我在美国访学的时候，曾写过一篇论文 :《鲁迅 : 文化气质的迥异》(On the Significance of Luxun's Unique Temperament from the Perspective of Chinese Culture)，其中的主要观点，是认为鲁迅先生不仅是中华民族精神的代表，而且是气质迥异、特立独行的代表。这个思想资源来自拉美作家博尔赫斯，因为他说过，真正代表一个国家及其民族精神的作家，其人格气质往往不同或超常于这个民族较普遍的文化性格，如莎士比亚的华丽放诞与英国人的审慎与保守，歌德的宽宏大度与德国人的极端与狂热，雨果的凝重深奥与法国人的温和与浪漫。当然，还有塞万提斯和西班牙，等等，都可以作如是观。我认为鲁迅和我们中国文化与民族精神的关系也是这样，“横眉冷对千夫指，俯首甘为孺子牛”，他一方面是那么深刻、冷峻，毫不宽假，一方面又是那么慈爱、悲悯，眷顾后学，总之他的性格是十分极致的，是与中国文化历来推崇的中庸、中和之道和传统人格理想是截然不同的，而正因如此，他才在新的高度上成了我们民族精神与文化精神的坚贞不屈的代表者，即所谓“空前的民族英雄”。也正因如此，鲁迅精神是不朽的，不会因世风流变或某些“价值重估”的话语而过时。几年前在萧军纪念会上，我重新表述了这个观点，当时周海婴先生也在场。

有人这样举例，说鲁迅主张“一个都不宽恕”，而胡适主张“宽容比自由更重要”，比较而言似乎胡适比鲁迅更广大和深厚。我认为这是非常简单化的比较，因为胡适的主张说到底并没有超越传统，在超越性上他并没达到鲁迅的高度，所以他并不足以代表中国文化与民族精神。同样，举凡林语堂、梁实秋、周作人、沈从文、张爱玲等等鲁迅的同时代作家，他们之所以不能超过鲁迅，不说历史影响及其他原因，至少可以说，他们的思想精神和气质还没有浮出传统文化与传统人格的水面，而鲁迅则如凛然的冰山，在中国文化的水面之上闪耀着新的精神光芒。

鲁迅为萧军、萧红的作品作序，这对东北作家群在现代文学史地位的形成，无疑具有很重要的标志性意义。但这除了文学的认同，我觉得还有一种精神认同。至少在萧军这里很明显。

萧军和鲁迅，不仅有文学思想和文学观念上的影响，在精神人格方面也是有所传承，相互印证的。萧军是东北人，但他那种求真、坦荡、乐观、侠义和无论什么时候都能保持“重压之下的优雅风度”（海明威语）的硬汉精神，和东北人的普遍性格既有关联又有超越，显示出一种引人注目的张力。可能也正因如此，作为作家的萧军无可质疑地成了东北人和东北文化的某种文学表征。这突出地表现在他和东北作家群的关系上。萧军是东北作家群的领军人物，他对这一彪炳史册的作家群体的形成和发展都起到了至关重要的作用。而且还不仅是这样，从中国现代文学史到当代文学史，乃至到今天，似乎萧军的命运也总是和东北作家群的命运密不可分，可谓功荣共辱，同浮同沉。这和萧红的情况是很不一样的。萧红的文学成就和当前所获得的评价可能要高于萧军，但这种评价更多涉及的是她个人，与一个地域的文学和一个群体的地位仿佛没什么关系，至少在人们的接受心理上是如此。落红萧萧，就如同一个落地的花儿因为自身特别美，人们就有意忽略或不想弄清她是来自哪方水土和树木了。而萧军却不同，他的名字好像注定要和东北作家群及东北文学的概念联系在一起，怎么也分不开。如果说萧红是东北作家中成就最大、地位最高的作家，那么萧军则是东北作家群众最具代表性、象征性乃至符号性的作家。萧军是传奇的，东北作家群也是传奇的；萧军是流浪的，东北作家群也是流浪的，不仅流浪与于上世纪三四十年代的大半个中国，也流浪于中国现当代文学史和某些文学史家的所谓研究话语。

看过电影《黄金时代》，其中的人物我见过四位。按时间顺序，一是锡金，二是萧军，三是端木，四是海婴。但这部影片给我最大的感受是风。张爱玲在《忆胡适之》一文中写她在美国，去看望有些穷愁落寞的胡适之先生，告别时她望着河水，觉得“仿佛有一阵悲风，隔着十万八千里从时代深处吹出来，吹得人眼睛都睁不开”……我觉得萧军和萧红就是在这样的风中向我们走来。所以我曾用《远去的漂泊》来描述萧军的精神形象。因为正是这种精神的流浪和漂泊，在文学史所称的“跋涉”

之外，构成了萧军的另一种意义。

梁遇春当年论西方的流浪汉，曾把惠特曼的《草叶集》称作“流浪汉的圣经”，而在萧军身上和他的作品中，我们则会感受到来自关东大地无边旷野的强劲苍莽的“草叶”气息，他有一颗独属于中国本土的流浪汉的灵魂。这也许就是萧红评价他所说的“强盗的灵魂”——不讲礼法、毫无机心、任性顺情、自由飞扬。是的，在所有关于东北作家群的回忆和讲述中，我们所看到的就是这样的萧军，他体现了自身的丰富性与具体性——他可以扑倒在鲁迅的灵前失声痛哭，也可以在大上海的草坪上挥拳动武；他可以从哈尔滨的小旅店救出沦落无助、苍白凄婉的萧红，也可以在大西北的黄河边坦荡忘情地追求世家少女；他可以在革命圣地傲然拒绝毛泽东的挽留和礼遇，也可以率性上书、甘犯众怒地为王实味辩解；他可以在陕北尘土飞扬的大风中和共产党的领袖们饮酒高歌，也可以辞官不做，倾慕白云……

而这辞官之举，就发生在我的母校。和锡金一样，萧军也曾在我的母校工作过。当时的东北师大叫东北大学（曾在佳木斯等地，后迁长春），是由张学良创办的老东北大学与原解放区的延安大学合并成立的，校长是张学良胞弟张学思将军，萧军时任文学院长。对那段经历，他后来在回忆录中这样记述——

到了佳木斯又和家人团聚了。他们是比我先来的。这里按照供给制的制度，也确实把我做“院长”来待遇了……出门有马车，据说还为我准备了一位挂枪的警卫员，但我把这警卫员辞谢了，因为我不习惯身后有人跟着……最不习惯的竟有人喊起“院长”来了。这一称呼对我竟是陌生得很，似乎和我毫无关系。而我向来只能听人叫“萧军同志”或“老萧”我以为才是在叫我。于是最后我就下了决心，必须要把“院长”这个官衔从我的头上摘下去。

这样的回忆，很让人惊讶和感叹。惊讶的是，那只是解放初期；感叹的是，那只是一所校园，等级制就达到了如此地步，而萧军的辞官之举虽是性情使然，却不失为一个标志，既印证了他所谓的“自由主义”个性，也预示了他命运的奇特转折。他离开东北大学回哈尔滨办报，那里是他初遇萧红携手跋涉魂牵梦绕的地方，但也正是在那里，他开始了厄运，风雨如磐，灵台无计，不习惯“待遇”的他却无可抗拒地得到了另一种待遇，并从此沉寂了整整三十年。

但萧军的可贵之处在于，他的悲剧个性与乐观精神是浑然统一的，即使在不同寻常的逆境中，他也能坚守人格的自由、心态的健康、情感的自尊。作为天性放达的人，“他一生中没有一天不是欣欣向荣的，就是悲哀时节，他还是肯定人生，痛痛快快地哭一阵之后，他的泪珠已滋养大了希望的根苗”（梁遇春语）。特别是“文化报事件”之后身处逆境的萧军，其顽健开朗的胸襟令人目击而道存。他是从别人的“春天”开始熬过他自己漫长的“冬天”的，而在这三十年中，他除了拼力生存，强烈主张自己发表作品的权利外，心境仍能做到安然自适。而“文革”浩劫中，萧军与老舍在北京被批斗时相见的情景令人分外感怀，两个生命气质鲜明不同的作家，在那种特殊的“生死场”上相见无言，但这无言中却有惊天动地的文化人格选择，老舍第二天投了太平湖，而萧军却选择了横眉冷对地活下去。可以说，萧军的流浪汉性格中有着特殊的坚韧与顽强，正因如此，当真正的“春天”到来之后，人们发现“出土文物”似的萧军还是那样坦荡、达观，正气依旧，锋芒不减。而此时，离他开始文学“跋涉”的日子已有五十年，离鲁迅先生去世的日子也已四十余年。

在有关萧军的叙事中，鲁迅是无法忽略的存在。人们提到萧军，总必先谈鲁迅。因为鲁迅说过“石在，火种是不会灭的”，就把他称为“鲁迅石”，并仿佛这是对他最公正合理的评价。鲁迅对萧军的影响无疑是巨大的，萧军对鲁迅的崇敬也毕生刻骨铭心，但问题在于，除开鲁迅的影响，萧军是否有独特的人格精神遗产？我想至少，萧军所走过的是他自己的精神历程。他的生命中有勇往直前的跋涉，也有无可归依的飘泊；有坚定嘹亮的呐喊，也有孤身流浪的歌吟；他的心灵属于黑土地、白桦林、茂草、高粱、流云、野马，属于为人的基本尊严而率性奋起、直切坦荡、乐观顽健的抗争。而这些，是不能全部归于鲁迅的精神的。鲁迅本人就曾十分赞赏萧军的“野气”，认为那是江南文人所没有的气质，更是奴隶所没有的气质。尤其萧军后来的人生遭际与命运，同鲁迅当年的时代环境及人生体验，是无法类比的。因此，在二十世纪文化人格多元存在的风景中，可以这样说，不论鲁迅精神多么伟岸，也不能遮蔽萧军所独有的精神品格与力量。

也许这是东北黑土地的一种赋予。这片土地相信流浪与漂泊，相信反抗与奋争，有时甚至相信苦难。即鲁迅所说的“生的挣扎与死的坚强”。不久前我读到了翻译家高莽先生所撰写的《白银时代》一书，其中写到阿赫玛托娃，说诗人相信苦难是人所不能摆脱的命运，因此当厄运降临的时候，她比许多同时代作家和诗人都表现出了更大的勇气和韧力。实际上，萧军又何尝不是如此？他完全当得起阿赫玛托娃这样的诗句：“我们从来没有回避过 / 对自己的任何一次打击…… / 世界上不流泪的人中间 / 没有谁比我们更自豪、更纯粹……”

鲁迅写过《狂人日记》，但萧军并不属于那种“狂人”，他可能更像是中国古代语境中的“狂客”。狂人肯定不受欢迎，狂客也很少有人待见，所谓“天南地北，问乾坤，何处可容狂客”，就道尽了此中悲欢。所以，仅就文学史研究而言，萧军的形象不仅是暧昧的，也相当程度地被世俗化了——鲁迅的弟子，萧红的骑士，作为当年东北作家群的卓然拔萃者，他的名字似乎只有在鲁迅光芒的抚照下，或在萧红光彩的映照下，才显示出某种分量。这种世俗化，其实就是另一种形式的边缘化，而萧军的独特意义则被盲视和遮蔽了。或许，萧军的意义同他的人生命运相似，注定地属于流浪与飘泊。

实际上，这种流浪与漂泊也属于文学史上的东北作家群，许多年来，对包括萧军在内的东北作家群的研究，似乎基本上都是处于“阐释的循环”之中，因袭的、模式化的言说远远多于独立的思考的创获。所以，从上世纪九十年代到新世纪初，人们对现代文学、现代作家有过一系列的重新解读和发现，但相比之下，对现代东北文学和东北作家群的研究，却显得那么冷清和寂寞，没有月亮也没有星星，甚至没有让人稍为振奋的风。

有人分析这里的问题，说是因为“左翼文学”被遮蔽了，东北作家群自然也被遮蔽了。但这一判断有两点需要质疑，其一，难道鲁迅、茅盾所赞赏的东北作家群的创作，都注定或无可争辩地属于“左翼文学吗”？其二，在“左翼文学”未被遮蔽而大行其道的时期，如上世纪五十年代，难道东北作家群曾获得过应有的文学史地位吗？

关于东北作家群，王富仁教授有一段话我认为是比较公允的。他指出：“如果说30年代废名的小说更具有自然性的品格而较少社会性的意义和价值，茅盾的小说则更具有社会性的意义和价值而较少自然的品格；如果说30年代新感觉派小说更具有现代性的色彩而较少民族性的内涵，30年代的乡土小说则更具有民族性的内涵而较少现代性的色彩；如果说沈从文的小说更具有人性的价值而较少现实意义，那么，东北作家年群则在他们自己的基础上重新把中国新文化、中国新文学的自然性、社会性、现代性、民族性、人性和现实性，有机地结合起来了”。确实如此，东北文学和东北作家群无疑体现了这种多样性统一整合的审美气度，但王富仁教授没有说明，东北作家群为什么能够达到这样的境界？

清代大词人纳兰性德有一首《塞外咏雪》词：“冷处偏佳，别有根芽，不是人间富贵花”，虽然说的是雪，但我认为可以表征整个东北文化，包括东北文学的边缘性与独特性。萧军和当年东北作家群的创作也是如此，他们至今没有、也不太可能在文学史上大富大贵，但他们最难得的是“别有根芽”。这是关内文化、江南文化所没有的气质。那样铁骨铮铮，那么胸襟朗朗，那么喜爱流浪、漂泊、自由。他们的传奇人生与激动人心的写作，是黑土地上自然生长出的神话与童话。他们是“别有根芽”的花朵，而正是在这一点上，也仅有在这一点上，他们和鲁迅先生超拔独立的文化人格是相通的。

（原载《文艺报》2015 年 12 月 21 日）

宋惠民油画创作中的主体精神

程义伟

在宋惠民的油画创作中，油画创作不再是简单的绘画活动，而是一种践行主体人格理想的行为方式，或者说，是主体生命审美化的现实存在方式。纵观宋惠民的全部油画作品，可以得到一个鲜明的印象：他是一个真正把个体生命的存在与绘画密切融合在一起的画家，也是一个真正将个人的生命意识与人格理想印存在油画中的画家。

宋惠民的油画创作，主要表现在两个方面：一个是从思想内涵表现社会人生、生命本质，试图表现中国历史转型时期整个民族的文化精神。譬如《曹雪芹》《圣山》《冯其庸·流沙梦痕·楼兰》；另一个是从艺术创造角度，试图建立中国写意风景油画的一种模式，这既表现在对于油画艺术本身的建构，也表现在对于意象审美建构的探询，以期走出一条具有中国气派的油画创作路子。

《圣山》给人的是一座山峰，又是一座山脉，苍茫而雄伟。这是仰视式的图式，其间蕴含的是伟大母亲的形象一座圣山。《圣山》是宋惠民十余年来油画创作达到的一个高峰。“《圣山》表达了画家对一个历经苦难而伟大的民族的关怀和同情。画面上老妇人的感人形象，她那深沉的叹息声几乎使人们能真切地听到，藏胞对圣山发自内心的崇敬以及那一片神秘的、圣洁的阳光，大片的暗褐色和深紫色把灿烂的夕阳光的辉衬托得分外夺目，这一切都以高度凝重的主旋律吟唱出画家对生活在世界屋脊地区的西藏人民和那片高原土地的热爱。”（许荣初语）而在油画《曹雪芹》中，宋惠民用画笔画出了写实风格和理想主义精神与民族文化气质。画面上，金叶的流泻使人感到灿烂的声响，曹雪芹眉宇间凝聚着思考，这幅画在形式的探讨上颇有民族风格与气魄。色彩上，使用金黄浓厚而强烈的色块对比，突出地体现出中国民族用色的特点。构图上，使用了“以一当十”“四两拨千斤”的均衡构图法，避免了画面呆板和平静，造成稀有的动势；又采用了古典主义的“顶天立地”的传统落幅的方法，让曹雪芹占据了画面的绝对面积，使有限的空间发挥了应有的深远作用，使得画面稳中有动，获得了稳定感。严谨而精确的造型，坚定、准确而有力的笔触，配以挥洒自如的笔锋，斩钉截铁、铿锵有声，把曹雪芹写作《红楼梦》的意境刻画得惟妙惟肖。宋惠民力求抓住曹雪芹内在的灵魂，通过曹雪芹的人生把握其人格的含义。

宋惠民创作的油画《孟泰》是从他心底自然流淌出来的作品。宋惠民作为知识分子，既能感受到孟泰的厚道和诚挚，也能感受到孟泰的善良和淳朴。因此，宋惠民在创作这幅作品时熔铸了自身深刻体验的生活图景，必然成为他创作的题材。《孟泰》是伟大心灵的回声，是带着情感体温的，我们能从形象和色彩之间感受到创作者汩汩涌动的情感和来自心底的崇敬。托尔斯泰在《艺术论》里指出：“艺术家越是从心灵深处吸取感情，感情越是真挚，那么它就越是独特。这种真挚使艺术家能为他所要传达的那种感情找到清晰的表达。”以质朴的画笔，真挚的感情描绘《孟泰》，这是宋惠民的价值追求。宋惠民具有对当代工人生存环境深切关注的热情，有甘于寂寞的宁静心态，所以他会花大量的时间去创作油画《孟泰》。正是不求名不求利的平常心，反映现实的责任感和直面人生的精神，使他画出了精品力作。《孟泰》这幅作品问世以后，迎来了众多的关注和赞誉。《孟泰》继承了我国现实主义绘画的优良传统，包蕴着强烈的忧患意识和正视人生的勇气。应该说，《孟泰》既反映出宋惠民具有强烈的现实责任感，也标志了宋惠民的艺术思想的完善。宋惠民的执着追求，淡泊名利，重塑灵魂和关注英模的创作立场，都源于“爱”，对劳动者的赞誉，对人类的爱，使他融入“大我”，形成他“大气”的人格和出世与入世的情怀。由此可见，作为知识分子的宋惠民并没有阻断画家与英模孟泰的情感联结，而是以潜在的精神血脉影响着他的情感判断和价值取向。对英模的深情和对人民的爱，这也许是当下艺术创作最为缺乏和最值得珍惜的精神取向，这是一切为金钱和为名利而画画的画家所不具备的，这也是一切伟大的艺术作品根植的底蕴。

《冯其庸·流沙梦痕·楼兰》画的是中国大学者冯其庸，画的是冯其庸考察敦煌的瞬间。画面沉雄大气，苍凉豪迈的边塞，用红黄黑色彩对比，把冯其庸的阳刚、雄健、沉郁的文化人格都表现出来了。画面笔触大开大阖，急速有力，颇具司空图所谓

“天风浪浪，海山苍苍，真力弥满，万象在旁”的豪放风格之神韵。这幅作品表现出冯其庸一种博大精神的不屈与张扬，而这恰恰是冯其庸不断追求的境界。

海德格尔论荷尔德林和他的诗歌，是对哲思与诗情的经典式深刻解读。它已经成为美学、诗学的经典。海德格尔是重视“思”的，但他同样重视“诗”，他甚至期待、论证人应该“诗意地栖居在大地上”。“思”与“诗”，是海德格尔哲学巨著的“关键词”。

海德格尔很重视“思”在“诗”中的意义和价值。他赞赏四位作家、哲人是20世纪文学与思想领域的“四颗灿烂的明星”，他们是荷尔德林、陀思妥耶夫斯基、克尔凯郭尔和尼采。他们都是把思想和诗歌、文学，紧密结合在一起的。他强调的是他们的思想与诗的结合。他强调“诗的伟大的精神使命”，他称赞荷尔德林是“书写诗之本质的诗人”“他在自己的诗作中深思了诗的本质”；他说荷尔德林“思考着……每个人的他赞美诗人与哲人之间的坚实的二元一体性是不能分解的”。我从海德格尔的诗评中得到了解读宋惠民油画创作的指导和欣赏他的“思”之画的理由。我在宋惠民的油画创作中看到他的精神本质。

这与海德格尔的“去蔽”“敞开”的哲学命题契合了，是它们的画的、形象的表现和情感的抒发。

这是他的画的思想和哲思的契合，是他的“思”的画的表现，也是他的画的“思”的蕴涵。因为这“思”，而他的画有了深的内涵、思想的力量和厚重的分量；因为是“画的表现”，他的“思”有了形象，有了想象，有了蕴藉的韵味。

宋惠民的风景油画无疑是中国油画的写意取向与东北风光洽糅融贯而成的独特作品，具有很强的艺术真实性。它以豪阔的色彩展示了东北风光，表达了画家对祖国大好河山的热爱和难能可贵的激情。在欣赏宋惠民风景油画的过程中，你会感受到“坤厚载物，德合无疆，含弘光大，品物咸亨”。(《周易》) 宋惠民风景油画所提供的亦真亦幻的“游戏空间”（伽达默尔语）可以成为人们追踪美的到场和隐退，并在美的遮蔽与澄明中理解艺术真谛，把握存在之意义的绝好境域。

艺术是“将蕴藏于一切事物中的光辉和希望表现出来的技能”，亦即通过作品的表现使存在更加完美的技能。宋惠民风景油画那豪阔的大笔触和使用麻利的刮刀，横涂竖抹，喷涌的生命激情无疑可以给居于当代都市的人们一种久违的震憾，一种深切的感动。《悠悠岁月》《远方系列》《白桦初雪》《苍茫》《北国风光夕照》《鹤乡·春绿》《绿石谷·小鸟》等作品，在相当程度上将东北风光所独有的神情气韵和灵性辉光表现了出来。阳刚之美，境界阔大，气势雄伟，景物奇丽，正是这种高超的油画技巧所营造出来的浑然天成、气韵生动的独特意境，才传达出比真实的东北风光更美的效果。正如宗白华先生所说，“一切美的光是来自心灵的源泉：没有心灵的映射，是无所谓美的。”审美是主体的一种高尚的精神活动，指的就是“一种包括人的意识、思维和一般心理状态在内的，人对‘美的’事物进行理解的生命力投射活动”。如果说《悠悠岁月》的美是来自宋惠民内在心灵的某种构想或映射，那么，由《悠悠岁月》《远方系列》《白桦初雪》《苍茫》《北国风光夕照》《鹤乡·春绿》《绿石谷·小鸟》等作品所建构的东北风景油画则更是宋惠民以心灵映射自然山水，并由个体生命情调与外在自然山水交融互渗而成的艺术“意境”。或者说，是经由宋惠民个体生命意识和审美体验的浸润而形成的象征性表达。宋惠民的风景油画情景交融，空灵蕴藉，气象宏阔，他的绘画风格可以划为雄浑壮美、优美空灵、朦胧含蓄、冲和平淡。

在宋惠民的风景油画中可以看出他用笔或缓或急，或粗或细，或滑或涩，刚毅豪放，这些性格迥异的笔触，给人的心灵以不同的撞击，体味到画家赋予笔触的视觉形态的鲜明。

在宋惠民风景油画中又可看出他大量借鉴和运用了现代艺术设计的平面构成原理，借助风景的规律性和中国写意画的元素，完成对不同风景植物在画面空间中的组织、编排与重建。宋惠民通过对风景形态的重复组合排列，产生视觉形式上的新的秩序感。再如，在对风景中色彩对比的巧妙运用，能使画面更加活泼生动，富于变化。

作为中国画的根本标准——追求“气韵生动”的审美理想，其根据正是生生不息的宇宙规律“动态”。在空间意识上，宋惠民风景油画艺术中“动态”的精神最终是通过独特的空间意识表现出来的。“动态”是时间性的，以空间来表现时间性的“动态”。西方绘画用透视法来构造一个三维的几何空间。而中国人的空间意识并不是几何式的，而是《周易·泰·象传》所说的“无往不复，天地际也”所表现出的回还往复式的，即宋惠民不是从静态而是从动态去理解空间，获得空间意识。因此，尽管宋惠民的风景油画是空间性的，但其是通过动态的观照法来表现、组织景物，构成每一幅画的整体。

郭熙在《林泉高致·山水训》中说：“山近看如此，远数里看又如此，远十数里看又如此，每远每异，所谓山形步步移也。山正面如此，侧面又如此，背面又如此，每看每异，所谓山形面面看也。如此，是一山而兼数十百山之形状，可得不悉乎？”山形的“步步移”“面面看”，正是传统画家的观照方式——“动态”的具体化。从宋惠民风景油画作品来看静态的画面，为动态的观照法所取代，于是宋惠民风景油画的空间在这里不是一个透视法的三维空间，因此，这里实际上是把时间的因素引进了空间的表现，这里时间和空间在一个统一体里，时间在空间里成为主导。

其实，宋惠民更重视古人提出的“三远法”所营造的空间。“三运法”是由北宋画院画家郭熙所提出，其子郭思整理编辑了其山水画著作《林泉高致》。郭熙在《林泉高致·山水训》中说：“山有三远：自山下而仰山巅，谓之高远；自山前而窥山后，谓之深远；自近山而望远山，谓之平远。”郭熙通过“仰、窥、望”三字，引出了“高远、深远、平远”不同的空间特征。这种对天地的动态观照，完全突破静态观照以及某一固定视点的局限，把人的视觉与思想从有限的空间延伸至目力难及之处，摆脱了生理感官的束缚。游目聘怀，超然物外。谢赫在《古画品录》中有：“若拘以体物，则未见物之精粹；若取之象处，方厌膏腴，可谓微妙也。”苏轼诗《题西林壁》中的“不识庐山真面目，只缘身在此山中”也包含有通过远观从整体上对自然对象加以统摄之意在内。传统中国画中所表现的“咫尺千里”“平远极目”“远景”“远势”也无不与“远望”有关。所以郭熙提出画家观山水“须远而观之，方见得一障山川之形象气势”。“势”不是局部的，是山水的大体、大貌，是自然山水的俯仰开合的整体气势。明代唐志契说“山水之有势，犹人之有风韵”。宋惠民风景油画的观照取材中，取其势有其决定的重要性。“三远法”不仅仅是一个观照法，它还涉及宋惠民风景油画创作对空间关系的处理、构图以及画面意境的营造等等。宋惠民可以据此选择不同的构图，追求不同的艺术效果。这不仅为他提供“经营位置”的具体办法，而且为营构风景油画的意境，发挥其主观能动性都有着重要的作用。

更为重要一点的是宋惠民风景油画中的诗与画的空间关系。我们知道，诗是无形画，画是有形诗。画是关于空间的艺术，而诗是时间的艺术。诗寓情于景，画借景写情，皆以意、情为主。这里的“景”是指心中的情中之景。宋惠民注重诗的欣赏与风景油画想象之间存在着空间。同理，他的风景油画中的画和诗之间也存在着空间。诗与画并交融在同一个空间，并共同营造着同一个空间关系。董其昌曾说：“诗以山川为境，山川亦以诗为境。”因此，可以说，宋惠民的风景油画凝结的是我们心灵的空间。两者间的联系呈互补关系。宋代文人晁以道有诗云：“画写物外形，诗传画外意，贵有画中态。”画外意，待诗来传。诗中需要画来形象化，正是诗与画同妙的境界。相应地，绘画重意蕴。王士祯就描写了这种情形：“李龙眠作阳光图，意不在渭城车马，而设钓者于水滨，忘形块坐，哀乐嗒然：此诗旨也。”（《丙申诗旧序》）宋惠民的风景油画与诗意的互通应该说更多地来源于“三运法”。

宋惠民的风景油画作品，完成了造型元素在画面空间中的组合与搭配，营造出一种“宋惠民风景油画”，一种强化画面的视觉色彩效果，一种增强画面的构成形式，一种清晰的节奏和旋律的感受。

我们知道，人格精神与生命意识一直都是中国画的笔墨境界中的基本主题。中国山水画家往往把对生活和自然山水的体验与内心的领悟融化在笔墨技法里，用独具个性的笔墨技法营构独特的艺术意境，从而在意境中彰显个体生命的庄严。一方面，艺术意境的创构，是“使客观景物作我主观精神的象征”“只有大自然的全幅生动的山川草木，云烟明晦，才足以表现我们胸襟里蓬勃无尽的灵感气韵。”另一方面，艺术境界的显现，绝不是纯客观地、机械地描摹自然，而是以“心匠自得为高”。（米芾语）“尤其是山川景物，烟云变灭，不可临摹，须凭胸臆的创构，才能把握全景。”我们看到，宋惠民把中国画的写意精神融进到风景油画中，使他的风景油画具有雄浑阔大、悠远苍茫的意境。

关于雄浑，司空图在《二十四诗品》中说：“大用外腓，真体内充。返虚入浑，积健为雄。具备万物，横绝太空。荒荒油云，寥寥长风。超以象外，得其环中。持之匪强，来之无穷。”雄浑包括雄厚博大和浑然天成两个方面，雄厚博大指诗歌表现的内容和题材的广泛性以及最终形成的雄阔与深厚兼备的艺术效果等。这种理论同样也适用于油画艺术。浑然天成指感悟对象的深邃、创造意境的含蓄美、运用语言的自然美等方面。在宋惠民的风景油画中大多有表现雄浑壮美的风格。宋惠民风景油画雄奇壮美的特征犹如唐代诗人王维“江流天地外，山色有无中”的意境，宋惠民在风景油画中强调时空意识，以丰富的想象和联想用大笔触将不同空间的自然景物设计在一起，营造了雄浑苍茫的意境。同时，风景油画中也沾染上了画家的感情色彩，画情画思与自然物象融为一体，意蕴丰厚，在情与景的水乳交融中营造出一种壮美的意境氛围，形成了雄浑阔大、悠远苍茫的意境，构成了“宋惠民式的风景油画风格”，宋惠民在风景油画中实现了风景的人格化与身心的自然化，呈现出审美的新境界。

宋惠民的一种精神。宋惠民在油画创作上，始终具有一种精神，一个时代的艺术精神，一个民族的艺术精神，一个画家和他创作作品的艺术精神。这种艺术精神，源于宋惠民的主体精神的审美构建，时而融入他所创作的绘画之中。因此，宋惠民的艺术精神和人格境界建构，也是一种艺术构建的过程。但是艺术精神和人格境界又不是孤立的，这是与他的审美理想、文化精神、文化人格，以及审美体验、审美创造等等诸多方面联结在一起的。所以说，宋惠民的艺术胆略与才识、勇力与气质、审美境界与美学追求，都是构成他的艺术和人格境界的重要因素。

刘熙载与包世臣的书学渊源

杨宝林

刘熙载的《书概》在晚清书学上无疑是一道亮丽的风景，历来好评如潮，但学界对刘熙载书论的学术渊源关注的不够。《书概》的出现不是偶然的，一方面刘熙载有着自己独特的艺术领悟力，另一方面他借鉴了前人的学术成果，这往往被人忽视。本文以包世臣为例，探究一下刘熙载与包世臣的书学渊源，看看刘熙载在哪些方面认同包世臣的学说，哪些方面是对包世臣书学观点的修正，以及哪些方面是在包世臣的基础上又提出了自己的碑学思想。刘熙载选择了包世臣，也就等于选择了碑学。刘熙载的书学也明显地打上了时代的烙印。

一、刘熙载对包世臣部分书学观点的认同

包世臣虽为泾县人，但长期寓居扬州。刘熙载为兴化人，隶属扬州府，与包世臣也算是半个老乡。包世臣长刘熙载 38 岁，二人未曾谋面。刘熙载心仪包世臣，一靠地缘，二可能是齐学裘起的作用。齐学裘，著名诗人，书画家，刘熙载好友。从同治六年底到光绪六年将近 13 年的时间，他们在上海交往密切，题赠唱和之事颇多，详见刘熙载的《昨非集》和齐学裘的《劫余诗选》《见闻随笔》。包世臣为齐学裘父执。齐学裘《见闻随笔》卷一一《包大令》云：

> 安徽泾县包慎伯（世臣）大令，先子之故人也，著有《安吴四种集》传世，工书法。……咸丰二年，余刻《宝褉室法帖初集》十二册成，二集六册、三集六册，尚未告竣，出游袁江，访慎翁于何帅园中，以所刻先集、拙诗集、拙法帖、《宝褉室法帖》就正有道，谬加褒赞不已。……与余论书学源流，颇以余为知音。又作拙刻“宝褉室法帖”五大字并长序一篇见惠。

据包世臣《宝褉室法帖序》说所收法帖“什八九皆梅翁（齐彦槐）使予别其真伪者”。齐学裘也时常与刘熙载切磋书艺，刘熙载心仪包世臣大概与齐学裘不无关系。

刘熙载的书论借鉴包世臣《艺舟双楫》的地方不少，《书概》开篇“与古为徒”，出自包世臣的《答三子问》；刘熙载关于八分书的探讨参考了《历下笔谭》。《游艺约言》中“书之有法而无法，至此进乎技矣”，明显又受《记两笔工语》的影响。甚至《游艺约言》中关于“狂狷”“乡愿”的论述，也与《答熙载九问》不无关系。

刘熙载明确引用《艺舟双楫》并认同其说法有一些，先看书体论部分。

《书概》论草书云：

> 地师相地，先辨龙之动不动，直者不动而曲者动，盖犹草书之用笔也，然明师之所谓曲直，与俗师之所谓曲直异矣。

此则文字是论草书笔法的曲与直，草书是最具动感的书体，显然刘氏强调的是“曲”，按其辩证论艺的惯例，是曲中有直，直中寓曲。

刘熙载的“曲直”论，直接来源于包世臣。包世臣《答三子问》就有过关于曲与直关系的论述：

> 书道妙在性情，能在形质。……古帖之异于后人者，在善用曲。《阁本》所载张华、王导、庾亮，王廙诸书，其行画无有一黍米许而不曲者，右军已为稍直，子敬又加甚焉，至永师，则非使转处不复见用曲之妙矣。尝谓人之一身曾无分寸平直处。大山之麓多直出，然步之，则措足皆曲，若积土为峰峦，虽略具起伏之状，而其气皆直。为川者必使之曲，而循岸终见其直；若天成之长江、大河，一望数百里，瞭之如弦，然扬帆中流，曾不见有直波。少温自矜其书于山川得流峙之形者，殆谓此也。

包世臣用类比法，比较详细地论析了书法用笔曲与直的关系，两相对照，渊源有自，只不过一简一繁而已。

《书概》论述草书尤其注重“筋节”“若笔无转换，一直溜下，则筋节亡矣”，显然又受包世臣《答熙载九问》中强调草书“妙在点画”“点画寓使转之中”和“节节换笔”的影响。此不赘述。

最能体现刘熙载认同包世臣书学观点的是关于《瘗鹤铭》和北魏书风的论述。

《书概》云：

> 《瘗鹤铭》用笔隐通篆意，与后魏郑道昭书若合一契，此可与究心南北书者共参之。

此则文字刘熙载认为《瘗鹤铭》的用笔与北魏郑道昭一致，而这些在包世臣的书学著作里就有了。

《历下笔谭》云：

> 北碑体多旁出，《郑文公碑》字独真正，而篆势、分韵、草情毕具。其中布白本《乙瑛》、措画本《石鼓》，与草同源，故自署曰草篆，不言分者，体近易见也。以《中明坛》题名、《云峰山五言》验之，为中岳先生书无疑，碑称其“才冠秘颖，研图注篆”不虚耳。南朝遗迹唯《鹤铭》《石阙》二种，萧散骏逸，殊途同归。

《郑文公碑》据包世臣考证为郑道昭所书，得到学界普遍认可，刘熙载也同意这种说法。郑道昭北魏人，郑文公羲之子，号中岳先生。包世臣认为《郑文公碑》“篆势、分韵、草情毕具”，与《瘗鹤铭》《石阙》在风格上“殊途同归”。刘熙载拿包世臣的论证结果来说事，完全同意包世臣的观点。

刘熙载弟子袁昶《观融斋老人所作草隶》诗注，可作为此则的补充，其注云：“先生晚年著《论书诀》(即《书概》)一卷，谓北宗郑道昭与南宗《鹤铭》《萧憺》《井阑》诸石，同一气格。极有微解。”包世臣《历下笔谭》也说“《天监井栏》在茅山，可辨者尚有数十字，字势一用《瘗鹤铭》”。《书概》最初名《论书诀》，袁昶记录的这段话与包世臣的观点毫无二致。

刘熙载论北派书法风格几乎与包世臣如出一辙。

《书概》云：

论北朝书者，上推本于汉、魏，若《经石峪大字》《云峰山五言》《郑文公碑》《刁惠公志》，则以为出于《乙瑛》；若《张猛龙》《贾使君》《魏灵藏》《杨大眼》诸碑，则以为出于《孔羡》。余谓若由前而推诸后，唐褚、欧两家书派，亦可准是辨之。

包世臣《历下笔谭》云：

北魏书，《经石峪大字》，《云峰山五言》《郑文公碑》《刁惠公志》为一种，皆出《乙瑛》，有云鹤海鸥之态。《张公清颂》《贾使君》《魏灵藏》《杨大眼》《始平公》各造像为一种，皆出《孔美》，具龙威虎震之规。

刘熙载说的“论北朝书者”显然是指包世臣，刘熙载赞同包世臣对北碑风格的分类，以及对两种风格的概括。

刘熙载认同包世臣的部分书学观点，这也说明刘熙载对碑派理论是重视的，尤其是对包世臣的一些观点是服膺的。

二、刘熙载对包世臣书学观点的修正

刘熙载的高明之处是绝不是盲从于他人，而是对事物有自己的判断。刘熙载在认同包世臣书学观点的同时，还对包的书法观点进行修正，使之更科学、系统。

刘熙载对包世臣书学观点的修正主要体现在技法论部分。其中笔法论最多。《书概》云：

起笔欲斗峻，住笔欲峭拔，行笔欲充实，转笔则兼乎住、起、行者也。

很显然，刘熙载论述的是碑学笔法。“斗峻”，“斗”通“陡”，本指山势陡峭，这里用来形容起笔的劲捷之势。“住笔”就是收笔。“峭拔”本指高而陡的地势，这里用来形容收笔的果断利落。“充实”指结实、沉实、不浮滑。刘熙载认为，笔画的起笔必劲捷，收笔要果断，行笔要沉实，而转笔要兼具起笔、收笔和行笔三者的特点。如此笔画才不俗，才有力感。

包世臣也论述过起笔和收笔，《答熙载九问》："结字本于用笔，古人用笔悉是峻落反收，则结字自然奇纵，若以吴兴平顺之笔而运山阴矫变之势，则不成字矣。"吴兴，指赵孟頫；山阴，指王羲之。包世臣说的"峻落"指的是起笔，即刘氏所说的"起笔欲斗峻"。"反收"说的是收笔，即"无垂不缩，无往不收"。这样做的目的就是为了避免笔画平顺。包世臣也论述过行笔，不过他称之为"中截"。

《历下笔谭》云：

> 用笔之法，见于画之两端，而古人雄厚恣肆令人断不可企及者，则在画之中截。盖两端出入操纵之故，尚有迹象可寻；其中截之所以丰而不怯、实而不空者，非骨势洞达，不能幸致。更有两端雄肆而弥使中截空怯者，试取古帖横直画，蒙其两端而玩其中截，则人人共见矣。中实之妙，武德以后，遂难言之。

"武德"，唐高祖李渊年号，亦即唐以后的书法不再有"中实之妙"了。这显然也是指碑派而言。包世臣所谓的"中截"指的就是行笔，亦即为刘熙载"行笔欲充实"所本。而笔画之两端即起笔和收笔，两相对照，刘熙载是借鉴了包世臣观点的，但刘氏将"峻落""反收""中截"易为起笔、住笔、行笔，进行了若干修正，赋予了更为准确的含义，表述也更为科学；同时又增益了转笔，使之更为完整，大有出蓝之妙。

在笔法论中，刘熙载对包世臣"换笔心"的说法也进行了补充和修正。

《书概》：

> 笔心，帅也；副毫，卒徒也。卒徒更番相代，帅则无代。论书者每曰"换笔心"，实乃换向，非换质也。

刘熙载采用传卫铄《笔阵图》的话语方式，把笔心比作将军，把副毫比作士卒，强调笔锋的重要。"论书者"指包世臣，《述书》（中）说：

> 盖行草之笔多环转，若信笔为之，则转卸皆成扁锋，故须暗中取势换

转笔心也。

“换笔心”就是换笔锋，包氏认为行草书多作环转状，书写起来笔锋就偏向一边，形成扁锋，必须捻管调整笔锋方向，仍逆锋行之。刘熙载认识到了这些，因此特别强调“实乃换向，非换质也”，亦即调整笔锋方向，不是以副毫来代替。其实这里正反映了书界的现实情况，随着碑派书法被普遍接受，长锋羊毫被广泛使用，捻管即转指，已成为不可忽视的技法问题。刘氏怕人误解，故有此补充。

刘熙载在论字的结构“活中宫”这一问题比包世臣更科学。

《书概》云：

欲明书势，须识九宫。九宫尤莫重于中宫，中宫者，字之主笔也。主笔或在字心，亦或在四维四正，书著眼在此，是谓识得活中宫。

九宫，俗称九宫格。又分小九宫和大九宫两种，分析研究字的结构的叫小九宫，分析研究篇章结构的叫大九宫。刘熙载说的是小九宫。刘熙载认为九宫中最重要的是中宫，并将其类比为字的主笔。“四维”，语出《淮南子·天文训》：“日冬至，日出东南维，入西南维……夏至，出东北维，入西北维。”高诱注：“四角为维也。”九宫格总体为一大正方形，如九小格上下左右或东南西北各三格，四角为维，上下左右居中者为正，中间一格为中宫。刘熙载认为字的主笔“或在字心”，即中宫；“或在四维四正”，即或在四边的正中或四角，这就是“活中宫”。

包世臣《述书下》：

字有九宫。九宫者，每字为方格，外界极肥，格内用细画界一“井”字，以均布其点画也。凡字无论疏密斜正，必有精神挽结之处，是为字之中宫。然中宫有在实画，有在虚白，必审其字之精神所注，而安置于格内之中宫，然后以其字之头目手足布于旁之八宫，则随其长短虚实而上下左右皆相得矣。

包世臣说的“中宫”指字的“精神挽结之处”，即字的重心，字的重心有的在实画，有的在虚白处，这也是“活中宫”。但问题是，字的好坏在于主笔，而不在于重心。

刘熙载易包世臣字之重心为主笔，又将中宫位置不定概括为“或在字心，亦或在四维四正”，更具学理性，更使人易于接受。

三、刘熙载在包世臣的基础上进一步阐述碑学审美理想

认同、补充或修改包世臣的书学思想并不是刘熙载的目的，刘熙载的目的是在继承包世臣的书学观点的基础上，提出自己的碑学思想，这里既有笔法上的，也有审美上的。《书概》中论笔法的逆入、涩行、紧收，以及提按、疾涩，《游艺约言》中的“书要笔笔落实”，都是针对碑派书法而言的，刘恒先生也认为“其书论中对‘逆’‘峭拔’‘充实’‘骨气’及‘指实’‘腕悬’等概念原则的阐发和提倡，与包世臣、何绍基等人一脉相承，完全是碑派书家的口吻”。

不过，刘熙载并未就此止步，而是从审美的角度探讨碑派的书法。在刘熙载之前，包世臣曾对碑派的书风进想了分类，虽然简单，但有筚路蓝缕之功。刘熙载著名的“以丑为美”的命题就是针对碑派书法而言的。

《书概》云：

怪石以丑为美，丑到极处便是美到极处。一“丑”字中丘壑未易尽言。

“怪石以丑为美”本为画论中语。郑燮《板桥题画》云：“米元章论石，曰瘦、曰绉、曰漏、曰透，可谓尽石之妙矣。东坡又曰：‘石文而丑。’一丑字则石之千态万状，皆从此出。彼元章但知好之为好，而不知陋劣之中有至好也。东坡胸次，其造化之炉冶乎！燮画此石，丑石也，丑而雄，丑而秀。”郑板桥的“丑而雄，丑而秀”的丑石，直接启发了刘熙载。刘氏对这位老乡还是钦佩的，借鉴乡贤的观点也是可以理解的。明末清初的傅山曾提出“四宁四毋”说，即“宁拙毋巧，宁丑毋媚，宁支离毋轻滑，宁直率毋安排”。傅山是针对赵孟頫、董其昌妍美书风而提出“宁丑毋媚”的，明显地带有感情色彩。郑燮也是偶一提及而已。而刘熙载则专门从美学角度论述，并进而提出了“丑到极处便是美到极处”的审美命题，高屋建瓴。“丑到极处便是美到极处”，这是美与丑的转化，更是美与丑的辩证法。刘熙载以丑为美是追求自然，那些“非务妍美，则故托丑拙”的俗书除外。故意表现为丑拙的不是美，因为它做作、不自然。以丑为美的丑是一种未经雕琢的原始状态的美，是大朴，所以才“丑到极处便是美到极处”。刘熙载在这里以石喻书，“以丑为美的”的“丑书”当指

北碑。北碑相对于南帖而言是“丑”，但刘熙载却认为“丑到极处便是美到极处”，这是对北碑书法的充分肯定并给予极高的评价。

在碑派书法审美上，刘熙载还提出了金石气的概念。《游艺约言》云：

书要有金石气，有书卷气，有天风海涛、高山深林之气。

气，本是哲学的一个概念，后被人们移用来论文，如曹丕的文气说；继而又用为论书，如书卷气。这里“气”指书家的作品中所蕴涵的审美情趣和个性气质，而金石气是指行草书中所表现出的金石韵味，即行草书中借鉴篆、隶笔法，如何绍基、赵之谦、沈曾植等即是楷模。书卷气肇始于北宋，金石气的说法殆为刘熙载首倡。刘熙载的碑学审美具有开创意义，他直接影响康有为对北碑的审美批评。如果说书卷气适宜帖派的话，那么金石气则适宜碑派。刘熙载将金石气和书卷气并提，充分说明他碑帖并重，也显示出他独立不倚的学术品格。

刘熙载借鉴了包世臣的碑学理论，进而在包世臣的基础上又提出自己的对碑学的审美理想，这充分说明刘熙载看到了碑学的长处，看到了轰轰烈烈的碑学可以救日益馆阁化的唐楷之弊。刘熙载借助阮元、包世臣的碑学理论，以及邓石如等人的篆隶书法实践，想要在篆隶复古的基础上进一步开启楷书灵性，对持续已久的唐楷进行变革。我们不要辜负了刘熙载的良苦用心。

刘熙载所生活的时代，碑帖之争已持续半个世纪，经过沉淀，刘熙载不像双方当事人那样感情用事，他能够净静客观地看问题，刘熙载对碑学出现的弊端也予揭示，《书概》说“书用中锋，如师直为壮，不然，如师曲为老。兵家不欲自老其师，书家奈何异之”，据此可知刘熙载是反对“书家自老其笔”的。“自老其笔”当指学碑者师刀之弊，如绞笔、颤笔等。刘熙载如此冷静客观地看待碑学，这正是他的高明之处，也是他明显高出许多碑学理论家的地方，这里当然也包括包世臣。

数字时代，艺术“向死而生”

马　琳

数字时代，言说艺术似乎成为一个难题。当机械复制成为普遍，当经典艺术遭到戏谑，当阅读已成往事，艺术的当代处境令人担忧。而更致命的忧虑在于，人们被裹挟着进入了新媒体时代，在尽享便捷同时，却越发被“现代性危机”所缠绕，甚至威胁。在这样的时代，“人的危机”导致人们似乎“对人性有着一种不可抗拒的厌恶，乐意接受最原始简单的磨难，却不愿再背负现代文明的重担”。

没有一个时代像今天这样，对于科技、对于艺术、对于人的思考，如此芜杂、丰富和沉重。其实，一切思考都无法绕开人的精神生存，因为精神生存才是人最本质的生存。在表达精神生存的种种方式中，还有比艺术更可以呈现其丰富性、复杂性的方式吗？时代与文化的变迁，从没有改变艺术的家园属性。木心说：“冥冥之中，艺术一直在保护人类”，的确如此。

一

早在上世纪三四十年代，“科学技术即意识形态”就为法兰克福学派的理论家所提出，并不断加以阐释，他们无一不焦虑于技术对人的控制乃至奴役。而在新媒体时代，因技术控制而产生的无助与恐慌愈演愈烈，几乎弥漫浸透在每个人的肌体与心灵。对此，人们更加深切地感受到，数字技术已经成为当代人沉重的精神困境。

数字技术自有其作为新事物的便捷、舒适，可令人足不出户便完成诸多工作与日常事务，尤其可在时空间自由穿梭而眼界大开，知天下事在数字时代简单易行。对于艺术而言，技术的作用尤其不可小视，不仅电影、电视、摄影这些以媒体作为介质的艺术，即使是绘画、音乐等传统艺术，也同样因为数字技术的不断介入，而在表现形式方面得到巨大拓展。艺术由此而发生视觉性变革，比文艺复兴时期发生的透视法分离对于绘画的改变还要深刻。人们正在经历着一场从充满日常认知的模拟世界，到二进制编码呈现数码世界的跨时代转变。技术所导致的社会与人不同程度的异化，也越发成为当代的文化现实。

“景观化”是数字技术的重要结果之一。“世界已经被拍摄”，不断被重塑的周遭世界已经成为不折不扣的“景观社会”。

景观社会的首要表征为一切皆为视觉。曾经，“眼睛是心灵的窗户”，然而对于当代大众来说，眼睛已经替代心灵。人们每天被各种视觉刺激所包围——电影、电视、灯箱、招贴、橱窗、装潢、商品外观设计、商品包装、杂志插图、书籍封面等。不仅如此，除了传统的视觉感知之外，许多感觉都在不断被视觉所代替。纪录片《舌尖上的中国》是一部美食类纪录片，记录了中国各地的美食生态，该片所呈现出的文化气质令人称道。尤其令人慨叹的是，对于观众而言，片中的美食尽管只是视觉景观，但却足以令人垂涎欲滴，香味似乎已经透过荧屏飘至鼻端。我们慨叹电影《艺术家》《一次别离》《黄金时代》的门庭冷落，却也热衷于为《泰囧》《小时代》《心花路放》的票房贡献一份力量。电影在此时，似乎已不在于是否是一种独特的艺术语言，或是讲述了一个美妙的故事。它与麦茨所说的“电影更接近于诗，而不是散文”，也相距甚远，它就是一次次视觉盛宴。在黑暗的时空间，人们只为享用视觉的快感。如此电影，不是景观?

以“景观”为主要特征的社会里，一切皆可被展现为图景。在此图景中，少数人在表演，而多数人在默默观看。人们于是丧失了对本真生活的体验、渴望与要求，却对景观乐此不疲。借助它，人们可以逃避现实，把日常不能获得的体验寄托于景观之中。电视与网络是制造景观的主要媒介。电视作为日常化的媒体就在每个家庭的客厅中央，那么真切地与生活勾连在一起。小小方寸展示大千世界，演绎悲欢离合，设置选秀相亲，无不呈现出鲜明的景观化特征。《爸爸去哪儿》是湖南卫视从韩国 MBC 电视台引进的亲子户外真人秀节目，节目中，五位明星爸爸在 72 小时的户外体验中，单独照顾子女的饮食起居，共同完成节目组设置的一系列任务。节目一经播出便掀起收视狂潮，口碑颇佳。然细细思忖，我们却难以从节目中获得如何与孩子共同成长的经验与动力，更难有读罢鲁迅先生的《我们怎样做父亲》时的深刻反思与启迪：在这样一个孩子们被强力束缚和挤压的时代，“各自解放了自己的孩子。自己背着因袭的重担，肩住了黑暗的闸门，放他们到宽阔光明的地方去；此后幸福的度日，合理的做人”。我们做到了吗？如此说来，许多类似的节目充斥人们的视野，然而人们获得的仍是景观化的信息，真正的问题并没有被解决。与电视相比，互联网更加包罗万象，大千世界尽收眼底，而这些被选择的景观不仅吸引着数以亿计网民的关注目光，更塑造其精神世界。

数字时代里，生活世界被媒介化、景观化。而人们在观看“景观”的同时，作为主体的自我同时陷落，最终成为“单向度的人”。

大众媒介制造景观社会，也不断制造着各种欲望，人们在对欲望的追逐中沉陷挣扎。电视中，各种选秀、相亲等娱乐节目吸引着无数观众的眼球，也不时鼓动着那些渴望一夜成名或一见钟情的观众的内心梦想。在众多表现都市生活的影视剧中，充斥着别墅豪宅、宝马香车、声色财利，奢华的影像世界在构成视觉景观同时，更制造了无穷欲望，观众在艳羡剧中人物同时，梦想着自己的生活奇迹。充满“拜物”气息的消费文化，改变着人们的社会关系和生活方式，甚至提供出新的身份来源，也进而促成了“身份政治体制的形成”。电影《小时代》连映四部，影片中的物质堆砌令人眼花缭乱：地毯是芬迪的，毛毯是爱马仕的，喝水的杯子要3800元人民币，都市梦及青春童话梦该有的元素都齐备了。片中所标示的物质享乐主义被一些批评家诟病，认为电影的拜物气息接近病态。郭敬明面对各方批评，回应道：他们的成长与青春“充斥了各种各样让你眼花缭乱的物质。这是我们父辈所不会面对的问题”，父辈不能给独生子女一代完整的经验解释，因此年轻人注定要孤独地去面对“物质的困惑”。但可疑的是，如此奢华的物质体验带给人们怎样的身份认知？而这种认知是否就是人们最真实的归属和需要？戏里戏外，人们更加迷茫。

由于互联网和自媒体的发达，人们不自觉地变成了各种媒体“控”，典型如“手机控”。手机不仅用于通话，而且成为上网和娱乐的工具。街上、地铁上、候车候机大厅，几乎在任何角落，都可见人们在低头摆弄，有些人手机离身就会心烦意乱。自媒体的诞生与发展再次将人们带进一个崭新的文化空间，在手持终端的凝视中，新鲜感已经被日益碎片和无所适从感代替。如此看来，是我们掌控媒体还是媒体掌控着我们？

媒介融合时代里，博客、微博、微信等等，给数亿计的人们提供了阅读和发言的平台。人们通过这些载体，获取信息、知识甚至情感，也从最初的惊喜至渐渐麻木甚至抵触。信息和知识的传播接受，因为介质便捷而更加容易，但却无一不呈现出碎片化特征。被肢解的好诗、好文瞬间成为名言警句，迅速传播，但韵味总因脱离了原有的时空而寡淡许多。媒介的发达还带来表情达意的方便、直接和迅捷。但本该羞涩含蓄的爱情却因少了等待、磨折而轻飘。许多思想家坚持认为“人类的现代化，无非是人类自毁的速度加快”，我想，这种自毁即表现为数字技术对人情感和心灵的侵害。

从书籍时代到超文本时代，数字技术所引发的文化变迁是划时代的，人们被引入了一个崭新的、身不由己的生活空间。技术能创生一个全新的世界，但不能解释这个世界。这个世界充斥假象，虚假的世界图像成为人们普遍的价值出发点。新的数字文化不仅改变了人们的生活、阅读与娱乐方式，更重要的影响在于，在超速的媒介发展过程中，人们难以安放自己的心灵。

二

在大众媒介迅疾发展过程中，消费文化与大众文化不仅成为学术界频繁运用的理论话语，也成为当下中国文化现实的真实写照。数字技术、互联网技术与移动通信技术，直接催生了大众文化文本的诞生。摄影、电影、电视本身即是技术发展的结果，传统的舞台艺术因技术的支持、介入变得更加炫美，诸多艺术形式都在数字技术的影响下，不同程度地显示出大众文化的某些特征。在这样一个由读写转向视听的时代，人们不由惊呼“文学死了吗？”“艺术终结了吗？”或许更糟，“文学已死”，“艺术也已终结”？焦虑弥漫于整个艺术领域。

“文学死了吗？”希利斯·米勒的立足点即在新传媒的环境里，在“文学死了”的呼声很高情况下，重新审视文学最根本的问题。网络时代的来临，关于“文学死了”的忧虑和讨论一直在继续。纸上阅读转向线上阅读，快餐阅读替代经典阅读，更大的改变在于人们对于视像需要已经大大多于文字，那么，“文学是否已死”？在这样一个人人热衷于手持终端、网上冲浪的时代，什么可以记录和代言时代，可以深刻体现不同国度的文明景观，并且同时带有一种普遍性？除了文学，可还存在其他途径？

文学不死、文学还在。好的文学为人们创造了一个崭新的、不一样的世界，“它们是上帝在《创世纪》中‘要有光’的具体、世俗、人性化的版本”。文学在这个意义上，如此接近“神性”，又怎会倏忽不见？尤为重要的是，在阅读文学时，每个人都可以在其中找到那个隐秘的自我，捧起书，那个“我”就被呼唤出来，借助他（她），可以完成倾诉，甚至可以完成成长。阅读文学的主要快乐，不就在于我们可以将凡俗的尘世暂时放在一边，而进入另一世界，并在那里与自己相遇？这种美好孰可代替？而且在今天的时代，难道不存在生命的困惑与灵魂的挣扎？只要存在，就需要记录，也需要阅读，文学岂能离开？大众文化如电影、电视剧，同样充满了文学性，而且大凡叙事动人的作品都是文学性很强的作品。阿诺德说，文学能让公民知道“世界上已知和已被想过的最好之物”，文学不可或缺。

在数字技术无限发达的今天，“艺术是否终结”也始终纠结着艺术家和美学家，令他们倍感沉重。

1817 年，黑格尔在海德堡进行了一次后来被誉为“西方历史上关于艺术本质的最全面的沉思”的美学演讲。在这次演讲中，黑格尔提出了一个振聋发聩的观点：艺术已经走向终结。从此，关于“艺术终结”的讨论一直没有停歇。黑格尔最初对于艺术终结的阐述并非指其消亡，主要指涉艺术自身救赎和启蒙功能的逐渐弱化。尤其在浪漫主义艺术之后，艺术更加被侵蚀转化为另外的样貌。

究其实质，“艺术终结”的命题仍是现代性危机的一个缩影。现代化过程中，传统的宗教——形而上学的世界观不断分化为科学、道德和文化三个独立的领域。这种分化既具有解放意义，同时也是灾难性的。文化艺术从宗教、道德的束缚中摆脱出来，更纯粹、更本真，但却失去了终极意义的依托，不得不一再证明自我存在的价值与依据。艺术的神性与膜拜价值不断被消解，艺术逐渐世俗化，艺术家也因此失去头顶的光环。艺术认同的危机由此产生。

在数字技术迅疾发展的时代语境下，艺术的命运更加令人忧虑。更多的理论家坚持认为“艺术私下里是技术的对手”。数字技术使诸多艺术样式发生革命性改变，技术已然成为当今艺术存在的一个必然前提。比如摄影，其发展史本身就是一部技术史，怀旧的艺术家在感叹胶片的消失同时，也不得不接受便捷的数码相机。数字技术势如破竹般置换了传统架上绘画的语言，绘画的景观性越发强烈。其他诸多艺术形式也都因数码技术的介入而发生了革命性的改变。在我看来，因数字技术介入而产生艺术改变并非是艺术的终结，而多半是艺术神性、灵韵与庄严感的丧失。

诗人、批评家艾略特对于人与艺术间“感性的脱节”感到十分忧虑。本雅明更是在《机械复制时代的艺术作品》中，深刻阐释了他的“灵韵”（也译“光晕”）理论。的确，艺术正是因为“灵韵”的神秘、模糊、原创与膜拜等价值才如此充满魅力。所以，桑塔格不无悲伤地指出，科学与艺术两种文化的分离意味着“感受力的分离”。在观察当代艺术实践的过程中，人们不断感慨艺术灵光的消失。但其实，即使在技术不断侵入的情况下，艺术的基本语言也不会改变。而语言是引领观者不断到达想象域的原初途径，恰恰是最为吸引人的部分。艺术语言恰如攀登高山所必须借助的索桥栈道，援引着攀登者，使人终见美不胜收的风景。

艺术就是通过创造多重的、不同的世界，给人以实现或陷入梦想的可能。从这个意义上来说，艺术家应是肆无忌惮的造梦者。在这个与现实世界截然不同的想象世界中，人们可以对抗物质的、功利的、庸常的现实世界。而这一切恰恰是数字艺术难以实现的。从这个意义上来讲，文学与艺术将永远与人类相伴。

三

《艺术与归家——尼采·海德格尔·福柯》如今已成一部厚重的遗作。2006 年，该书作者余虹纵身一跃，以自己的方式绝尘而去，他的行为连同这本书共同为其人生选择作了注脚。《艺术与归家》是为人们内心的失重感和挥之不去的文化乡愁而作，而作者的旨归正在于强调艺术的家园属性。余虹选择了欧洲三个思想家：尼采、海德格尔、福柯作为思考的起点，进而考究三位思想家以古希腊为回归原型，而艺术则是回归之道。现实世界对于尼采、海德格尔、福柯而言是“兽栏”“深渊”和“监狱”，而克服现实世界的危机之途是艺术，只有用经典艺术的诗与思才能引领人们“归家”。

人们需要艺术，首先源于人类具有渴望生活在想象世界的天性。“文学的狂野，是它带来巨大快感的源泉。它让我们在我们所属的文化意识形态常量之内，继续做梦”。马克·吐温的阅读者，肯定他的作品具有“一种伟大的无意识的深刻性”，这种深刻性来源于，他所描绘的密西西比河是一条“包含着人类生活普遍性经验的大河”。《哈克贝利·费恩历险记》的象征意义，至今读来仍然受到深深感染，密西西比河是哈克贝利和吉姆的母亲河，小小木筏是他们的诺亚方舟，找一个所在，让自己安全、踏实、温暖，难道不是每个人的永恒愿望？而哈克贝利最终选择去印第安人居住地去过自由的生活，不是每个人内心最真实的向往？今天的人们不会因为马克·吐温属于 19 世纪就疏离他。伟大文学的普遍性尤其在于，一个作家对个体生命经验的深刻体悟。雨果的《沉思集》、普鲁斯特的《追忆似水年华》等等，让我们感受到永远流动的青春之泉。这些文学作品是无穷无尽的宝藏，无限丰富和扩大了人们的生活。陀思妥耶夫斯基一生生活在俄国，但他作品的普遍性至今震撼人的灵魂。伟大作家凭借无穷的想象力，为读者创造了一个无比丰富的想象之域，人们在这样的文学世界里，可以尽享身心自由。这一点，数字艺术永远难以企及。

艺术家作为立法者，引领人们的心灵向善向美。雪莱说，诗人是世上未被承认的立法者，经由他们来塑造社会乃至灵魂。自康德以来，许多思想家将艺术作为解决现代存在危机的途径。席勒最早提出“审美教育”，强调审美教育是实现自由的唯一途径。两百多年前，粗野的审美情趣已存在于欧洲各国，这种情趣抓住新奇、光怪陆离和激烈的东西，远离了质朴与宁静。因为审美情趣的转移，人们的生活幸福受到深刻影响。而两百多年后，数字技术无孔不入，人与艺术都发生了极大改变。但正如席勒所说，艺术始终与人生幸福息息相关，并且不断在“提高生活”。

文化精英困惑忧虑于人们对于艺术的远离或拒绝，但其实，中西正典在任何时代都具有巨大的力量。由 BBC 制作的纪录片《艺术的力量》重现伦勃朗、梵高、毕加索等 8 位著名艺术大师的创作历程，带领观众走进他们的生命历程，并共享其伟大作品诞生的重要历史时刻，无数观众为之痴迷。可见，艺术其实内蕴于每个人的内心世界，一个独特的契机将会激活他们对于艺术的需要与热爱。

再让我们去去看看那些动人的现实场景：

在《萨拉热窝等待戈多》一文中，苏珊·桑塔格描述去萨拉热窝看望儿子时排演《等待戈多》时的情形：“在信使宣布戈多先生今天不会来但明天肯定回来之后，弗拉迪米尔们和埃斯特拉贡们陷入悲惨的沉默，我的眼睛开始被泪水刺痛。观众席鸦雀无声，唯一的声音来自剧院外面：一辆联合国装甲运兵车轰隆隆碾过那条街，还有狙击手们枪火的噼啪声”。在龙应台的《大江大海一九四九》里，五千个学生一路逃难，到达越南，辗转大半个中国，到最后只剩不到三百人，但是那本《古文观止》被一路读了下来，“完整的一本书，没少一页，只是那书纸，都黄了”；在电影《死亡诗社》里，背景各异的孩子们在黑暗的洞穴里，朗读自己创作或者喜欢的诗歌；小说《朗读者》中女主人公汉娜要求她的少年情人米夏为她朗读各种第一流的文学作品，《奥德赛》《红与黑》《爱米丽雅·迦洛蒂》《阴谋与爱情》以及歌德、里尔克、贝恩的诗歌……，朗读声成为他们“爱情”生活的独特组成部分。书中米夏的父亲无意中说道“人应该作为主体而存在，人不甘心沦为客体”，汉娜用法庭上的沉默捍卫了自己的主体性；即使大众文化纵横的当代美国，9·11 之后也借助奥登的诗《1939 年 9 月 1 日》度过了最初的震荡期……

这些场景让人感动，也真切体现出在人的精神世界遭遇困境时，艺术的力量是无穷的。

米兰·昆德拉在小说《慢》中写道："速度是出神的形式，这是技术革命送给人的礼物。跑步的人跟摩托车手相反，身上总有自己存在，总是不得不想到脚上老茧和喘气；当他跑步时，他感到自己的体重、年纪，就比任何时候都意识到自身与岁月"。艺术与快相悖，是可以让我们放慢的途径，也是安放心灵的所在。我们热爱自己的"自身与岁月"，也因此向往艺术，艺术不死，或者说，艺术"向死而生"。

《东北军独立一师》：讲一个好看的故事

韩春燕

作家孙春平在他的中篇小说《东北军独立一师》中讲了一个具有传奇性的好故事。一直以来，讲故事是孙春平的强项，他善于编织建构波澜迭起引人入胜的好故事，而写实性则是他所一贯秉持的创作原则。一部作品若想呈现给读者一个好故事，除了故事本身要具有吸引力之外，怎么讲述这个故事应该说更为重要。孙春平最可贵的一点便是作为一个老作家，他一直在试图寻找自己写作上的突破，而在这篇《东北军独立一师》中，我们分明可以看到孙春平在讲述故事方式上所做的努力。

寻找真相的家族探秘

《东北军独立一师》在形式上是一篇探秘小说。作者第一章首先为故事设置了悬念，开场出现的第一人是八十多岁看起来忽而清醒忽而糊涂的爷爷。作者让爷爷怀着一个巨大的历史秘密，而这秘密仿佛盛在一个年久破旧的容器里，时而会有一些滴漏发生。那些穿越厚厚的时间和记忆壁垒被“我”所留意的点滴便成了解开历史谜团的线头，小说于是就循着这条草蛇灰线一点点前行，逐渐接近那个秘密。

“剥洋葱”是作者在这篇小说中抵达历史“真相”的重要手段。

当“我”在“爷爷”的自语中发现家族秘密的端倪，便一路探究下去。先是探爷爷的口风，试图从爷爷这里知道一些真相，但八十岁的爷爷对这个秘密守口如瓶，并不能提供给他想要了解的东西，于是，“我”利用记者的身份开始了广泛的调查。

小说的第二章是“我”循着从爷爷那里得到的零星信息，在家族秘密这头洋葱上剥掉的第一层。这第一层便接近了爷爷所说的那个丢人的丑闻。“我”在北口市图书馆找到的当年的北口时报，报上的一则新闻仿佛让“我”看到了所谓的“真相”。

“我要的是 1946 年的北口时报，直寻丙戌年二月二十八的报纸，那一天按天干地支算是辛卯月甲午日，阳历则是 3 月 21 日，星期一，节气恰是春分。爷爷说的就是这个日子，那个年月报纸不多，北口又是个中等城市，爷爷说报纸上说他额娘叫佟张氏，我首寻的报纸理所当然是北口时报。果然，在铅印竖排版的那张老报纸上，一版，左下方，我不仅找到了“佟张氏”三字，还发现了爷爷所说另两个名字，佟国良和佟国俊。这两个名字都藏在密麻麻蚂蚁一般的文字中，引人注目处是那段文字旁还附了一张照片，香烟盒大，尤其让人惊愕。照片上是一个中年汉子被枪杀后的现场照片，汉子双臂捆绑，仰躺在河滩砂石的血泊中，嘴巴里不光被塞了毛巾，还被勒上了绳索。汉子至死都没屈服，双目圆瞪，怒视苍天。刑场四周可见隐约的众多人影，因昔日拍照设备和技术的落后，难辨表情。”

在那则主标题为“弑兄杀嫂　恶贯满盈”，副标题为“恶徒佟国俊今日伏法”的新闻里，家族秘密里的主要人物全部出场，他们的身份分别是“弑兄杀嫂”的“恶徒”佟国俊，被孪生弟弟“谋害”的佟国良，“被小叔子骗奸后屈从”最后冲击法场被毙的嫂子刘张氏（即佟张氏），佟国俊的“姘妇”陈巧兰。”面对这个被“揭开”的谜底，黄、刘、佟这姓氏上的迷底，汉族与满族这民族上的谜底，太爷爷、太奶奶、叔太爷、陈巧兰两男两女尘封在历史中的那个血腥故事的谜底，读者和“我”一起迷茫：真的如此吗？到底哪些是真的，哪些是假的呢？

在小说的第三章作者让这个探究家族秘密的“我”又剥掉了这头洋葱的第二层。“我”在北口市档案馆查阅了 1946 年佟国俊案的卷宗。在查阅佟国俊、佟张氏的审讯记录、判决书和省厅批复中，“我”仿佛清楚了整个家族悲剧的来龙去脉，但却也发现了这个来龙去脉中存在着诸多细小的破绽，于是在小说的第四章作者让“我”又剥掉了洋葱的第三层，那便是“我”来到了佟姓祖籍辽阳的一个小村庄，在这里，“我”走访了九十多岁的关爷爷，在关爷爷口中还原了佟家两兄弟和他们父母妹妹的部分真实历史，关爷爷的讲述颠覆了佟国俊之前的恶徒形象，勾勒了一个抗日英雄的大致轮廓。

而小说的第五到第十四章作为叙述主干，则是“我”对历史的血肉回填，佟国俊和他的战友及亲人们在“我”的想像中用生命完成了“一人一师”的英雄传奇。当然佟国俊的结局是悲剧性的，这个悲剧是人为的，警察局长龚寂的存在使小说实现了对历史荒诞属性的揭示：白纸黑字的历史上有多少颠倒黑白的存在，言之凿凿之下，英雄成了背负骂名的恶徒，罪行累累的恶徒反倒成了光环萦绕的英雄。

这十章属于小说主体部分，也是剥掉作者设置的层层真真假假的障碍之后，所呈现出来的故事核心，即小说中那个家族秘密的最终真相，是读者被“我”牵引走过一个又一个迷障之后终于抵达的那个目的地。

然而，这个水落石出的真相是以想像的方式完成的。

小说告诉我们，历史是无法真正复原的，我们只能借助于想像这一文学性的手段回到那个血肉丰盈的现场。而小说的第十五章作为结尾部分，由爷爷之口补足了家族秘密空白的那部分，使那段埋在时间灰烬中的历史更加完整起来，而那篇在《东北抗日英烈传》中人为加进去的《杀敌勇士　国之俊杰》，则虽假尤真，“做”出来的“假”书，比那些报纸上和档案馆里所谓的历史更接近历史的本来面目。

于是，下面小说中的这段话，便不无反讽的意味了。

“在‘做’那本书前，我也曾找过北口市地方志办公室，拿出我写好的文稿，并以我拍照下来的日伪时期报纸佐证，希望能将那篇文章印发在每年都要出版的地方志史籍中。那些编辑同仁客气而坚决地回绝，说编辑地方志不同写小说，必须要有货真价实的史料基础。你还是去试试写小说吧，小说可以演绎，也可以虚构，足以施展你无限广阔的想象才华……”

所谓货真价实的史料与小说，哪个更真实一些呢？而人类的历史中，又埋藏有多少不为人知的真相呢？

由丑到美的历史还原

如果说《东北军独立一师》在叙事上使用了探秘小说的路数，那么在探秘的过程中还实现了对人物由黑到白、由丑到美的清洗还原。刚一出场时的佟国俊是一个弑兄霸嫂玩弄姘妇的恶徒，这个恶徒形象不只存在于发黄的《北口日报》上，也不只存在于档案局确凿的审讯记录里，还存在于“爷爷”耻辱的记忆中。

也许，如果没有“我”的这次锲而不舍的探寻，佟国俊这个民族英雄将永远以恶徒的身份被绑缚于耻辱柱上，冤屈地瞪大双眼看着历史的尘埃一层层埋掉自己。

作者欲扬先抑，想要塑造一个高大的英雄，首先写一个历史的误会，把英雄写成“证据确凿”的恶徒，然后让英雄佟国俊在“我”的逐步探秘过程中，再一点点还原。

小说开篇就说“爷爷”年过八十了，虽然身子骨还算硬朗，“神智却是有时明白有时糊涂了，有老年痴呆的预兆。”而判断“爷爷”有老年痴呆征兆的根据就是他“呆呆地坐在落地窗前，两眼望着远方的高天白云，或者楼下的草坪树木。大夏天的，他会喃喃自语，快过年了吧，今年雪下得可真勤，这是第几场了？数九时他又会嘟哝，可惜了今年的这茬高粱啦，这机关枪扫的，哒哒哒，像镰刀割了似的，眼看着就倒下一片，刚刚抽穗灌浆呀……更多的时候，爷爷两眼空茫，不知在看着什么，有时眼角还溢出两行泪水，自语中却满是哀伤与愧疚。‘对不起啦，只怪儿子侄子不懂事，想磕个头烧点纸都找不到坟头呀……’”

“爷爷”这哪是老年痴呆，分明是个满腹心事的老人因摆脱不掉那沉重的记忆，而常常沉浸在往事之中。作者仿佛拿着糖块逗孩子的大人，让故事隐隐约约地浮现，却又躲躲闪闪，不让你一下子明了。他让“我”从貌似犯糊涂的爷爷的口中套出人物迷迷离离的关系，事情若隐若现的面貌，也埋下了另有真相的伏笔，因为爷爷对这个故事曾经自语“说出来丢人，可寻思来寻思去，总是划魂，捉摸不明白啊。”

接着1946年的《北口时报》上的那则新闻仿佛确定了佟国俊的恶徒身份，但那张佟国俊被枪杀后的现场照片又分明流露出他的冤情。北口市档案馆保存的审讯记录细节充分，“从记录上看，佟国俊和佟张氏都是供认不讳，交待的案情也基本符合……”至此，仿佛一切都已真相大白，佟国俊就是弑兄杀嫂的恶徒，六十年前发生的就是一桩家族史上的丑闻。

然而，这份审讯记录的过于“顺畅与流利”，却又“让人生疑”。

于是作者又让“我”来到佟国俊的老家，在他故乡的村庄寻找相关的真相，而关爷爷的一番外围讲述，让我们看到的佟国俊已经颠覆了之前的恶徒形象，英雄气质渐渐明晰。之后，作者用十章的篇幅，以全知视角讲述了佟国俊“东北军独立一师”的英雄传奇，彻底还原了佟国俊作为民族英雄的高大形象。

这十章关于抗日英雄佟国俊，以及他的哥哥、嫂子和爱人可歌可泣的故事，本来可以单独作为一篇小说而存在，但作者却把最美丽的风景藏在道路崎岖的大山之中，让你一路跌跌撞撞寻来，经过一次次的山重水复，才看到最后的柳暗花明。

把最最美好的东西层层起来包裹起来，外表甚至附着脏臭之物，但等你将那层层外壳打开，真相仿佛淤泥之中绽放的莲蕊，它的美丽和圣洁会更加动人。

维克多·什克洛夫斯基认为，艺术能更新我们对生活和经验的感觉，亦即能使我们已经习以为常的无意识的东西变得陌生。他在《关于散文的理论》这本书中写道："艺术的技巧就是使对象陌生，使形式变得困难，增加感觉的难度和时间长度，因为感觉过程本身就是审美目的，必须设法延长。艺术是体验对象的艺术构成的一种方式，而对象本身并不重要。"

孙春平在《东北军独立一师》中践行了这种陌生化理论，成功地增加了形式的难度，感觉的难度，延留了人们的审美脚步。这种用遮隔物造成掩映曲折含蓄不尽的意境，否定了读者的预期心理，创造出了令人意外的审美趣味。

亦实亦虚的元小说叙事

这篇小说里面作者布下真真假假各种迷阵，姓氏的迷阵，民族的迷阵，人物身份的迷阵，历史真相的迷阵。看似真的却是假的，看似假的却是真的，有时候真的和假的混杂一起难辨真假。

作者一反之前的创作习惯，不再老老实实地叙述故事，而是在故事怎么讲述上大费周折。

在小说文本之中大量嵌入其他文本是该小说的一大特点。新闻报道，审讯记录，人物"我"的文学和纪实作品。这些文本虚虚实实，把故事面貌弄得真假莫辨。

小说中还存在着明显的元叙述成分，小说的第五到第十四章是作者借人物"我"的文学性叙事来建构的。小说中作者在以这种第三人称全知视角叙述佟国俊的抗日英雄事迹时，还穿插进了"我"关于这种文学性叙述的说明："如上描述，绝非我的主观臆想和揣测。我拜访过关爷爷后，又去了辽阳市图书馆，翻阅了日伪时期的当地老报纸。"

元叙述是关于叙述的叙述，而具有元叙述因素的小说则被称为元小说。在孙春平的这篇小说里，元叙述主要体现在"我"凭借一些史料对那段历史的重新构建，并且在构建中还描述解释自己是如何构建的。在小说的最后一章，作者干脆让"我"直接讲述如何写作那篇《杀敌勇士 国之俊杰》，如何"做"了那本《东北抗日英烈传》的"假"书。

因为作者在故事讲述方式上的努力，实际上这篇小说是由两个故事构成的，一个是发生在现在的寻找真相的故事和一个是发生在历史上的那个"真相"故事本身。而那个寻找真相的故事在小说中分量一点也不轻。

作者以故事套故事，以小说套小说，第一个层面的小说是这篇名为《东北军独立一师》的小说本身，第二个层面的小说是文本中人物所书写的小说，即小说中的小说，这小说中的小说主要体现在第五到第十四章这部分。

“元小说”是有关小说的小说，是关注小说的虚构身份及其创作过程的小说，它有意暴露叙述者的身份，公然导入叙述者声音，揭示叙述行为及其过程，展现叙述内容的“故事性”“文本性”。小说中，作者虽然没有在第一个层面的小说中现身解说，但在第二个层面的小说中不断跳出来进行说明性叙述，这样就使《东北军独立一师》的大文本有了元小说的特质。

孙春平是个一直坚持传统叙事方式的老作家，而传统小说的最大特点是为了获取“真实可信”的效果，有意隐瞒叙述者和叙述行为的存在，造成“故事自己在进行”的幻觉，它的逼真性往往使读者沉浸其中，忘掉自己是在阅读一本虚构性的文学作品。但在这篇小说中我们发现作者的叙述一点都不老实，他把一个抗日英雄的故事讲得一波三折，使讲故事的魅力甚至超过了故事本身。小说的作者在文本中悄然隐退，站在前台的是叙述者“我”，“我”也是小说中的重要人物，是“我”在结构全篇并“虚构”故事，这也暗合了元小说的叙事特点。传统小说往往关心的是人物、事件，是作品所叙述的内容，而元小说则更关心作者本人是怎样写这部小说的，元小说中作者往往喜欢跳出来声明自己是在虚构作品，喜欢告诉读者自己是在用什么手法虚构作品，更喜欢交代自己创作小说的相关过程，小说本身也包括这种关于叙述的叙述。

该小说的容量是巨大的，首先小说中存在两种故事时间，其中寻找真相这个故事时间还常常介入过去“真相”的故事时间，去影响和改变过去那个故事时间；而小说在空间上则闪转腾挪，从“我”现在的家，到佟国俊被杀事件的发生地北口市，再到佟国俊的辽阳老家村庄，还有佟国俊和他的战友们战斗过的各个地方；小说的信息容量也相当大，有市井的，家庭的，民俗的，历史的，新闻的，战争的，屠杀的，暗杀的，谋杀的，有亲情的，友情的，爱情的……小说将故事的讲述打造成苏州园林：以曲线为主，讲究曲径通幽。完成这种曲径通幽的主要方法是不断为线性叙述设置岔路，在静观视野中增加层次和景深，极大地拓展了文本空间。

在这篇小说里，所谓的故事套故事，小说嵌小说，包括那些时间跨度，空间转移，人物角色转换和诸多真真假假的文本，都不过是作者为了使这个故事讲述得更好看，更有意味，而采取的形式攻略。

孙春平的努力没有白费，他的《东北军独立一师》确实为我们讲了一个好看的故事。

发表于《满族文学》2015 年第 1 期

如何为艺术电影开拓市场空间

王　研

中国电影踏上商业化道路以来，一部作品的商业潜力决定着它能在影院的哪间放映厅放映以及何时放映、放映几场。在这样的市场法则支配下，那些缺少明星、题材小众的艺术电影不仅难以得到院线支持，甚至可能找不到愿意放映的影院。

但是，随着观众需求渐趋多样化，以及艺术电影制作水准的不断提升，电影界内外呼吁建设艺术影院、成立艺术院线的声音越来越多。而一些带有实验性的行动也在民间积极探索着，当中的一些经验值得深入思考。

“后窗放映”为中国电影开启一扇新窗

“后窗看电影”是上世纪90年代末于网上诞生的一个讨论区，一群热爱电影的网民在讨论区里分享观影体验、交换电影资讯。随着时间的推移，讨论区这一交流样态逐渐“冷”了下来，不过，“后窗看电影”里聚集的热爱电影的人们却没有放弃对电影梦的追逐。

2013年，“后窗看电影”再度出现，变身为“后窗放映”。由“看”到“放”，一字之差，意味着他们从中国电影的旁观者进化为参与者，并将目光聚焦在艺术电影之上。同年5月，“后窗放映”通过官方微博留言称：“看电影的你们，你们微小的选择将有可能改变中国电影的进程”，同时发布了名为“后窗放映·艺术之春”的巡回放映计划。

“后窗放映”将自己定位为针对艺术电影的宣发机构，初期的放映模式是：让一部影片在十几个城市同步上映，以小规模点映的方式进行预热，在文艺青年中积累口碑之后再上商业院线。当时，笔者对“后窗放映”的运作模式进行了跟踪观察。“后窗放映·艺术之春”南京站推介的电影是《杨梅洲》，上座率达到六成，观众反响相当不错。《杨梅洲》这部作品可以说是中国艺术电影的一个缩影，它具有独特的风格和深刻的内涵，在不少国际电影节上巡展并摘得奖项。不过，国内放映时，无论是范围还是场次都十分有限，远不如商业电影那般“风光”，是典型的“墙内开花墙外香”。为此，《杨梅洲》的导演陈卓曾在接受采访时公开感叹：“艺术电影能够为中国电影的未来孕育生命力，应当有更多的人来支持和关注它的生存与发展，我们需要尽可能多的人看到这些具有诚意的作品，再有更多人来支持我们的创作。”所幸，“后窗放映”将观众群细化和巡回放映的做法，让《杨梅洲》又收获了不少观众，可见，艺术电影实现相对长线的放映是具有一定可操作性的。

“后窗放映”在初创阶段曾经提出一个问题：“电影文化实践的新的针对性在哪里？”对此，它的答案是：“商业电影不必操心，它们自会把每个毛孔里的价值都发挥出来。小众电影依然有人在拍，也有人想看，看完电影以后表达和交流的渠道也不缺，但在哪里看？网络部分地解决了这个问题，但大部分这类电影并未在网络上流通，而且，看电影的意义也不仅仅在于看到电影，在电影院，和一群人的相遇，那种通过电影完成的相识或认同，是电影给我们的珍贵馈赠之一。虽然在一些影院和电影人的努力下，在有限的大城市和短暂的影展时间里，能够放映这些作品，但更多的城市和更多的时间，它们依然被湮没在商业电影的浪潮中。如此一想，为小众电影拓展影院放映空间就成了一个急切的愿望。”

“后窗放映”的自问自答，明确提出要为小众电影放映做一些实实在在的具体努力，正如它的负责人所说：“我们只是为了在同一个房间里多开一扇新的窗子，以期使房间更加明亮。百花齐放是我们对中国电影未来的一个愿景。”为此，“后窗放映”在创立伊始便将目标确定为——促成艺术院线在中国的真正建立——为小众电影拓展更多的放映空间，在现有院线中开一扇窗，透一口气，放映那些应该被看见，也值得被看见的艺术电影，也让越来越多的观众与这些电影相遇，为优质的中国电影发出更大的声音。

2013 年底，“后窗放映”共推广了《告诉他们，我乘白鹤去了》《归途列车》《万箭穿心》等 15 部艺术电影，与杭州、昆明、广州、西安、沈阳、厦门等 20 多座城市的影院建立了固定合作关系。今天回顾这一成果，仍然令人感到振奋。现在，“后窗放映”依然在为最初的目标而努力着，它的影响力也在不断扩大。

扶植艺术电影最重要的是保障放映渠道

在许多人眼中，艺术电影大多情节枯燥、节奏缓慢、缺乏戏剧感，不仅没有趣味性，甚至晦涩难明，因此，很难得到高票房，也很难被媒体青睐，更遑论在社会层面引起普遍反响。不过，不能因为艺术电影天然的小众性而忽略对它的扶持与培育，艺术电影是推动电影发展的重要助力，一个国家或一个地区如果失去了能够使艺术电影生长的土壤，或是任由这土壤失去水分，那么最终被伤害的将不仅是电影本身，更会是整个文化生态。

艺术电影具备独特的元素，创作者往往表现出独特的叙事个性，反对程式化的情节和模式化的人物形象刻画，相较一般的商业电影，艺术电影显然更具内涵，更有诚意。如果抛开小成本投入可能造成的制作上的粗糙感，单就思想性而言，艺术电影更精雕细琢。

要有效地扶植艺术电影，除了对拍摄加大投入，对人才加大培养之外，更重要的是保障放映渠道。有评论认为，中国的艺术电影只有少量精品，缺乏成熟的受众群体。这种观点固然有其合理之处，但也正因为如此，中国更要鼓励艺术电影的生长，更要有意识地培养艺术电影的受众，因为，一个国家不能缺少艺术电影的存在，它代表了电影事业的精华，支持和培育艺术电影就意味着对电影艺术性的支持和培育，更意味着对电影的支持和培养。

观影习惯和包容度是影响艺术电影生存的关键因素

商业电影的强大常被视为造成艺术电影黯淡的惟一原因。事实上，更强大的力量或许是难以改变的观影习惯。

近年来，无厘头、拼盘式电影持续走俏，那些艺术性较高、内涵较深的电影反而常常遭遇“故作高深、无聊”之类的揶揄和批评。以一向风格文艺的王家卫为例，《一代宗师》虽然表面是功夫片，但内里却是典型的文艺片，其艺术含量相当高，但不少观众批评该片无聊、太闷，放映期间离场、睡觉的大有人在，更有网友提出，“动作片就应该拍得通俗，搞文艺是不伦不类！”以王家卫的盛名和《一代宗师》的强大阵容，尚且因为“太文艺”而受到炮轰，何况那些名不见经传、制作小、没明星的纯艺术电影呢？

要改变观众的观影习惯，提升观众的观影品位，首先要做的是为观众创造接触和认识艺术电影的机会。目前来看，中国的观影文化仍然非常单一，观众鲜有机会接触到更多风格化、个性化的电影，因此，难免形成单一的观影思维模式。

不过，近两年，对国产电影质量提出质疑的观众数量显著增加，期待高品质电影的声音也越来越多。这表明，观众厌倦了模式化的商业片，希望看到更多样化的作品。而拓展艺术电影的生存空间，无疑能够为观众带来更多的观影选择，使他们对电影产生新的认识，丰富观影感受，进而推动观影文化向更丰富、更多元、更健康的方向发展。

建立艺术院线需要依赖综合性的力量共同成就

从严格的意义上来说，中国还没有真正成熟稳定的艺术院线，电影界也尚未找到从根本上解决艺术电影生存危机的有效方案。

中国电影艺术研究中心研究员李迅曾对欧洲的电影资助体系进行深入研究，他认为，建立资助体系是保证艺术电影发展的一个必要措施。因为，尽管艺术电影很难盈利，但却是一个国家、民族文化建设的重要组成部分，有必要由政府来保护其发展，“大多数时候你很难要求一家商业制作机构去支持带有探索性质的艺术电影。”

国际艺术院线联合会有28个成员国，拥有3000块银幕。作为成员国之一的法国，其艺术院线联合协会下属成员就超过1000家，拥有近2000个放映厅。每个地区或者省份的艺术院线也建立协会，形成彼此独立同时又相互关联的网络。他们有鲜明目的的影院经营理念，能够有效保证放映地区的多样化、自由推广一切创新的独立制作；帮助高质量的作品找到展示并和观众见面的途径，并且促进它们在这一渠道的持久和全国覆盖；和电影作者保持良好关系，帮助他们找到尽可能多的观众，由此为新创作寻找可能的手段；培养年轻的观众。专业丰富的电影片单、业内人士参与的互动，使得法国的艺术电影院线和主流商业院线的运行渠道实现了基本平行。

法国的艺术院线非常成熟，其发展模式值得参考和借鉴，目前，国内也有个别影院效仿，但因数量太少、力量太小，因而收效不大。由此可见，要建立一个艺术院线，不能单纯依靠某一方面，它是一个综合力量共同成就的结果，不管是政府有关部门、电影界，还是普通观众，都要为此付出努力。

（作者系辽宁日报热点新闻策划部主任）

号角、刀锋与现实关怀
——抗战时期的抗战美术研究

马　喆

抗日战争是中国历史上攸关国家民族生死存亡的重要战争，是世界反法西斯战争的重要组成部分，抗战时期的抗战美术在这段波澜壮阔的斗争历程中发挥了极为巨大的作用，它唤起民众觉醒，鼓舞民众斗志，在血与火的炼狱中，铸就了中华民族可歌可泣的爱国精神和英勇无畏的牺牲精神，它是引领战斗的号角，是披荆斩棘的刀锋，是可视可感的现实关怀。正因为如此，抗战时期的抗战美术在中国现代美术史上占有重要位置，回顾和重温抗战时期的抗战美术有着深远意义。

一、抗战时期的美术家与抗战美术作品

1931年，“九一八”事变爆发，沈阳被占领，中国东北三省相继沦陷。这标志着全国抗战的开始。这是一场关乎国家民族生死存亡的抗战，是一场艰苦卓绝争取民族解放的伟大战争，在这场战争中，中华民族以空前的团结、最大的牺牲，取得了最终的完全胜利。

随着中国抗日救国民族统一战线的形成与扩大，中国美术家们认识到自己所肩负的使命。他们完成自己的使命大致通过两种途径：一是创作美术作品，宣传抗战；二是创作艺术精品，举办筹赈画展，募捐款项支援抗战。

国难当头，美术家们的思维极其敏锐，他们吹响了惊醒国人的号角。1931年，“九一八”事变后，马占山在江桥抗日，激发了国人的抗日情绪，万赖鸣创作了宣传画《马占山江桥大战》。1932年，上海“一·二八”事变爆发，蒋兆和创作油画《蒋光鼐像》和《蔡廷锴像》。1937年，叶浅予为“八一四”空战英雄、被誉为“空军四勇士”的乐以琴、刘粹刚、李丹柱、高志航创作了宣传画《四勇士》。1937年，刘海粟创作了油画《四行仓库》。对于刘海粟的这幅作品，当时《申报》评论道：“全部颜色的悲壮、手法的严肃和沉着尤非常人所能及。”1939年春节，赖少其创作了《抗战门神》。

一些美术家在极端动荡的环境下还积极地进行艺术创作，他们到国外举办筹赈画展，以自己的影响力为抗战募集款项，也间接地宣传国内抗战，让世界了解处在战争中的中国和中国人民的境况，争取世界爱好和平、平等待我的政府和人士更多的支持和援助。1939年，刘海粟在爪哇各埠及新加坡一带举办筹赈画展。1939年初至1940年底，张善子出国举办画展，宣传中国人民的抗日斗争。1940年，徐悲鸿在香港、新加坡等地举办筹赈画展，将所得款项全部捐给国家。

美术家们随时关注着复杂多变的战争时局，他们不但敏锐快捷地创作反映战争及相关题材的作品，而且大多将自己的艺术追求同国家的命运和民族的存亡联系到一起。他们不再单纯地强调“艺术为艺术”或是“艺术为人生”，而是以艺术关注现实，关注民生，关注历史进程。美术家们更强调艺术在抗战中的意义和作用。他们需要到大众中去，需要到生活中去，了解民众饥苦，以民众喜爱和接受的艺术语言进行创作。赵望云创作了大量的旅行画作，对此他深有感触，他说：“现值民族生存的抗战时期，人民们都应各尽所能，文人以笔当枪，是应有的职责与本分。”赵望云的旅行画作，践行了“到民间去”的口号，充溢着现实主义精神，在美术界影响较大。1938年4月，吴作人在徐悲鸿、田汉支持下，与孙宗慰、陈晓南、林家旅、沙季同等组织了“战地写生团”，奔赴湖北、河南前线阵地写生。1938年底，胡一川一行告别延安. 奔赴晋东南和晋察冀抗日报据地，在敌后活动近3年之久。

抗战美术中，木刻版画和漫画发挥了重要的宣传作用，涌现出创作活跃的木刻家群体，他们创作了数量可观的表观抗战时期中国政治、经济、文化、军事及社会生活诸多方面的作品。木刻家们和漫画家们在硝烟中直面生活，反映解放区军民团结一致，共同抗日的火热战斗生活；亦有目睹国家被侵略者铁蹄践踏、民众遭受生活苦难的悲怆。在延安一批革命美术家们致力于木刻艺术创作，这些作品反映解放区的军事斗争与社会生活。如力群的《饮》（1942年）《伐木》（1941年），彦涵的《彭德怀将军》(1941 年)。早在 1936 年，东北流亡的青年漫画家张仃就在《中国日报》上发表了许多揭露日本帝国主义侵略野心、呼唤人民觉醒的漫画作品，如《看你横行几时》《狮子醒了！》等。全面抗战爆发后，张仃创作了《日寇空袭平民区域的赐予》(1938 年)《兽行》(1938 年)《收复失土》(1938 年)等。1937 年 8 月底“漫画救亡协会”派出漫画宣传队，叶浅予、张乐平、特伟、胡考等 8 人参加，他们在日军炮火轰炸下冒死宣传，历时 3 年，辗转各地，创作了千余幅画作。

如果说，版画家和漫画家在战争最前沿用刀笔进行斗争，那么，国画家们也义无反顾地投身到民族解放洪流中，只是他们艺术表现方式更含蓄更有着内在意味，他们既要在创作中展现民族艺术的创造力和生命力，又要完成在大时代中的艺术担当。徐悲鸿是融通中西、学贯古今的艺术大师，抗战期间他不但探索民族艺术的发展道路，而且以悲怆的心绪作画，激发人们的爱国热情，鼓舞人们的战斗意志。1935 年，徐悲鸿创作了《新生命活跃起来》，题云：“危忘亦亟，愤气塞胸，写此自遣。”1937 年，他在桂林创作了《风雨如晦，鸡鸣不已》，同年，在重庆创作了《巴人汲水》。1940 年，他在印度大吉岭完成了《愚公移山》，寓意只要中国人民众志成城，就一定能够取得抗战的最后胜利。1941 年，他在槟城仍心系战事，在创作的《奔马》中题云：“第二次长沙会战，忧心如焚，或者仍有前次之结果也，企于望之。”1943 年，他创作了《会师东京》，题云：“略抒积愤，虽未免言之过早，且意其终须实现也。”可见他对抗战抱有必胜之信念，亦以此作品激勉国人与日寇英勇斗争，取得最后之完胜。

在 20 世纪上半叶，中国人对油画的欣赏和接受尚处于渐进过程中。中国油画家中很大一部分人都有着留学欧美或日本的经历，他们接受的是西方或是从西方衍生而来的文化影响和艺术形式，但是面对严酷的抗战现实，他们需要在“艺术之为艺术”与“艺术之为抗战”间做出选择。于是，有徐悲鸿在日本帝国主义侵略东北之际，创作的《徯我后》，曲折地表达了他对东北人民的同情和真挚的爱国主义情感；1939 年，他创作了油画《放下你的鞭子》。唐一禾创作了《“七七”号角》《女游击队员》《胜利与和平》。1940 年，吴作人创作了《重庆大轰炸》，再现了山城由于日寇轰炸，笼罩在炮火浓烟中的场景；1941 年，他又画了《不可毁灭的生命》，表现“山河破碎风飘絮”的现实和人们斗争与生活的顽强精神。1939 年，常书鸿创作了颇具隐喻意味的作品《平地一声雷》。

作为雕塑家的刘开渠，非常重视雕塑艺术在抗战的作用。他身体力行创作了《淞沪抗日阵亡烈士纪念碑》《抗日阵亡将领王铭章纪念碑》《无名英雄纪念像》等极具艺术表现力和感染力的雕塑作品，这些作品成为见证抗战历史的永恒艺术丰碑。

可见，抗日战争没有击垮中国美术家的意志，反而激发了他们的爱国热情和创作活力，他们站在时代高点，与国家民族的意志完全统一与融合，为人民而艺术，为民族而战斗，将艺术作为有力的应战武器，参与到伟大的民族解放战争中去，从而创作出诸多艺术经典，为中国美术史书写了辉煌篇章。

二、抗战时期抗战美术的特征和内涵

从艺术史角度考量，抗战时期的抗战美术开启了中国现代美术新纪元，它在“成教化，助人伦”的功能基础上，又担当起唤起民族觉醒、宣传爱国精神、激发抗日斗志、团结民众力量、争取民族解放的时代使命，这种时代担当使处在这一历史时期的美术家们的现实创造力有了历史的超越性。同时，抗战时期的抗战美术，是中国美术立足于民族传统之上与世界优秀艺术传统融合的自觉实践，为完成中国美术的现代性转型奠定了丰厚基础。综合起来，抗战时期抗战美术有以下几个较为显著的特征与内涵。

(一) 大众化的审美取向

抗战时期的抗战美术，由于战时宣传需要，它必然要适应民众的审美情趣和艺术接受能力，它能否符合民众口味，能否被民众所认知，能否唤起民众共鸣，是至关重要的前提。抗战时期，木刻版画、漫画、连环画等门类之所以发挥了巨大的宣传与传播能量，就是因为美术家们自觉地以民众所认可的方式进行创造力的实现，他们走出艺术象牙塔，深入民众生活中，关注时局，关注现实，关注民生，将民众的形象、情感和生活细节，将战争的惨烈、严酷和牺牲的悲壮，将社会经由战乱及贫困所引发的异化现象，以或歌颂或批判、或揭示或反讽的诸多方式加以再现，并通过简便快捷、通俗易懂的艺术形式和艺术手段呈现出来。大众化不仅仅成为艺术创作的审美取向，而且上升为艺术话语，发出有力的声音。审美大众化，意谓在美术创作中要汲取民间艺术语言，加以融合与提升。解放区的木刻在形式上吸收了民间剪纸艺术特色，人物形像生动，富有生活气息。不仅如此，他们还结合民间文化习俗进行艺术构思和艺术创作，像上个世纪 40 年代初期，张文元创作的战时门神，就借用中国民间流行的门神形式，把抗战中的陆军和空军形象移置其上，取得了意想不到的宣传效果。大众化的审美取向的意义在于：首先，大众化的审美取向满足了大众审美心理和精神诉求，从而使简捷通俗的视觉形象成为人们深层次的心灵映象，即大众在接受原有形式的同时，也潜在地接受了作为实体存在的内容，这是形象置换在人的视觉和心理上所引起的直觉和感应。如李桦的木刻版画《辱与仇》、王树艺的木刻版画《无家可归》等。其次，大众化的审美取向满足了大众的审美方式，通过直观感受刺激人的情绪，激发人的情感。如张乐平的《修机场》《逃难图》等。再有，大众化的审美取向更满足了艺术普及化的需要，艺术普及化是一个渐进的过程，初始阶段需要以平实浅显的方式让更多民众接受，使其能够欣赏艺术，理解艺术，进而感受、体悟艺术真谛。抗战美术以最直接的方式宣传了抗战，也传播了艺术，这种双重传播方式更具效应，且互为转化。

（二）为人民的艺术导向

抗战时期的抗战美术，有着明确的思想导向，它摈弃了“为艺术而艺术”的宣言，搁置了“为人生而艺术”的主张，张扬了“为人民而艺术”的宗旨。1942 年 5 月 23 日，毛泽东在《在延安文艺座谈会上的讲话》中提出了“我们的文艺是为什么人的”这个根本性的、原则性的问题，他的回答是：为人民大众。抗战美术的总体导向就是“为人民的艺术”，抗战美术是面向民众的艺术，事实上，美术如欲担当起宣传抗战、团结人民、凝聚力量的使命，其必然是为人民的，美术——人民——抗战，有着共同指向，即和衷共济，抵御外侮，争取抗日战争伟大胜利。抗战美术正是因为有了“为人民而艺术”的导向，它的大众化审美取向才能不流于庸俗化和泛艺术化，从而形成与时俱进的、具有人民性时代性民族性的艺术风格和品位。抗战美术从本质上划时代地完成了民族形象的时代建构，其核心在于作品具有浓郁的人文关怀意识，体现了国家意志与人民意志的统一，人民大众的形象成为艺术表现的主体，人民大众的抗战成为艺术表现的主题，人民大众的生活成为艺术表现的源泉。如焦心河的《商定农户计划》（1938 年）、吕斯百的《四川农民》（1938 年）等，都很好地体现了为人民的艺术导向。

（三）民族意志的精神指向

抗战时期的抗战美术，突出张扬了民族意志，并将民族意志的精神指向物化与视觉化。抗战美术宣传的目的就是唤起民众的民族自豪感和民族自信心，强化民族意志——爱国主义与英雄主义，进而在民族意志作用下，继承与发扬民族艺术优秀传统，在中西碰撞、融合的文化语境下，重新审视民族艺术，建立起民族文化意识的自觉性。因此，美术在宣传民族抗战大主题下，也兼顾了艺术本体的自身发展。各美术门类均有着不同的艺术本体发展的需要。就木刻而言，由于新兴木刻运动和抗战木刻运动的兴起，使之得到“凤凰涅槃”般的重生。油画作为在中国传播时间很短的外来画种也得到发展，并且进行了较为全面的民族化的实践过程，这为油画在中国的繁荣夯实了基础。国画作为中国传统艺术，在抗战时期进行了最为彻底的时代转型，由于徐悲鸿、蒋兆和、黄宾虹等艺术大师的探索与努力，在人物、山水和花鸟诸画科上，都得到了实质性的提升，从而开启了国画向现代转向的新局面。换而言之，抗战时期的抗战美术，以实践取代了口号，以包容取代了争论，当然这不代表艺术争鸣的偃旗息鼓，而是美术家们在艺术的精神指向方面达成相对的默契，因为，从根本上讲抗战美术在表现民族意志这一艺术创作的基本诉求上，是一致的。如傅抱石创作了中国画《丽人行》，虽然这幅作品的内容是古典的，但却曲意地表达画家对现实的态度，以水墨写意的方式诗意地传递着创作者的主观意识和内在情感，从而营造了深邃的意境。1935 年，与徐悲鸿、张书旗并称为“金陵三杰”的柳子谷，创作了《戚继光将军像》，画中题写了王昌龄的诗《出塞》，这亦是以民族艺术的独有语境表达出深沉的爱国主义和英雄主义情结。

（四）现实主义的艺术抉择

抗战时期的抗战美术，自觉地选择了现实主义艺术，并使之成为艺术创作主流。确切地说，现实主义既是一种艺术手段，也是一种艺术流派，更是一种艺术精神。抗战时期抗战美术在艺术表象上体现了现实主义艺术特征，其内涵具有郁厚的现实关怀精神，是对人生的体恤和对时代的观照。战争的残酷是现实存在，民众的苦难是现实存在，民族的危亡亦是现实存在……以艺术唤起民众，在形式上需要真实的表达或者说是逼真的再现这诸多的现实存在，以使人们在现实的“真”中找寻可以慰藉心灵的“善”，以化解现实的痛苦，生发奋斗的勇气和力量，而现实主义艺术的核心即是对真善美的统一。从这个意义上看，抗战时期现实主义艺术成为主流，是时代的抉择，是时代的召唤。中国美术家们选择现实主义艺术，不仅体现在艺术表象上，更体现在深层次的情感世界中。正如冲锋的战士要直面流血和牺牲一样，艺术家们要直面现实，直面战争，因而最现实、最本质、最真实的艺术呈现，才能产生巨大的视觉力量。现实主义——一个同时期在西方艺术世界已然成为历史的流派，在中国的抗战美术创作中觅到得以“复活”的肥沃土壤，而且表现出异常旺盛的生命力与活力。同时，现实主义艺术理念与中国艺术传统形成有机的契合点，国画的传统笔墨语言与写实手法的结合，在不消解国画写意性和笔墨程式的前提下，提升了国画的现实表现力，使国画本体语言有了现代转向的可能。这种可能性在新文化运动时，还是模糊的游离的，而在抗战时期通过美术家们大胆果敢的艺术实践，已然开辟出一条较为清晰可见的道路了，更为重要的是，这种可能性的影响也是极其深远的。当然，现实主义成为艺术主流除了本身所具有的表现性之外，另一个重要的原因是它很宽泛，具有很强的包容性。可以明确地结论，中国美术以现实主义精神为指向并藉以完成民族化的艺术发展道路，从而发挥出民族艺术的时代创造力。

综上所述，抗战时期的抗战美术是中国美术史的重要组成部分，是中国美术走向现代的分野，美术家们以艺术的创造力和感染力实现了在国家民族生死存亡关头的文化担当和历史使命，是引领民众的号角，是搏杀敌人的刀锋。同时，美术家们以中西融合的民族化的艺术实践，以人文关怀的情怀，以现实主义的艺术精神，形成了中国美术区域化的发展态势，构建了中国美术当代转型的崭新构架。

丰盈的生存

王　辉

在我所接触的文化人中，刘恩波是个值得信赖的人，无论是在学问上，还是在品德上。他是个被文化所化之人，我引他为同道。不知道这样的纯粹的文化人，现在还有多少。我跟他交往不多，但交情不浅，一切缘于钟爱文化，有时不免惺惺相惜。他是诗人的性情而兼有学人的气质。诗人的性情即追思想象、思接古人的同情感兴，学人的气质即求真探隐、发覆祛疑的知识倾向。这是能让人生出几分敬意的。

我因为喜欢他的人，所以喜欢他的文。我做报纸的文学副刊编辑，二十年来亲手编过他的许多散文随笔，那是真正的美文，看这样的美文是莫大的享受，觉得那一天都没有白过，把日子过成诗，简单而精致，生存是丰盈的。通过我的手把恩波的美文推荐给大家，我觉得自己的心灵都变得美起来。这样的感受，这些年来，一次次的出现，我并没有跟他仔细说过。我知道他是个有点羞涩的人，我很怕无端打扰他的美妙心境。

我们都是这样的爱书人：不吸烟，不喝酒，不跳舞，不打牌，不开车，不下海，只喜欢一支笔、一张纸、一本书，我们经历、感受、体悟、思索，诚信，忠厚，好学，自省，有敬畏之心，有慈善之心，有感恩之心，有宽容之心，由此形成自己的精神姿态。可是，当物欲至上的消费主义流行开来，大家都消隐在物质主义的迷雾中，用世俗的势利眼光来观察问题，追求物质实力，强化生存能力，我们这群人似乎云散了，纷纷去追求“成功”。什么样的人属于成功人士？谁看你有没有德行、有没有知识、有没有品位？穿什么品牌的衣服，戴什么品牌的手表，佩什么成色的翡翠，开什么品牌的汽车，住什么档次的房子，甚至背什么品牌的包，用什么品牌的笔，这些都成为你在社会上是否被尊重、被看得起的身份象征。以我个人的经验，一个繁文缛节的书呆子，活在当今的俗世里，在学林与文场、书斋与社会中时入时出，是一定要吃一点亏的，因为，无论你今天怎么用力扫地，明天的落叶还是会飘下来，人注定要遇到自己必然遇到的。有一年恩波的父亲把弘一大师辑录的《晚晴集》复印本送给他，他对其中的一些智慧有所感通。“报缘虚幻，不可强为。浮世几何，随家丰俭。苦乐逆顺，道在其中。动静寒温，自愧自悔。”他经常在自己的晚课中温习这些话，真是知子莫如父也。他没有那些小聪明，但他有大智慧，他是喧闹也容得，沉寂也耐得，而始终逆来顺受，笔耕不辍，自守精神的家园。所谓执迷而悟，悟之则圆。

我们身边的知识界缺少类似恩波这样老老实实的人物。他不是躲进小楼成一统的清高莫测的学问家，也不是大惊小怪的高妙的作家，他是儒雅的，平易的，高而不贵，深而不僻，有君子之风，具书生之气，他写的文没有传统士大夫的无病呻吟的毛病，也无某些学者教授身上的酸腐气，他在思想上是远离文人的作态与学人的作秀的，而情感的表达方式却带有中国传统读书人的可贵的品质。他写诗歌，也写散文，写评论，其间的气象似比一般作者高远，他在意识深处，考量着文化的前世今生，体味着文学的温暖阳光。我们对于洁净的沙滩、翠绿的草地、漫山遍野的鲜花和汩汩流淌的小河曾经熟视无睹，现在，我们又对于以最多、最深切、最幽微的形式理解我们的思想、表达我们的喜怒哀乐，时时慰藉我们、引领我们，使我们不致在艰难困顿的社会生活中颓丧而失去奋发的勇气，那个超越我们的个人生活、丰富我们的精神世界的文学，不再充满温情与敬意了。这时候，我看他的文学评论集《为了我们丰盈地生存》，在清丽典雅的文体里，包含了许多有意味的东西。内心的一切在流露之中，一种美好的心绪就那么呈现出来，给我们久久的思索和品味。思想者的魅力有时是超时空的。读恩波的书，字里行间，有阔大的气象在，文章始终与一般的文人有别，他的文章没有自美、自炫与自负，更多的是自审与自悟，他的眼光留在理性的地方多，审美的打量也不少，有兼形而上的力度，自然能给人以吸引力。

《为了我们丰盈地生存》是文学灵感与文学作品的偶然相遇，是一次自觉的心灵之旅、思想之旅，一次自我精神的还乡。文学不过就是带着思乡的情绪到处寻找家园，每一个地方都是一种观望、一种接引、一种敞开。解读作品的过程，是逻辑和激情互动的过程。那种精神的愉悦，和写诗是很相似的。诗与思兼容了，彼此贯通了，生存真是一件有意味的事情了。

中国近年的文风是有毛病的，有的写了等于没写，给读者的是一些似是而非的东西。如果看看刘恩波的《为了我们丰盈地生存》这样的书，知道评论也有这类的表达，以真诚打动作者，以思想启发世人，那会有一点益处的。

王充闾《逍遥游—庄子传》的现实意义

王香宁

庄子是中国古代文化哲学绮丽的瑰宝。历代研究庄子其人其作其思想的学者层出不穷，或是注释其作，或是解读其文，或是剖析其思想，都是为了能从中汲取精神营养。为了更好地延续庄子的文化哲学，为庄子著书立传者，也不乏其人。由于跨越时间之长加之遗存史料的限制，写传者为躲避传主史料匮乏短板，增强文本可读性，大多虚构故事或是借庄子之名表达其主观想法。这都大大降低了庄子其人其文其思想的真实性和他的客观公正的历史价值。

近日，王充闾的《逍遥游—庄子传》出版了。他秉承严谨认真的态度，以“八面受敌”写法，采用各类史实书籍及有历史价值的旁征博引，将庄子的历史背景、人生历程，文化渊源、精神追求，访问游学、讲道授徒，文脉传薪、后世咏叹等多个方面逐个研究。如同王充闾所说，“眼前是一把展开的折扇。庄子的性情、思想是折扇的轴心。20个专题就是一支支从轴心辐射出去的扇骨——它们既统一于传主的思想，又各自独立。”《逍遥游—庄子传》立体再现了庄子困踬乡园一布衣的生活，五张面孔的非常道，文脉传薪有后人的精神传承等不同侧面，全视角地支撑出真实完整鲜活的庄子。可以说，陈列之历史文献，写传之真实手法，引用之确凿论据，让这部传著充满了历史凝重感，对后人客观公正地评析庄子及对庄子现代阐释具有重要意义。

一、在还原真实历史语境中解读庄子

人作为生命存在的个体，其价值取向与追求，与社会关系有着不可分割的联系。庄子其人其作其思想的形成也必然离不开他所处的历史语境。马克思在《哲学的贫困》中指出，“人们按照自己的物质生产的发展建立相应的社会关系，正是这些人又按照自己的社会关系创造了相应的原理、观念和范畴。所以，这些观念、范畴也同它们所表现的关系一样”。这说明了，庄子的思想受到了时代机遇或是现实需要的影响而产生的，只有还原庄子所处的历史语境，才会挖掘出其作的深层意义，体味出其人的生命格调，读出其思想的生命哲学，更会为后人正确评价与衡量庄子提供理论依据。

还原庄子其人其著的历史语境，不止于是对古文的文本注解和现代汉语翻译。那些都是浅显、表面的用语变置。更应该关注庄子理论生成发展过程中的历史、政治、文化等因素和具体的机遇之中，或更深入至关注到对某一场景描写的具体情景语境，才能挖掘出真知。正如陈寅恪所说：“盖古人著书立说，皆有所为而发；故其所处之环境，所受之背景，非完全明了，则其学不易评论……所谓真了解者，必神游冥想，与立说之古人，处于同一境界，而对其持论所以不得不知是之苦心孤诣，表一种之同情，始能批评其学说之是非得失，而无隔阂肤廓之论。”

王充闾的《逍遥游—庄子传》为还原原汁原味的庄子提供了范本。王充闾在为庄子传上采用冷静叙述态度，在史实中尽详尽叙真实的事件和发生的过程。在《遥想战国当年》一篇中，王充闾根据史料记载，简略地梳理了庄子活动年表，将庄子人生三个阶段的主要活动进行了略述。文中将庄子所处的历史背景作为庄子其人其作的出现的重要因素。“轻用民死”的卫君，“非直骊龙”的宋王等都是暴政统治的缩影。庄子借用多种多样的寓言故事形象生动地表达了他对当时社会现实的不满。也正是基于对自己所处时代残酷现实，感同身受于栖身乱世的知识分子的惨痛处境，庄子才提出了“无用之用”；基于当时人性的迷失，痛心于文明异化所造成的精神悲剧，庄子才借用南伯子綦之口提出淡泊无心、寂静无为的境界。在《失去对手的悲凉》一篇中，王充闾根据庄子与惠子八番论辩的不同语言情境，具体地还原了庄子“有用与无用”“达生之道”等思想产生具体过程。在《文化渊源》一篇阐明庄子重自然、好玄想的浪漫精神来源于殷商传统文化，并对庄子的学术师承与知识体系进行了系统梳理。整本书中，王充闾在各章节穿插地从历史契机、文化变化、具体情境、心理状态等各个方面，不同角度细致地还原了庄子其人其思想产生的始末，并深入细致地分析解剖庄子思想的表层意义与深层意义，描画出原本的庄子。

二、在深度心灵对话中发现庄子

庄子，如一切伟大先哲一样，在每个时代都会激起学者的思考和共鸣，激发出新的思想火花。这也是庄子的魅力所在。正如钱理群说："每个民族都有自己的一些大师级的哲学家、思想家、文学家，他们的思想与文学具有一种原创性，后人可以不断地向其反归、回省，不断地得到新的启迪，从而激发出新的思考与创造力，这是一个民族精神的源泉"。在为庄子著书立传中，王充闾考虑重点是在理论推进和传达出具有时代气息的理论精神上下力气。

身为文化散文大家，工充闾的审视角度决定了《逍遥游—庄子传》不会像历史学家那样堆砌史料，陷入周而复始的阐释泥潭中，而是会带有精神主体参与同古人展开对话，寻找最关紧要的"叩问沧桑中撷取独到的精神发现"。对话中，历史史料不再是僵硬的陈迹，而成为发现庄子精神的载体。这种对话是唤醒在当下缺少语境阐释的庄子，实现与现代语境对接的过程。这个过程就是庄子其人其作其思想自然而然地转换到中国现代逻辑思维的契机。诚如王充闾自己所言，"不应满足于只是对历史场景的再现，而应是作家对史学视野的重新厘定，对历史的创造性的思考与沟通，从而为不断发展变化着的现实生活提供一种丰富的精神滋养和科学的参照体系。"

《"道"的五张面孔》是最具有特色的一篇。庄子之学，"道"一言可以蔽全体。但庄子没有对"道"作以专门具体的阐释，而是将"道"散落其作的各篇文章中，如他所言，道"无所不在"。这就使后人对庄子之"道"没有完整的认识和把握。在《"道"的五张面孔》中，王充闾通过与庄子其人其作的心灵对话，将"道"从外在形态到审美境界进行了不同层面的归纳解析，以期为理解庄子之"道"提供一条明晰的路径。"五张面孔"中，第一张是生活化，旁征博引了各类趣闻故事，突出"道"的无所不在、存在于每一具象、又不为每一具象所拘囿、恒定存在四个要点；第二张表现为自然性，从庄子之道的根基上讲，其旨归是"回归于朴"，回归自然，所遵循的共同准则是"无为"；第三张是游世心态，从社会生活层面上讲，相交而出于无心，合乎自然；相助而不着形迹，合于本性；进而精神悠游于物外，直至达到忘怀生死的超然境界；第四张是心性化，体现在心灵层面，进入三个层次精神世界——"先存诸己而后存诸人"，营造虚静、空明的心态，确立"不为物役"精神自由的人生观；第五张是审美化与诗性化，其最终落脚点是理想人格的建构与诗性境界的提升。

三、在阐释古人中赋予现代价值

如像史学家一样只是为庄子其人其作立传，王充闾大可在第十七章"哲人其萎"结束传文。但他并没有那么做，在之后的"身后哀荣""文脉传薪有后人""诗人咏庄"三章中，王充闾讲述了后人对庄子其思想的继承。可见，王充闾为庄子立传，不仅看重庄子其人其作的深刻内涵，而且还看重庄子其思想的深远影响。尤其庄子思想只有与现代社会实践相结合，才能真正深入到人心，成为通俗易认同的价值体系。诚如王充闾在《关于历史文化散文的创作》所言，"远者如近，古者如今，活转来的经史诗文给了我们'当下'一个时空的定位，更给我们一个打开的不再遮蔽的视界，在这里，我们与传统相遭遇，又以今天的眼光看待它，于是，历史就不再是沉重的包袱，而为我们思考'当下'、思考自身提供了无限的可能性。"

当下随着市场经济的确立，社会政治与文化发生了巨大变化。传统的价值认同逐渐被功利性的价值观所取代。人们陷入了现代化生存的困境——主体利益的过分强调。这种困境使现代人急功近利、心灵迷失、情绪焦虑、行为浮躁，与庄子所说的"与接为构，日以心斗"具有相似性，即人的生命内性的丧失。这时需要深度的精神文化，关怀人的情感世界，引导人们化解现代社会的矛盾冲突，释放心理压力。《逍遥游—庄子传》为我们提供了建构和谐生存人文环境的精神食粮。

王充闾认为，现代人从庄子身上至少可以做到"善用减法"。《善用减法》一篇中，提及了很多现代人不满足于现状，也不想止于当下，直到生命的最后一刻，也不肯把双手松开、贪心放下。文中以秦始皇、成吉思汗和拿破仑为例。他们的成功不断给自己的生命中做加法，以至于人生尽头也未得到些许自由解放。归根到底，欲望是产生痛苦的根源。庄子的"减法"可以做到自觉解除困苦与焦虑，达到心胸旷达，心态宁静，心情愉悦，心境悠然。其核心观念是"忘己""丧我"，要求人免除干扰、去掉计较的心理，忘掉外物，达到与自然合一。同时，庄子还提供了后人可循的"减法"规律的思想境界——自甘清苦、以自我为主体的逍遥境界、实现内在精神本体的超越、知足知止、韬光养晦、不失自我本色。王充闾也通过《"要将宇宙看稊米"》一章流露出从不同的视角去认识世界的观点。文中以读解《庄子·秋水》为重点，领悟出"视角与立足点不同，阐释出来的道理就判然有异"，得出"人不过是宇宙中的一粒尘埃——没有骄傲的理由”的结论。庄子还为后人营造了一块排除社会干扰、自由放任的精神土壤，尤其体现在《逍遥游—庄子传》的后三章中。庄子其人其作其思想可以陶冶人的精神世界，可以摆脱利害考量，超越了个体在现实生存中的有限性、受制性，将人的精神生命的自由当作人生价值追求的至上目标，抚慰了心灵的创伤和生活的苦难，为后人提供了一种抵抗人生逆境和苦闷的精神力量。

刘文玉诗歌与冰人的小说

齐世明

（题）乐在北国唱大风

满目秋光。那是什么，像携香味、带色彩的金风一样荡过我的心野？噢，是著名老诗人刘文玉最新一部诗集。捧读这本北方文艺出版社出版的《激情之声》，我的手里沉甸甸的，是那种农人眉开眼笑的欢喜，是秋空的澄澈与秋野的坦荡。又一度盛秋，我们的老诗人笔耕不辍，也献出一筐新果，果儿，品种先打人儿，风调雨顺，侍弄得又好，个顶个儿，鲜亮……

——这是 2007 年 9 月 27 日，笔者应刘老之盛邀，为他写下最新出版的诗集的评论。发表题目：《刘文玉：儿子永远吟唱母亲》（沈阳晚报刊发题为《“总想飞向春天，不停地歌唱”》）。

于刘文玉先生驾鹤八年后重读他这最后一部诗集，80 多首诗，品种可不单，粗粗可归纳为四“声部”：一、朗诵诗辑“激情与风采”“正义的呼唤”；二、农村短章“农村新赞”；三、海外抒情诗“海外视角”；四、情吟行旅“行吟与友情”。四个“声部”，一个主旋：辽海风格，关东气派。

老话说，一方水土养一方人，其实也育一方的诗。故清代以降，梁启超、王国维、刘师培等讲文学都有南北之说。刘文玉就是东北诗歌、更切近地说，是关东诗群的代表诗人之一。什么是“关东诗群”呢？就是以长期以来形成的关东文化为基础，熟用关东百姓语言，活写关东风情、人物、人情，特别是关东人新思新想，表现他们新的欢乐，新的痛楚，从而形成那种像黑土地一样厚重、粗犷，红高粱一样浓郁、豪爽，关东雪一样自然、淳朴的诗风。

关东风格的“重镇”要属关东乡土诗。刘文玉堪称“乡土诗”大家，在东北诗界，素有“南刘北王（辽宁刘文玉、黑龙江王书怀）”之誉。乡土诗的基本特质，可谓是乡土味。“味”，是中国美学的重要范畴。早在春秋战国时期，老子就提出了“味”这一说法。六朝时钟嵘在《诗品》中品评各家诗歌，依据的就是诗的“滋味”说。刘文玉的乡土诗，给人印象最深的，就是“味”。由刘诗，往往让人想到郭唱，每听郭颂演唱东北民歌，谁不眉飞色舞、心头开花？刘文玉的乡土诗亦如是，都以浓郁的乡土味沁人肺腑。

笔者深思之，刘文玉具有鲜明地域特色的诗歌创作，可用“辽海诗味”名之。辽海，泛指辽河流域以东至海地区。《魏书·库莫奚传》：“及开辽海，置戍和龙。”《唐书·薛仁贵传》：“仁贵威震辽海。”刘文玉生在辽海，长在辽海，与辽海大地血乳交融，作为关东诗人，他的整个文学创作不能不逐渐形成、越来越呈现浓郁、丰厚、鲜明、热烈、豪爽的辽海品格、辽海味道，这种辽海品格、辽海味道，正是“辽海诗味”。刘文玉正是“辽海诗味”的一面旗帜。

刘文玉的“辽海诗味”还体现在他卓有成绩的歌词创作当中。曾记得1970年代，无论工厂、田间、校园、军营，广播站的开始曲播罢，随之一首乐曲轰然响起，磅礴，宏大，壮丽，抒情，当时作为“三线”建设者、工作在大西北甘肃的笔者，与穿着工装走在上班路上的战友们，一下被震撼了！“毛主席走遍祖国大地，东风劲吹晴空万里……”在辉煌而宽广的女声独唱之中，笔者感到了大海般的浩瀚博大，又有江河般的激浪澎湃，一瞬那，让人的心胸充满一种崇高感。鼻子一阵阵发酸，一股追求向上的情愫油然而生……刘文玉在这一时段创作的一批脍炙人口的歌词，都因这浓郁的“辽海诗味”而传唱不已。

孔夫子有云：“诗可以兴，可以观，可以群，可以怨，迩之事父，远之事君”。诗歌的功用何其大哉，其形式和内容可将国家社会精神全部包容在内。这就出现了大诗人与小诗人的分野：为大诗人必“用生命写作”，生命不止，笔耕不懈，必“不以物喜，不以己悲，居庙堂之高，则忧其民；处江湖之远，则忧其君”，又必有浓郁的地方特色，如刘文玉这样有自己的“诗味”（辽海诗味）。做小诗人呢，自然是一己写作，杯水波澜，甚至“身体为诗”……刘文玉不愧为“辽海诗味”的代表，写作，是他的生命方式，生存方式，也是他的生活方式。“灵台”有主，自然能做成一篇篇“大乘文章”。

回到目下品种单一、长得又蔫头耷脑的华语诗园子，虚张声势者，色厉内荏者，苟苟且且者，不一而足，真令亲者齿冷！为何会呈现这种局面？笔者以为，有四个字：割断。疏离。割断了对我国诗歌宝库与优良传统的继承，疏离了时代的情绪与生活的脉跳。

也许有人会说，这是一种老调重弹，诗不能再回到传声筒的模式了。是的，诗，绝不应成为配合形势的口号或社论，不应成为点缀会场用的红绸和塑料花；但，它也不应成为沙龙客厅里的波斯猫（依情绪好坏抱来扔去）、卫生间里的镜子（连最私人化的生活细节和龌龊语言也不避讳）以及艰涩的谜语甚至是谁也听不懂的外星信号！

有的“超拔者”自命为“让诗回归诗（即艺术）”，但是“离大地的遥远也就是离太阳的遥远；离人生的遥远也就是离艺术的遥远”。艺术是超越，而不是超脱。你无意或不屑于此，人们便对你不屑或无暇一顾；虽然置身“金”风骀荡之中，人们焦躁的心地多么需要清润润的小溪……

海德格尔有言：“思就是为诗”。思即诗；诗即思。“思”是诗的精灵。置身物欲横流的现时社会，真正的诗人应成为新“唐·吉诃德”，不惧挑战蔑视自然的“风车”。

刘老就是这样一位新“唐·吉诃德”吧，其对“辽海诗味”形成发展的拳拳之心，都足以令后辈震动，起码是有所触动。

新的发现、新的表现是时代的要求，也是文学与生俱来的天性。老托尔斯泰当年的“你能告诉我一点什么新的东西”，就不失为一句经典的文学之问。文学需要一种殉道精神。老一辈写作者，为今日“泛娱乐化”的青年写手，展示着多么感人的背影！

读过刘老遗著《激情之声》，令人思之再三而生问：借问诗神欲何往？真正地富有时代感、富有心灵的声音、富有自己的“诗味”——我以为，舍此别无出路。

（题）坚守诗情的《东北大马路》

“大道如青天”，这是唐代大诗人李白的名句，始建于 1925 年、全长 4.6 公里的东北大马路就是这样一条大道。马路中段，是张学良的塑像。将军高举着右手，向我们挥动，召唤……

东北大马路是张作霖为打通东大营与沈阳市内交通而修筑的道路。深具寓意的是道路两侧的胡同均以当时东三省 84 个县的名字命名，显示了当年张作霖入主北京的野心。以此为背景的洋洋 40 万言长篇小说《东北大马路》，通过沈阳民族工业奠基人张志良的后代张其磐从台湾回到沈阳受到精神洗礼，继承祖志在东北大马路再一次创业的曲折动人故事，反映了沈阳市大东区的历史变迁、大东人的奋斗史，讴歌沈阳的改革开放，营建和谐、美好的新环境。这部厚重之作的推出，无疑是沈阳文坛的一件盛事。而其操觚者，竟是以《淡淡的月光》示人的沈阳籍著名旅美女作家冰人，这恐怕就令人赞叹了。读过这充满了浓厚的爱国、爱家乡激情之作，笔者感受到了鲜明也浓烈的地方特色，而以诗人出道的冰人，在笔耕这部长篇小说时不时涌动的“辽海诗味”，也让笔者不能不产生切琢的兴趣。

写东北大马路，这是一种故园之恋，更是一种赤子之情。冰人是随着父母的部队来到沈阳的，选住处选遍了大个沈阳，最后选在了大东区，在东北大马路北面一个四合院里生活了近四十年。不只她的根系在大东区，她们家族的根也系在了大东，而且很怪，大家都不愿离开这里，家搬来搬去始终都围着东北大马路住下来。

更堪称神奇的是，冰人小时候的一幅画面：她玩耍时常常趴在马路上，用耳朵紧贴着路面，去听，听什么呢？听……听到了它心脏的跳动，是的，东北大马路确实是有生命的物体，冰人听到了它的心脏“怦怦”在跳！几位小同学也学着她，用两只小手撑地，将头和耳朵都贴在了路面上。突然，他们都喊了起来：“我听到了它的心在跳动哎！”

这是一种灵魂的召唤吧，冰人将自己视为大东区的女儿，沈阳的女儿，创作东北大马路成了她的夙愿，也是她对热爱和生活在这里的亲人和朋友们的一种回报。冰人提出了她的想法，得到宣传文化部门的坚定支持。她像一只蜜蜂，不辞辛苦地飞进了历史的花丛，现实的浓荫……

在大东区这片土地上，发生了多少可歌可泣的故事，上演了多少光怪陆离的事件！

她知道她是在记录历史，记录社会生活中的阳光与邪恶，任务艰巨而神圣。在历史与现实间徜徉，有一个人让她怦然心动——沈阳民族工业的奠基人张志良。亲睹日本侵略者蚕食东北，张志良矢志实业救国：成为“火柴大王”；创办“八王寺”汽水品牌；1931 年 7 月，中国第一辆民生牌汽车驶过东北大马路前往上海参展……

张志良与他所代表的沈阳民族工业，正是在东北大马路萌发，吐蕊。从某种意义上说，东北大马路是中国近现代工业的历史写照。写东北大马路，写张志良与其后代，就是写沈阳“九一八”之夜失血的月亮，写1950年重建沈阳道路时的火热场面，写历史新时期，沈阳“金杯”的诞生，写进入新世纪，第一辆中华、宝马“呱呱”坠地的笑声……

思路渐次清晰，主题渐次明确，人物渐次鲜明，冰人要开始“自闭”，进入创作。其时，泛娱乐化如大潮一般涌来，身体写作成了一种时尚，“美女作家”一族正红得如火如荼，而坚持让笔贴着地面行走也许已完全不合时宜。冰人未成作家时已属美女，她有十足的条件、上帝的赐与，成为“美女作家”，用一本本畅销书和一次次炒作，赢来大把大把的钞票和蜂拥而至的鲜花、镜头、采访本……

置身物欲横流之中，谁能坚守文化的烛光，对弯腰可拾的“好处”视而不见？冰人。尽管作家是用笔吸干自己的血写在纸上，常人以为是书呆子的“痴”，是不划算的“傻”，但对于冰人，这是生命的一部分，是一项值得终生倾情的事业，她爱这个事业。被儒家思想浸染着，她活得自然而平静。她不追求奢侈的生活，满足于一间几平方米的小屋，一台电脑，一杯白开水，一袋方便面；冷对喧嚣，精神富有的她，静静地坐在自己的“人静斋”里，痴情不改地写着，想着，想着，写着，灵魂自由地翱翔于宇宙与自然之间……在世俗面前，她成为一种坚守，可贵的坚守，在她的前方，是萧红，是端木蕻良，是迟子建，是关东文学的优良传统，也有她浸淫其中的“辽海诗味”。

《东北大马路》沉实而灵动，受到来自各个层面的好评。笔者赞赏的是，“有时候，一个回眸就是游不出的深潭，一滴泪就可以打湿整个夜晚”的婉约冰人，从关注自身情感转向直面广阔社会，从婉约清纯转向笔力刚健，作品凸显人性化的逼人光芒。而打动人的要素之一，就是冰人自觉追求充满小说中的诗情。

（作者为中国作协会员、高级编辑、辽宁省杂文学会会长）

一位绅士的别样乡愁
——高海涛《英格兰流年》阅读札记

闫缜尔

《英格兰流年》，初见这本书，以为是海涛先生记述曾经的英格兰游学经历，然打开一看方知，他去了那么多海外之地，独没有去过英格兰。进而发觉，整部书都是借英格兰流年之名，观照生养他的故园。它之所以抓住了我的心，不独优美的文字、充沛的感情，还有同是故乡人的缘故在里面。

一个人对自己从未到过的地方也会怀有乡愁，大概只有整日与文学为伍的、或者通灵剔透的人物能做到，我们平常人是做不到也理解不了的。海涛先生能够做到，而且能够写出来，写的特别地好，这就不得不让人由衷地佩服。

文学不是写实，而是把实写虚，那种虚无飘渺却有根基的虚，美轮美奂且令人遐想的虚，启迪智慧又放任情怀的虚。实际上就是一种美感，一种情感，而这种美、这种情必然是立足于实的基础之上的。这大概就是通常意义上的文质兼备，或者文质彬彬吧。

现在的人们不大会讲故事，也没有多少时间欣赏风景。我不大同意，却又不得不佩服的地方就在于，我们的故乡也许并不如文字呈现的那么美。比如，他由英格兰的湖畔景色，联想到童年故乡的天色："那故乡西山的晚霞，有时像一地玉米，有时像荞麦开花，有时则像金黄的水稻。在饥荒岁月乡村孩子的眼中，天空更像是悬在头上的另一种田野。"但无论如何，作者对故乡的描写，一下子便抓住了我的心，引发我对乡愁的强烈共鸣。我以为《英格兰流年》这部书，通读了之后，浓缩成的精华只能用“乡愁”这两个字来概括。有人说，读高海涛的散文，总是情不自禁想到绅士这个词（刘兴雨）。综合我和刘先生的观点，得出的结论便是：海涛先生这位绅士，有着不一般的别样乡愁。

一

高海涛的乡愁，是对整个世界的观照。有人评价海涛先生的散文创作，“既有世界视野，也有乡土记忆，称得上是‘全球本土化’写作的一个样本”（吴义勤）。我以为确然，也就是说，他的乡愁不是集中在一个点上，而是观照在整个世界的层面上。这个特点突出地体现在《英格兰流年》这篇散文中。

英格兰的一月是宁静的，而故乡辽西的一月却是忙碌的，人们都在忙年。故乡的年“总是那么洁白，那么红火，那么令人感动。”这又是忙碌中的宁静。其实，英格兰的天气也是忙碌的，“前夜有雪，今日有霜，此外还有无言的雾。”故乡的二月恰是农历正月，正月就是串门走亲戚，少年的海涛去姐姐们家挨家住上几天，“把我和炊烟一起捧上了天。”而此时的英格兰，“报春花出现在高高的河堤上，像一个少女从轩楼里向外眺望。”这位婷婷的少女，在眺望万里之遥的那个少年也未可知，所以二月是英格兰少女和中国辽西少年共享的二月。三月在西方是出征的月份，人们向往的是那种骑士风度；三月的乡村已开始备耕种地了，“三月兔”出没在田间地头。那个从英格兰走来的叫“爱丽丝”的女孩子，让我们这个外号叫“大眼贼”的男孩子在田野里“扑朔”了。四月正当清明时节，那个空气中有着雀麦草淡淡香味的早晨，发生在父子俩身上的故事，让作者联想到英国湖畔派诗人领袖华兹华斯那么忧郁的心境。五月是劳作的时节，而“没有欢乐的劳动是卑贱的，没有劳动的欢乐也是卑贱的”，这一点在英格兰的乡村和在辽西的乡村都是一样的。六月是恋爱的季节，那个叫“立夏”的女孩子，是我们的少年主人公最怕见到的人，因为这个时候，早恋发生了，严格来讲，只是单恋而已。为什么又想到了英格兰呢？因为英格兰的夏天也来了。七月，英格兰人“桃子像西瓜一样甜美”的比喻，令作者想起父亲也用过类似的比喻，说自家种的高粱米，其实和大米一样好吃。仿佛看见母亲剪的窗花，还有那句五叔的赞叹：“这花儿美得简直像公社康书记写的春联。”以果实比喻果实，展现的同样是乡村的朴素。在英格兰，八月的雨不期而至，“秋天像贼一样偷走了夏天”；而在遥远的辽西，“夏天像个成熟的少女，被力大无比的秋贼偷走了。连同那朵最后的玫瑰。”……就这样，作者不厌其烦地一个月一个月地比照，他比照的是不同的生活场域，结果看到的却是同一个世界。

世界就是这样，不因你的出生而增加多少光彩，也不因我的离开而减少多少欢欣，它一如既往，生生不息，把所有的人类悲欢离合尽入囊中。乡愁就像囊中的萤火不停地闪烁，把行路人的心都照亮了。

二

高海涛的乡愁，是对人间万物的悲悯。好的散文，乃至其他文学作品，是现实主义精神和浪漫主义情怀的美妙嫁接。比如，写苦难，它一定是对苦难的超越，像上帝一样俯瞰人间的悲情，因而是浪漫主义的；它又是对苦难的追问，那种刻骨铭心的体认，反映的又是一种现实主义的观照。悲悯的情怀，集中反映在“乡愁”这个千丝万缕的载体上。

据我的记忆，故乡辽西并没有那么美，而海涛先生居然写得如此精彩，可见散文大家的气派，而作为读者的我，不仅在这方面遥不可及，还有那份浓浓的乡情也不曾生发。自己不能成为作家的差距是无足怪的，但缺少了那份安身立命之本的乡情，以及感恩世界的乡愁，无论如何是不能原谅的。念及于此，我的心不仅惶惶然。有人评价海涛先生的散文，“以慈悲宽厚的情怀，记述辽西大地上芸芸众生的命运沉浮。他用一种哀而不伤的笔调记述生命中的那些无奈，有萧红《呼兰河传》的意蕴。”（白杨）他的这种笔调，首先用在了对姐姐们的追述上，写三姐，是写天下所有的三姐，怀揣达观纯朴的心态；写四姐，是写人间所有的四姐，闪烁着伤而不哀的情怀。《三姐九歌》这篇散文，让人感受到的不独是海涛先生本人的三姐，三姐是定格在过去时代的刚强女子的意象性符号。三姐是漂亮的，“三姐年轻时的头发也是乌木色的，不过却更像是一面旗帜，在故乡的田野和山路上迎风飘扬”；三姐是开启“我”心灵之窗的人，她“是第一个把我带进童话世界的人”；三姐“总是让我暗自骄傲”；三姐“是温暖的，她的心灵深处充满了亲情和乡情”；三姐促成“我”去当兵，当兵有出息的滋味是忘不了的；三姐是革命者，在她生命中有最辉煌的岁月；三姐源源不断无私的关爱，使“我”走上社会、走进生活、走向远方；三姐是一个高贵的人，只有曾经高贵成性的人，后来才会变得忧伤成性；三姐没见过大海，但她有大海一样的胸怀。“对于三姐为我做过的一切，我都是有愧的。但我无法忘记三姐，就像我同样无法忘记那个伟大而无辜的年代。”

在这部散文集中，最为感人的当属《四姐在天边》这一篇，作者的那种痛彻心扉的感觉凝聚在笔端，其中有一段让我落泪了："有时候回老家办事儿或给父母上坟，也顾不上看姐姐们。我想可能自己活得也不容易，但再不容易，作为弟弟，你的良心，你的亲情，都让狗吃了吗？真的，我的生活与精神生活，与故乡和亲人们渐行渐远，这不是我的光荣，恰是我的耻辱。我已经变得麻木，虽然这麻木有时也让我深深痛苦。"作者的这段话是写给自己的，也是写给别人的，尤其让我听了感到颤栗。作家当然有责任和义务传递社会良知和正能量，但是读者也得有义务从作品中读出美感，读出真情，读出良知。这段话难道不值得如我们这样生活在故乡之外的游子们沉思吗？我们在人间，我们是人间万物的一分子，人间的良知当与我们同在！

三

高海涛的乡愁，是对自我一己的突破。海涛先生打小就常常发呆，经常望着静穆的黑树林发呆。一般来讲，小时候发呆，不是傻子，便是天才。如今海涛先生是一级作家、二级教授，当然是作家中的天才。而我到了中年才常发呆，不是闲得无聊，便是忙得无序，无资本可闲，没有什么建树，只能发呆下去。这当然不是笑谈，发呆和发呆是不一样的，这正如思考和思考是不一样的。如果总也跳不出自己的一己之私，无论如何发呆、思考，也不会得出什么名堂来，不至于抑郁就已经是万幸了。

人无论到什么时候都会有"老家"的概念，而且随着年龄的增长，这种感觉就会愈发地强烈。"我的故园很像一套阔气的北方三进大院，而朝阳是前庭，是门面。那凤凰山，是影壁墙；那大凌河，是水流觞；还有那温良方正的两座古塔，是栽在院里守望子孙的两棵千年老树。只要望见那两座风铃清脆的塔，你就会像斜阳中披着佛光的燕子一样，踏踏实实地告诉自己：到家了。"到家了！每一次到家了，都会有一股股冲动，都有满怀的诗意，而冲动和诗意难以表达，这就是文字的短板。用如此优美的文字把回家的瞬间感受表露无遗，恰恰印证了文字的力量。文字的力量是通过文学、通过人展示出来的，而对文字的修为、做人的修养恐怕一生一世也难以达到如此境界。作家的这种功夫，就是突破自我一己的表征。

海涛先生的记忆力惊人的好，少时的故事如数家珍，这可能也得益于作家对生活的那种敏感，而我们常人早已把小时候的人和物忘得一干二净，除非那么几件对改变人生命运息息相关的事，但恐怕大多也是留下一些概念，至于说细节恐怕就如同梦境一般了。作者引述美籍俄裔作家纳博科夫的一句话："在一个动荡年代长大的孩子，上帝会送给他神奇的记忆。”这是作者记忆好的另一个佐证，也是作者以其厚重的人生阅历突破自我一己的印证。

当过兵的海涛却看不出当过兵的印迹，不是岁月将那印迹抹去了，而是文学的气息漫过了那印迹。当过兵的海涛有着始终无法忘怀的“女兵情结”，他的乡愁也深深融合在浓烈的“女兵情结”之中。《在军营那边》里写道：“我常想，历史上最早让女兵走进军营的人，其贡献可能要超过最早提倡男女同校的人，不管他是成吉思汗还是拿破仑，是蒙哥马利还是巴顿，他都堪称是最伟大的诗人和人道主义者，因为他不仅懂得战争、武器，也懂得军人的心。”他又说：“在江南的军营里，女兵们背立梧桐的身影，曾给了我们多少生龙活虎的遐想！”女人之所以成为文学的意境，因为女人是美的化身。这一点，人们通常是体会不到的。我记得上大学时，语文老师一句“自古文人都好色，我也是文人”引得班级一阵哄笑，我也在哄笑之列。也许就是因为不能体会老师讲的真义，所以语文就学不好，后来也就成不了作家。海涛先生的“女兵情结”，他的军营情结，实际上就是一种文学情结、审美情结，一种突破了自我的乡愁。

四

高海涛的乡愁，是对天海时空的超越。海涛的乡愁是超越时空的，时而穿越历史的隧道，进入唐诗宋词的境界，时而跨越重山碧海，进入英格兰的天空和美国文学、俄罗斯文学的世界，时而行进到兵营，时而才回到故园。我以为，在这部文集中最具代表性、最有文采的莫过于《故乡海岸桃花》这一篇。你看，“海燕落处，海滩就像雪白的沙洲，缓缓地伸向海里，四百米之内，水都高不过少女的腰际，波浪就在那个高度上嬉戏，使整个大海显得言近旨远，风情万种。”不仅景色描写妙不可言，而且正是在这篇文章中，他把作家阿成概括的“白山王气，黑水霸图”东北文化，又加上了“辽海伟业”四个字，更加凸显了现代感的大气。

作为北方人，他有一份“南国闲愁”。“一个北方人，一颗北方心，但这颗心总有它特别的一角，那里生长着美丽的芭蕉，也生长着我的‘南乡旧梦’或‘南国闲愁’。”难怪评论家称道他：“他似乎是站在多种语言的‘边界’上”（李霞）；还有人说：“那种中西合璧的思想力量，不是通常的‘旁征博引’所能说明的，实际上是对散文文体的一种解放。”（马琳）更有人说，“他总是乐于把中国文化的精神和西方文化的意蕴整合起来”（秦朝晖）。总而言之，《英格兰流年》这部散文集，看起来“追忆”的是自己的流水年华，而读起来却是一部哲思与诗性浑然一体、智性与人性交相辉映、本土记忆和域外佳话妙手天成，引领读者向上、向真、向善、向美的优秀作品。

海涛先生，远观双耳垂肩，近瞧前庭宏阔，好一副才气横溢的面容。其实海涛先生也不是纯粹的文人，他当过院长，当着主编，又名列作协副主席之间，也带队伍，可算是半官半文之身。可他并非脚踩两只船，而是将两只脚踏在了同一只船上，且踏的稳稳的，在属于他的海涛中无畏地前行。

鲁艺精神浅谈

李东红

究竟什么是鲁艺精神？说到鲁艺精神，还得从鲁艺一词的缘起说起。

一、“鲁艺”缘起

鲁艺是“鲁迅艺术文学院”的简称，它诞生于1938年4月10日的延安。发起人是毛泽东、周恩来、林伯渠等老一代无产阶级革命家。提出的时间是中国进入全面抗战后的七个月，即1938年的2月。当时毛泽东已经意识到：艺术工作者，是抗战不可缺少的力量。

之所以用鲁迅先生的名字来命名这所综合院校，既表达了共产党人对这位大文豪与导师的纪念之情，更有向着他开辟的道路大踏步前进之意。因为鲁迅的方向，就是中华民族新文化的方向。毛泽东曾评价他是“中华文化革命的主将。”鲁迅以笔做枪，战斗一生，被誉为“民族魂”。足见当时毛泽东对鲁迅艺术文学院的期许。

鲁艺从成立至1945年11月迁出延安，去东北解放区继续办学。因校址变迁，故而将鲁艺在延安的这七年，称之为“延安鲁艺”。

二、什么是鲁艺精神？

由鲁艺的缘起，我们就强烈地感到了它的不同寻常，那就是深深根植于“鲁艺”字里行间中的强烈的民族意识和爱国情怀。

由是我们当说，流淌在鲁艺血液里的是来自中华民族的觉醒，以及民族的自强、自立精神。更加确切地说，深入鲁艺骨髓的是伟大的中华民族的基因。

鲁艺成立之初，只有副院长，并没有院长人选，直到 1939 年 11 月，吴玉章由中央正式任命为鲁艺院长止。那时，大家都自然地认为毛泽东就是鲁艺的院长。

鲁艺一经成立，便汇集了全国各地的爱国青年，还有海外华侨的后代。那么，究竟是一种什么样的精神，让一批批的爱国青年齐聚在鲁艺呢？这就是鲁艺精神的基石——毛泽东在延安文艺座谈会上的讲话精神。因为鲁艺是毛泽东讲话精神的践行者：高擎爱国主义旗帜，深入生活，讴歌生活，为人民服务，为大众服务。

正是因为鲁艺的精神内核，深深吸引了大批以艺术为职志的青年学子及艺术家们，他们以“天下兴亡，匹夫有责”为己任，放弃了优厚的物质生活，投身到革命的洪流中来，为了国家的未来和民族的命运，更为实现自己心中的理想——成为革命队伍中的文艺战士，他们积极投身到火热的生活中去讴歌生活，生活又将这批学子，推上了艺术创造的舞台，诞生了一大批极富时代特征的作品，今天读来，还能让人们感受到它的炽热情怀。

当时的美术教育，摈弃了西化倾向，代之的是一种新模式，即以素描加速写为基础，以创作实践为重点，素描对象也由水果、花瓶换成了锄头、步枪等；裸体模特也变成了头扎羊肚毛巾的陕北老农……那时的习作，不是画在马兰纸上的人物草图，而是生产劳动或是某一战斗场面的片断速写。

在此种情况下，鲁艺培养出了如江丰、古元、王朝闻、蔡若虹、华君武、张汀等一大批美术工作者。他们在八年抗战时间里，为民族救亡、为新中国的建立，奉献了青春热血。延安鲁艺的美术教育，奠定了新中国美术教育的雏形。

人是传统文化的承继者，一个没有历史感的民族是悲哀的民族，所以，艺术家要有责任感和历史的担当精神。我们的作品不仅要有中国风和中国精神，更要有中华民族的脊梁。

三、结论

通过对鲁艺精神的探寻，来构建我们民族的共同记忆，那就是对以爱国主义为核心的团结统一、爱好和平、勤劳勇敢、自强不息的伟大民族精神的追索。民族精神是对民族文化共同体的自觉认同，是民族意识的最高形式，也是一个民族对自身价值和民族尊严的自我意识。

坚持鲁艺精神，一是告诫我们，要创作出什么样的作品，和我们的作品为什么人服务的问题。假如我们的创作离开了现实生活，离开了广大人民群众，必然没有生命力。传至今天的经典著作就是最好的证明。

在当下，我们更需要从传统文化中寻找精神寄托，以重构我们的精神家园。

就此说，今天成立的中国鲁迅画院，并且在鲁迅美术学院举行启动仪式，可谓意义深远，正其时也。（沈阳市图书馆研究员、作家）

（刊载于《中国书画报》2015 年 2 月 4 日 010 期 10 版）

论电影《白鹿原》对原著的熔铸

张啟智

在历届茅盾文学奖获奖作品中，陈忠实的《白鹿原》属于经典性较强的著作之一。小说立足于中国的关中地区，以白、鹿两家从辛亥革命到共和国成立数十年跌宕起伏的悲欢离合为中心，为读者展示了一幅极为恢宏的画卷，是当代文学中表现家族史与民族史的力作。在这部小说问世20年之后的2012年，陕西籍导演王全安历经九年的筹备和三年的拍摄，终于将小说《白鹿原》搬上了大银幕，将浓郁的关中风情以及令人心魂激荡的历史故事以一种立体的影像方式呈现给观众。从整体上来说，忠实原著既是电影主创的主观努力，也是再现这部巨著，满足观众期待视野的客观要求。原著的人物之众多、关系之复杂、时间跨越之久远，是一部电影很难彻底勾勒出来的。这也是电影《白鹿原》存在154分钟、175分钟、188分钟与220分钟四个时长版本的重要原因。以当前的院线状况来看，基本上不可能有影院会选择超过三个小时的电影。对于绝大多数观众而言，他们所看到的《白鹿原》是导演经过剪裁与概括的版本。因此探讨《白鹿原》在熔铸原著故事方面的得与失是极有必要的。

一、对原著情节的剪裁呈现

从理论上来说，要想把近50万字，体现了一片土地50年来的变迁的《白鹿原》影像化，一般只有两种选择，拍摄成《指环王》那样的三部曲或《赤壁》《太平轮》

这样的上下部，抑或是拍摄成类似于《冰与火之歌》《兄弟连》这样的电视连续剧。要想用一部电影来完成叙事，几乎是一件不可能完成的任务。

陈忠实当年在出版《白鹿原》后受到了大范围的质疑，这种质疑针对的便是书中大量有关性的描写。事实上这些露骨的、有关性行为的文字都与情节息息相关。以白孝文新婚时与妻子沉浸爱欲为例，白孝文在小说中是一个反面人物，但是陈忠实对他的批判是极为隐晦的。甚至在小说的前半部分，白孝文作为“教子有方”的白嘉轩的长子，在良好家风的陶冶下年纪轻轻当上了一族之长，可以说完全是一个正面形象。但他后来的转变实际上就可以在初尝性爱滋味时的表现略窥端倪。在受到比他年长的妻子的启发后，白孝文了解到了性的美妙之处，这个之前天天晨诵夜读的书生一等天黑就硬声硬气地对妻子说：“快，我要日你！”丝毫不掩饰自己的欲望，为此连累妻子遭受奶奶的指责。白孝文人性中偏执阴暗等恶的一面实际上在此时就已经显露出了冰山一角。

因此，对于情欲，王全安认为是没有必要回避的。他曾经直接地表示，不碰情欲，拍《白鹿原》还有什么意思？问题就在于，陈忠实以生花妙笔表现的情欲是足以登堂入室的，虽然写得细致入微，但是并不下流龌龊，而只会让读者深刻地了解到性对于人物的改变。那么情欲如何在大银幕上有所尺度地呈现，便成了王全安有必要考虑的问题。他最终将情欲定义为“田小娥的棉袄前襟一撅时，露出来的一截白肚皮”。这样的概括方式无疑颇具张艺谋运用红灯笼、红布等的精妙。

二、对人物形象的简化解读

原著中出现的人物很多，且各有各的个性与作用，且随着时间的推移，人物的性格还发生了翻天覆地的变化。这些变化也与人物的命运息息相关。最典型的莫过于白孝文与黑娃。但为了电影叙事的流畅性，王全安与陈忠实不得不忍痛对人物形象进行了简化解读。

首先，影片删去了大量原著中的人物。包括鹿兆海、冷先生、岳维山、田福贤、郑芒、白赵氏、吴仙草、白孝武等。每一个人物都代表了某个阶层、职业、性格的人，如在小说的开头浓墨重彩地描写的白嘉轩的妻子吴仙草，是一个典型的封建女性，她的身上有着豁达、勤奋、善良的美好品质，后来悲惨地死于白鹿原上的瘟疫。但是在电影中她完全没有出现。如果说吴仙草在原著中只是开头用了较大篇幅表现，在后期便退出舞台中心了的话，岳维山的消失则就未免略显可惜了。在抗日战争爆发之前，国共两党在白鹿原上的合作与斗争是小说这一部分的主题，鹿家也因此而分成了两派，一派是选择了共产党的长子鹿兆鹏，另一派则是原先与白灵抛硬币时选择了共产党，但后来倒向国民党并最终死于与红军的战斗中的鹿兆海。在多次的你来我往中，国民党滋水县县委书记岳维山作为小说中出现的当地最高长官之一（他的继任者便是白孝文）始终游走于两党的摩擦当中，戏份不少。作为一个所谓的“反动”官僚，既迫害别人也被别人利用，是一个当时典型的尚不算穷凶极恶的官吏形象。这个形象的删去是较为可惜的，电影的政治意味无疑也淡化了许多。

其次是在砍掉了原著中将近三分之二的人物之后，在得到保留的人物方面，如白嘉轩、黑娃、鹿子霖、白孝文、田小娥等，主创们对人物进行了扁平化的处理。就小说而言，扁平人物一旦塑造不好便有失真的危险，然而在电影中人物塑造的标准更为宽容一些。就公映版的人物而言，最出彩的莫过于黑娃的妻子田小娥，她也是电影中唯一一个被完整地交代了来历与成长、结局以及内心的角色。田小娥原本被迫给大户人家做妾，是一个被侮辱的女性，在苦闷的生活中黑娃的出现给予了她新的希望。于是在她主动给黑娃进行性启蒙之后，两人产生了爱意，遂私订终身。然而这段感情注定要面临重重阻力，尽管两人相处甜蜜，却穷困潦倒，也得不到族人的肯定。影片对于田小娥的反抗塑造得还是较为充分的。在黑娃参加风搅雪又失踪后，田小娥守着她曾经和黑娃一起生活的小破窑洞，然而鹿子霖却趁机占有了田小娥，对此，外表放荡的田小娥的回报是尿在了鹿子霖身上。而在遇到白孝文之后，白孝文所表现出的懦弱和善意再一次打动了田小娥。两人的苟且使得白孝文在白鹿村身败名裂，黑娃的父亲、白嘉轩家的长工鹿三因此对田小娥怀恨在心，杀死了田小娥。可以说田小娥和两个青年之间情感的缘由交代得还是较为清楚的。整部电影从以田小娥为线索的角度来讲，小说在这方面的精髓已经得到了淋漓尽致的展示。但是小说的灵魂人物白嘉轩，相比之下则少了几分光彩。白嘉轩与主张用儒家的经邦济世哲学来挽救白鹿原的、被红卫兵掘坟的亲戚朱先生是一组对比。但是由于后者的缺席也使得白嘉轩这个角色的层次无法被朝着更深处去挖掘，比如白嘉轩的犹豫、慌乱和思索，甚至是对原则的某些变通等都无法被表现出来。以至于演员被束缚在一个冷峻、固执的人物形象中。与白嘉轩类似的还有鹿子霖，在小说中这是一个让人感到可以理解和同情的人物，但电影中为了制造一种与白嘉轩对立的感觉，基本上只是突出了他虚伪奸猾的一面。

三、对原著历史氛围的画面塑造

王全安幼年起便极热衷于绘画，一度打算以绘画为自己的终身职业。《白鹿原》电影画面的质感可以说是有一定水平的。

首先是一种掺杂着土质的灰蒙蒙的色调。《白鹿原》的电影题材是沉重的，在数十年的时光淘洗后，无论是白家抑或鹿家，实际上都没有真正的赢家，有的只是一个又一个亲人的离去。这种色调凸显出了一种对土地的依附性以及这种保守观念下的克制与压抑。以主人公白嘉轩为例，支撑他在乱世中活下来的，是一种对土地和对农耕方式的坚持。这也就是为何白孝文看到鹿家的鹿兆鹏、鹿兆海上新式学堂也要去，而白嘉轩断然拒绝的原因之一。白嘉轩认为，只要耕读传家，勤勤恳恳地做人做事，就可以脱离政权更迭给家族带来的伤害。作为族长，他始终过着极为刻板的生活。白嘉轩深受儒家文化的影响，终身以儒家的传统美德来要求自己和家人，以至于在白孝文与田小娥发生关系后，他认为这是极为严重的丑事，要到祠堂中当众抽打白孝文，直接促成了白孝文的“不要脸”。白嘉轩也是一个封建制度的捍卫者。对于私奔而来的黑娃和田小娥，他坚定地拒绝他们光明正大地在祠堂完婚的愿望，当田小娥死后引发瘟疫，白嘉轩对这个“贱女人”只有诅咒与痛恨。无论外界风云如何变幻，白嘉轩都守着他的土地和君子理想，以至于他的生存空间一度被双方的政权所挤压。这种灰蒙蒙的色调就体现了白嘉轩这种凝固的、保守的生存法则。

其次，在影片中，村头牌坊是一个重要意象。这也是在原著中没有重点提到的，可以视作是王全安的一种新创。正确的意象使用能够在一个镜头中就蕴含大量的信息，与牌坊类似的还有象征陕西文化的戏台、皮影戏等，但是牌坊是最为典型的。第一，牌坊作为一种旧时代留下来的景观空间建筑，能够起到一个标示和界定影片中空间的作用，换言之，它的出现就意味着故事的背景依然没有离开白鹿原白鹿村。第二，牌坊是对保守、封建的思想与生活方式的一种象征。在牌坊的诞生之初，它只是其他建筑的附属品或装饰品，并不具备文化意义。但是随着时间的流逝，牌坊这种建筑单体已经负载了一定的象征性、纪念性，一方面它是统治者对于被统治者遵从封建礼制和道德的一种表彰和宣传，另一方面，它又是被统治者人生理想（如忠孝节烈）的一种物化呈现。牌坊所代表的，其实也正是白鹿原的“精神领袖”白嘉轩所肯定的，尽管白嘉轩的本意是好的，然而这种生活理念与方式毕竟有它反动与过时的一面，这也是白嘉轩与女儿白灵反目的原因。因此，尽管白嘉轩看不起鹿子霖为人处世的方式，但他们都殊途同归地走向了悲剧的结局。影片反复使用麦田与牌坊搭配的镜头，无疑是暗示了一种以不变见证沧桑巨变的含义。尽管国共更迭，思潮涌动，但是儒家文化已经给这片土地打下了深深的烙印，以白嘉轩为代表的人们对自己的身份认同是不会轻易如黑娃、白孝文等人一般改变的。牌坊是时代和社会的产物，白嘉轩和鹿子霖也都是时代和社会的牺牲品。

然而，由于拍摄素材过多，王全安在剪辑方面还是出现了心有余而力不足的状况，或是突兀地切换镜头，有时甚至直接使用刻板的黑屏切换，使得上下剧情之间难以连接，让没有接触过原著的观众感到一头雾水，熟读原著的观众，思维也被迫一直处于跳跃状态。但这总体上来说属于瑕不掩瑜。

从公映版来看，王全安有着在《白鹿原》中追慕前辈，塑造属于自己辉煌的意图。影片也确实体现出了原著中的宏大场面、民族传承中的深沉气质以及黄土地上的男女们那种真实而淳朴的欲望。只是受到内因（电影的时长）与外因（审查机制）的双重限制，使得电影还存在一定的遗憾，没能彻底地实现王全安关于回答“我们是什么样的人，我们曾经是什么样的人，我们经过了什么样的变化才成为如今的样子”这些问题的任务。但是影片的格局以及处理原著信息量的艺术手法依然是有可取之处的，为史诗性著作的翻拍提供了良好的借鉴。

新媒体时代文艺创新的路径思考

晓　宁

“创新”，这个词汇可以说是我们当下公众生活领域使用的一个高频词汇，各行各业无不在称道创新、推崇创新，唯“创新”是举，没有“创新”便没有活力、没有发展，便是死路一条。因而，“创新”亦成为一个有些沉重的话题，正像许多年前有人就文学界的“创新”态势形象地说：“创新就像一条疯狗，追得作家一路狂奔。”所以，这种为创新而进行的创新，在一定程度上难免会带来浮躁、轻浅、走极端的副产品。

那么，在这里，我们所讨论、所探索的创新，首先要有一个正确的立论前提，即，我们的创新是根植于现存的土壤之上的，在深刻理解现实文艺环境的基础上的从观念到形式的创新，而不是“旧瓶装新酒”或“新瓶装旧酒”式的伪创新、伪先锋、伪实验。我们提倡的创新，本质上就是一场变革，是在时代提供的新媒体条件下，调整文艺观念、扫除文艺时弊、建立文艺新的美学标准的一场变革，是文艺自身的转型与嬗变，亦是一次对整个民族精神走向的可贵探索。可以说，当下的文艺创新，是应和着时代的风云，在探究自身生存与发展、在主观与客观之间能动的选择的创新。

那么，如何创新？或者说，创新可依赖的基础、可遵循的路径又是什么？这可谓问题的关键，因为一切的理论设想都要落实在具体的文艺实践中，否则一切即为空谈。在文艺创新的理论预设下，我们还要将创新落在实实在在的文艺表现上，落在可抓实可掌控的范畴之内，我觉得文艺创新有三个必须遵循的路径：

一是文艺创新必须遵循艺术本身的规律，建立正确的价值取向。

文学艺术是人类以情感和想象为特性，来把握和反映世界，同时表示对世界及自身二者关系的看法的一种特殊方式。其通过审美创造活动再现现实和表现情感理想，在想象中实现审美主体及客体的相互对象化。通俗地说，艺术也就是人的知识、情感、理想、意念综合心理活动的有机产物，是人们现实生活和精神世界的形象表现。简单讲，艺术是一种审美活动，是在形象塑造的过程中，提供给人美的享受、陶冶心性、升华情感的方式。在新媒体时代，随着数字技术、互联网、移动通信、互动艺术等艺术新形式的发展，作为上层建筑的文艺必然受到技术主义的挑战，原有的艺术形式与格局必然发生改变，加上现代与后现代社会思潮的裹挟，从而必然产生一系列内容与形式的变化。这里的关键问题是：我们对艺术的态度，是守成精英、传统的艺术的纯正口味、优越感，还是追随大众文化潮流而放低姿态，将艺术的内涵与外延都相应的扩大，泛化艺术的边界。不可否认，技术的创新带来的艺术创新必须遵循着艺术本体特征的原则，不能动摇其本质属性。

笔者认为，文艺无论精英与大众的外在形式有何不同、欣赏接受的阶层有何不同，都应当坚持自己的艺术选择，坚守艺术本位，创新就是要在这个坚守的基础上在各自不同的领域进行的，而不是脱离自己的艺术宗旨。在中国社会的现实语境下，主流意识形态所倡导的文艺创新，依然是人民的、大众的、属于时代生活的、具有民族特点的文艺。国家的发展、民族的振兴、人民的生存，以至个体的成长都需要一种正向力量的支撑，这就要求文艺创新要遵循着表现生活的正面价值，发现生活中的真善美，坚定人们对美好生活的憧憬和信心，将人间冷暖、人民的幸福、建立正确的价值取向、传播社会正能量放在主体的位置上。如此，文艺创新需要在表现正面价值，坚持正面判断上进行思考，以可亲可感的艺术形象生发出生活当中具有暖意和美的东西，再现人对的本质力量改造世界的外化成果。可以说，文艺在弘扬正向价值观上，无论精英与大众、白领与草根，均有着自己的责任，外在形式的“不同”不能掩盖内里“之和”，正如两列殊途同归的列车，其目的地是一致的。

宣扬艺术的正向能量不可动摇，但是在具体的文艺实践里，仍存在着一个不能回避的问题，即，文艺对假恶丑的表现、对待非主流的、亚文化该如何表现的问题，对人类社会黑暗角落如何表现的问题，可不可以表现以及如何表现的问题。艺术创作表现的“恶”，我觉得应该是一种审美上的“恶”，作为文艺创作的元素，这个“恶”之后应该给人以思索，以启示，而不是津津乐道于“恶”的深重，或仅是欣赏把玩“恶之花”，仅此而已。如果文艺作品无距离切近生活的丑恶面时，创作主体迷失了自己的主导意识、正确的价值取向与社会担当，必然会导致价值判断的失控，有时艺术与非艺术可能只是一步之遥，因此，文艺家的艺术观、价值观、社会责任感、对问题的敏感性等因素对文艺的最终呈现形态起了决定性作用。文艺的创新，必需在“文艺”的框架内要，也就是“审美”的框架内解决自身的生存与发展的问题，如果跌落到这个范畴之外，没有美学上的创造，就没创新的生命力，文艺不反映人类单纯又复杂的内在，不反映生活的本质，没有打动人心的力量，其创新亦是苍白无力的。

所以，文艺创新，只有尊重艺术本身的规律，抓住文艺的本质规律与核心问题，有清晰正确的价值判断，创新才有了生命力，不至于因后劲不足而跑偏。

二是文艺创新必须遵循从民族传统文化中汲取营养的原则，从中寻求创新的动力。习近平总书记在《文艺工作座谈会讲话》中指出，“中华优秀传统文化是中华民族的精神命脉，是涵养社会主义核心价值观的重要源泉，也是我们在世界文化激荡中站稳脚跟的坚实根基。要结合新的时代条件传承和弘扬中华优秀传统文化，传承和弘扬中华美学精神。我们社会主义文艺要繁荣发展起来，必须认真学习借鉴世界各国人民创造的优秀文艺。只有坚持洋为中用、开拓创新，做到中西合璧、融会贯通，中国文艺才能更好发展繁荣起来。”此处重点揭示了民族传统文化的重要性、根脉性。同样，民族传统文化是我们社会发展的根基，更是文艺创新的力量之源。我们谈了很多年“继承”和“发展”的关系，但是常常流于表面，没有深入探讨传统文化究竟对当今中国有何意义，所以收效似乎并不大。

中华民族的传统文化是一脉相承的，我的文艺创新必须遵从这个文化发展的内在机制。这些年，从五四到“文革”，再到改革开放的现代化进程中，在以启蒙为旗帜的革命更多旨在建立民主、科学为中心的现代意识，对传统更多的是否定、是摒弃，是作为腐朽没落的代名词。近年，人们逐渐意识到了传统文化对我们民族发展的巨大力量，也在奔走、也在呼吁，意识到过去我们对传统文化有着不全面的认识，或者说挖掘得不够，丧失了很多宝贵的东西。已故国学大师季羡林在谈到东方文化时指出：“西方形而上学的分析已经快走到穷途末路了，它的对立面东方的寻求整体的综合，必将取而代之。以分析为基础的西方文化也将随之衰微，代之而起的必然是以综合为基础的东方文化。这种取代在 21 世纪中就将看出分晓。这‘取代’不是‘消灭’，而是继承西方文化之精华，在这个基础上再把人类文化的发展推向一个更高的阶段。”（见季羡林《再谈东方文化》）如此看来，中华民族的传统文化不但是中国一国的发展资源，更是整个东方崛起于世界的动力，更是解决我们当下文艺创新问题的利器，它是力量之源泉。

所以，我们对传统文化的学习借鉴，对传统文化的继承发扬，首先要立足于研究传统文化，这种研究应该是深入的、是质实的，而不是简单化为办办孔子学院、读读国学读本那样，必须认真分析传统文化对我们民族心理、对民族生存的究竟发挥了何种作用，并且针对当下中国出现的社会乱象、思想乱象、文艺乱象，在民族传统文化中寻求解决之道。中国传统文化中的的天人合一、道法自然、仁爱和谐、爱国诚信等哲学观、信仰观正是解决当下中国人精神困境的良方，关键是这些传统文化的精髓还需要一个良好的运化过程，有一个唤起心灵、重新接纳的过程，有一个适合现代人思维特征的接纳形式，这也为文艺工作者提出了明晰的创新课题。即，在旧与新、传统与现代之间究竟如何搭建交流的通途，才能够唤醒千百年来积存于中国民族心理中产生共鸣的、取向一致的因素。我们能够对本民族的东西吸纳、挖掘的程度有多深，也决定了我们文艺创新的质地有多厚、我们文艺创新道路能走多远。中国的文艺作品，是在中华民族千百年来不断积淀的审美体系中建构起来的，对它的评价、阐释、创新、利用必须以民族的审美习惯和审美规律为标准，也要考虑现代社会受众的接纳心理，因此，遵循传统，又不等同于因循传统，这是文艺创新的关键“题眼”，把握好中国传统文化内涵，注重中国式美学特质，大胆采用文艺的表现形式，采用现代人喜爱的快捷、敏锐、轻松的艺术形式，将传统文化、传统道德的正向能量的传播“寓教于乐”才是文艺工作者应该多思索的。

三是文艺创新必须遵循时代生活的现实图景，实事求是地做出分析判断。所谓时代生活的现实图景，就是今天我们讨论的前提——“新媒体时代”，这个非常现实的话语场域。“新媒体”主要包括：数字技术、移动通信技术、网络技术、新媒体装置技术、互动技术、虚拟现实技术等新兴媒体技术，由此种技术上的革新带来的艺术创作形式的革新被称为“新媒体艺术”。这种以技术主义带来的网络生活、手机阅读、微信等等新兴媒体的确对我们的生活产生了重大的影响，它无时无刻不在渗透进我们的生活，它的巨大魅力是不可抗拒的，但是它却蚕食着传统艺术的影响力，从内容到形式对传统艺术提出了重大的挑战，让艺术的门槛在降低，让那种“精英”与“大众”的分野不再壁垒森严，让“艺术”与“市场”的依存度更高，当然其中的矛盾冲突也在突显。

文艺创新面临着这样一个复杂而又尴尬的现实环境，存在着“坚守”与“创新”的两难选择。在这里，我们一方面要正视新媒体时代的整个社会文化图景、文艺的生长土壤，另一方面还要做出实事求是的审视、判断，坚守艺术本体属性的同时接纳时代生活变迁所面临的新现象、新问题。著名学者孙郁在谈到当下散文写作时认为：“‘无智’和‘无趣’是中国当下文化两个最主要的特征，无智，就是指文章按照别人的思路来写作，没有自己的精神发现；无趣，就是指文字没有温度，文章里面很难生长出令人心生暖意和美的东西。”此观点某种程度上击中了当下文艺的时弊，思想的缺席与趣味的贫弱成为文艺创新的桎梏，创新肩负着注入活力的重担。在商业化大潮的裹挟下，轻浅化、碎片化、快捷化的审美口味催生了“无智”与“无趣”式的粗砺的、戏谑化的审美倾向，而重视艺术本质、坚守艺术崇高的天性的艺术形式则容易被遮蔽被冷落，太值得我们警惕。

在这样一个数字化的时代，技术主义风行的时代，信息瞬息万变的时代，说到底文艺创新面临的主要问题是对大众文化趣味的培植培育的问题，这个问题犹如“涵养水源”“保持水土”的过程，是个漫长的过程。大众的文化趣味是需要引导和扶植的，文艺创新应该从中寻求突破口，将高雅的、不失艺术本性的作品及时地引入大众欣赏的视野，提升大众的文艺修养和素质。但是，在这里，我们又不得不面临着一个巨大的悖论，即，在由市场为主导的社会经济体制之下，其实我们的文化处于一个高度市场化、工业化的进程之中，这势必要求文艺的发展要遵从市场化的发展规律，文艺在某种程度上或很大的比例上成为流水线上的工业制成品，因为如此它才有市场。这样就不难理解，为什么各类良莠不齐，浅薄平庸的类型剧占据着大部分的视听传媒。商业利益像一个无孔不入的幽灵，浸透着每个文化产品的细胞。正是处于这样一个两难选择的境地，才考验着我们文艺创作者的智慧。对于错综复杂的文艺环境，我们需要有创作的自觉、文化的自信，既创作出反映正能量的作品，反映先进的文化走向、代表时代精神的作品；同时又要明确认识到精神产品工业产品与的不同，注重对市场机制的有效引导，又能兼顾商业收益，做到双赢，才是文艺创新探索的一个有效层面。对大众文化趣味的培育培养过程在实践中还需要许多可操作性的举措，文艺工作者必须本着满腔热情，积极投身于此，由内而外地深刻认识到自己肩负的对民族未来灵魂塑造重大责任，才能更有力的推动文艺创新进程。

归根结底，时代的变迁、文化的发展、社会思潮的演进等多种因素促成了文艺创新的客观必然，作为文艺工作者唯有意识到时代赋予的责任，认清形势、科学判断、理性思考才能更好地发挥文艺创新的主观能动性。而文艺创新也须遵循着重视艺术自身的本质规律、重视对民族传统文化的汲取、重视对时代生活的现实图景的分析，做出正确的判断取舍，做出符合国家民族文化发展的潮流的选择。只有真正地坚守人民主体地位、坚守艺术本质、坚守艺术家的良知，文艺创新才能有源源不断的动力，才能更符合艺术的内在规律，才能更有力地助推民族梦想的实现！

道成肉身
——关于小说内容的一些思考

邹　军

《逃离》和《羽毛》

读门罗的时候，我想起了另一篇殊途同归的小说——卡佛的《羽毛》。至于为什么两部不同的小说会发生交集，请容我慢慢道来。

它们都以男女为经，以婚恋为纬，男女婚恋构成经纬密集的生活大网，这网实实在在普普通通，可以发生在任何集镇任何码头的任何一幢房子里。

先说《逃离》。此处，我本无意对作品内容进行再度阐释，但为解析需要，有必要对此进行相对客观的复述。卡拉无法忍受和丈夫克拉克的共同生活，浮在表面的具体诱因是丈夫脾气暴躁，于是在邻居西尔维娅的帮助下离家出走，逃离惯常的生活。然而，就在卡拉坐在前往陌生城市的大巴车上，克拉克和被她丢弃在车后的生活渐行渐远的时候，卡拉又半路折回。回归其实是再次“逃离”，只是第一次“逃离”是的过去和当下，而第二次“逃离”的却是前方和未知。生活，在“逃离”和再次“逃离”之后，似乎增添了生气，一切好像就此改变——克拉克和卡拉都前所未有地渴望对方，温柔，体贴，甜蜜不断涌现，好日子似乎来临了，在他们彼此重新发现和审视之后——丢失的弗洛拉回来了、破败的马棚修好了、姬和克拉克的关系改善了，一切都散发着春意昂扬、阳光明媚的味道。然而，卡拉仍然感觉“像是肺里什么地方扎进去了一根致命的针，浅一些呼吸时可以不感到疼。可是每当她需要深深吸进去一口气时，她便能觉出那根针依然存在。”

再看《羽毛》。杰克和妻子弗兰到工友巴德家做客，一整晚两对夫妇朋友无聊地闲谈。间隙，巴德的妻子厄拉讲述了自己与巴德的故事——巴德帮助自己实现了儿时的两个愿望：拥有整齐的牙齿，饲养一只孔雀。厄拉羞涩，巴德粗野，他们的孩子奇丑无比，他们饲养的孔雀又老又蠢。整个的叙述时空里，毫无奇特、美好、深情，然而，就在厄拉羞涩的讲述和巴德粗野的对答中见出了某种卑微却不卑劣的情感，就连向来不易动容的杰克夫妇都被感动了。一向不考虑要孩子的他们，“从巴德和厄拉家回来的那晚，我们钻进被子后，弗兰说，‘宝贝，用你的种子来填满我！’听她这么一说，我全身为之一振，边喊边释放了出来。后来，我们的生活发生了诸多的变化，添了孩子，还有其他等等。”平淡的生活似乎被重新点燃，“好日子”又有了来临的征兆——那个夜晚之后，杰克夫妇显然为之一振，生活发生了变化。然而，变化之后，生活继续陷入庸常：“变化是后来的——它来临时，与发生在其他人身上的事情完全一样，但不像我们所希望的那样。‘你该死的朋友和他家的丑八怪。’晚上看电视时，弗兰会无缘无故地说上一句。‘还有那只臭鸟。’她会说。‘老天，谁会养那样的东西！’弗兰会说。她现在常说些这样的话，尽管从那次以后，她再也没见到过巴德和厄拉。弗兰不再去奶制品厂上班，她早就把她的长发剪掉了。她也开始发胖了。我们不谈这些，有什么好谈的？”

是呀，我们不谈这些，有什么好谈的。难道，我们能在那些庸常的日子里，谈谈心中的那根针吗？显然是不能的。原本我们以为，一切就此改变，而且光芒就在转角处铺开。不该是这样吗？至少一直以来我们都是这样要求小说的。可是，小说应该像韩剧那样，听由观众的感觉和意见而随意更改情节和结局，以满足他们的愿望、幻想、平庸、胆怯，甚至不惜毁坏小说本身的自然走向？这样的迎合是不是同观众一道回避真实而走向虚假，沉溺于软弱而投向愚蠢吗？小说就那么没有个性，那么虚伪，那么懦弱吗？不！它有它自己的逻辑和命运，就算文学大师也无法忤逆。可是，这又有何难？连小儿辈都可以轻易改写的剧情，难道大师会举手无措听由文学命运的摆布？当然可以不听“摆布”，可以随心所欲，可以不尊重它的走向，自由地做文学世界的国王。但这样的霸权和暴政终究是断头台的前奏。要知道，在文学创作中，作者和作品之间的尊重是交互的。

回到门罗和卡佛，他们像约好了一样用大部分笔墨，为我们呈现了海平面之上洁白的冰山，却把沉默、想象、思考留给了海平面之下的巨大山体和基座。那山体如何，基座如何，需要沉默、想象和思考连同那露出的一角共同完成——一个整体，一篇小说的整体，一个文学的整体，一个命运的整体。

卡拉心里有针，或许一直都有，并且一直存在。也许弗兰也有，她剪了长发、发了胖、骂骂咧咧是因为那根隐藏的针吗？克拉克和塞尔维亚有吗？杰克、巴德、厄拉也有吗？那个丑孩子和肚子里的种子未来也会有吗？门罗和卡佛有吗？文字之外的我们有吗？与其说卡拉放弃了逃离不如说卡拉无处可逃，与其说杰克和弗兰不知道谈什么，不如说没什么可谈的。

我们希翼变化延伸至美好，常常以为生活就此改变，一切因由一个意外契机而走向明亮，我们当然可以希望，但也只能停留在希望之上。生活只会按照自己的逻辑行走，并不因个体的希望而改变轨迹。

这是我们的希望，也一定是门罗和卡佛的；但这是我们的人间、我们的现实、我们的真实，当然，也是他们的。

伟大与庸俗

我没办法用统一的概念去定义小说的真实是什么，但小说的真实远非现实主义和社会主义现实主义中的所谓的客观描绘和再现现实的真实。这也是一直以来，尽管卡夫卡的小说表面看起来荒诞无比，几无可能在现实生活中找到的原型，但极其真实的原因，也正是卡夫卡小说的真实和卡夫卡本人对写作和人生的真诚和智慧，赢得我们无上的敬意和尊重。除了在科幻电影和小说里，我们无法想象在人类的现实存在中，一个人会在某天早上无缘无故地变成甲虫，这简直就是荒唐的“瞎话”。没关系，小说本来就允许恣意虚构，只要它的精神通向真实。以甲虫形态生存的格利高尔，体会到人性最真实最微妙最丰富的感受，并且重要的是，这些生命体验超越了个人而上升至普遍，它通向整个人类的性灵。这便是《变形记》为何被冠以经典的原因所在。以此为例，是否可以见出伟大与通俗的区别？

日光之下已无新事，小说提供的故事几乎都能在现实中找到原型，所以，从“艺术来源于生活”这个发生学的角度来说，小说家再怎么“胡编乱造”也不为过，因为，它都会是基于现实生活的，如果说来自现实便是真实的话，那么为什么仍旧有些作品让我们感觉奇怪、虚假、矫揉造作呢？

尽管小说家是其作品的命运主宰，是上帝，在其所创造的世界中可以任意体现他的主体性，但是，小说有小说自己的真实，这是小说之所以是小说而不是其他的本质所在。一部作品的伟大往往超越他的作者，正因此，必要时小说家要向他的作品做出妥协，确切地说，是向伟大和真理妥协。这也是为什么，托尔斯泰并没有按照原来的设想把安娜写成一个应受道德审判的荡妇，而使她成为让自己变憎恨为不忍的悲情女人。尽管小说家被人物“牵了鼻子走”，但却无需羞愧——它的伟大大于你，她的悲痛痛于你。真正动人的是亘古永恒的生死爱欲，而那些怪异、虚假、矫揉造作并非来自于小说自身的真实逻辑轨道，多是来自于作家本人的过度“创作”和过度“主宰”。

福斯特在《小说面面观》中曾以“国王死了，王后在干什么”为例，探讨小说情节中的因果关系逻辑，张大春在《小说稗类》中继续援引此例，探讨小说逻辑。按照常规逻辑，国王死了，王后伤心欲绝，可是国王死了，王后是否可以在花园里散步？张大春提出问题并做出假设、探寻、推理和回答。当然可以。他认为，至少“王后没有无缘无故地死，也不必在妥善的安排下悲伤而死；她只是在花园里散步，那其实是好得很的”。在这个论断中，张大春所说的“好得很”，并不指向当然也可以指向这位特立独行的王后的特立独行的行为，但更多意在作品的独特性和超越性，这二者几乎是小说最重要的质素了。王后自然可以“在花园散步”，小说可以提供诸多可能，王后不仅可以在花园里散步，还可以到非洲旅行到南美改嫁甚至到梵蒂冈当修女……可以做任何事情，只要吻合小说的内在逻辑。由此可见，小说的真实并非单纯的外在真实，而更强调内在真实。然而，最没劲的就是“国王死了，王后也伤心地死了”，固然既符合外在的真实也符合内在的真实，但是它太常规了！

门罗和卡佛的小说也“常规”，它“常规”得几乎就是生活的如影随形。可是，此常规与彼常规又有何不同？这个问题恐怕又将再次引发伟大和通俗的辨析，归根结底，伟大的小说指向存在的真实，尽管那些伟大的小说家也是在小说的世界中胡编乱造，他们迷惑读者好像这些由他们的头脑产出的故事都是他们身边发生的，他们在说谎，不但无罪反而有功，功在他们和它们掀开了面纱让我们直观到存在的本相。

为更好地阐明问题，再引一例：某日丈夫发现妻子的书桌上放了一本名曰《世界十大禁书》的出版物，内收《失乐园》《查泰莱夫人的情人》《金瓶梅》等情色小说。不得了了，男人顿时火冒三丈，质问女人怎么能读这些书呢？它会引诱肉体产生不当的生理激情。女人莫名其妙于男人的怒火中烧，她知道男人的理解有问题，却不知从何辩驳……

这个受了委屈的诚实的可怜女人！她一定知道这“十大禁书”与黄色读物的区

别，但是区别是什么？为何同样写性爱，这些作品被视为伟大，而另一些就得站在性爱科普、通俗读物甚至淫乱迷情的队伍呢。相同的题材甚至相同的故事却走向不同的内容和品格，终究为什么呢？这是那个女人的疑问，也曾是我的疑问，幸运的是，我在苏珊·桑塔格《反对阐释》找到了答案："我们或许只有唯一的一个严格标准，来把作为艺术的色情文学、色情电影或者色情绘画与哪些姑且称作'黄色物品'的文学、电影或绘画区分开来，黄色物品有'内容'，而且有意对其进行设计以使我们与这种内容发生联系（带着厌恶或者欲望）。它是生活的替代。然而艺术并不激发性欲；或者，即便它激起了性欲，性欲也会在审美体验的范围内被平息。所有伟大的艺术都引起沉思，一种动态的沉思。无论读者、听众或观众在多大程度上把艺术作品中的东西暂时等同于真实生活中的东西而激动起来，他最终的反应——只要这种反应是对艺术作品的反应——必定是冷静的，宁静的，沉思的，神闲气定，超乎义愤和赞同之上。"滥俗只作用于感官，而伟大却关涉性灵，这便是即使故事相同，内容品格却大相径庭的根本原因。如果桑塔格愿意，我想把她的这句话作为前述问题的可靠答案，并将之送给那位妇女以及有过此类疑惑的自己和人们，愿我们能在文学中和日子里拂去雾霾而走向澄明！她会同意的。

（本文发表于《名作欣赏》2015 年 4 期 节选）

《我那呼兰河》：饱含生命力的探索洪流

郑永为

评剧是我国影响广泛的戏曲剧种之一，它蕴含着北方历史文化的深厚底蕴，彰显着东北艺术精神的薪火相传。沈阳评剧是评剧文化与黑土情怀深度结合的结晶，那一幕幕具有浓郁地域特色的生活画卷，不仅蕴含着对这片土地深深的眷恋，更是充满地域文化意蕴的艺术载体。因此，人们都说评剧是“生于唐山而长在沈阳”。

《我那呼兰河》是沈阳评剧探索的巅峰之作，它创造性地赋予了评剧华丽、惊艳、大气的全新形象，为评剧的当代化探索贡献了经典的篇章。它把根植黑土的沈阳评剧对东北文化意蕴的执着“守望”和在舞台呈现中努力丰富评剧本体形式语言的不倦“求索”，提升到了一个更高的层面。

时光的考验是对艺术精品最好的验证。自2008年秋天华彩亮相以来，《我那呼兰河》获得了“文华大奖”等多项国家级大奖，并入选“国家十大舞台艺术精品工程重点资助项目”，其主演冯玉萍更是喜获中国评剧的第一个“三度梅”。岁月沉淀了《我那呼兰河》的韵味，却没有黯淡它的光芒，近日，它将在“第十六届上海国际艺术节”展示东北文化的风姿，这也许是它由精品凝固为经典的难忘瞬间。

评剧《我那呼兰河》是根据萧红的小说《呼兰河传》和《生死场》创作，它因架构在穿越历史长河的深沉底蕴之上，而散发出浓烈的东北风情和史诗般的人性光辉。剧作家黄伟英先生在萧红散文般的随意笔致中营造了疏朗有力的戏剧结构，在略显凌乱的生活场景中发掘了人物的鲜明形象和神采。更难能可贵的是，作者保留了原作诗化的品格，在唱段甚至对白中巧妙地将东北语言的泼辣和文学的雅致融为一体，体现了高深的文学功力和素养，为戏剧的舞台呈现提供了坚实的基础。《我那呼兰河》在思想内涵上挖掘了东北生灵“向死求生，为生而死”的生命意识和“生的坚强，死的挣扎”的生命态度，洋溢着浓浓的诗情，呈现出浓烈的激情和血性，演绎了超越生死的豪迈气概，呈现出强烈悲剧色彩和悲悯的人文关怀。

戏剧是超文本的综合艺术表达，舞台呈现的表现力具有决定性的力量，而导演无疑是主题演绎的核心。在当代，戏剧的创作体现了全方位的审美提升，舞台技术手段也日趋丰富，在多种艺术手段的驾驭能力、戏剧表现的审美提升、多种戏剧形式的融合借鉴等许多方面都对导演提出了更高的要求。著名导演查明哲以深刻、凝重、厚实的艺术追求而享誉舞台，他在《我那呼兰河》整体风格的设定上没有简单而机械地移植，而是通过文学与戏剧碰撞所产生的强烈感染力带给观众崭新的审美体验和深度的思考力量。他从尊重评剧本体艺术特色入手，追求戏曲的程式美与戏剧情境和谐共生的表现形式。既不丢戏曲本体的东西，又容纳了相对飘逸、现代的歌剧、舞剧的表现语言，大胆地融入了全新的艺术元素和舞台风格，赋予了评剧从未有过的华丽、大气、清新的时尚风采。“斗篷舞”中武场打击乐与舞蹈语汇的无缝连接；“斗秧歌”中“红绸舞”与戏曲程式“长水袖”的和谐共舞，无不体现了对评剧本体的执着坚守和对姊妹艺术的兼容并蓄。在继承传统的文化精神与面向时代的探索精神指导下，《我那呼兰河》植入了时尚且现代的审美意识，对评剧的审美品格进行了极大的提升，呈现出全新的戏剧样式和兼顾思想性、艺术性、观赏性的戏曲风格。

《我那呼兰河》在舞台的视觉呈现上将“呼兰河”强化为舞台中心的视觉形象，一汪清澈的河水在它下面延伸到舞台之中，那些东北倔强生命的命运就是在这里展开的，呼兰河是他们精神的外化，也是他们生命的载体，因此，被赋予了浓厚的象征意味。时而，呼兰河呈现出田园般的祥和与宁静，成业和金枝在这里嬉戏、调情，呼兰河是多情的春水；时而，呼兰河被染成浓烈的鲜血，无数同胞的骨肉融化在呼兰河水中；最终，呼兰河升华为东北人血液里不可缺少的烈酒，无数壮士举杯畅饮，奔赴他们生与死的宿命。呼兰河就是东北人民的血脉，呼兰河就是黑土地上奔涌咆哮的生命洪流……剧中的人物也与呼兰河融为一体，生死相依。正如剧中反复咏唱的主旋律“生生死死就在那呼兰河，我那呼兰河，我那呼兰河……”这种符号化的手段，拓展了戏剧的容量，蕴含了更为丰富的意蕴，极大地强化了戏剧的张力。

整出戏的舞台“视界”都体现出导演非凡的视觉驾驭能力和审美修养，让人铭记了《我那呼兰河》丰富的视觉表现语言。那个查明哲式的 Pose，那些挣扎着的生命背对观众将手伸向了天空，那弯曲着的每一根手指都传递出戏剧的主题：那是生的苦难，那是死的挣扎，那是呼兰河人格化的雕塑，那是舞台上的纪念碑。在“金枝生产”和“铁钟狱中”两场戏中，导演巧妙地运用了剪影效果，丰富了整出戏的视觉表现手段，尤其是那刺刀排列的剪影与第三幕田园的篱笆形成了联想和对比，语言含蓄却耐人寻味。这些戏曲舞台上罕见的完整、大气的艺术构想和新颖、细腻、丰富的舞台表现手法极大地提升了戏剧的文化底蕴和艺术张力，与当代大众审美心里达成了深度的契合。

《我那呼兰河》整个的视觉效果，即不鲜艳和单薄，也不沉闷和灰暗，它将华丽和凝重完美地融合到一起，具有浪漫主义的风格。戏剧的表演空间总体是空灵的，那些枯枝、篱笆、磨盘甚至冰凌虽然着墨不多却巧妙地交代了环境、营造了空间。灯光变化丰富，渲染了气氛、丰富了层次为整个戏剧增加了美感。《我那呼兰河》的服装设计也完美体现了导演的总体设计思路，风格凝重而不笨重，色彩丰富而不浮华，质感坚挺却不生硬。尤其是那件导演精心设置的斗篷，她不仅仅是一件使王婆的舞蹈更加飘逸的服装，从第一幕开始这件斗篷就被赋予了灵性和情感，并参与到剧情之中：它是王婆像老母鸡一样庇护孩子的“羽翼”；它是儿子铁钟做土匪的“护身符”；它也是王婆最终奔向沙场的“战袍”。

导演查明哲以对剧中人物人性的深刻剖析，对人物命运的独到的感悟，营造出浓化至极的人生意味和情感征服，充分显示了驾驭表演艺术的深厚功力。他以惊人的想象力和超凡的表现力，用唱、念、做、舞等极具评剧特征的戏曲形式语言，把戏剧的文化蕴涵开掘的接近极致，把人物的命运和情感历程，演绎得酣畅淋漓。剧中人物并不繁复，但王婆、赵三、铁钟、金枝、二里半等都具有强烈的个性，显示了导演的准确诠释和演员的深刻理解，尤其是王婆的扮演者冯玉萍在表演中抛弃了戏曲“行当”的程式化表演，以人物的内心、情感为依托，表现出敏感的理解力和超群的表现能力。她努力降低着自己的“重心”，渐渐和人物融为一体，在舞台上塑造出坚实可信又光彩照人的艺术形象。更通过她过硬的演唱功力和深厚撼人的表演魅力，散发出极为强烈的艺术感染力，将内蕴与欣赏的满足结合成剧目所具有的冲击力与征服力。

正如该剧导演所言：本质地继承、创新发展才能让戏曲走出另一片天。坚守艺术本体的审美特征与探索新的表现手段，从来就对立统一地存在于当代戏曲的探索之中。尤其在“混搭风”盛行的当下戏曲改良，如何在探索的同时保持剧种的艺术特色，如何既保持剧种的形式特征又赋予它时代的气息，是困顿艺术创作的难题，评剧《我那呼兰河》的舞台呈现是对这一问题有价值的探索。它不仅是沈阳艺术创作的一个“巨浪”，更是把评剧艺术的审美品格和表现力提升到了一个全新的境界。

我那呼兰河……

是编剧笔下的“一篇叙事诗”，

是导演眼中的“一幅多彩的风土画”，

是演员台上的“一串凄婉的歌谣”。

我那呼兰河……

是饱含创造力的探索洪流。

传统水墨的坚守与探索
——从冀有泉的水墨胡杨说起

赵立军

在中国美术史上，纯以水墨作画，开始于中晚唐时期，创始者乃中唐大诗人兼画家王维，以及大画家张璪，前者“破墨山水，笔迹劲爽”，后者“气韵俱盛，笔墨积微”，开一代风气之先。此后，水墨和水墨兼淡彩，成为中国山水画的主干色彩。这种状况在20世纪初期和后期，先后受到过两次强烈的冲击。第一次是在清末民初的几十年间，激烈的政治革命同样带来激烈的艺术革命；第二次则是从改革开放至今，在这两个时期里，新的艺术思潮、新的绘画方式与手段层出不穷，传统水墨均呈现出一定的式微之势。但水墨之顽强超乎人们的想象，微而不死，弱而不断，往往于不知不觉中，重现生机。

纵观中国近现代美术史，可以这样说，水墨同时扮演着被压迫者和救赎者两个截然不同的角色，在国画家们无数的探索中，其总体上有着一种回归的趋势。国画的凤凰涅槃，似可看作水墨的新生。我坚持认为，在全社会整体性地以西方标准为审美尺度的今天，中国画还能以独立之面目发展延续至今并且长盛不衰，全在于水墨的使用，全在于中国人对黑白这两种终极色彩的偏爱。

因此，我对那些对水墨情有独钟的画家们充满敬意。这其中，当然就包括将水墨运用到极致的军旅画家冀有泉。

冀有泉，中国民族名家书画院院长、著名军旅画家，毕业于中央美术学院，师从著名画家、鲁迅美术学院陈忠义教授，清华大学美术学院访问学者，国家一级美术师，中国美术家协会会员、中国工笔画协会会员、中国舞美协会会员、中国民俗摄影家协会会员、中国民族博物馆研究员、沈阳市美术家协会副主席。

千余年来，以中国画花鸟之繁，山水之盛，人物之茂，欲在名家、大家多如恒河之沙中占有一席之地，必定有其独特的面貌和独特的精神。将生长在塔克拉玛干荒漠沙海中“生而不死一千年，死而不倒一千年，倒而不朽一千年”的胡杨作为绘画题材，冀有泉是首创。而用中国最传统的水墨来表现胡杨，更是冀有泉独具匠心的选择。其笔下的胡杨，古朴沧桑，雄浑苍劲，线条凌厉，气势磅礴。他所开创的用水墨中的飞白表现胡杨的枝干，在留白与飞白之间，强调光影，注重用水用墨，因势运墨的技法，被称之为“冀氏胡杨技法”，他也因此被誉为“水墨胡杨第一人”。

将胡杨入画，源自冀有泉 1998 年的一次新疆之旅。行进在塔克拉玛干的公路上，路旁一片片形状独特的老树引起冀有泉的注意。在好奇心的驱使下，他走进了这片陌生的树林。数千年的历史尘埃在他的脚下腾起，数千年的斑驳枝丫在他的肩头拂过，作为军人的冀有泉被深深地震撼了：“那些树奇形怪状，有的像老人，有的像小孩；越往里走，就越像是走进了一个古战场。特别是夜幕降临，月光之下，是一片光怪陆离的奇妙景致。”冀有泉的心弦被拨动了。军人的情怀和画家的敏感在涌动，在升腾。一个全新的绘画品种，就在画家的心灵与周围的景致奇妙的契合时诞生了。他后来得知，这种树叫胡杨。维族人称它是“世界上最美丽的树”；汉族人说它扎根大漠，是“英雄树”；蒙古族人则认为它是“圣树”。

冀有泉的水墨胡杨，大气磅礴、意象豪放、雄浑古朴、浪漫瑰丽、线条凌厉、沧桑雄劲，充满了生命的慨叹与岁月的感悟；苍凉中透露着生命的意蕴，萧肃中裹挟着悲壮的色彩；与岁月一样长青，与长城一样万古；默默地注视着人世间的风云变幻，朝代更迭，刀光剑影，血雨腥风。这样的水墨胡杨让人肃然起敬，顶礼膜拜。因为，在胡杨面前，人类只是过客，时间才是见证。这让我想起的了唐代的边塞诗，想起了中国人延绵数千年的边塞情结。作为唐诗中思想性最深刻，想象力最丰富，艺术性最强的一部分，唐代的边塞诗或描写奇异的塞外风光，或反映戍边的艰辛以及表达戍边将士的思乡之情。虽然冀有泉的水墨胡杨在其主要意象的具象表达上不及唐代的边塞诗丰富，但在思想性、想象力与艺术性等方面，二者是相通的。其将边塞诗的意象，具象以水墨胡杨的画法，在当代画坛独执牛耳。

在构图上，冀有泉的水墨胡杨匠心独运，讲究远近分布：近景画面多为实写，傲然挺立的胡杨树枝干遒劲，或横卧中心，或气冲霄汉；身姿倔强挺拔；远景画面多为虚写，新生胡杨枝繁叶茂、生机盎然。虚衬实，实带虚；景物的高低错落、大小搭配，枝叶的疏密相间，也都极为不凡。他严守清代著名书法篆刻家邓石如提出的：“字画疏处可以走马，密处不使透风”的法则，密处，枝干稠密，就连大漠之风也难以穿透；疏处，则是号称沙漠之舟的骆驼的天地，任其纵横往来；而在动静结合上，冀有泉画得得心应手：有时，静的是胡杨，动的是骆驼、山羊以及驼铃；有时，静的是月亮，动的是天空中的云朵或三五飞禽。就在这动与静的相辅相成中，他还将藏景露景的构图法运用得十分巧妙。既不全藏，也不全露，让读者感到画外有画，不致一览无余。至于何者该藏，何者该露，是胡杨还是骆驼，则以画面布局要义，以画面境界为依据。

在用笔上，为表现胡杨自身的神韵和树干的沧桑感，冀有泉除了以中锋用笔，用手的腕力，让笔在纸上自然滚动外，还时常时而中锋、时而侧锋交替，任笔自由涂抹，将胡杨树干上的树洞、疤痕等岁月的痕迹赋予了动感、力感与生机。其下笔时，绝不唯唯诺诺，犹犹豫豫，而是势如下山猛虎，大开大合，笔墨淋漓；气若万马奔腾，连绵不绝，畅酣磅礴。

有人评论过冀有泉的笔法：“他先以遒劲的线条勾勒胡杨的枝干骨架，然后区别对象，在留白处运用各种皴法加以不同的皴擦渲染，将老与新、枯与荣、死与生各种状态的胡杨肌理、质感、天然野趣刻画得栩栩如生。可以说，这是冀有泉在林木画的笔法技巧上的突破，也是对画坛的一大贡献。”一语中的。我想补充的是，冀有泉在飞白笔法的运用上应该是前无古人的。飞白本是书法中的一种特殊笔法，“取其发丝的笔迹谓之白，其势若飞举者谓之飞。”后被国画家采用，它的笔画特点是有的部分呈枯丝平行，转折处笔画突出。正是由于大量使用这种自悟出来的新型笔法，才使胡杨树在飞白笔法用水墨皴擦出来后，有了颇似木版画般的木纹肌理的效果。使得他笔下的胡杨墨色苍劲、浓淡相宜、层次清晰、富有纵深、形神兼备、气韵俱盛，将胡杨不屈的生命力表现得淋漓尽致。

我认为，对于当代画坛，冀有泉是有贡献的，除了他独创水墨胡杨这一全新的画种，在墨法的继承与突破上，冀有泉走在了前面外，同时，也要看到，作为山水画家，他在水墨山水，尤其是冰雪山水上的探索也是成绩斐然。中国的山水画向来分南北两宗，但无论南与北，东北的冰天雪地，东北的白山黑水都无人去表现。可喜的是，近二三十年来，一批出身东北的画家们开始着意表现关东大地的山水风貌，一个全新的国画样式：冰雪山水渐露端倪。冀有泉其实是最早画冰雪山水的画家。冀有泉的冰雪山水由他本擅长的水墨山水发展而来。他的水墨山水，通常不设色，纯以墨色见长，他强调山的质感，鲜写林木，注重云雾与山的关系，给人印象最深的，是大山大水的气势美和雄浑壮阔的意象美。而他的冰雪山水重点在雪，既有漫天飞舞的张扬，又有层峦叠嶂的堆积。他长于用凝重厚实的线条表现冰与雪的坚实，树挂、冰川、雪野、冰河、雪树都呈现动态美，在运用留白表现冰雪厚重质感的同时，喜欢状写冰天雪地中生命体的勃勃生机，或是群鹿在奔跑，或是猛兽在觅食，亦或是留鸟在群翔。即便是冰雪覆盖下的潺潺流水，也同时被赋予了流淌着的活力。

前文说到，中国画自中晚唐时期起，主干色彩就是水墨和水墨兼淡彩。但这一情形在明晚期有了变化。明末画坛领袖、大画家董其昌善墨法，常以水墨入画，基本不施色彩。他承袭的，是唐宋诸大家及元四家中“柔”的层面并加以放大，形成了其水墨山水“淡、秀、柔、润”的特点。这种特点，在以其个人好恶而提出的“山水南北宗论”的裹挟下，全面影响画坛数百年之久，致使水墨在山水画中，越画越弱，越画越淡。明清两代的山水画，文人气息浓厚，淡雅轻柔，宁静寂寥，品位高雅，但柔软无力，萎靡沉闷，死气沉沉。虽然明末清初石涛等人曾大声疾呼：“笔墨当随时代”后来也有“扬州八怪”等人力图有所突破，但在全面接受董其昌衣钵的“四王”等人的带领下，墨法式微的情形有清一代日益加剧。彻底改变山水柔弱、淡墨流行、画面黯淡的画家是黄宾虹。他在墨法上对明清流行的画法实行了翻天覆地的革命。按照清代布颜图总结的说法，墨分“六彩”，“白干淡”是正墨，“黑湿浓”是副墨。黄宾虹首先革的就是这个“六墨”系统的命。他反其道而行之，将正副墨来了个大颠倒。他将副墨“黑湿浓”提到正墨的位置，而将正墨“白干淡”降为副墨。在他的“七墨”（浓、淡、破、泼、渍、焦、宿）里，除“淡墨”外竟有六种墨法属于清人眼中的副墨。可见其提倡并身体力行的墨法已然是颠覆性的。正是基于此，黄宾虹的影响至今强劲，后来的李可染等人在墨法上的探索都离不开他的影响。

冀有泉的水墨胡杨，在墨法上，就有黄宾虹墨法的影子，他摆脱了干墨皴擦的传统习气，不是单纯的由淡至浓，层层积累，而是跳出前人的窠臼，强调浓墨重墨的直接表现。他常常在毛笔上直接将墨汁的浓淡调节好，将墨色的层次感一笔画出。因此在他的笔下，墨已不是“五彩”“七彩”，而是八彩、九彩，甚至是全彩。正是墨法的创新，才使得他的水墨胡杨神形兼备，别具一格。更值得指出的是，他十分强调计白当黑，强调黑白相间，黑白对比，相互补充。用白来表现光，表现影，表现生机。因此，他的每幅作品上，都有一到几个光点，用以激活画面，展示质感。这样的白，这样的光点，是画的核心、画的灵魂。是言外之言，物外之趣，意味无穷。而这样的光点相对于画面暗淡无光的明清山水画，是一个很有意义的突破。

历史上大凡有成就的中国画画家，常常把“师法造化”“师法古人”“读万卷书，行万里路”，挂在嘴边。然而明清两代的画家们真能做到这四项者寥寥无几，绝大多数人，都把“师法古人”放在第一位，远离生活，远离自然，使得本来就几乎没有什么造型能力的古代画家们，所作之画与当时的国势一样，日益苍白无力，萎靡不振。“师法造化”，被文人画家们扔到了一边，石涛提出的“收尽奇峰打草稿”也不过是一块投到死水里的石头，听到了一声响，却没有掀起波澜。

然而，“师法造化”，却在徐悲鸿的手中成了改良中国画的利器。他集改造中国画之大成，早年独持“改良论”的大旗，继而发展为“写实主义”，后期更是旗帜鲜明地主张“素描为一切造型艺术之基础”，“建立新中国画，既非改良，亦非中西合璧，仅直接师法造化而已”。“师法造化”并非徐悲鸿首倡，“外师造化，中得心源”语出自唐代画家张璪。宋代范宽提出“师古人不如师造化”，都是讲画家要向大自然学习，用现在的话讲，就是要深入生活，坚持写生。从这个意义上说，“师法造化”已经成为当代画坛的共识，少有异见。但我想强调的是，像冀有泉这样长期坚持专项写生，每年至少到胡杨林中写生两次依然是不多见的，因为凡是胡杨生长的地方必定是人迹罕见的所在。为画胡杨，他穿梭于被人称之为死亡之海的塔克拉玛干沙漠。夏天，受尽干涸沙漠无情的炙烤，用自己的血液喂足蚊虫；冬季，不惧风卷沙海的吞噬、不顾腿关节疼痛，以军人的钢铁意志和画家对艺术的执著，坚持写生。这才有了他笔下千姿百态、形态各异的水墨胡杨。

冀有泉说：“中国的绘画已经经历了几千年，好走的路，已经走完了，比较好走的路大家也走了，我走这条无人走的绝路有绝境逢生的感觉。胡杨生长在人类望而生畏的沙漠无人知晓，为艺术的不断提高和创新，我要填补这一空白，让人们了解到大自然冰雪之后的奇特之美和残酷沙漠背后孕育之物的坚强与生机。”一个军人画家的铿锵之言，既是他的艺术理想，更是他孜孜以攀的艺术高峰。

一般而言，一个有成就的画家，必定有其让人耳熟能详的代表性绘画题材，就如郑板桥之竹、徐悲鸿之马、齐白石之虾、李可染之牛。我相信，冀有泉的水墨胡杨也将成为具有独特指向性的绘画题材。而他对传统水墨的坚守与探索，也必将使他在探索中国传统绘画艺术的道路上走得更远，取得更大的成就。

图书在版编目（CIP）数据

别有根芽：沈阳作家 2015 卷 / 沈阳市作家协会编 . —北京：中国书籍出版社，2017.2
ISBN 978-7-5068-6028-4

Ⅰ . ①别… Ⅱ . ①沈… Ⅲ . ①中国文学—当代文学—作品综合集—沈阳
Ⅳ . ① I218.311

中国版本图书馆 CIP 数据核字（2017）第 021664 号

别有根芽：沈阳作家 2015 卷

沈阳市作家协会　编

图书策划　牛　超　崔付建
责任编辑　戎　骞
责任印制　孙马飞　马　芝
出版发行　中国书籍出版社
地　　址　北京市丰台区三路居路 97 号（邮编：100073）
电　　话　（010）52257143（总编室）（010）52257140（发行部）
电子邮箱　eo@chinabp.com.cn
经　　销　全国新华书店
印　　刷　三河市华东印刷有限公司
开　　本　710 毫米 ×1000 毫米　1/16
字　　数　440 千字
印　　张　22
版　　次　2017 年 5 月第 1 版　　2017 年 5 月第 1 次印刷
书　　号　ISBN 978-7-5068-6028-4
定　　价　64.00 元